Christian Jacq

RAMSES

A BATALHA DE KADESH

Volume 3 da série Ramsés

Tradução de
MARIA D. ALEXANDRE

3ª edição

EDIÇÕES
BestBolso

CIP-Brasil. Catalogação-na-ıonte
Sindicato Nacional dos Editores de Livros, RJ.

J19r Jacq, Christian, 1947-
v.3 Ramsés: A batalha de Kadesh / Christian Jacq; tradução de Maria D. Alexandre. – 3ª edição – Rio de Janeiro: BestBolso, 2009.

Tradução de: Ramsès: La bataille de Kadesh
Seqüência de: Ramsés: O templo de milhões de anos
Continua com: Ramsés: A dama de Abu-Simbel
ISBN 978-85-7799-030-6

1. Ramsés II, Rei do Egito - Ficção. 2. Egito - História - Até 332 a.C. - Ficção. I. Alexandre, Maria D. II. Título. III. Título: A batalha de Kadesh.

CDD – 843
07-2509 CDU – 821.133.1-3

Ramsés: A batalha de Kadesh, de autoria de Christian Jacq.
Título número 031 das Edições BestBolso.
Terceira edição impressa em janeiro de 2009.

Título original francês:
RAMSÈS: LA BATAILLE DE KADESH

www.edicoesbestbolso.com.br

Ilustração e design de capa: Carolina Vaz, a partir da imagem da capa publicada pela Editora Bertrand Brasil (Raul Fernandes, 1999) e da ilustração feita por Mateu Velasco para *Ramsés: O filho da luz* (BestBolso, 2007).

Impresso no Brasil

ISBN 978-85-7799-030-6

EDIÇÕES BESTBOLSO

Ramsés: A batalha de Kadesh

Christian Jacq nasceu em Paris no ano de 1947 e vive na Suíça. Doutor em Estudos Egípcios pela Universidade de Sorbonne, o autor não é apenas um egiptologista que escreve romances sobre o Egito Antigo. Sua ligação com a civilização egípcia é muito mais profunda, o que o motivou a criar o Instituto Ramsés, dedicado a reconstruir fotograficamente os sítios arqueológicos ameaçados do Egito. Em 1995 Christian Jacq se consagrou internacionalmente ao publicar cinco romances históricos de grande sucesso sobre a saga do faraó Ramsés:

Volume 1: O filho da luz
Volume 2: O templo de milhões de anos
Volume 3: A batalha de Kadesh
Volume 4: A dama de Abu-Simbel
Volume 5: Sob a acácia do Ocidente

MAPA DO EGITO

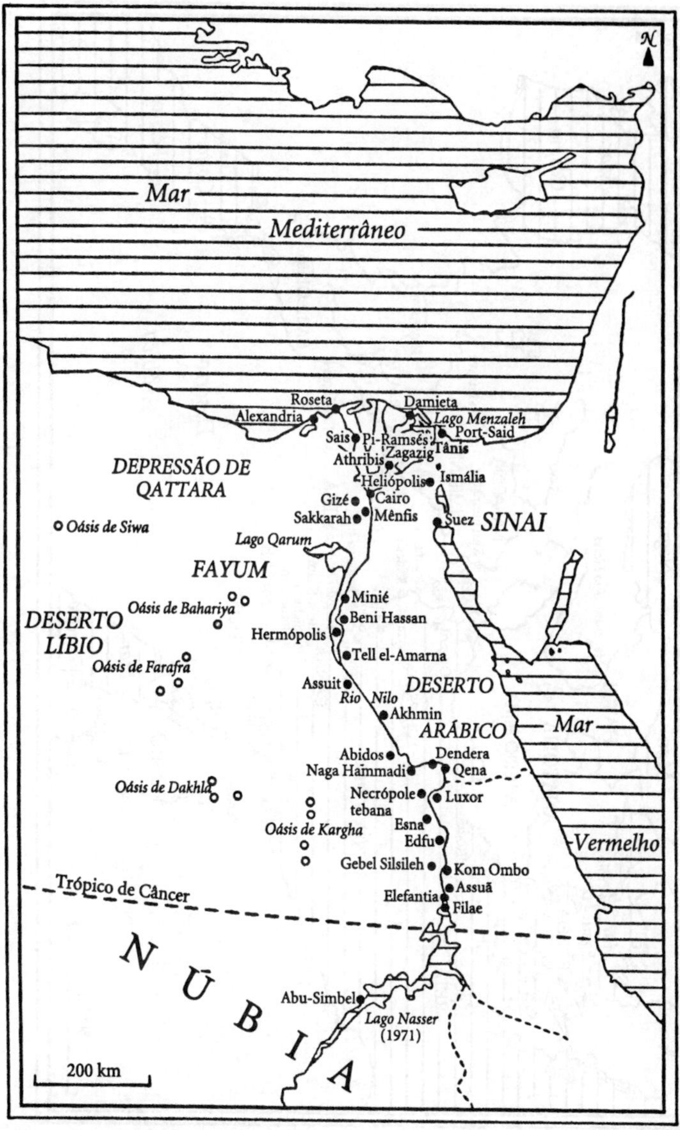

MAPA DO ANTIGO ORIENTE PRÓXIMO
ou Novo Império

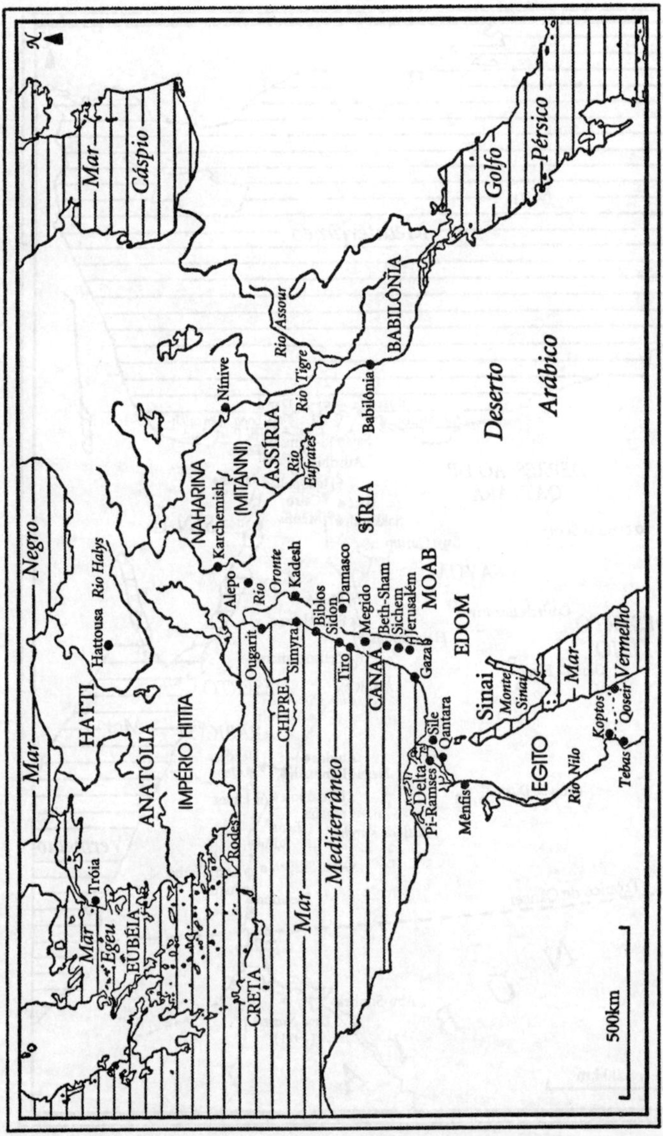

1

O cavalo de Danio galopava pela pista superaquecida que levava à Mansão do Leão, um pequeno povoado do sul da Síria, fundado pelo ilustre faraó Sethi. Filho de pai egípcio e de mãe síria, Danio dedicara-se à honrosa profissão de mensageiro, especializando-se na entrega de mensagens urgentes. A administração egípcia fornecia-lhe o cavalo, a alimentação e o vestuário; Danio tinha direito a uma moradia oficial em Silé, cidade fronteira do nordeste, e alojava-se gratuitamente nos postos dos correios. Em suma, uma bela vida, viagens constantes e o encontro com sírias pouco esquivas, desejosas de casar com um funcionário que saía correndo logo que a relação começava a assumir um caráter mais sério.

Danio, cuja verdadeira vocação os pais haviam descoberto graças ao astrólogo da aldeia, não suportava ficar preso, nem mesmo nos braços da mais deliciosa amante. Nada era mais importante para ele do que um espaço a explorar e uma pista poeirenta a percorrer.

Escrupuloso e metódico, o mensageiro era muito considerado pelos seus superiores. Desde o início de sua carreira, nunca perdera uma única mensagem e muitas vezes ultrapassara os horários obrigatórios para satisfazer um expedidor apressado. Distribuir as mensagens o mais depressa possível era o seu sacerdócio.

Quando Ramsés subiu ao trono, depois da morte de Sethi, Danio receara, como muitos egípcios, que o jovem faraó fosse um cabo-de-guerra e que lançasse o seu exército à conquista da Ásia, na esperança de reconstituir um imenso império, tendo o Egito como centro. Durante os quatro primeiros anos do seu reinado, o intrépido Ramsés ampliara o templo de Luxor, terminara a gigantesca sala de colunas de Karnak, iniciara a construção do seu templo de milhões de anos na margem oeste de Tebas e construíra sua nova capital no Delta, Pi-Ramsés; não modificara em nada a política externa do pai, que consistia em manter um pacto de não-agressão com os hititas, os temíveis guerreiros da Anatólia. Estes pareciam ter desistido de atacar o Egito e respeitavam o seu protetorado do sul da Síria.

O futuro se apresentaria sorridente, se a correspondência militar entre Pi-Ramsés e as fortalezas do Caminho de Horus não tivesse aumentado em proporções fora do normal.

Danio interrogara seus superiores e questionara alguns oficiais; ninguém sabia de nada, mas falava-se de problemas no norte da Síria e até na província de Amurru,* sob o domínio egípcio.

Era evidente que a finalidade da correspondência que Danio transportava era orientar os comandantes das fortalezas do Caminho de Horus, a linha de fortificações do nordeste, para logo ficarem em estado de alerta.

Graças à vigorosa ação de Sethi, Canaã,** Amurru e o sul da Síria formavam uma vasta zona que protegia o Egito de uma possível invasão. É verdade que era necessário vigiar constantemente os príncipes dessas regiões agitadas e, muitas vezes, chamá-los à razão; o ouro da Núbia rapidamente acalmava as idéias de traição que renasciam a cada mudança

*Correspondente ao Líbano atual.

**Canaã englobava a Palestina e a Fenícia.

de estação. A presença de tropas egípcias e as paradas militares associadas a grandes festas, como a das colheitas, eram outros meios eficazes de manter uma frágil paz.

Diversas vezes, no passado, as fortalezas do Caminho de Horus tinham fechado suas portas e interditado a qualquer estrangeiro a passagem pela fronteira; os hititas nunca as atacaram, e o receio de violentos combates desvanecera-se.

Danio continuava, portanto, otimista; os hititas conheciam o valor do exército egípcio, e os egípcios receavam a violência e a crueldade dos anatólios. Os dois países, que se arriscavam a sair arrasados de um conflito direto, tinham interesse em manter-se nas suas posições, contentando-se com desafios verbais.

Ramsés, dedicado a um programa de grandes feitos, não tinha qualquer intenção de provocar um conflito.

Danio passou a galope em frente à estela que marcava o limite da propriedade agrícola pertencente à Mansão do Leão. Subitamente, fez o cavalo estacar e deu meia-volta. Um detalhe estranho havia-lhe chamado a atenção.

O mensageiro apeou, então, em frente à estela.

Indignado, constatou que o arco estava parcialmente danificado e vários hieróglifos haviam sido martelados. A inscrição mágica, tornada ilegível, deixara de proteger o local. O responsável por aquela destruição seria severamente punido; deteriorar uma pedra viva era crime passível de pena de morte.

Sem dúvida alguma, o mensageiro era a primeira testemunha daquele drama e se apressaria em relatá-lo ao governador militar da região. Este, assim que soubesse da catástrofe, redigiria um relatório detalhado para o faraó.

Um muro de tijolos rodeava a construção; de ambos os lados da porta de acesso, duas esfinges deitadas. O mensageiro parou, estupefato: a maior parte do muro estava destruída e as duas esfinges jaziam caídas de lado, partidas.

A Mansão do Leão fora atacada.

Nenhum som vinha do povoado, geralmente animado pelos exercícios dos soldados, o treinamento dos cavaleiros, as discussões na praça central, perto da fonte, os gritos de crianças e o zurrar dos burros... O estranho silêncio apertou a garganta do mensageiro. Com a saliva queimando-lhe a boca, destampou seu cantil e bebeu um grande gole.

A curiosidade sobrepôs-se ao medo. Deveria voltar e alertar a guarnição mais próxima, mas quis saber mais. Danio conhecia quase todos os moradores da Mansão do Leão, do governador ao estalajadeiro; alguns eram amigos seus.

O cavalo relinchou e empinou; o mensageiro acalmou-o, acariciando-lhe o pescoço, mas o animal recusou-se a avançar.

Foi a pé que Danio entrou no povoado silencioso.

Sacos de trigo rasgados, jarros quebrados: nada restava das reservas de alimentos e de bebida.

As pequenas casas de dois andares estavam em ruínas; nenhuma escapara à violência do inimigo, possuído de uma fúria de destruição que sequer poupara a moradia do governador.

Nem uma só parede do pequeno templo ficara de pé. A estátua divina fora partida com golpes de maça e decapitada.

E aquele constante silêncio pesado e opressivo.

Cadáveres de burros nos poços. Na praça central, restos de uma fogueira onde móveis e papiros haviam sido queimados.

E o cheiro!

Um odor viscoso, acre, nojento, invadiu-lhe as narinas e o atraiu para o matadouro, situado no extremo norte do povoado, sob um largo pórtico ao abrigo do sol. Era ali que se esquartejavam os bois mortos, coziam-se os pedaços de carne num grande caldeirão e assavam-se as aves no espeto. Um lugar barulhento onde o mensageiro sempre almoçava, depois de distribuir a correspondência.

Quando os viu, Danio conteve a respiração.

Estavam todos ali: soldados, mercadores, artesãos, velhos, mulheres, crianças, bebês. Todos degolados, empilhados uns sobre os outros. O governador fora empalado,* e os três oficiais do destacamento, enforcados na viga que suportava o teto da forca improvisada.

Numa coluna de madeira, uma inscrição em caracteres hititas: "Vitória do exército do poderoso soberano do Hatti, Muwattali. Assim perecerão todos os seus inimigos."

Os hititas... Como de hábito, haviam efetuado um ataque violento, não poupando nenhum dos seus adversários; dessa vez, porém, tinham saído da sua zona de influência para atacar perto da fronteira nordeste do Egito.

O pânico apossou-se do mensageiro. E se o comando hitita ainda estivesse por aquelas paragens?

Danio recuou, incapaz de afastar o olhar do horrível espetáculo. Como era possível ser tão cruel e massacrar assim seres humanos, deixando-os sem sepultura?

Com a cabeça como que pegando fogo, Danio dirigiu-se para a porta das esfinges.

Seu cavalo havia desaparecido.

Angustiado, o mensageiro perscrutou o horizonte, receando ver ressurgirem os soldados hititas. Então, lá embaixo, no sopé da colina, percebeu uma nuvem de poeira.

---

*Punição corporal antiga inflingida ao condenado, a qual consistia em espetar-lhe uma estaca, pelo ânus, deixando-o dessa maneira até sua morte. (*N. do E.*)

Bigas... Bigas* que vinham na sua direção!

Louco de terror, Danio correu até perder o fôlego.

2

Pi-Ramsés, a nova capital do Egito criada por Ramsés no coração do Delta, já estava com mais de cem mil habitantes. Envolvida por dois braços do Nilo, as águas de Ra e as águas de Avaris, a cidade gozava de um clima agradável, mesmo no verão; era atravessada por numerosos canais e possuía um lago que permitia deliciosos passeios de barco, onde pequenos tanques cheios de peixes proporcionavam belas peças aos amadores da pesca.

Bem abastecida por todo tipo de suprimentos provenientes dos luxuriantes campos que a circundavam, Pi-Ramsés recebera o apelido de "cidade da turquesa", devido à onipresença dos mosaicos azuis polidos, de uma luminosidade excepcional, que enfeitavam as fachadas das casas.

Na verdade, era um lugar estranho, onde um mundo harmonioso e calmo aliava-se a uma cidade guerreira, dotada de quatro grandes casernas e de uma manufatura de armas situada perto do palácio. Há alguns meses os operários trabalhavam noite e dia, fabricando carros, armaduras, espadas, lanças, escudos e pontas de flechas. No centro da fábrica, uma grande oficina de fundição dispunha de uma seção especializada no trabalho do bronze.

---

 *Biga: carro de duas ou quatro rodas, puxado por dois cavalos. (*N. do E.*)

Um carro de combate, simultaneamente sólido e leve, acabara de sair da fábrica. Encontrava-se ainda no topo da rampa que conduzia ao grande pátio com pórtico, onde ficavam enfileirados veículos do mesmo tipo, quando o contramestre bateu nas costas do marceneiro que examinava os acabamentos.

– Veja! Lá embaixo, no fim da rampa... É ele!

– Ele quem?

O artesão olhou.

Sim, era realmente ele, o faraó, o senhor do Alto e Baixo Egito, o Filho da Luz, Ramsés.

Com 26 anos, o sucessor de Sethi reinava há quatro anos e se beneficiava do amor e da admiração do seu povo. Atlético, com mais de 1,80 metro, rosto alongado e emoldurado por uma magnífica cabeleira louro veneziana, testa alta e desanuviada, arcadas superciliares salientes e sobrancelhas grossas, nariz longo, fino e um pouco aquilino, olhar luminoso e profundo, orelhas redondas e finamente desenhadas, lábios carnudos, queixo acentuado, Ramsés possuía uma força que alguns não hesitavam em qualificar de sobrenatural.

Preparado intensivamente para o exercício do poder por um pai que o iniciara na função de rei por meio de duras provas, Ramsés herdara a autoridade irradiante de Sethi, seu glorioso predecessor. Mesmo quando não envergava os trajes rituais, sua simples presença impunha respeito.

O rei subiu a rampa e examinou o carro. Petrificados, o contramestre e o marceneiro receavam sua opinião. Todavia, se o faraó em pessoa inspecionava aquela fábrica sem aviso, isso provava o interesse que dedicava à qualidade das armas ali produzidas.

Ramsés não se contentou com uma análise superficial. Observou cada uma das peças de madeira, experimentou a direção e verificou a solidez das rodas.

– Belo trabalho – considerou –, mas seria necessário verificar a solidez deste carro no terreno.

– Isso está previsto, Majestade – afirmou o contramestre. – Em caso de avaria, o condutor nos indica a peça defeituosa e procedemos a uma reparação imediata.

– Os incidentes são numerosos?

– Não, Majestade, e a fábrica aproveita para retificar os erros e melhorar o material.

– Não se descuide desse esforço.

– Majestade... Posso lhe fazer uma pergunta?

– Estou ouvindo.

– A guerra... está próxima?

– Está com medo?

– Fabricamos armas, mas receamos um conflito. Quantos egípcios morrerão, quantas mulheres ficarão viúvas, quantas crianças ficarão sem pai? Que os deuses nos poupem de tal conflito!

– Que eles o ouçam! Mas qual será o nosso dever se o Egito for ameaçado?

O contramestre baixou a cabeça.

– O Egito é a nossa mãe, o nosso passado e o nosso futuro – recordou-lhe Ramsés. – E toda mãe se dá generosamente; é uma oferenda a cada instante... Poderemos responder com ingratidão, egoísmo e covardia?

– Nós queremos viver, Majestade!

– Se for necessário, o faraó dará a sua vida para que o Egito viva. Trabalhe em paz, contramestre.

COMO SUA CAPITAL era radiante! Pi-Ramsés era um sonho realizado, um momento de felicidade que o tempo reforçava dia após dia. O antigo lugar de Avaris, cidade maldita dos invasores vindos da Ásia, fora transformado numa cidade encantadora e elegante, onde as acácias e os sicômoros ofereciam a sua sombra tanto aos ricos quanto aos humildes.

O rei gostava de passear pelo campo de abundante vegetação, percorrido por veredas ladeadas de flores e de canais propícios aos banhos; saboreava com prazer a maçã com gosto de mel, apreciava a cebola doce, percorria o longo olival que fornecia o azeite, tão abundante quanto a areia na margem, respirava o perfume que emanava dos jardins. O passeio do monarca terminava no porto interior, de atividade crescente, rodeado por armazéns onde se acumulavam as riquezas da cidade: metais preciosos, madeiras raras e reservas de trigo.

Nas últimas semanas, Ramsés não passeava nem pelo campo nem pelas ruas da cidade da turquesa, passando antes a maior parte do tempo nas casernas, em companhia dos oficiais superiores e dos soldados de cavalaria e infantaria, que apreciavam as condições do alojamento nas novas instalações.

Os membros de carreira do exército, do qual faziam parte numerosos mercenários, alegravam-se com o soldo e com a qualidade da alimentação. Entretanto, muitos queixavam-se do treinamento intensivo e lamentavam ter-se alistado alguns anos antes, quando a paz parecia garantida. Passar do exercício, mesmo rigoroso, ao combate contra os hititas não agradava a ninguém, nem mesmo aos profissionais mais aguerridos. Todos receavam a crueldade dos guerreiros anatólios, que ainda não tinham sofrido nenhuma derrota.

Ramsés sentira o medo insinuar-se pouco a pouco nos espíritos e tentava lutar contra o mal, visitando sucessivamente as diversas casernas e assistindo às manobras das diferentes tropas do exército. O rei devia mostrar-se sereno e manter a confiança no seio das tropas enquanto a angústia lhe roía a alma.

Como podia ser feliz naquela cidade em que Moisés, seu amigo de infância, fugira depois de ter dirigido as equipes de fabricantes de tijolos, os hebreus que tinham edificado palácios, *villas* e casas? É verdade que Moisés estava sendo acusado do assassinato de um egípcio, Sary, o cunhado do rei. Mas Ramsés continuava a duvidar, pois Sary, seu antigo preceptor, conspirara contra ele e se comportara de forma ignóbil com os operários sob suas ordens. Não teria Moisés caído numa cilada?

Quando não pensava no seu amigo desaparecido e sempre inatingível, o rei passava longas horas em companhia do irmão mais velho, Chenar, ministro das Relações Exteriores, e de Acha, o chefe dos seus serviços de espionagem. Chenar tentara de tudo para impedir o irmão mais novo de se tornar faraó, mas os seus fracassos pareciam tê-lo feito cair em si, e ele levava a sua tarefa muito a sério. Acha, diplomata inteligente e brilhante, era um dos colegas de universidade de Ramsés e de Moisés, e gozava de toda a confiança do rei.

Todos os dias os três homens examinavam as mensagens provenientes da Síria e tentavam avaliar a situação com lucidez.

Até que ponto o Egito poderia tolerar o avanço hitita?

Ramsés estava obcecado pelo grande mapa do Oriente Médio e da Ásia exposto no seu gabinete. Ao norte, o reino do Hatti,* com a sua capital, Hattusa, no coração do planalto da Anatólia. Mais ao sul, a vasta Síria, estendendo-se ao longo do Mediterrâneo e atravessada pelo rio Oronte. A principal praça forte do país era Kadesh, sob o domínio hitita. Ao sul, a província de Amurru e os portos de Biblos,

---

 *A Turquia.

Tiro e Sidon, sob o domínio egípcio, e Canaã, cujos príncipes eram fiéis ao faraó.

Oitocentos quilômetros separavam Pi-Ramsés, a capital egípcia, de Hattusa, a residência de Muwattali, o soberano hitita. A existência de um declive que ia da fronteira nordeste até a Síria central parecia abrigar as Duas Terras de qualquer tentativa de invasão.

Mas os hititas não se contentavam com o *status quo* imposto por Sethi. Saindo do seu território, os guerreiros anatólios tinham aberto uma brecha na direção de Damasco, a principal cidade da Síria.

Pelo menos era essa a convicção de Acha, com base nos relatórios dos agentes de informações. Ramsés exigia certeza antes de se colocar à frente do seu exército, com a firme intenção de empurrar o adversário para o norte. Nem Chenar nem Acha se atreviam a formular uma opinião decisiva; era ao faraó, somente ao faraó, que competia pesar a sua decisão e agir.

Impulsivo, Ramsés tivera vontade de contra-atacar desde o momento em que soubera do avanço hitita; mas a preparação de suas tropas, a maior parte transferida de Mênfis para Pi-Ramsés, exigiria ainda várias semanas, ou mesmo vários meses. Essa demora, que o rei suportava com alguma impaciência, talvez tivesse permitido evitar um conflito inútil: há quase dez dias não chegava nenhuma notícia alarmante proveniente da Síria central.

Ramsés dirigiu-se para o viveiro do palácio, onde viviam, bem cuidados, colibris, gaios, melharucos, poupas e abibes, bem como uma multiplicidade de outras aves que se beneficiavam da sombra dos sicômoros e da água dos lagos cobertos de lótus azuis.

Enquanto caminhava, estava convencido de que lá encontraria, dedilhando no seu alaúde as notas de uma antiga melodia, Nefertari, a grande esposa real, o seu doce amor, a única mulher que preenchia o seu coração. Embora não fosse de linhagem nobre, era a mais bela das belas do palácio, e a sua voz, doce como mel, jamais pronunciava palavras inúteis.

Embora a jovem Nefertari estivesse destinada a uma existência consagrada à meditação como sacerdotisa reclusa num templo da província, o príncipe Ramsés apaixonara-se perdidamente por ela. Nem um nem outro haviam suposto que, unidos, formariam o casal real, encarregado do destino do Egito.

Com cabelos negros brilhantes, olhos verde-azulados, apreciadora do silêncio e do recolhimento, Nefertari conquistara a corte. Discreta e eficaz, ajudava Ramsés e realizava o milagre de harmonizar as funções de rainha e esposa.

Meritamon, a filha que dera ao rei, era parecida com ela. Nefertari não poderia ter mais filhos, porém esse sofrimento parecia deslizar sobre ela como um vento de primavera. O amor que construía há nove anos com Ramsés parecia-lhe uma das fontes de felicidade do seu povo.

Ramsés contemplava-a sem que ela o visse. A rainha dialogava com uma poupa que esvoaçava ao seu redor, soltava algumas notas divertidas e pousava em seu antebraço.

– Está perto de mim, não é verdade?

Ele avançou. Como de costume, ela sentira a sua presença e o seu pensamento.

– Hoje os pássaros estão nervosos – notou a rainha. – Aproxima-se uma tempestade.

– O que se comenta no palácio?

– As pessoas estão atordoadas, riem da covardia do inimigo, gabam-se do poder das nossas armas, anunciam futuros casamentos, tentam adivinhar eventuais nomeações.

 – E o que se diz do rei?

– Que se parece cada vez mais com o pai e saberá proteger o país da desgraça.

– Se os cortesãos pudessem dizer a verdade...

Ramsés tomou Nefertari nos braços, e ela pousou-lhe a cabeça no ombro.

– Más notícias?

– Tudo parece calmo.

– Cessaram as incursões hititas?

– Acha não recebeu qualquer mensagem alarmante.

– Estaremos prestes a entrar em combate?

– Nenhum dos nossos soldados tem pressa em enfrentar os guerreiros anatólios. Os veteranos acham que não temos qualquer chance de vencê-los.

– É essa a sua opinião?

– Travar uma guerra dessa envergadura exige uma experiência que não possuo. Até mesmo o meu pai havia renunciado a entrar num conflito tão arriscado.

– Se os hititas modificaram a sua atitude é porque consideram ter a vitória ao seu alcance. No passado, as rainhas do Egito lutaram com todas as suas forças para manter a independência do seu país. Embora a violência me horrorize, estarei a seu lado se o conflito for a única solução.

De repente, o viveiro foi palco de uma ruidosa agitação.

A poupa foi empoleirar-se no ramo mais alto de um sicômoro, e os outros pássaros esvoaçaram em todas as direções.

Ramsés e Nefertari ergueram os olhos e viram um pombo-correio num vôo pesado; esgotado, parecia procurar em vão o seu ponto de chegada. O rei estendeu os braços, num gesto de acolhimento. O pombo pousou na frente do monarca.

Na pata direita estava preso um pequeno papiro enrolado, com alguns centímetros de comprimento. Escrito em hieróglifos minúsculos mas legíveis, o texto era assinado por um escriba do exército.

À medida que ia lendo, Ramsés tinha a sensação de que uma espada penetrava a sua carne.

– Você tinha razão – disse a Nefertari. – Havia uma ameaça de tempestade... e esta acaba de se desencadear.

3

A grande sala de audiências de Pi-Ramsés era uma das maravilhas do Egito. Chegava–se lá por uma escadaria monumental, adornada com figuras de inimigos vencidos. Elas encarnavam as forças do mal, constantemente renascidas, que apenas o faraó podia submeter a Maât, a lei da harmonia, de quem a rainha era o rosto vivo.

Em redor da porta de acesso, os nomes de coroação do monarca estavam pintados em azul sobre fundo branco e colocados em placas ovais evocando o cosmos, o reino do faraó, filho do criador e seu representante na terra. Quem franqueava o limiar do domínio de Ramsés descobria, maravilhado, a sua serena beleza.

O chão era formado por mosaicos de terracota envernizados e coloridos, sobre os quais estavam desenhadas figuras de lagos e jardins floridos. Havia um pato pousado numa lagoa verde-azulada e um peixe *boulti* deslizando entre os lótus brancos. Nas paredes, uma deslumbrante paleta de verde pálido, vermelho profundo, azul-claro, amarelo-ouro e branco dava vida aos pássaros que esvoaçavam sobre os pântanos. E o olhar detinha-se nos frisos florais representando lótus, papoulas e margaridas.

Para muitos, a obra-prima da sala, que cantava a perfeição de uma natureza controlada, era o rosto de uma jovem meditando em frente a um maciço de malvas-rosas. A semelhança com Nefertari era tão flagrante que ninguém duvidava da homenagem prestada pelo soberano à esposa.

Ao subir a escadaria para o seu trono de ouro, cujo último degrau estava decorado com um leão que cravava as mandíbulas sobre o inimigo vindo das trevas, Ramsés dirigiu um breve olhar às rosas, importadas do sul da Síria, o protetorado egípcio cujos espinhos espetavam seu coração.

A corte em peso fez silêncio.

Estavam presentes os ministros e os seus assessores, os ritualistas, os escribas reais, os magos e seus peritos em ciências sagradas, os responsáveis pelas oferendas cotidianas, os guardiões dos segredos, as grandes damas designadas para as funções oficiais e muitos outros que Romeu, o intendente do palácio, jovial mas escrupuloso, havia deixado entrar.

Era raro Ramsés convocar uma platéia tão numerosa, que de imediato faria eco do teor do discurso, tornando-o rapidamente conhecido em todo o país. Todos retiveram a respiração, receando ouvi-lo anunciar um desastre.

O rei estava com a dupla coroa, união do vermelho e do branco, do Baixo e do Alto Egito, e símbolo da indispensável unidade do país. Sobre o peito, o cetro do poder, o *sekhem*, que representava o domínio do faraó sobre os elementos e as forças vitais.

– Um comando hitita destruiu a Mansão do Leão, povoado criado por meu pai. Os bárbaros massacraram todos os habitantes, incluindo mulheres, crianças e bebês.

Ergueu-se um murmúrio de indignação. Nenhum soldado de qualquer exército tinha o direito de agir assim.

– Foi um mensageiro que descobriu essa infâmia – continuou o rei. – Totalmente em pânico, foi recolhido por uma das nossas patrulhas, que imediatamente mandou comunicar-me a informação. A esse massacre, os hititas acrescentaram a destruição do santuário do povoado e a profanação da estela de Sethi.

Transtornado, um belo senhor, encarregado de velar pelos arquivos do palácio e que tinha o título de "chefe dos segredos", destacou-se do grupo dos cortesãos e se inclinou perante o faraó.

– Majestade, possuímos a prova de que os hititas são realmente os autores do crime?

– Eis aqui a prova: "Vitória do exército do poderoso soberano do Hatti, Muwattali. Assim perecerão todos os seus inimigos." Informo-lhes igualmente que os príncipes de Amurru e da Palestina acabam de aliar-se aos hititas. Residências egípcias foram arrasadas, e os sobreviventes refugiaram-se nas nossas fortalezas.

– Então, Majestade, é...

– A guerra.

O GABINETE DE RAMSÉS era amplo e luminoso. As janelas, com a moldura formada por mosaicos envernizados, azuis e brancos, permitiam ao rei saborear a perfeição de cada estação e se inebriar com o perfume de mil e uma flores. Em mesinhas douradas, ramos de lírios. Sobre uma longa mesa de madeira de acácia encontravam-se os papiros desenrolados. Num canto do compartimento, uma estátua de diorito representava Sethi, sentado em seu trono, com os olhos erguidos para o além.

Ramsés formara um pequeno conselho, limitado a Ameni, o seu amigo e fiel secretário particular, ao seu irmão mais velho Chenar e a Acha.

De tez pálida, mãos longas e finas, pequeno, franzino, magro e quase calvo aos 24 anos, Ameni dedicara sua existência a servir a Ramsés. Inapto para qualquer prática desportiva, com costas frágeis, Ameni era um trabalhador infatigável. Passava dias e noites em seu gabinete e dormia pouco; em compensação, em uma hora assimilava mais assuntos do que toda a sua equipe de escribas, apesar de altamente qualificada. Porta-sandálias de Ramsés, Ameni poderia ascender a qualquer posto ministerial, mas preferia ficar à sombra do faraó.

– Os magos fizeram o que era necessário – informou ele. – Fabricaram estatuetas de cera com imagens dos asiáticos e dos hititas, e lançaram-nas ao fogo. Além disso, inscreveram os seus nomes em vasos e taças de terracota, quebrando-os. Pedi que procedessem todos os dias ao mesmo ritual até a partida do nosso exército.

O irmão mais velho de Ramsés, Chenar, encolheu os ombros. Atarracado e volumoso, tinha uma cara de lua cheia e bochechas dilatadas. Os lábios eram grossos e gulosos, os olhos pequenos e castanhos, a voz melosa e hesitante, e cortara um colar de barba que tinha deixado crescer como forma de luto por seu pai Sethi.

– É melhor não contarmos com a sua magia – recomendou. – Eu, ministro das Relações Exteriores, proponho que sejam demitidos os nossos embaixadores na Síria, em Amurru e na Palestina. São uns insetos, incapazes de ver a teia de aranha que os hititas teceram nos seus protetorados.

– Isso já foi feito – revelou Ameni.

– Podiam ter-me informado – respondeu Chenar, aborrecido.

– Está feito, e isso é o essencial.

Indiferente à competição de oratória, Ramsés colocou o indicador num ponto exato do grande mapa desenrolado em cima da mesa de acácia.

– As guarnições da fronteira a noroeste encontram-se em estado de alerta?

– Sim, Majestade – respondeu Acha. – Nenhum líbio a atravessará.

Filho único de uma família nobre e rica, Acha era um aristocrata por excelência. Elegante, requintado, árbitro da moda, rosto longo e fino, olhos vivos, expressão um tanto desdenhosa, falava várias línguas estrangeiras, e as relações internacionais eram a sua paixão.

– As nossas patrulhas controlam a zona costeira líbia e a zona desértica a oeste do Delta. As fortalezas estão em estado de alerta e poderão conter sem dificuldade um ataque que parece improvável. Nenhum guerreiro é capaz, na situação atual, de coligar as tribos líbias.

– Hipótese ou certeza?

– Certeza.

– Finalmente uma informação tranqüilizadora!

– É a única, Majestade. Os meus agentes acabam de fazer chegar-me às mãos os pedidos de socorro dos consultores de Megiddo, ponto de chegada das caravanas de Damasco e dos portos fenícios, destino de numerosos barcos de mercadores. As incursões hititas e a desestabilização da região já estão afetando as transações comerciais. Se não intervieRmos rapidamente, os hititas nos isolarão dos nossos aliados antes de os aniquilarem. Então, o mundo que Sethi e os seus antepassados construíram será destruído.

– Pensa que não tenho consciência disso, Acha?

– Alguma vez se tomou verdadeiramente consciência de um perigo de morte, Majestade?

– Será que foram realmente utilizados todos os recursos da diplomacia? – perguntou Ameni.

– A população de um povoado foi massacrada – recordou Ramsés. – Depois de semelhante horror, qual a diplomacia que se poderia usar?

 – A guerra fará milhares de mortos.

– Será que Ameni propõe uma capitulação? – interrogou Chenar, com expressão zombeteira.

O secretário particular do rei fechou os punhos.

– Retire imediatamente o que disse, Chenar.

– Estará finalmente disposto a lutar, Ameni?

– Basta! – cortou Ramsés. – Guardem as energias para defender o Egito. Chenar, você é a favor de uma intervenção militar imediata e direta?

– Estou em dúvida... Não seria melhor aguardar, ao mesmo tempo reforçando as nossas defesas?

– A administração não está preparada – afirmou Ameni. – Partir em campanha de forma improvisada nos conduziria à catástrofe.

– Quanto mais demorarmos – considerou Acha – mais a revolta se espalhará em Canaã. É preciso sufocá-la rapidamente para restabelecer uma zona de proteção entre nós e os hititas. Caso contrário, eles instalarão uma base avançada para preparar uma invasão.

– O faraó não deve arriscar sua vida de forma irresponsável – exclamou Ameni, irritado.

– Está me acusando de leviandade? – perguntou Acha, glacial.

– Você não conhece o estado real das nossas tropas! O seu equipamento ainda é insuficiente, mesmo com a fábrica de armamentos em pleno funcionamento.

– Sejam quais forem as nossas dificuldades, é necessário restabelecer sem demora a ordem nos nossos protetorados. Disso depende a sobrevivência do Egito.

Chenar evitou intrometer-se no debate entre os dois amigos. Ramsés, que confiava tanto em Ameni quanto em Acha, ouvira-os com grande atenção.

– Saiam – ordenou.

Sozinho, o rei olhou o sol, esse criador de luz de quem ele nascera.

Filho da Luz, tinha a capacidade de contemplar o astro de dia, frente a frente, sem queimar os olhos.

"Privilegie em todos os seres o seu brilho e o seu gênio", recomendara Sethi. "Procure em cada um aquilo que é insubstituível. Entretanto, estará só para tomar decisões. Ame o Egito mais do que a si próprio, e o caminho se abrirá à sua frente."

Ramsés ficou refletindo a respeito das intenções dos três homens. Chenar, indeciso, pretendia, sobretudo, não desagradar; Ameni desejava preservar o país como um santuário e recusava a realidade exterior; Acha tinha uma visão global da situação e não tentava disfarçar-lhe a gravidade.

Outros pensamentos vieram perturbar o rei: Moisés teria sido apanhado na tempestade? Encarregado de encontrá-lo, Acha não descobrira qualquer pista. Seus informantes permaneciam mudos. Se o hebreu conseguira sair do Egito, ter-se-ia dirigido à Líbia, aos principados de Edom e Moab, a Canaã ou à Síria. Num período tranqüilo, um informante já o teria descoberto. Atualmente, se Moisés ainda estivesse vivo, só com muita sorte seria possível saber onde se escondia.

Ramsés saiu do palácio e se dirigiu à residência dos seus generais. A sua única preocupação agora era acelerar a preparação do exército.

4

Chenar correu os dois ferrolhos de madeira que fechavam a porta do gabinete do Ministério das Relações Exteriores e depois olhou pelas janelas para se assegurar de que não havia ninguém no pátio interior. Cautelosamente, ordenara ao guarda da antecâmara que se afastasse e se postasse no final do corredor.

– Ninguém pode nos ouvir – disse a Acha.

– Não teria sido mais prudente conversarmos do outro lado?

– Devemos dar a impressão de trabalhar dia e noite para a segurança do país. Ramsés ordenou que os funcionários ausentes sem motivo justo fossem despedidos imediatamente. Estamos em guerra, meu caro Acha!

– Ainda não.

– É evidente que a decisão do rei está tomada! Você conseguiu convencê-lo.

– Espero que sim, mas tenhamos calma. Ramsés às vezes é imprevisível.

– A nossa jogada foi perfeita. O meu irmão acreditou que eu estava hesitante e que não me atrevia a tomar posição com medo de lhe desagradar. Você, pelo contrário, cortante e incisivo, deu maior relevância à minha falta de iniciativa. Como poderá Ramsés desconfiar da nossa aliança?

Satisfeito, Chenar encheu duas taças com um vinho branco da cidade de Imaú, famosa pelos seus vinhedos.

O gabinete do ministro das Relações Exteriores, ao contrário do de Ramsés, não era um modelo de sobriedade. Cadeiras com panos decorados com lótus, almofadas espalhafatosas, mesinhas com pés de bronze, paredes enfeitadas com pinturas representando cenas de caça aos pássaros nos pântanos e, sobretudo, uma profusão de vasos exóticos provenientes da Líbia, Síria, Babilônia, Creta, Rodes, Grécia e Ásia. Chenar adorava-os; pagara uma quantia exorbitante pela maior parte daquelas peças únicas, mas a sua paixão era tanta que enchia cada vez mais com aquelas maravilhas as suas *villas* de Tebas, Mênfis e Pi-Ramsés.

A criação da nova capital, que lhe doera como uma insuportável vitória de Ramsés, tornara-se, afinal, uma bênção. Chenar aproximava-se, assim, daqueles que haviam decidido colocá-lo no poder, os hititas, bem como dos centros de produção desses vasos incomparáveis. Vê-los, acariciá-los, recordar a sua origem exata proporcionava-lhe um prazer inefável.

– Ameni me inquieta – confessou Acha. – Não lhe falta sutileza e...

– Ameni é um imbecil e um fraco, que vegeta à sombra de Ramsés. O seu servilismo tapa-lhe os olhos e ouvidos.

– No entanto, criticou a minha atitude.

– Esse escribazinho julga que o Egito está só no mundo, que pode proteger-se atrás de suas fortalezas, fechar as fronteiras e impedir assim que qualquer inimigo o invada. Antimilitarista ferrenho, está convencido de que nos fecharmos sobre nós mesmos é a única hipótese de paz. Portanto, era inevitável ele se confrontar com você, mas acabará por nos ser útil.

– Ameni é o conselheiro mais próximo de Ramsés – objetou Acha.

– Em período de paz, é verdade; mas os hititas declararam-nos guerra, e a sua explanação foi absolutamente convincente. E está esquecendo a rainha-mãe Touya e a grande esposa real Nefertari!

– Será que elas apreciam a guerra?

– Odeiam-na, mas as rainhas do Egito sempre lutaram com o maior entusiasmo pela salvaguarda das Duas Terras, muitas vezes tomando iniciativas formidáveis. Foram as grandes damas de Tebas que reorganizaram o exército e fizeram-no expulsar os invasores hicsos do Delta. Touya, a minha venerável mãe, e Nefertari, essa feiticeira que subjuga a corte, não fugirão à regra. Haverão de incitar Ramsés a passar à ofensiva.

– Que o seu otimismo seja justificado!

Acha molhou os lábios no espesso vinho à base de frutas; Chenar esvaziou avidamente a sua taça. Embora envergasse túnicas caras, não conseguia ser tão elegante como o diplomata.

– Claro que é, meu caro! Você não é o chefe da nossa rede de espionagem, um dos amigos de infância de Ramsés e o único homem a quem ele dá ouvidos em matéria de política estrangeira?

Acha concordou com um gesto de cabeça.

– Aproximamo-nos do nosso objetivo – continuou Chenar, exaltado. – Ou Ramsés morrerá em combate, ou será vencido; desonrado, será obrigado a renunciar ao poder. Em ambos os casos, surgirei como o único capaz de negociar com os hititas e salvar o Egito do desastre.

– Será necessário, porém, comprar essa paz – lembrou Acha.

– Não esqueci o nosso plano. Cobrirei de ouro os príncipes de Canaã e de Amurru, oferecerei presentes fabulosos ao imperador dos hititas e cumprirei promessas não menos fabulosas! Talvez o Egito fique empobrecido durante algum tempo, mas eu reinarei. Todos rapidamente esquecerão Ramsés. A estupidez e a submissão do povo, que detesta hoje o que adorava ontem, eis a arma que utilizarei.

– Será que renunciou à idéia de um imenso império, do coração da África aos planaltos da Anatólia?

Chenar fez um ar de sonhador.

– É verdade que lhe falei disso, mas do ponto de vista comercial... Quando voltar a paz, criaremos novos portos de mercadorias, investiremos nas rotas das caravanas e estabeleceremos laços econômicos com os hititas. A essa altura, o Egito será demasiado pequeno para mim.

– E se seu império fosse também... político?

– Não estou compreendendo.

– Muwattali governa os hititas com mão-de-ferro, mas a corte de Hattusa fervilha de intrigas. Dois personagens, um bastante conhecido, Uri-Techup, e outro discreto, Hattusil, sacerdote da deusa Ishtar, são considerados prováveis sucessores. Se Muwattali morresse durante um combate, um deles assumiria o poder. Ora, os dois homens detestam-se, e os seus adeptos estão prontos para o combate.

Chenar acariciou a ponta do queixo.

– Na sua opinião, serão mais do que simples querelas de palácio?

– Muito mais. O reino hitita está ameaçado de desmembramento.

– Caso se partisse em vários pedaços, teria que surgir um salvador para reunificá-los sob a sua bandeira... e anexar esses territórios às províncias egípcias. Que império, Acha, que imenso império! Babilônia, Assíria, Chipre, Rodes, a Grécia e as terras do norte seriam meus futuros protetorados!

O jovem diplomata sorriu.

– Aos faraós sempre faltou ambição porque se preocupavam apenas com a felicidade do seu povo e a prosperidade do Egito. Você, Chenar, é de outra estirpe. Por isso Ramsés deve ser eliminado de qualquer maneira.

Chenar não se sentia um traidor, pois, se a doença não tivesse enfraquecido a mente de Sethi, teria sido a ele, o filho mais velho, que o faraó morto teria oferecido o trono. Vítima de uma injustiça, Chenar lutaria para reaver aquilo que por direito lhe pertencia.

Com olhar inquisidor, fitou Acha.

 – É claro que você não falou tudo a Ramsés.

– Claro que não; mas a quantidade de mensagens que recebo por intermédio dos meus agentes está à disposição do rei a qualquer hora. Estão registradas e classificadas neste ministério, e nenhuma pode ser subtraída ou destruída, com o risco de despertar a atenção e provocar suspeitas de fraude.

– Ramsés já fez alguma inspeção?

– Até agora nenhuma, mas estamos às vésperas de um conflito. Devo, portanto, tomar precauções e não me expor a um controle inesperado da sua parte.

– Como o fará?

– Pelo que já lhe disse e repito: não falta nenhum relatório, e nenhum deles está incompleto.

– Nesse caso, Ramsés sabe de tudo o que se passa!

Acha passou suavemente o dedo pela borda da taça de alabastro.

– A espionagem é uma arte difícil, Chenar; o fato em si é importante, mas a sua interpretação, mais ainda. A minha tarefa consiste em fazer a síntese dos fatos e em seguida interpretá-los para o rei, o que fará desencadear a sua ação. Na presente situação, não poderá censurar-me por fraqueza ou indecisão: insisti para que ele organizasse o mais rapidamente possível uma contra-ofensiva.

– Assim está fazendo o jogo dele e não o dos hititas!

– Apenas está considerando o fato em si – retorquiu Acha. – E será assim que Ramsés também reagirá. Quem ousará censurá-lo?

– Explique-se.

– A transferência das tropas de Mênfis para Pi-Ramsés suscitou uma grande quantidade de problemas administrativos que estão longe de serem resolvidos. Ao incitar Ramsés a apressar-se, obteremos uma primeira vantagem: um obstáculo intransponível para os nossos soldados, que estão mal equipados, em qualidade e quantidade.

– E as outras vantagens?

– O próprio terreno e a dimensão do abandono dos nossos aliados. Sem ocultá-lo de Ramsés, não chamei atenção para a vastidão do incêndio. A selvageria dos ataques hititas e o massacre da Mansão do Leão aterrorizaram os príncipes de Canaã e de Amurru, bem como os governadores dos postos costeiros. Sethi mantinha os guerreiros hititas na base do respeito; não é o caso de Ramsés. A maioria dos potentados locais, receando por sua vez serem aniquilados, preferirão ficar sob a proteção de Muwattali.

– Estão convencidos de que Ramsés não virá em seu auxílio e decidiram ser os primeiros agressores do Egito, para satisfazerem o seu novo senhor, o imperador do Hatti... Não é assim?

– É uma interpretação dos fatos.

– E é... a sua?

– A minha possui alguns pormenores suplementares. O silêncio de algumas das nossas praças fortes significará que o inimigo se apossou delas? Se isso for verdade, Ramsés esbarrará numa resistência muito mais dura do que o previsto. Além disso, é provável que os hititas tenham entregue grande quantidade de armas aos revoltosos.

Os lábios de Chenar tornaram-se gulosos.

– Maravilhosas surpresas em perspectiva para os batalhões egípcios! Ramsés poderia ser vencido logo na primeira batalha, antes mesmo de enfrentar os hititas!

– É uma hipótese que não devemos descartar – considerou Acha.

5

Ao fim de um dia extenuante, a rainha-mãe Touya repousava no jardim do palácio. Celebrara o ritual da madrugada numa capela da deusa Hathor, o sol feminino, depois resolvera problemas de protocolo, concedera entrevista a alguns cortesãos chorosos e recebera o ministro da Agricultura, a pedido de Ramsés, antes de conversar com Nefertari, a grande esposa real.

Magra, com grandes olhos amendoados severos e penetrantes, nariz fino e reto, queixo quase quadrado, Touya era uma autoridade moral incontestável. Com uma peruca de madeixas onduladas que ocultava as orelhas e a nuca, trajava um longo vestido de linho com plissado admirável. No pescoço, um colar de ametistas de seis voltas; nos pulsos, pulseiras de ouro. Em qualquer hora, a apresentação de Touya era sempre impecável.

A cada dia sentia mais a falta de Sethi. O passar do tempo tornava mais cruel a ausência do faraó morto, e a viúva ansiava por conhecer a última passagem, aquela que lhe permitiria reunir-se ao amado esposo.

No entanto, o casal real dava-lhe muitas alegrias: Ramsés tinha o estofo de um grande monarca, e Nefertari, o de uma grande rainha. Tais como Sethi e ela, ambos amavam apaixonadamente o país e sacrificar-lhe-iam a vida se o destino assim o exigisse.

Quando Ramsés caminhou em sua direção, Touya compreendeu imediatamente que o filho acabava de tomar uma séria decisão. O rei deu o braço à mãe e avançaram alguns passos por uma aléia arenosa, entre duas filas de tamarindos em flor. O ar estava quente e perfumado.

– O verão será implacável – disse ela. – Felizmente, escolheu um bom ministro da Agricultura. Os diques serão consolidados, e as bacias de retenção das águas de irrigação, ampliadas. A cheia deverá ser boa, e as colheitas, abundantes.

– O meu reinado bem que poderia ser longo e feliz.

– E por que não há de ser? Os deuses lhe são favoráveis, e a própria natureza oferece-lhe os seus favores.

– A guerra será inevitável.

– Eu sei, meu filho. A sua decisão é correta.

– Precisava da sua aprovação.

– Não, Ramsés; sabendo-se que Nefertari compartilha dos seus pensamentos, o casal real encontra-se preparado para agir.

– O meu pai havia feito um trato de não-agressão com os hititas.

– E os hititas pareciam ter feito um trato de não combater o Egito. Se houvessem quebrado esse trato, Sethi teria lançado de imediato uma ofensiva.

– Os nossos soldados não estão preparados.

– Têm medo, não é verdade?

– Quem poderá censurá-los?

– Você.

– Os veteranos espalham histórias terríveis a respeito dos hititas.

– Seriam elas capazes de assustar o faraó?

– O tempo necessário para dissipar as miragens...

– Elas só se dissiparão no campo de batalha, quando a coragem salvar as Duas Terras.

MEBA, O EX-MINISTRO das Relações Exteriores, detestava Ramsés. Convencido de que o rei o expulsara do posto sem razão, aguardava apenas a ocasião para se vingar. Assim como vários membros da corte, apostava no fracasso do jovem faraó que, depois de quatro anos de sucesso, sucumbiria à provação.

Em companhia de uma dezena de notáveis, o rico e mundano Meba, de rosto largo e ar marcial, trocava algumas frases fúteis sobre a alta sociedade de Pi-Ramsés. As iguarias eram ótimas, e as mulheres, estupendas; era preciso aproveitar o tempo, aguardando a chegada de Chenar.

Um serviçal murmurou algumas palavras ao ouvido de Meba. O diplomata ergueu-se imediatamente.

– Meus amigos, o rei está chegando; está nos dando a honra da sua presença.

As mãos de Meba tremiam. Ramsés não tinha o hábito de aparecer assim numa recepção particular.

Todos os presentes se curvaram em conjunto.

– É muita honra, Majestade! Quer sentar-se?

– Não é necessário. Vim apenas anunciar-lhe a guerra.

– A guerra...

– Durante os seus divertimentos, terá por acaso ouvido falar da presença dos nossos inimigos às portas do Egito?

– É a nossa principal preocupação – garantiu Meba.

– Os nossos soldados receiam que o conflito se torne inevitável – declarou um experiente escriba. – Sabem que terão de marchar debaixo de sol, pesadamente carregados, e seguir por caminhos difíceis. Não poderão beber o que tiverem vontade, pois a água será racionada. Mesmo que as pernas fraquejem, terão que continuar a andar, esquecer as costas em fogo e o estômago a dar voltas. Repousar no acampamento? Esperança vã, levando-se em conta as tarefas a realizar antes de poderem se estender em suas esteiras. Em caso de alerta, terão que levantar-se às pressas, com os olhos embaçados de sono. A alimentação? Medíocre. Os cuidados? Quase nenhum. E o que dizer das flechas e dos dardos do inimigo, do perigo constante, da morte que os rondará?

– Bela retórica de letrado – constatou Ramsés. – Também eu conheço esse antigo texto de cor. Mas hoje não se trata de literatura.

– Temos confiança no valor do seu exército, Majestade – proclamou Meba –, e sabemos que vencerá, sejam quais forem os sofrimentos a suportar.

– Comoventes palavras, mas não me bastam. Conheço a sua coragem e a dos nobres aqui presentes, e sinto-me orgulhoso por receber, neste momento, os seus alistamentos voluntários.

– Majestade... O nosso exército profissional deveria bastar para cumprir a tarefa!

– Ele precisa de homens de qualidade para enquadrarem seus jovens recrutas. Não compete aos nobres e aos ricos darem o exemplo? Todos estão sendo esperados na caserna principal a partir de amanhã bem cedo.

A CIDADE DA TURQUESA estava em ebulição. Transformada em base militar, em posto de comando dos carros, em local de reunião dos regimentos de infantaria e em zona de ancoradouro da frota de guerra, assistia às manobras e aos treinamentos da manhã à noite. Delegando poderes a Nefertari, Touya e Ameni na condução dos assuntos internos do Estado, Ramsés passava os dias na fábrica de armas e nas casernas.

A presença do monarca transmitia segurança e entusiasmo; verificava a qualidade das lanças, espadas e escudos, passava em revista os novos recrutas, conversava tanto com os oficiais superiores quanto com os soldados, prometendo a todos um soldo proporcional à sua bravura. Os mercenários tinham certeza de receberem ótimas recompensas se conduzissem o Egito à vitória.

O rei dava especial atenção ao trato com os cavalos, pois da boa condição física dos animais dependeria, praticamente, a sorte da batalha. No centro de cada cavalariça construída sobre pavimentos de pedras atravessados por valas, um reservatório de água servia simultaneamente para saciar a sede dos animais e manter a limpeza. Ramsés inspecionava diariamente diferentes estábulos, examinava os cavalos e aplicava punições severas em caso de negligência.

O exército reunido em Pi-Ramsés começava a funcionar como um grande corpo regido por uma cabeça para a qual apelavam em todas as circunstâncias. Disponível, atuando com rapidez, o rei não permitia qualquer falha e cortava de imediato os litígios. Estabeleceu-se, assim, uma sólida confiança. Cada soldado sentia que as ordens eram dadas com razão e que as tropas formavam uma verdadeira máquina de guerra.

Ver tão de perto o faraó, poder às vezes falar-lhe eram privilégios que espantavam os soldados, graduados ou não. Muitos cortesãos gostariam de se beneficiar de tal privilégio. Esta atitude do rei dava aos seus homens uma estranha energia, uma nova força. No entanto, Ramsés permanecia distante e inacessível. Continuava a ser o faraó, o ser único e animado de uma outra vida.

Quando o soberano viu Ameni entrar na caserna, onde, outrora, quando príncipe, o arrancara das mãos de carrascos, ficou meio espantado, pois o seu fiel secretário sentia aversão por aquele tipo de lugar.

– Veio manejar a espada ou a lança?

– O nosso poeta chegou a Pi-Ramsés e deseja vê-lo.

– Instalou-o bem?

– Numa moradia idêntica à de Mênfis.

SENTADO AO PÉ DE UM LIMOEIRO, a sua árvore favorita, Homero saboreava um vinho perfumado, temperado com anis e coentro, e fumava folhas de sálvia colocadas numa grossa concha de caracol, que funcionava como fornilho de cachimbo. Com a pele untada de azeite, cumprimentou o rei com voz mal-humorada.

– Permaneça sentado, Homero.

– Ainda sou capaz de me inclinar perante o senhor das Duas Terras.

Ramsés sentou-se num banco dobrável, ao lado do poeta grego. Heitor, seu gato preto rajado de branco, saltou para os joelhos do monarca. Começou a ronronar logo que este lhe fez as primeiras carícias.

– O meu vinho lhe agrada, Majestade?

– É um pouco áspero, mas o seu perfume é delicioso. Como tem passado?

– Os meus ossos doem, a minha visão continua a diminuir, mas o clima atenua meus males.

– Esta moradia lhe agrada?

– É perfeita. Meu cozinheiro, a criada e o jardineiro acompanharam-me; são ótimas pessoas que sabem mimar-me sem importunar. Tal como eu, estavam curiosos para conhecer a nova capital.

– Não estaria mais tranqüilo em Mênfis?

– Já não acontece nada em Mênfis! É aqui que se joga a sorte do mundo. Quem melhor qualificado senão um poeta para percebê-lo? Ouça isto: "Apolo descerá do céu, cheio de cólera. Avançará, semelhante à noite, e lançará as suas armas. O seu arco de prata emitirá um som aterrador, e as suas flechas trespassarão os guerreiros. Inúmeras fogueiras se acenderão para queimar os mortos. Quem poderá escapar à morte?"

 – São versos de sua *Ilíada*?

– Sim; mas será que falam realmente do passado? Sua cidade da turquesa, povoada de jardins e espelhos d'água, está se transformando em campo militar!

– Não tive outra opção, Homero.

– A guerra é a vergonha da humanidade, e a prova de que esta é uma raça degenerada, manipulada por forças invisíveis. Cada verso da *Ilíada* é um exorcismo destinado a extirpar a violência do coração dos homens, mas a minha magia parece-me por vezes bem irrisória.

– No entanto, deverá continuar escrevendo, e eu deverei continuar governando, mesmo que o meu reino se transforme num campo de batalha.

– Será a sua primeira grande guerra, não é verdade? Será mesmo a grande guerra...

– Assusta-me tanto quanto a você, mas não tenho direito nem tempo para sentir medo.

– É inevitável?

– É.

– Que Apolo guie o seu braço, Ramsés, e que a morte seja sua aliada.

6

De estatura média, olhos castanhos e vivos, queixo ornado por uma barbicha cortada em bico, Raia tornara-se o mercador sírio mais rico do Egito. Instalado há bastante tempo no país, possuía diversos estabelecimentos em Tebas, Mênfis e Pi-Ramsés. Vendia conservas de carne de primeira qualidade e vasos de luxo importados da Síria e da Ásia. Sua clientela, rica e requintada, não hesitava em pagar um preço elevado pelas obras-primas de artesãos estrangeiros, expostas nos banquetes e recepções para deslumbrar os convidados.

Cortês e discreto, Raia gozava de excelente reputação. Graças ao rápido desenvolvimento do seu negócio, adquirira uma dezena de barcos e trezentos burros, que lhe permitiam transportar rapidamente alimentos e objetos de uma cidade para outra. Contando com inúmeros amigos na administração, no exército e na guarda palaciana, Raia era um dos fornecedores da corte e da nobreza.

Ninguém suspeitava que o amável mercador era um espião a serviço dos hititas, que recebia as suas mensagens cifradas, dissimuladas no interior de determinados vasos marcados com um sinal que permitia distingui-los, e que fazia chegar até eles as informações por intermédio de um dos seus agentes do sul da Síria. O principal inimigo do faraó era assim informado de maneira precisa sobre a evolução da situação política no Egito, do estado de espírito da população e da capacidade econômica e militar das Duas Terras.

Quando Raia se apresentou ao intendente da suntuosa residência de Chenar, o serviçal do irmão mais velho de Ramsés pareceu aborrecido.

– O meu senhor está muito ocupado. É impossível incomodá-lo.

– Nós tínhamos um encontro marcado – lembrou Raia.

– Lamento muito.

– Bem, então avise-o da minha presença e diga-lhe que gostaria de lhe mostrar um vaso excepcional, uma peça única devido ao talento de um artesão que acaba de pôr fim à sua carreira.

O intendente hesitou. Conhecendo a paixão de Chenar pelas peças de coleções exóticas, decidiu informá-lo, mesmo correndo o risco de importuná-lo.

Quinze minutos depois, Raia viu sair uma jovem um tanto maquiada demais, com os cabelos ao vento e uma tatuagem no ombro esquerdo nu. Com certeza, uma das encantadoras hóspedes estrangeiras da mais luxuosa casa de cerveja de Pi-Ramsés.

– O meu senhor está à sua espera – disse o intendente.

Raia atravessou um magnífico jardim cujo centro era ocupado por um amplo lago sombreado por palmeiras.

Com o rosto abatido, Chenar descansava em uma espreguiçadeira.

– Uma jovem agradável, mas muito cansativa... Cerveja, Raia?

– Agradeço-lhe.

– Há muitas damas na corte que só pensam em casar comigo, mas esse tipo de loucura não me seduz. Quando eu reinar, será então o momento de arranjar uma esposa conveniente. Por enquanto, aprecio prazeres variados. E você, Raia... Ainda não está debaixo da asa de uma mulher?

– Que os deuses me guardem, senhor! O comércio não me deixa tempo livre.

– Segundo o meu intendente, você me reservou um achado excelente.

De um saco de pano entulhado de retalhos, o mercador retirou lentamente um minúsculo vaso de pórfiro, cuja asa era um corpo de gazela, com laterais que exibiam cenas de caça.

Chenar acariciou o objeto, perscrutando cada detalhe. Ergueu-se e girou em volta dele, fascinado.

– Que maravilha... que maravilha inigualável!

– E por um preço módico.

– Diga ao meu intendente que lhe pague.

O irmão mais velho de Ramsés falava em voz baixa.

– E quanto ao valor da mensagem dos meus amigos hititas?

– Ah, senhor! Mais do que nunca estão decididos a apoiá-lo e já o consideram o sucessor de Ramsés.

Por um lado, Chenar servia-se de Acha para enganar Ramsés; por outro, preparava o seu futuro por intermédio de Raia, o emissário dos hititas. Acha ignorava o verdadeiro papel de Raia, e este o de Acha. Chenar era o único dono do jogo, deslocava os peões a seu bel-prazer e mantinha seus aliados ocultos bem separados.

A única incógnita importante eram os hititas.

Encaixando as informações obtidas por Acha às que Raia lhe levava, Chenar formaria uma opinião sólida sem ter que correr riscos desnecessários.

– Qual é a dimensão da ofensiva, Raia?

– Comandos hititas realizaram incursões assassinas na Síria central, no sul da Síria, na costa fenícia e na província de Amurru para assustar as populações. A maior proeza desses comandos foi a destruição da Mansão do Leão e da estela de Sethi. A ação chocou de tal forma que provocou inesperadas alterações de alianças.

– A Fenícia e a Palestina estão sob o controle hitita?

– Melhor ainda: revoltaram-se contra Ramsés! Seus príncipes pegaram em armas e ocupam as praças fortes de onde expulsaram os soldados egípcios. O faraó ignora que vai esbarrar com uma sucessão de cortinas defensivas que esgotarão as suas forças. Logo que as perdas de Ramsés forem bastante elevadas, o exército hitita lhe cairá em cima para aniquilá-lo. Será a sua oportunidade, Chenar; você subirá ao trono do Egito e estabelecerá uma aliança duradoura com o vencedor.

As previsões de Raia diferiam sensivelmente das de Acha, mas nos dois casos Chenar se tornaria faraó no lugar do irmão, morto ou vencido. Sendo que, no primeiro caso, se tornaria vassalo dos hititas, enquanto, no segundo, tomaria todo o seu império. Tudo dependeria da amplitude da derrota de Ramsés e das baixas que infligiria ao exército hitita. A margem de manobra era apertada, é verdade, mas o êxito revelava-se possível, com um objetivo prioritário: tomar o poder no Egito. A partir dessa base, seriam possíveis outras conquistas.

– Como estão reagindo as cidades comerciais?

– Como sempre, pendem para o lado do mais forte. Alep, Damasco, Palmira e os portos fenícios já esqueceram o Egito para se inclinarem perante Muwattali, o imperador de Hatti.

– Isso não é inquietante para a prosperidade da economia egípcia?

– Pelo contrário! Os hititas são os melhores guerreiros da Ásia e do Oriente, mas péssimos comerciantes. Confiam no senhor para reorganizar o intercâmbio internacional e receber os lucros que lhes serão devidos. Sou um mercador, não esqueça, e tenho intenção de continuar no Egito e enriquecer. Os hititas nos trarão a estabilidade de que temos necessidade.

– Será o meu ministro das Finanças, Raia.

– Se os deuses nos forem favoráveis, faremos fortuna. A guerra durará apenas algum tempo; o essencial é ficarmos ao largo para recolher os frutos que caírem da árvore.

A cerveja estava deliciosa, e a sombra, refrescante.

– A atitude de Ramsés me inquieta – confessou Chenar. O mercador sírio franziu o cenho.

– O que fez o faraó?

– Está constantemente presente em todas as casernas e impregna nos seus soldados uma energia que nunca conseguiriam ter. Se continuar assim, acabarão por considerar-se invencíveis!

– E o que mais?

– A fábrica de armas funciona dia e noite.

Raia coçou a barbicha.

– Não é grave... O atraso deles em relação aos hititas é bastante grande para ser recuperado. Quanto à influência de Ramsés, desaparecerá após o primeiro confronto. Quando os egípcios se encontrarem frente a frente com os hititas, a debandada será geral.

– Não está subestimando muito as nossas tropas?

– Se tivesse assistido a um ataque hitita, não censuraria ninguém por morrer de medo.

– Um homem, pelo menos, não sentirá o menor pavor.

– Ramsés?

– Estou me referindo ao chefe da sua guarda pessoal, um gigante sardo chamado Serramanna. É um antigo pirata que conquistou a confiança de Ramsés.

– A sua reputação já me chegou aos ouvidos. Por que ele incomoda?

– Porque Ramsés o colocou à frente de um regimento de elite, composto em grande parte por mercenários. Esse Serramanna pode tornar-se um exemplo incômodo e suscitar atos de heroísmo.

– Pirata e mercenário... Fácil de subornar.

– Aí é que você se engana! Tomou-se de amizade por Ramsés e vela por ele com uma fidelidade canina. E o amor de um cão não se compra.

– Pode ser eliminado.

– Já pensei nisso, meu caro Raia, mas é melhor desistir de uma intervenção brutal. Serramanna é um sujeito violento e muito desconfiado. Seria capaz de se desembaraçar de eventuais agressores. E um crime faria Ramsés desconfiar.

– O que pretende então?

– Uma outra forma de deixar Serramanna de fora. Nem você nem eu devemos estar implicados.

– Sou um homem prudente, senhor, e entrevejo uma solução...

– Insisto: esse sardo tem o instinto de um animal selvagem.

– Vou livrá-lo dele.

– Para Ramsés, seria um golpe muito duro. Para você, uma bela recompensa.

O mercador sírio esfregou as mãos.

– Tenho mais uma boa notícia a lhe dar, senhor Chenar. Sabe como as tropas egípcias situadas no exterior se comunicam com Pi-Ramsés?

– Por mensageiros a cavalo, sinais ópticos e pombos-correios.

– Nas zonas infestadas de revoltosos, apenas os pombos-correios podem ser utilizados. Ora, o principal criador desses preciosos animais não se parece nada com Serramanna. Embora trabalhe para o exército, não resistiu à corrupção. Para mim será, portanto, fácil fazer com que se destruam as mensagens, interceptem-nas ou substituam-nas por outras. O suficiente para desorganizar os serviços de informações egípcios à vontade...

– Magnífica perspectiva, Raia. Mas não se esqueça de me arranjar outros vasos como este.

7

Serramanna encarava essa guerra com má vontade. Ao abandonar a profissão de pirata para se tornar chefe da guarda pessoal de Ramsés, o gigante sardo aprendera a apreciar o Egito, a sua moradia oficial e as egípcias com quem passava horas de prazer. Nenofar, a sua mais recente amante, ultrapassava as precedentes. Durante o seu último embate amoroso, conseguira esgotá-lo, a ele, um sardo!

Na realidade, maldita guerra que o afastaria de tantas alegrias, mesmo não tendo nenhuma obrigação de velar pela segurança de Ramsés! Quantas vezes o monarca ignorara seus conselhos de prudência! Mas era um grande rei, e Serramanna o admirava. Se fosse preciso matar hititas para salvar o reino de Ramsés, ele mataria. E esperava cortar com sua própria espada o pescoço de Muwattali, cujos soldados chamavam o "grande chefe". O sardo escarneceu: um "grande chefe" à frente de um bando de bárbaros e assassinos! Cumprida sua missão, Serramanna perfumaria o bigode retorcido em espiral e logo conquistaria outras Nenofares.

Quando Ramsés o nomeou responsável pelo corpo de elite do exército egípcio encarregado de missões perigosas, Serramanna experimentou um desses sentimentos de orgulho que restituem o vigor da juventude. Visto que o senhor das Duas Terras o honrava com tal confiança, o sardo lhe demonstraria, com as armas na mão, que ele não se enganara, pois o treinamento que impunha aos homens sob seu comando já eliminara os fanfarrões e os glutões; ficaria apenas com os verdadeiros guerreiros, aqueles capazes de lutar, mesmo na desvantagem de um contra dez, e de suportar, sem um gemido, quaisquer ferimentos.

Ninguém sabia a data da partida das tropas, mas o instinto de Serramanna pressentia-a próxima. Os soldados andavam nervosos nas casernas. No palácio, as reuniões do estado-maior sucediam-se em ritmo intenso. Ramsés encontrava-se muitas vezes com Acha, o chefe dos serviços de espionagem.

As más notícias eram transmitidas de boca em boca; a revolta espalhava-se cada vez mais, e alguns notáveis fiéis ao

Egito haviam sido executados na Fenícia e na Palestina. Mas as mensagens trazidas pelos pombos-correios do exército provavam que as fortalezas resistiam e conseguiam conter os ataques inimigos.

Sendo assim, pacificar Canaã não apresentaria grandes dificuldades; Ramsés provavelmente decidiria continuar na direção norte, na rota das províncias de Amurru e da Síria. Depois, haveria o inevitável confronto com o exército hitita, cujos comandos, segundo os informantes, haviam se retirado do sul da Síria.

Serramanna não temia os hititas. Apesar da sua reputação de massacradores, o sardo sentia uma ânsia enorme de enfrentar esses bárbaros, matá-los, o maior número possível, e vê-los debandar, aos gritos.

Antes de entrar em um combate fabuloso cuja lembrança os egípcios guardariam na memória, o sardo tinha uma missão a cumprir.

Saindo do palácio, bastou Serramanna fazer um curto trajeto para chegar ao bairro das oficinas, perto dos armazéns. Reinava uma intensa atividade no labirinto de ruelas que levavam aos estabelecimentos de marceneiros, alfaiates e fabricantes de sandálias. Um pouco mais longe, na direção do porto, ficavam as modestas casas dos oleiros hebreus.

A chegada do gigante espalhou inquietação entre os operários e suas famílias. Desde a fuga de Moisés, os hebreus haviam perdido um chefe exemplar que os defendia de qualquer tipo de autoritarismo e que lhes devolvera um orgulho há muito esquecido. O aparecimento do sardo, de reputação bem conhecida, não pressagiava nada de bom.

Serramanna agarrou pelo saiote um garoto que fugia.

– Pare de espernear, menino! Onde vive Abner, o oleiro?

– Não sei.

– Não me irrite.

O garoto levou a ameaça a sério e falou sem nada omitir, chegando mesmo a conduzir o sardo até o domicílio de Abner, que se escondera em um canto da sala de entrada, com todo o corpo envolvido em um manto.

– Vamos – ordenou Serramanna.

– Recuso-me!

– De que tem medo, amigo?

– Não fiz nada de mal.

– Então não tem do que ter medo.

– Deixe-me em paz, eu lhe suplico!

– O rei quer vê-lo.

Como Abner se encolhia cada vez mais, o sardo foi obrigado a levantá-lo com uma só mão e sentá-lo no lombo de um burro que, em passo seguro e tranqüilo, retomou o caminho do palácio em Pi-Ramsés.

ABNER ESTAVA ATERRORIZADO.

Prostrado perante Ramsés, não se atrevia a erguer os olhos.

– O inquérito sobre o drama não me satisfaz – declarou o rei. – Quero saber aquilo que realmente se passou; e você sabe, Abner.

– Majestade, não passo de um simples oleiro...

– Moisés é acusado de ter matado Sary, o marido de minha irmã. Se for provado que cometeu realmente esse crime, deverá ser castigado com a maior severidade. Mas por que teria ele agido assim?

Abner imaginava que ninguém se interessasse pelo seu verdadeiro papel naquele caso; esquecera, porém, da amizade que ligava o faraó a Moisés.

– Moisés deve ter enlouquecido.

– Não brinque comigo, Abner.

– Majestade!

– Sary não gostava de você.

– São mexericos, só mexericos...

– Engana-se, Abner, são testemunhos! Agora levante-se.

Começando a tremer, o hebreu hesitou. Mantinha a cabeça baixa, incapaz de suportar o olhar de Ramsés.

– Você é um covarde, Abner?

– Sou um simples oleiro que deseja viver em paz, Majestade. Eis o que sou.

– Os sábios não acreditam no acaso. Por que razão está envolvido na tragédia?

Abner pretendia continuar mentindo, mas a voz do faraó aniquilava as suas defesas.

– Moisés... Moisés era o chefe dos oleiros. Todos lhe devíamos obediência, mas a sua autoridade incomodava Sary.

– Sary o maltratou?

Abner balbuciou algumas palavras incompreensíveis.

– Fale claramente – exigiu o rei.

– Sary... Sary não era um homem bom, Majestade.

– Tenho consciência de que era mesmo velhaco e cruel.

A declaração de Ramsés acalmou Abner.

– Sary ameaçou-me – confessou o hebreu. – Obrigou-me a entregar-lhe parte dos meus ganhos.

– Chantagem... Por que lhe fez a vontade?

– Tive medo, Majestade, muito medo! Sary teria me batido, demitido...

– Por que não apresentou queixa?

– Sary tinha muitos conhecimentos na guarda. Ninguém ousava opor-se a ele.

– Ninguém, exceto Moisés!

– Para seu mal, Majestade, para seu mal...

– Um mal ao qual você não era estranho, Abner.

O hebreu desejou enfiar-se num buraco para escapar da inteligência do soberano, que o penetrava como uma broca perfurando um vaso.

– Desabafou com Moisés, não é verdade?

– Moisés sempre foi bom e corajoso...

– Quero a verdade, Abner!

– Sim, Majestade, desabafei com ele.

– Como reagiu?

– Aceitou defender-me.

– De que maneira?

– Ordenando a Sary que não me importunasse mais, suponho... Moisés não era de falar muito.

– Fatos, Abner, quero apenas fatos.

– Estava descansando em minha casa quando Sary a invadiu, dominado por violenta cólera. "Cão hebreu", berrou ele, "atreva-se a falar!" Bateu-me, protegi a face com as mãos e tentei escapar. Moisés entrou e se atracou com Sary. Sary morreu... Se Moisés não tivesse intervindo, o morto seria eu.

– Em suma: trata-se de um caso de legítima defesa! Com o seu testemunho, Abner, Moisés poderia ter sido absolvido por um tribunal e recuperado o seu lugar entre os egípcios.

– Eu não sabia, eu...

– Por que se calou, Abner?

– Estava com medo!

– De quem, se Sary estava morto? Haverá outro contramestre perseguindo-o?

– Não, não...

– O que o assusta?

– A justiça, a guarda...

– Mentir é uma falta grave, Abner. Mas talvez não acredite na existência da balança do outro mundo, aquela que pesará os nossos atos.

O hebreu mordeu os lábios.

– Manteve-se em silêncio – continuou Ramsés – porque receava que os investigadores chegassem até você. Auxiliar Moisés, o homem que lhe salvou a vida, não lhe interessava.

– Majestade!

– Eis a verdade, Abner: você queria permanecer à sombra porque também é um chantagista. Serramanna soube soltar a língua dos oleiros principiantes que você explora sem remorsos.

O hebreu ajoelhou-se em frente ao rei.

– Ajudo-os a arranjar trabalho, Majestade... É uma retribuição justa.

– Você não passa de um canalha, Abner, mas o seu valor a meus olhos é imenso, pois poderá inocentar Moisés e justificar o seu gesto.

– Vossa Majestade vai... vai me perdoar?

– Serramanna o levará perante um juiz, que tomará o seu depoimento. Sob juramento, descreverá os fatos sem omitir um único detalhe. Que eu nunca mais ouça falar de você, Abner.

8

O Calvo, dignitário da Casa da Vida de Heliópolis, estava encarregado de verificar a qualidade dos alimentos trazidos por agricultores e pescadores. Escrupuloso, mesmo brincalhão, examinava cada fruto, cada legume, cada peixe. Os vendedores receavam-no, mas o estimavam, pois pagava o preço justo; entretanto, ninguém podia tornar-se seu fornecedor fixo, pois não caía na rotina nem concedia quaisquer privilégios. Para ele, o que interessava era a perfeição dos alimentos que seriam consagrados pelo ritual e oferecidos aos deuses antes de serem redistribuídos à população.

Feita a escolha, o Calvo orientava a entrega de suas compras para as cozinhas da Casa da Vida, cujo nome, "o lugar puro", traduzia o permanente cuidado com a higiene. O sacerdote fazia, com freqüência, inspeções inesperadas, por vezes seguidas de pesadas punições.

Naquela manhã, dirigiu-se à despensa de peixes secos e salgados.

O ferrolho de madeira da porta, cujo mecanismo somente ele e o encarregado da despensa conheciam, fora serrado.

Apreensivo, empurrou a porta.

O silêncio e a penumbra habituais.

Avançou, inquieto, mas não detectou nenhuma presença insólita. Um pouco mais calmo, parou na frente de cada pote; as etiquetas identificavam o nome, o número de peixes em conserva e a data da salga.

Junto da porta, um espaço vazio.

Ficou estupefato: haviam roubado um pote.

PERTENCER À CASA DA RAINHA era uma honra com a qual sonhavam todas as damas da corte. Mas Nefertari dava mais importância à competência e à seriedade do que à fortuna ou posição social. Tal qual Ramsés quando formara seu governo, ela provocara muitas surpresas ao escolher jovens de origem humilde para as funções de cabeleireira, tecelã ou criada de quarto.

Fora atribuída a uma linda morena nascida em um dos arredores populares de Mênfis a invejada função de roupeira da grande esposa real. Essa função consistia, particularmente, em cuidar das indumentárias preferidas de

Nefertari que, apesar da grande dimensão do seu guarda-roupa, tinha uma predileção particular por vestidos antigos e por um velho xale que gostava de usar no fim do dia, por recear a friagem do poente, além de recordar, sonhadora, ter-se agasalhado com ele na noite do seu primeiro encontro com o príncipe Ramsés, o jovem simultaneamente fogoso e delicado que mantivera a distância durante tanto tempo, antes de admitir a sua própria paixão por ele.

Assim como os outros empregados da Casa da Rainha, a roupeira sentia pela soberana uma verdadeira veneração. Nefertari sabia governar com graça e dar ordens com um sorriso; nenhuma tarefa lhe parecia demasiado humilde para ser negligenciada, e ela não aceitava atrasos injustificados nem mentiras. Quando surgia um problema, gostava de falar ela própria com a serva faltosa e ouvir suas explicações. Amiga e confidente de Touya, a rainha-mãe, e de Nefertari, a grande esposa real, a roupeira soubera conquistar-lhes os corações.

Perfumava as roupas com essências requintadas provenientes do laboratório do palácio, tendo o cuidado de não fazer qualquer prega no momento de guardá-las nas arcas de madeira e nos armários. Quando começou a anoitecer, ela foi buscar o velho xale com que a rainha gostava de cobrir os ombros enquanto celebrava os últimos rituais do dia.

O sangue fugiu-lhe do rosto.

O xale não estava no lugar!

"Impossível", pensou, "enganei-me de arca." Começou a procurar em outras arcas, depois nos armários.

Foi inútil.

A roupeira interrogou as criadas de quarto, a cabeleireira da rainha, as lavadeiras... Nenhuma sabia de nada.

O xale preferido de Nefertari havia sido roubado.

O CONSELHO DE GUERRA estava reunido na sala de audiências do palácio de Pi-Ramsés. Os generais que comandavam os quatro exércitos atenderam prontamente à convocação do rei, chefe supremo das tropas. Ameni tomava notas para depois redigir um relatório.

Os generais eram escribas de idade avançada, bastante letrados, possuidores de grandes conhecimentos e bons administradores. Dois deles haviam combatido os hititas sob as ordens de Sethi, mas o alistamento fora breve e de pouca importância. Na realidade, nenhum daqueles oficiais superiores estivera num conflito de grandes proporções; por isso, quanto mais se aproximava a guerra, pior se sentiam.

– Como está nosso armamento?

– Bom, Majestade.

– A produção?

– Em plena atividade. De acordo com suas instruções, os bônus dos ferreiros e dos fabricantes de flechas foram duplicados. Porém, precisamos de mais espadas e punhais para o combate corpo a corpo.

– Os carros?

– Dentro de algumas semanas teremos um número suficiente deles.

– Os cavalos?

– Muito bem tratados. Os animais partirão em excelentes condições físicas.

– O moral dos homens?

– Aí é que está o problema, Majestade – confessou o mais novo dos generais. – A sua presença é benéfica, mas continuam a correr mil e uma histórias sobre a crueldade e a invencibilidade dos hititas. Apesar dos constantes desmentidos, essas histórias estúpidas deixam marcas nos espíritos.

 – Mesmo nos dos meus generais?

– Não, Majestade, claro que não... Mas subsistem dúvidas em relação a alguns pontos.

– Quais?

– Bem... O inimigo será realmente superior em número?

– Começaremos por restabelecer a ordem em Canaã.

– Os hititas já se encontram lá?

– Não, o exército deles não se aventurou tão longe de suas bases. Somente os comandos espalharam a perturbação antes de retornarem para a Anatólia. Convenceram os reizinhos locais a trair-nos para provocarem conflitos que desgastassem as nossas forças. Não o conseguirão. A rápida reconquista das nossas províncias dará aos soldados o entusiasmo necessário para continuarem em direção ao norte e obterem uma grande vitória.

– Alguns estão inquietos... em relação às nossas fortalezas.

– Não há motivo para isso. Há dois dias chegou ao palácio uma dezena de pombos-correios trazendo mensagens reconfortantes. Nenhuma fortaleza caiu nas mãos do adversário; dispõem dos víveres e das armas necessários para resistirem a eventuais assaltos até a nossa chegada. Temos, no entanto, de apressar-nos; já demoramos demais.

O desejo de Ramsés tinha o valor de uma ordem. Os generais curvaram-se e regressaram às suas casernas, com a firme intenção de acelerar os preparativos da partida.

– Incompetentes! – resmungou Ameni, pousando delicadamente o junco talhado de que se servia para escrever.

– Severo julgamento – considerou Ramsés.

– Olhe para eles: são medrosos, apegados a uma vida fácil! Até agora passaram mais tempo refestelando-se nos jardins de suas *villas* do que enfrentando um campo de batalha. Como se comportarão diante dos hititas, cuja única razão de viver é a guerra? Os seus generais já estarão mortos ou em fuga.

– Sugere a substituição de todos?

– Não há mais tempo; e mesmo que houvesse, de que adiantaria? Todos os seus oficiais superiores são da mesma laia.

– Desejaria que o Egito se abstivesse de qualquer intervenção militar?

– Seria um erro mortal... É necessário reagir, tem razão, mas a situação é clara: a nossa capacidade de vencer depende de você, e somente de você.

RAMSÉS RECEBEU O AMIGO ACHA tarde da noite. O rei e o chefe dos serviços de espionagem concediam-se raros momentos de descanso; na capital, a tensão era cada vez mais perceptível.

Em uma das janelas do gabinete do faraó, os dois homens contemplaram o céu noturno, cuja alma era formada por milhares de estrelas.

– Novidades, Acha?

– A situação está paralisada: de um lado, os revoltosos; do outro, as nossas fortalezas. Os guerreiros aguardam a sua intervenção.

– Fervo de impaciência, mas não tenho o direito de arriscar a vida dos meus soldados. Falta de preparo, material insuficiente... Adormecemos durante muito tempo sob uma paz ilusória. O despertar é brutal, mas salutar.

– Que os deuses o ouçam.

– Duvida do seu auxílio?

– Estaremos à altura dos acontecimentos?

– Os que combaterem sob as minhas ordens defenderão o Egito com o risco da própria vida. Se os hititas alcançassem os seus objetivos, seria o reino das trevas.

 – Já pensou que pode morrer?

– Nefertari assegurará a regência e, se necessário, reinará.

– Como a noite está bela... Por que os homens só pensam em matar-se uns aos outros?

– Eu havia sonhado com um reinado tranqüilo. O destino, porém, decidiu de outra forma, e não lhe fugirei.

– Isso poderá ser-lhe hostil, Ramsés.

– Já não tem confiança em mim?

– Talvez eu tenha medo, como todos.

– Descobriu alguma pista de Moisés?

– Até agora, nada. Parece ter mesmo desaparecido.

– Não, Acha.

– Por que tem tanta certeza?

– Porque você não fez nenhuma investigação.

O jovem diplomata não perdeu a calma.

– Recusou-se a enviar os seus agentes atrás da pista de Moisés – continuou Ramsés – porque não deseja a sua prisão nem a sua condenação à morte.

– Moisés não é nosso amigo? Se o trouxer de volta ao Egito, será fatalmente condenado à pena máxima.

– Não, Acha.

– Você, o faraó, não pode violar a lei!

– Não tenho a mínima intenção disso. Moisés poderá viver livre no Egito porque a justiça o absolverá.

– Mas... ele não matou Sary?

– Em legítima defesa, segundo um depoimento devidamente registrado.

– Que notícia fabulosa!

– Procure Moisés e o encontre.

– Não será fácil... Levando em conta as atuais agitações, talvez esteja escondido num lugar inacessível.

– Encontre-o, Acha.

9

Com ar zangado, Serramanna entrou no bairro dos oleiros. Quatro jovens hebreus vindos do Médio Egito não haviam hesitado em acusar Abner de chantagem e extorsão. Graças a ele, haviam conseguido um lugar, mas a que preço!

Os investigadores haviam conduzido o inquérito de forma deplorável. Sary era um personagem pouco recomendável, mas, ainda assim, influente, e Moisés um homem bastante incômodo; a morte do primeiro e o desaparecimento do segundo não ofereciam vantagens?

Talvez preciosos indícios tivessem sido negligenciados. O sardo fizera inúmeras perguntas por todo o bairro antes de forçar de novo a porta de Abner.

O oleiro consultava uma tabuleta coberta de números enquanto saboreava um pão temperado com alho. Quando viu Serramanna, escondeu a tabuleta por baixo da roupa.

– Então, Abner, continua fazendo contas?

– Sou inocente!

– Se recomeçar o seu negociozinho, terá de se ver comigo.

– O rei me protege!

– Nem sonhe com isso!

O sardo agarrou uma cebola doce e a trincou.

– Não tem nada para beber?

– Sim, na arca...

Serramanna levantou a tampa.

– Pelo deus Bés, aqui tem o suficiente para uma festança! Ânforas de vinho e de cerveja... A sua profissão rende bem, Abner.

 – São... presentes.

– É muito bom ser assim apreciado.

– O que está querendo de mim? Já dei o meu depoimento!

– É mais forte do que eu: eu gosto da sua companhia.

– Disse tudo o que sabia.

– Não acredito. No tempo em que era pirata, eu próprio interrogava os meus prisioneiros; havia muitos que não se lembravam do lugar onde tinham escondido suas riquezas. À força de persuasão, acabavam sempre por se recordar.

– Não tenho fortuna!

– O seu dinheiro não me interessa.

Abner pareceu ficar mais calmo. Enquanto o sardo abria uma ânfora de cerveja, o hebreu fez deslizar a tabuleta para debaixo de uma esteira.

– O que escreveu nesse pedaço de madeira, Abner?

– Nada, nada...

– As quantias que extorquiu dos seus irmãos hebreus, aposto. Bela prova para um tribunal!

Assustado, o oleiro não protestou.

– Podemos entender-nos, amigo; eu não sou guarda nem juiz.

– O que... o que está querendo propor?

– Estou interessado em Moisés e não em você. Conhecia-o bem, não é verdade?

– Não mais do que qualquer outro...

– Não minta, Abner. Queria obter a sua proteção e por isso o espionou para saber que tipo de homem ele era, como se comportava, com quem se relacionava...

– Passava o tempo todo trabalhando.

– Com quem se encontrava?

– Com os responsáveis pelos canteiros de obras, os operários, os...

– E depois do trabalho?

– Conversava muitas vezes com os chefes de clã hebreus.

– De que falavam?

– Somos um povo orgulhoso e desconfiado... Temos por vezes anseios de independência. Aos olhos de uma minoria de exaltados, Moisés surgia como um guia. Terminada a construção de Pi-Ramsés, essa loucura seria rapidamente esquecida.

– Um dos operários que você "protegia" falou-me da visita de um curioso personagem com quem Moisés teria conversado um longo tempo, a sós, na sua casa oficial.

– É verdade... Ninguém conhecia o homem. Disseram que era um arquiteto vindo do sul para dar conselhos técnicos a Moisés, mas nunca apareceu num dos canteiros.

– Descreva-o.

– Cerca de 60 anos, alto, magro, com cara de ave de rapina, nariz proeminente, maçãs do rosto salientes, lábios muito finos e queixo pontudo.

– E sua roupa?

– Uma túnica ordinária... Um arquiteto se vestiria melhor. Sou capaz de jurar que aquele homem tentava passar despercebido. Só falou com Moisés.

– Seria um hebreu?

– Tenho certeza que não.

– Quantas vezes veio a Pi-Ramsés?

– Umas duas vezes.

– Depois da fuga de Moisés, alguém tornou a vê-lo?

– Não.

Serramanna, cheio de sede, esvaziou uma ânfora de cerveja doce.

– Espero que não me tenha ocultado nada, Abner, porque, do contrário, os meus nervos podem fazer-me perder o controle.

– Disse-lhe tudo que sabia sobre o homem!

– Não lhe peço que se torne honesto, porque seria pedir demais; procure pelo menos fazer com que eu o esqueça.

– Quer... outra ânfora como a que acabou de beber?

O sardo apertou o nariz do hebreu entre o polegar e o indicador.

– E se eu arrancasse seu nariz, para lhe castigar?

A dor foi tanta que Abner desmaiou.

Serramanna deu de ombros, saiu da casa do oleiro e seguiu em direção do palácio, mergulhado em seus pensamentos.

As investigações haviam sido muito proveitosas.

Moisés conspirava. Tencionava encabeçar um partido hebreu, certamente para exigir mais benefícios em favor do seu povo ou talvez uma cidade autônoma no Delta. E se o homem misterioso fosse um estrangeiro que tivesse vindo propor aos hebreus um auxílio externo? Nesse caso, talvez Moisés fosse também culpado de alta traição.

Ramsés nunca daria ouvidos a semelhantes suposições. Antes de formulá-las e de colocar o rei contra aquele que acreditava ser seu amigo, Serramanna tinha que obter provas.

O sardo começava a mexer no braseiro.

ISET A BELA, A SEGUNDA ESPOSA de Ramsés e mãe do seu filho Kha, dispunha de instalações suntuosas em Pi-Ramsés, no recinto do palácio. Embora não houvesse atritos em seu relacionamento com Nefertari, preferia viver em Mênfis e deleitar-se em banquetes onde sua beleza era adulada.

Olhos verdes, nariz pequeno e reto, lábios finos, graciosa, viva e alegre, Iset a Bela estava condenada a uma existência luxuosa e vazia. Apesar da juventude, vivia apenas de recordações. Fora a primeira amante de Ramsés, amara-o e ainda o amava com a mesma loucura e paixão, mas sem desejo de lutar para reconquistá-lo. Um dia, em certo momento, odiara esse rei a quem as divindades haviam concedido todos os dons; ele não possuía também o dom de seduzi-la, mesmo quando seu coração pertencia a Nefertari?

Se pelo menos a grande esposa real fosse feia, estúpida e odiosa... Mas a própria Iset sucumbira ao seu fascínio e a reconhecia como uma criatura extraordinária, uma rainha à altura de Ramsés.

"Que estranho destino", pensava a jovem, "ver o homem que amamos nos braços de outra e admitir que essa situação cruel é justa e boa."

Se Ramsés aparecesse, Iset a Bela não lhe faria qualquer censura. Oferecer-se-ia com o mesmo deslumbramento dos primeiros encontros, numa cabana de juncos perdida no campo. Fosse Ramsés pastor ou pescador, a força do seu desejo a teria arrastado para ele da mesma forma.

Iset não tinha qualquer pretensão ao poder; teria sido mesmo incapaz de assumir as funções de rainha do Egito e de fazer face às obrigações que assoberbavam Nefertari. Inveja e ciúme não faziam parte de sua natureza. Iset a Bela agradecia às potências celestes por lhe concederem uma felicidade incomparável: a de amar Ramsés.

Aquele dia de verão seria um dia feliz.

Iset a Bela brincava com o filho Kha, de 9 anos, e com a filha de Nefertari, Meritamon, que em breve celebraria o quarto aniversário. As duas crianças entendiam-se maravilhosamente; a paixão de Kha pela leitura e pela escrita não diminuíra, e ele ainda ensinava à irmã o desenho dos hieróglifos, chegando mesmo a guiar-lhe a mãozinha trêmula. Hoje, a lição era sobre o desenho de pássaros, que exigia destreza e precisão.

– Venham tomar banho, a água está deliciosa.

– Prefiro estudar – respondeu Kha.

– Também deve saber nadar.

– Isso não me interessa.

– Talvez a sua irmã queira descansar um pouquinho.

A filha de Ramsés e Nefertari era tão bonita quanto a mãe. Hesitou, receando desagradar ao irmão. Gostava de nadar, mas não queria contrariar Kha, que sabia tantos segredos!

– Você me dá licença de entrar na água? – perguntou, ansiosa.

Kha refletiu.

– Está bem, mas não demore muito. Tem que tentar o desenho do filhote de codorna; a cabeça não está bem redonda.

Meritamon correu para Iset a Bela, que se sentia feliz com a confiança que Nefertari depositava nela, permitindo-lhe participar da educação da filha.

A jovem e a menina entraram na água fresca e pura do lago, à sombra de um sicômoro. Sim, aquele seria um dia feliz.

10

Em Mênfis, o calor tornara-se sufocante. O vento norte soprava, e seus jatos ardentes ressecavam a garganta dos homens e dos animais. Grossos panos foram estendidos entre os telhados das casas para manter as ruelas à sombra. Os transportadores de água não sabiam para onde se voltar.

Na sua confortável *villa*, o mago Ofir não sofria com o calor. Aberturas dispostas no topo das paredes asseguravam a circulação do ar. O local era calmo, repousante e propício ao recolhimento indispensável para a realização de seus malefícios.

Ofir sentia-se invadido por uma espécie de exultação. Em geral, o líbio praticava a sua ciência com frieza, quase com indiferença. Mas nunca empreendera uma tarefa tão difícil, e a sua dimensão o excitava. Ele, o filho de um conselheiro líbio de Akhenaton, teria a sua vingança.

Seu ilustre convidado, Chenar, o irmão mais velho de Ramsés e ministro das Relações Exteriores, chegou no meio da tarde, quando as ruas da cidade, tanto as grandes como as pequenas, estavam desertas. Chenar tivera o cuidado de se deslocar num carro que pertencia ao seu aliado Meba; um serviçal mudo conduzia o veículo.

O mago cumprimentou Chenar com deferência. Este, tal como no encontro anterior, sentiu-se pouco à vontade, pois o líbio com cara de ave de rapina possuía um olhar glacial. Com os olhos de um verde sombrio, o nariz proeminente e os lábios muito finos, parecia mais um demônio do que um homem. No entanto, sua voz e suas atitudes estavam envoltas em doçura e, por vezes, tinha-se a impressão de se estar diante de um velho sacerdote de palavras serenas.

– Por que essa chamada fora de hora, Ofir? Não aprecio nada este tipo de procedimento.

– Porque continuo a trabalhar pela nossa causa, senhor. Não ficará desiludido.

– Assim espero, para o seu bem.

– Se fizer a gentileza de seguir-me... As senhoras nos esperam. Chenar oferecera aquela moradia ao mago para que nela praticasse tranqüilamente a feitiçaria e deste modo favorecesse sua subida ao poder. É claro que o irmão mais velho de Ramsés tomara a precaução de colocar a casa em nome de sua irmã Dolente. Que aliados preciosos para explorar... Acha, o amigo de infância do rei e conspirador de talento, o mercador sírio Raia, o espião hitita mais hábil de todos, e agora Ofir, mago que lhe fora apresentado pelo ingênuo Meba, ex-ministro das Relações Exteriores, cujo lugar tomara fazendo-o crer que a iniciativa do seu afastamento partira de Ramsés. Ofir encarnava um mundo estranho e perigoso de que Chenar desconfiava, mas cujo poder de fazer o mal não podia desdenhar.

Ofir afirmava ser a cabeça pensante de um projeto político que consistia em fazer reviver a heresia de Akhenaton – a instauração do culto ao deus único, Aton, como religião de Estado – para em seguida colocar no trono do Egito uma obscura descendente do rei louco. Chenar dera a entender a Ofir que aprovava a expansão da sua seita, cuja mensagem podia seduzir Moisés. Por isso, o feiticeiro entrara em contato com o hebreu, a fim de lhe provar que tinham um ideal em comum.

Chenar imaginava que uma oposição interna, mesmo mínima, seria um transtorno a mais para Ramsés. Quando subisse ao trono, ficaria livre de todos os seus incômodos aliados, porque para um homem de poder não deve existir passado.

Infelizmente, Moisés cometera um assassinato e fugira. Sem o apoio dos hebreus, Ofir não tinha qualquer chance de reunir um número suficiente de partidários de Aton para desestabilizar Ramsés. É certo que o mago provara a sua competência, dificultando o parto de Nefertari e pondo em perigo a sua existência e a da filha, Meritamon. Mas ambas continuavam vivas. Embora a rainha nunca mais pudesse dar à luz outra criança, a verdade é que a magia da casa real vencera a do líbio.

Ofir estava se tornando inútil, até mesmo incômodo; assim, ao receber sua mensagem pedindo-lhe que viesse com urgência a Mênfis, Chenar pensou em eliminá-lo.

– O nosso convidado chegou – anunciou Ofir às duas mulheres sentadas na penumbra, de mãos dadas.

A primeira era Dolente, sua irmã, uma morena perpetuamente cansada; a segunda, Lita, uma loura volumosa que Ofir apresentava como neta de Akhenaton. Chenar a considerava uma retardada mental, submetida à vontade do mago negro.

– A minha querida irmã está bem?

– Estou feliz em vê-lo, Chenar. A sua presença prova que estamos no bom caminho.

Dolente e Sary, seu marido, haviam esperado em vão que Ramsés lhes concedesse uma posição privilegiada na corte. Desiludidos, conspiraram contra o rei. Fora necessária a intervenção de Touya, a rainha-mãe, e de Nefertari, a grande esposa real, para que Ramsés se mostrasse clemente depois de descoberta a trama. Sary, o antigo preceptor de Ramsés, fora rebaixado à posição de contramestre; despeitado e enfurecido, descarregara todo o seu ódio sobre os oleiros hebreus. À força de injustiças e infâmias, provocara a cólera de Moisés e atraíra a sua própria morte. Quanto a Dolente, sucumbira ao fascínio de Ofir e de Lita. A flácida mulher morena estava inteiramente dedicada a Aton, o deus único, e militava pelo regresso do seu culto e pela queda de Ramsés, o faraó ímpio.

O ódio de Dolente interessava a Chenar, que lhe prometera um lugar de primeira linha no futuro Estado; de uma forma ou de outra, utilizaria a força negativa da irmã contra o irmão. Quando a loucura da irmã se tornasse insuportável, Chenar a exilaria.

– Tem tido notícias de Moisés? – perguntou Dolente.

– Desapareceu – respondeu Chenar. – Os seus irmãos hebreus com certeza o assassinaram e o enterraram no deserto.

– Perdemos um aliado precioso – reconheceu Ofir – mas a vontade do deus único vai ser cumprida. Não somos cada vez mais numerosos?

– É necessário prudência – aconselhou Chenar.

– Aton nos ajudará! – afirmou Dolente, exaltada.

– Não perdi de vista o meu projeto inicial – afirmou o mago. – Tenho que enfraquecer as defesas mágicas de Ramsés, o único e verdadeiro obstáculo bloqueando o nosso caminho.

– É bom lembrar que o seu primeiro trabalho não foi bem-sucedido – disse Chenar.

– Reconheça, no entanto, uma certa eficácia.

– Com resultado insuficiente.

– Admito, senhor Chenar. Foi por isso que decidi utilizar uma técnica diferente.

– Aquela?

Com a mão direita, o mago líbio apontou um pote com uma etiqueta.

– Quer lê-la?

– "Heliópolis, Casa da Vida. Quatro peixes: tainhas." Conservas?

– Não são conservas comuns: são alimentos destinados às oferendas, escolhidos com cuidado e já carregados de magia. Disponho também desta peça de vestuário.

Ofir brandiu um xale.

– Eu juraria...

– Sim, senhor Chenar, é realmente o xale da grande esposa real, Nefertari.

– Foi... roubado?

– Os meus partidários são numerosos, como já lhe disse.

Chenar estava espantado. De que cumplicidade teria se beneficiado o mago?

– Reunir estes dois elementos, a comida e o xale que tocou no corpo da rainha, era indispensável para poder avançar. Graças a eles e à sua determinação, conseguiremos restaurar o culto de Aton. Lita deverá reinar: ela será a rainha, e o senhor, o faraó.

Lita ergueu para Chenar um olhar deslumbrado e confiante. A jovem era muito atraente e daria uma amante bastante aceitável.

– Falta Ramsés...

– Ele é apenas um homem – declarou Ofir – e não resistirá a trabalhos violentos e repetidos. Mas, para vencê-lo, preciso de ajuda.

– Tem a minha! – exclamou Dolente, apertando com mais força as mãos de Lita, cujos olhos exorbitados não desgrudavam do líbio.

– Qual é o seu plano? – interrogou Chenar.

Ofir cruzou os braços sobre o peito.

– A sua ajuda me é igualmente indispensável, senhor Chenar.

– Eu? Mas...

– Nós quatro desejamos a morte do casal real; nós quatro simbolizamos as direções do espaço, os limites do tempo, o mundo inteiro. Se uma dessas quatro forças faltar, o sortilégio será inoperante.

– Não sou mago!

– Bastará a sua boa vontade.

– Aceite – suplicou Dolente.

– O que terei de fazer?

– Um simples gesto – precisou Ofir – que contribuirá para derrubar Ramsés.

– Comecemos, então.

O mago abriu o pote e tirou dele os quatro peixes salgados e secos. Como que alucinada, Lita empurrou Dolente e se deitou de costas. Ofir colocou-lhe sobre o peito o xale de Nefertari.

– Agarre um dos peixes pelo rabo – ordenou a Dolente.

A volumosa morena de formas flácidas obedeceu. Do bolso da túnica, Ofir retirou uma minúscula figurinha com a efígie de Ramsés e a enfiou na boca da tainha.

– O segundo peixe, Dolente.

O mago recomeçou a operação.

No final, os quatro peixes tinham na boca as figurinhas de Ramsés.

– Ou o rei morrerá na guerra – profetizou Ofir – ou cairá na armadilha que lhe armaremos à chegada. Ficará para sempre separado da rainha.

Ofir passou para um pequeno compartimento, seguido por Dolente, com os braços estendidos enquanto transportava os quatro peixes, e por Chenar, cuja esperança de prejudicar Ramsés dominava-lhe o medo.

No meio do quarto, um braseiro.

– Lance os peixes ao fogo, senhor; assim sua vontade se cumprirá.

Chenar não hesitou.

Quando o quarto peixe encarquilhou-se, um berro o sobressaltou. O trio correu, então, à sala de estar.

O xale de Nefertari inflamara-se sozinho, queimando a loura Lita, a ponto de fazê-la desmaiar.

Ofir retirou-lhe a peça do peito; a chama extinguiu-se.

– Quando o xale estiver inteiramente consumido – explicou Ofir – Ramsés e Nefertari serão dominados por demônios infernais.

– Lita terá de sofrer mais ainda? – inquietou-se Dolente.

– Lita aceitou o sacrifício. Deverá permanecer consciente durante toda a experiência. Cuide dela, Dolente; logo que a queimadura estiver curada, recomeçaremos, até a destruição completa do xale. Será preciso tempo, senhor Chenar, mas haveremos de conseguir.

11

Responsável por todo o corpo médico do Norte e do Sul, e médico-chefe do palácio, o doutor Pariamakhu era um qüinquagenário ativo, de mãos longas, finas e bem cuidadas. Rico, casado com uma nobre de Mênfis e pai de três belos filhos, podia gabar-se de ter concluído uma carreira perfeita, que conquistara a estima geral.

No entanto, naquela manhã de verão, o doutor Pariamakhu aguardava na antecâmara e mal conseguia dominar a raiva. Ramsés, que nunca estivera doente, fazia-o esperar, ele, um ilustre médico, há mais de duas horas.

Finalmente, um camareiro veio buscá-lo e o conduziu à entrada do gabinete do monarca.

– Majestade, sou seu humilde servidor, mas...

– Como vai, caro doutor?

– Majestade, estou muito inquieto! Murmura-se na corte que está pensando em me designar para trabalhar como médico do exército que vai partir para o norte.

– Não seria uma grande honra?

– Com certeza, Majestade, mas não serei mais útil no palácio?

– Talvez eu deva levar isso em consideração.

Pariamakhu não escondeu uma pontada de angústia.

– Majestade... Posso saber que decisão tomou?

– Pensando bem, você tem razão. A sua presença no palácio é indispensável...

O médico mal conteve um suspiro de alívio.

– Tenho a máxima confiança nos meus auxiliares, Majestade. Estou certo de que qualquer um deles lhe trará inteira satisfação.

– A minha escolha já está feita. Creio que conhece o meu amigo Setaou, não é verdade?

Um homem atarracado, sem peruca, mal barbeado, de cabeça quadrada, olhar agressivo, envergando uma túnica de pele de antílope com múltiplos bolsos, avançou até o ilustre médico, que recuou um passo.

– Sinto-me feliz em conhecê-lo, doutor! Admito que a minha carreira não é brilhante, mas as serpentes são minhas amigas. Quer acariciar a víbora que capturei ontem à noite?

O médico recuou mais um passo. Estupefato, voltou-se para o rei.

– Majestade, as condições exigidas para dirigir um serviço médico...

– Doutor, deve manter-se permanentemente vigilante durante a minha ausência. Considero-o pessoalmente responsável pela saúde da família real.

Setaou mergulhou a mão num dos bolsos. Receando que de lá retirasse um réptil, Pariamakhu saudou rapidamente o monarca e desapareceu do recinto.

– Durante quanto tempo vai estar rodeado por semelhantes idiotas? – perguntou o encantador de serpentes.

– Não seja tão severo; ele, às vezes, consegue curar os doentes. A propósito... Aceita ser o responsável pelos serviços médicos do exército?

– O posto não me interessa, mas não tenho o direito de deixá-lo partir sozinho.

UM POTE DE PEIXES SECOS da Casa da Vida de Heliópolis e o xale da rainha Nefertari... Dois roubos, um único culpado! Serramanna tinha certeza de tê-lo identificado: só podia ser Romeu, o intendente do palácio. O sardo desconfiava dele há muito tempo. Aquele sujeitinho metido a besta traía o rei e estava, mesmo, tentando assassiná-lo.

Ramsés escolhera mal o seu intendente.

O sardo não podia falar ao rei nem de Moisés nem de Romeu sem se arriscar a desencadear uma reação violenta, que não levaria à prisão do crápula do intendente nem à quebra da amizade que o soberano dedicava ao hebreu. A quem podia dirigir-se senão a Ameni? O secretário particular de Ramsés, que era lúcido e desconfiado, aceitaria ouvi-lo.

Serramanna passou entre os dois soldados à porta do corredor que conduzia ao gabinete de Ameni. O infatigável escriba dirigia um serviço que englobava vinte funcionários de alto gabarito encarregados de todas as pastas de assuntos importantes. Ameni extraía delas o essencial, comunicando-o imediatamente a Ramsés.

O sardo ouviu um ruído de passos precipitados atrás de si.

Admirado, voltou-se. Uma dezena de soldados apontavam as lanças em sua direção.

– O que é que deu em você?

– Temos ordens.

– Quem lhe dá as ordens sou eu!

– Devemos prendê-lo.

– Mas que loucura é essa?

– Nenhuma, apenas obedecemos.

– Afastem-se, ou acabo com vocês!

A porta do gabinete de Ameni abriu-se, e o secretário particular do rei apareceu no limiar.

– Diga a estes imbecis para irem embora, Ameni!

– Fui eu que ordenei a sua prisão.

Um naufrágio não teria impressionado tanto o antigo pirata. Durante alguns segundos foi incapaz de reagir. Os soldados aproveitaram para lhe tirar as armas e atar-lhe as mãos atrás das costas.

– Explique-me...

A um sinal de Ameni, os guardas empurraram Serramanna para o gabinete do secretário particular de Ramsés. O escriba consultou um papiro.

– Conhece uma tal de Nenofar?

– Claro, é uma das minhas amantes. A última, aliás, para ser mais exato.

– Por acaso brigaram?

– Palavras apaixonadas, no fogo da ação.

– Violentou-a?

O sardo sorriu.

– Atracamo-nos duramente algumas vezes, mas eram batalhas pela conquista do prazer.

– Então não tem nada a reprovar nessa moça?

– Tenho! Ela é inesgotável no amor!

Ameni permanecia glacial.

– Nenofar fez graves acusações contra você.

– Mas... posso jurar que ela estava querendo!

– Não falo dos seus excessos sexuais, mas de sua traição.

– Traição... Foi essa a palavra que usou?

– Nenofar acusa-o de ser um espião pago pelos hititas.

– Está brincando comigo, Ameni?

– Essa jovem ama o seu país. Quando descobriu umas tabuazinhas de madeira bastante estranhas escondidas na arca de roupa do seu quarto, achou conveniente trazê-las a mim. Reconhece-as?

Ameni mostrou os objetos ao sardo.

– Isso não me pertence!

– São as provas do crime. De acordo com os textos escritos de forma bastante grosseira, anuncia ao seu contato hitita que arranjará as coisas de forma a tornar inoperante o corpo de elite que comanda.

– Mas isso é um absurdo!

– A denúncia da sua amante foi registrada por um juiz, que a leu em voz alta, perante testemunhas, e ela confirmou tudo que dissera.

– É uma manobra para me desacreditar e enfraquecer Ramsés.

– De acordo com as datas nas tabuazinhas, sua traição ocorre há oito meses. O imperador hitita prometeu-lhe uma bela fortuna, que seria entregue depois da derrota do Egito.

– Sou fiel a Ramsés... Ao me conceder a vida quando podia tirá-la, esta passou a pertencer-lhe.

– Belas palavras que os fatos desmentem.

– Você me conhece, Ameni! Fui pirata, é verdade, mas nunca traí um amigo!

– Julgava conhecê-lo, mas vejo que você é igual a esses cortesãos, para quem a ganância do lucro é o único senhor. Um mercenário não se oferece a quem mais lhe paga?

Magoado, Serramanna manteve-se ereto.

– Se o faraó me nomeou chefe da sua guarda pessoal e responsável pelo corpo de elite do exército, foi porque sempre teve confiança em mim.

– Confiança muito mal aproveitada!

 – Nego ter cometido o crime de que me acusa.

– Desatem-lhe as mãos!

Serramanna sentiu um grande alívio. Ameni o interrogara com o rigor habitual, mas para o inocentar!

O secretário particular do rei estendeu ao sardo um junco afiado, com a extremidade embebida em tinta negra, e um pedaço de calcário de superfície bem polida.

– Escreva o seu nome e os seus títulos.

Nervoso, o sardo obedeceu.

– É a mesma escrita das tabuazinhas de madeira. Essa nova prova será acrescentada ao seu processo. Você é culpado, Serramanna.

Louco de raiva, o ex-pirata tentou atirar-se sobre Ameni, mas quatro lanças picaram-lhe as costas, fazendo brotar quatro filetes de sangue.

– Bela confissão, não acha?

– Quero ver essa miserável e obrigá-la a cuspir as suas mentiras!

– Você a verá quando for julgado.

– É um golpe forjado, Ameni!

– Prepare bem a sua defesa, Serramanna. Para os traidores da sua laia existe apenas um castigo: a morte. E não conte com a indulgência de Ramsés.

– Deixe-me falar com o rei, tenho revelações importantes a lhe fazer.

– O nosso exército parte amanhã para o combate. Os seus amigos hititas vão se surpreender com a sua ausência.

– Deixe-me falar com o rei, suplico-lhe!

– Metam-no na prisão, e bem guardado – ordenou Ameni.

12

Chenar estava de excelente humor e com apetite feroz. Seu desjejum, "a lavagem da boca", era composto por uma infusão de cevada, duas codornas assadas, queijo de cabra e bolos redondos com mel. Naquele belo dia em que veria a partida de Ramsés e do seu exército para o norte, concedeu a si mesmo um brinde: uma coxa de pato grelhado e temperado com alecrim, cominho e cerefólio.

Com Serramanna preso numa masmorra, a capacidade de ataque das tropas egípcias ficava significativamente reduzida.

Chenar molhava os lábios numa taça de leite fresco, quando Ramsés entrou em seus aposentos particulares.

– Que o seu rosto seja protegido – disse Chenar, erguendo-se e utilizando a antiga fórmula de cortesia reservada às saudações matinais.

O rei envergava um saiote branco e uma sobrepeliz de mangas curtas. Nos pulsos, pulseiras de prata.

– O meu querido irmão não parece pronto para partir.

– Mas... Está tentando me levar com você, Ramsés?

– Parece que você não tem alma de guerreiro.

– Não possuo nem sua força nem sua coragem.

– Eis as minhas instruções: durante a minha ausência, você recolherá as informações provenientes do exterior e as submeterá à apreciação de Nefertari, Touya e Ameni, que formarão o meu conselho de regência, habilitado para tomar decisões. Eu estarei na frente de batalha, em companhia de Acha.

– Ele irá com você?

– Seu conhecimento do terreno torna-lhe a presença indispensável.

– Infelizmente, a diplomacia fracassou...

– Lamento, Chenar, mas não é hora para dúvidas.

– Qual é a sua estratégia?

– Restabelecer a ordem nas províncias que estavam sob o nosso controle; depois fazer uma pausa antes de avançar sobre Kadesh e enfrentar diretamente os hititas. Quando começar a segunda parte da expedição, talvez eu o chame para se juntar a mim.

– Ser associado à vitória final será uma honra.

– Uma vez mais, o Egito sobreviverá.

– Seja prudente, Ramsés. O nosso país precisa de você.

RAMSÉS ATRAVESSOU DE BARCO o canal que separava o bairro das oficinas e armazéns da parte mais antiga de Pi-Ramsés, o povoado de Avaris, antes capital dos invasores hicsos, asiáticos de sinistra memória. Ali erguia-se o templo de Seth, o aterrador deus da tempestade e das perturbações celestes, detentor do mais formidável poder existente no universo e protetor do pai de Ramsés, Sethi, o único rei do Egito a ousar escolher semelhante nome.

Ramsés mandara aumentar e embelezar o santuário do temível deus Seth, que o próprio pai o obrigara a enfrentar quando o estava preparando, em segredo, para a função suprema.

No coração do jovem príncipe haviam se confrontado o medo e a força capazes de vencê-lo; como resultado do combate surgira um fogo, da natureza do próprio deus, que Sethi transcrevera num preceito: "Acreditar na bondade dos humanos é um erro que um faraó não pode cometer."

No pátio que precedia o templo coberto fora erguida uma estátua de granito rosa.* No topo, o estranho animal

*Com 2,20 metros de altura por 1,30 metro de largura.

que Seth encarnava: um cão de olhos vermelhos, duas grandes orelhas espetadas e um longo focinho inclinado para baixo. Homem algum jamais vira ou veria semelhante criatura. No arco da estela, o próprio Seth estava representado sob forma humana: na cabeça, uma tiara cônica, um disco solar e dois chifres; na mão direita, a chave da vida; na mão esquerda, o cetro do "poder".

O documento datava do quarto dia do quarto mês do verão do ano 400.* A tônica repousava na força do número quatro, organizador do cosmos. O texto hieroglífico gravado na estela começava com uma invocação:

> Saudações a ti, Seth, filho da deusa do céu,
> A ti, cujo poder é grande na barca de milhões de anos.
> A ti, que te encontras à proa da barca da luz e abates os [teus inimigos,
> A ti, cuja voz é tonitruante!
> Permite ao faraó que siga o teu *ka*.

Ramsés entrou no templo coberto e recolheu-se diante da estátua de Seth. A energia do deus seria indispensável para o combate que iria travar.

Seth, capaz de transformar quatro anos de reinado em quatrocentos anos inscritos na pedra, não seria o melhor dos aliados?

O gabinete de Ameni estava entulhado de papiros enrolados, guardados em estojos de couro, enfiados em potes ou empilhados em arcas de madeira. Por toda parte havia etiquetas confirmando o conteúdo dos documentos e a data dos registros. Reinava uma ordem rigorosa naqueles domínios

---

*Daí deriva a denominação "estela do ano 400", atribuída pelos egiptólogos a este extraordinário documento.

onde ninguém estava autorizado a fazer limpeza. O próprio Ameni se encarregava da tarefa, com meticulosidade.

– Gostaria de ir com você – confessou a Ramsés.

– O seu lugar é aqui, meu amigo. Todos os dias você se reunirá com a rainha e com a minha mãe. Sejam quais forem as veleidades de Chenar, não lhe conceda nenhum poder de decisão.

– Não fique ausente por muito tempo.

– Tenho intenção de atacar depressa e com força total.

– Terá de ir sem Serramanna.

– Por quê?

Ameni relatou as circunstâncias da detenção do sardo. Ramsés pareceu entristecido.

– Redija claramente a ata de acusação – exigiu o rei. – Eu o interrogarei quando voltar; ele me dirá os motivos do seu procedimento.

– Pirata é sempre pirata.

– O seu processo e o seu castigo serão um exemplo.

– Um braço como o dele lhe teria sido útil – lamentou Ameni.

– A sua espada ter-me-ia ferido pelas costas.

– As nossas tropas estão realmente preparadas para combater?

– Não têm outra opção.

– Você acredita que temos reais chances de vencer?

– Creio que dominaremos os rebeldes que espalham a desordem nos nossos protetorados, mas depois...

– Antes de se lançar sobre Kadesh, dê-me a ordem para ir ao seu encontro.

– Não, meu amigo. É aqui, em Pi-Ramsés, que você é mais útil. Se eu morresse, Nefertari teria necessidade da sua ajuda.

– O esforço de guerra continuará – prometeu Ameni. – Continuaremos a fabricar armas. Eu... Eu pedi a Setaou e a Acha que velassem pela sua segurança. Na ausência de Serramanna, você pode cometer imprudências.

– Se eu não estivesse à frente do meu exército, não estaria ele de antemão derrotado?

OS CABELOS ERAM MAIS NEGROS que o negrume da noite e mais doces do que o fruto da figueira; os dentes eram mais brancos que o pó de gesso; os seios, firmes como duas pêras.

Nefertari, a sua esposa.

Nefertari, a rainha do Egito, cujo olhar luminoso era a alegria das Duas Terras.

– Depois de ter ido ao encontro de Seth – confessou-lhe Ramsés – conversei com a minha mãe.

– Que lhe disse ela?

– Falou-me de Sethi, das longas meditações a que ele se entregava antes de travar qualquer combate, e também da sua capacidade de preservar a energia durante os intermináveis dias de viagem.

– A alma do seu pai vive em você, acredite. Ele combaterá a seu lado.

– Deixo o reino nas suas mãos, Nefertari. Minha mãe e Ameni serão os seus fiéis aliados. Serramanna acaba de ser preso, e Chenar, é lógico, tentará impor-se. Mantenha com firmeza o leme do Estado.

– Conte apenas com você mesmo, Ramsés.

O rei apertou a esposa nos braços, como se nunca mais fosse revê-la.

DA COROA AZUL PENDIAM duas largas tiras de linho plissado que iam até a cintura. Ramsés envergava uma indumentária de couro acolchoado, composta por armadura e saiote, constituindo uma espécie de couraça coberta de pequenas placas de metal. Uma grande túnica transparente cobria o conjunto, de uma majestade incomparável.

Quando Homero viu o monarca aparecer naquele traje guerreiro, parou de fumar seu cachimbo e se ergueu. Heitor, o gato preto rajado de branco, escondeu-se embaixo de uma cadeira.

– Chegou então a hora, Majestade.

– Queria cumprimentá-lo antes de partir para o norte.

– Eis os versos que acabo de escrever: "Atrele ao seu carro os seus dois cavalos com cascos de bronze, de corrida rápida, de crina de ouro. Envergue uma túnica deslumbrante, empunhe o seu chicote e, com um toque, lance-os a galope para que voem entre a terra e o céu."

– Os meus dois cavalos merecem bem essa homenagem; há vários dias estou preparando-os para a prova que, juntos, vamos enfrentar.

– Que pena, esta partida... Acabo de tomar conhecimento de uma interessante receita. Misturando suco de tâmaras, que eu próprio descaroço, ao pão de cevada, obtenho, depois da fermentação, uma cerveja digestiva. Gostaria que a provasse.

– É uma velha receita egípcia, Homero.

– Preparada por um poeta grego deve ter um sabor inédito.

– Quando eu voltar, nós a beberemos juntos.

– Embora ao envelhecer eu vá me tornando rabugento, detesto beber só, sobretudo quando convido um amigo muito querido para partilhar esse prazer. A educação o obriga a regressar o mais rapidamente possível, Majestade.

– E essa é a minha intenção. Além disso, gostaria muito de ler a sua *Ilíada*.

– Precisarei ainda de muitos anos para terminá-la; por isso é que envelheço lentamente, para enganar o tempo. Já Vossa Majestade comprime o tempo com a mão.

– Até breve, Homero.

Ramsés subiu em seu carro, puxado pelos seus dois melhores cavalos, "Vitória em Tebas" e "A deusa Mut está satisfeita". Jovens, vigorosos, inteligentes, partiam velozmente para a aventura, ansiosos por devorar grandes distâncias.

O rei confiara seu cão Vigilante a Nefertari; Matador, o enorme leão núbio, mantinha-se à direita do carro. Com força e beleza prodigiosas, a fera sentia também ânsia de provar os seus dotes de guerreiro.

O faraó ergueu o braço direito.

O carro de Ramsés arrancou, e o leão acertou a sua velocidade pela do monarca. Milhares de soldados, enquadrados por unidades de cavalaria, seguiam o faraó.

13

Apesar do forte calor de junho, mais intenso ainda do que o habitual, o exército egípcio convenceu-se de que a guerra seria como um passeio campal. A travessia a nordeste do Delta foi um momento encantador; esquecendo a ameaça que pesava sobre as Duas Terras, os camponeses cortavam as espigas de espelta com uma pequena foice. Uma brisa leve, vinda do mar, fazia tremer as plantações e brilhar o verde e o ouro dos campos. Embora o rei impusesse uma marcha forçada, os soldados sentiam prazer em contemplar os campos sobrevoados por garças-reais, pelicanos e flamingos rosas.

A tropa parava nas aldeias, onde era bem acolhida; respeitando a disciplina, comia legumes e frutos frescos, e misturava a água com vinho local, sem esquecer os enormes copos de cerveja doce. Como estavam distantes da imagem do soldado de infantaria sedento e esfomeado, curvado sob o peso do armamento!

Ramsés assumia o comando do seu exército, dividido em quatro regimentos de cinco mil homens cada, colocados sob a proteção dos deuses Ra, Amon, Seth e Ptah. A esses vinte mil soldados juntavam-se os reservistas, uma parte dos quais ficaria no Egito, o corpo de elite e a cavalaria. Para atenuar esse pesado dispositivo, de manutenção difícil, o rei organizara companhias de duzentos homens colocados sob a responsabilidade de um porta-estandarte.

O general da cavalaria, os generais das quatro divisões, os escribas do exército e o chefe da administração não tomavam qualquer iniciativa sem antes consultarem Ramsés logo que surgia uma dificuldade. Para a alegria do monarca, este podia contar com as intervenções secas e precisas de Acha, que todos os oficiais superiores respeitavam.

Quanto a Setaou, este precisara de uma carroça para transportar o que considerava o equipamento do homem de bem, de partida para as turbulentas terras do norte: cinco navalhas de bronze, potes de pomadas e bálsamos, uma pedra de afiar, um pente de madeira, várias cabaças de água fresca, pilões, uma machadinha, sandálias, esteiras, um capote, saiotes, túnicas, bengalas, várias dezenas de recipientes cheios de óxido de chumbo, de asfalto, de ocre vermelho e de alúmen, jarros de mel, sacos com cominho, briônia, rícino e valeriana. Uma segunda carroça continha drogas, poções e remédios, todos sob a vigilância de Lótus, a esposa de Setaou e única mulher da expedição. Como sabiam que ela manejava perigosos répteis como arma, ninguém ousava aproximar-se da linda núbia de corpo esguio e elegante.

Setaou usava no pescoço um colar com cinco dentes de alho que afastava os miasmas e lhe protegia a dentadura. Numerosos soldados o imitavam, conhecedores das virtudes dessa planta que, segundo a lenda, preservara os dentes de leite do jovem Horus, escondido no pântano do Delta com a sua mãe, Ísis, para escapar à fúria de Seth, decidido a eliminar o filho e sucessor de Osíris.

Na primeira parada, Ramsés retirara-se para a sua tenda em companhia de Acha e Setaou.

– Serramanna tinha a intenção de me trair – revelou.

– Espantoso! – exclamou Acha. – Sempre tive a pretensão de conhecer bem os homens e tinha a sensação de que esse lhe era fiel.

– Ameni reuniu provas formais contra ele.

– Estranho – considerou Setaou.

– Você não gostava muito de Serramanna – lembrou Ramsés.

– É verdade que tivemos atritos, mas experimentei-o. Esse pirata é um homem de honra que respeita a própria palavra. E ele lhe deu sua palavra.

– E as provas?

– Ameni pode ter-se enganado.

– Não é do seu feitio.

– Por mais competente que Ameni seja, não é infalível. Pode ter certeza de que Serramanna não o traiu e que quiseram eliminá-lo para enfraquecer você.

– O que lhe parece, Acha?

– Não considero a hipótese de Setaou absurda.

– Quando estiver restabelecida a ordem nos nossos protetorados – declarou o rei – e os hititas tiverem clamado por misericórdia, desvendaremos esse caso. Ou Serramanna é um traidor, ou alguém manipulou falsas provas; tanto num caso como no outro, vou querer saber toda a verdade.

– Eis um ideal ao qual já renunciei – reconheceu Setaou. – Onde vivem os homens, a mentira prospera.

– O meu papel consiste em combatê-la e vencê-la – afirmou Ramsés.

– É por isso que não o invejo. As serpentes não atacam pelas costas.

– A menos que alguém fuja – corrigiu Acha.

– Nesse caso, merece o castigo que lhe infligem.

Ramsés percebia a horrível suspeita que atravessava o espírito dos seus dois amigos. Estes sabiam o que ele sentia e seriam capazes de discutir durante horas para afastar o fantasma da dúvida: e se o próprio Ameni tivesse inventado as provas? Ameni, o rigoroso, o escriba infatigável a quem o rei havia confiado a gestão material do Estado, com a certeza de não ser traído. Nem Acha nem Setaou se atreviam a acusá-lo de forma direta, mas Ramsés por direito não podia tapar os ouvidos.

– Por que Ameni se comportaria assim? – perguntou.

Setaou e Acha entreolharam-se e permaneceram silenciosos.

– Se Serramanna tivesse descoberto indícios estranhos em relação ao meu secretário – continuou Ramsés – teria me informado.

– Não terá sido para o impedir de fazê-lo que Ameni o prendeu? – sugeriu Acha.

– É inverossímil – declarou Setaou. – Estamos fazendo especulações no vazio. Quando regressarmos a Pi-Ramsés, investigaremos.

– É o caminho da sabedoria – concordou Acha.

– Não gosto deste vento – disse Setaou. – Não é um vento de verão normal. Traz doenças e destruições, como se o ano fosse morrer antes do tempo. Desconfie, Ramsés; este sopro pernicioso não anuncia nada de bom.

– A rapidez de ação será o nosso melhor trunfo para o sucesso. Nenhum vento abrandará o avanço de nossas tropas.

DISPOSTAS NA FRONTEIRA NORDESTE do Egito, as fortalezas que formavam o Muro do Rei comunicavam-se entre si por sinais visuais e enviavam relatórios regulares à corte; em tempo de paz, tinham como missão controlar a imigração. Desde o alerta geral, arqueiros e vigias observavam constantemente o horizonte do alto dos caminhos de ronda. Essa grande muralha fora construída, muitos séculos antes, por Sesostris I, a fim de impedir que os beduínos roubassem gado no Delta e para prevenir qualquer tentativa de invasão.

"Quem franqueia esta fronteira torna-se um dos filhos do faraó", afirmava a estela legislativa colocada em cada uma das fortalezas, tratadas com cuidado e dotadas de uma guarnição bem armada e bem paga. Os soldados coabitavam com os guardas alfandegários, que impunham taxas aos mercadores desejosos de introduzir mercadorias no Egito.

O Muro do Rei, reforçado no decorrer dos tempos, dava segurança à população egípcia. Graças a esse sistema defensivo, que já provara sua eficácia, o país não receava nem ataques de surpresa nem uma avalanche de bárbaros atraídos pelas ricas terras do Delta.

O exército de Ramsés avançava com toda a serenidade. Alguns veteranos começavam a acreditar numa simples ronda de inspeção que o faraó tinha o dever de efetuar periodicamente para demonstrar o seu poderio militar.

Logo que viram as ameias da primeira fortaleza guarnecida de arqueiros prontos para disparar, o otimismo esmoreceu.

Então a grande porta dupla abriu-se para dar passagem a Ramsés; mal o seu carro parou no centro do grande pátio arenoso, um personagem barrigudo, protegido da luz solar por um guarda-sol transportado por um serviçal, precipitou-se até o soberano.

– À sua glória, Majestade! A sua presença é uma dádiva dos deuses.

Acha entregara a Ramsés um relatório detalhado sobre o governador geral do Muro do Rei. Rico proprietário de terras, escriba formado na universidade de Mênfis, grande glutão, pai de quatro filhos, ele detestava a vida militar e tinha pressa em abandonar aquele posto, cobiçado mas aborrecido, para se tornar alto funcionário em Pi-Ramsés e se ocupar da administração das casernas. O governador geral do Muro do Rei nunca manejara uma arma e temia a violência, mas as suas contas eram impecáveis e, graças ao seu gosto pelos produtos de boa qualidade, as guarnições das fortalezas desfrutavam de excelente comida.

O rei desceu do carro e acariciou seus dois cavalos, que lhe corresponderam com um olhar de amizade.

– Mandei preparar um banquete, Majestade; aqui nada lhe faltará. O seu quarto não será tão confortável como o do palácio, mas espero que lhe agrade e que nele possa repousar.

– Não tenho intenção de repousar, mas sim de sufocar uma revolta.

– Claro, Majestade, claro! Bastarão alguns dias.

– Por que essa certeza?

– Os relatórios vindos das nossas praças fortes de Canaã são tranqüilizadores. Os revoltosos não estão conseguindo se organizar e lutam entre si.

– As nossas posições foram atacadas?

– De forma alguma, Majestade! Eis a última mensagem transportada por um pombo-correio que chegou esta manhã.

Ramsés leu o documento, redigido com mão calma. De fato, chamar Canaã à razão anunciava-se como tarefa fácil.

– Que os meus cavalos sejam tratados com o máximo cuidado – ordenou o monarca.

– Apreciarão o alojamento e a forragem – prometeu o governador.

– E a sala dos mapas?

– Eu o conduzirei até lá, Majestade.

A fim de não fazer o rei perder um segundo do seu tempo, o governador quase corria pela fortaleza para atendê-lo, e seu portador de guarda-sol tinha grande dificuldade em acompanhar-lhe os passos.

Ramsés convocou Acha, Setaou e os generais.

– A partir de amanhã – anunciou o monarca, mostrando um mapa estendido sobre uma mesa baixa – partiremos na direção do norte em marcha forçada. Passaremos a oeste de Jerusalém, seguiremos ao longo da costa, estabeleceremos contato com a nossa primeira fortaleza e dominaremos os rebeldes de Canaã. Depois pararemos em Megiddo antes de retomarmos a ofensiva.

Os generais aprovaram, Acha permaneceu silencioso.

Setaou saiu da sala, observou o céu e regressou para junto de Ramsés.

– Algum problema, Setaou?

– Não gosto deste vento. Ele é traiçoeiro.

14

O avanço era rápido e alegre, e a disciplina afrouxara bastante. Ao entrar no território de Canaã, submetido ao faraó e obrigado a lhe pagar tributo, o exército egípcio não tinha de forma alguma a impressão de se aventurar num país estrangeiro nem de correr o mínimo perigo. Não teria Ramsés levado demasiado a sério um incidente local?

A exibição das tropas egípcias era tal que os revoltosos se apressariam em entregar as armas e implorar o perdão do rei. Mais uma campanha que, felizmente, terminaria sem mortos nem feridos graves.

No caminho, ao longo da costa, os soldados haviam percebido um pequeno forte destruído, geralmente ocupado por três homens encarregados de vigiar a migração dos rebanhos, mas ninguém se importara com isso.

Setaou continuava aborrecido. Conduzindo sozinho a sua carroça, de cabeça descoberta apesar do sol ardente, não trocava sequer uma palavra com Lótus, alvo dos olhares dos soldados que tinham a sorte de marchar próximo ao veículo da bela núbia.

O vento marinho temperava o calor, a estrada não era muito dura para os pés, e os condutores de água com freqüência distribuíam aos soldados o precioso líquido. Mesmo exigindo uma boa condição física e um gosto acentuado pela marcha, a vida militar não era aquele inferno descrito pelos escribas, sempre prontos a desvalorizar as outras profissões.

À direita de Ramsés, seguia Matador, o seu fiel leão. Ninguém ousava aproximar-se dele, com medo de ser despedaçado pelas suas garras, mas todos se tranqüilizavam com a presença da fera, que encarnava uma força sobrenatural controlada somente pelo faraó. Na ausência de Serramanna, o leão era o melhor protetor de Ramsés.

Estava à vista a primeira fortaleza: Canaã.

Impressionante edificação de 6 metros de altura, com suas paredes de tijolos em duplo declive, parapeitos reforçados, muralhas grossas, torres de vigia e ameias.

– Quem é o chefe da guarnição? – perguntou Ramsés a Acha.

– Um experiente comandante, oriundo de Jericó. Foi educado no Egito, onde fez um treinamento intensivo, sendo nomeado para o referido posto depois de várias rondas de inspeção na Palestina. Já estive com ele; é um homem seguro e sério.

– Era ele quem nos enviava a maior parte das mensagens informando sobre a existência de uma revolta em Canaã, não é verdade?

– Exato, Majestade. Esta fortaleza é um ponto estratégico essencial que reúne o conjunto de informações da região.

– Esse comandante daria um bom governador de Canaã.

– Tenho certeza disso.

– No futuro, evitaremos tais perturbações. Esta província deve ser melhor governada; compete-nos acabar com todo e qualquer tipo de insubmissão.

– Só existe uma possibilidade – considerou Acha. – Acabar com a influência hitita.

– Essa é a minha intenção.

Um batedor galopou até a entrada da fortaleza. Do alto das muralhas, um arqueiro fez-lhe um sinal amistoso.

O batedor fez meia-volta. Um porta-estandarte deu, então, ordem aos homens da frente para avançarem. Cansados, só pensavam em beber, comer e dormir.

Uma chuva de flechas atingiu-os em cheio.

Dezenas de arqueiros haviam surgido no caminho de ronda e disparavam com uma cadência rápida sobre os alvos próximos e desprotegidos. Mortos ou feridos, com flechas espetadas na cabeça, no peito ou na barriga, os soldados de infantaria egípcios foram caindo uns sobre os outros.

O porta-estandarte que comandava a vanguarda teve uma reação de bravura: quis apoderar-se da fortaleza com os sobreviventes.

A precisão dos disparos não deu qualquer chance aos soldados restantes. Com o pescoço atravessado por uma seta, o porta-estandarte caiu ao pé das muralhas.

Em poucos minutos, veteranos e soldados experientes acabavam de sucumbir.

Quando uma centena de soldados de lança em punho se preparava para vingar seus companheiros, Ramsés gritou:

– Recuem!

– Majestade – implorou um oficial – matemos esses traidores!

– Se vocês se lançarem ao ataque de forma desordenada, serão massacrados. Recuem.

Os soldados obedeceram.

Uma saraivada de flechas caiu a menos de 2 metros do rei, que se encontrava rodeado pelos seus oficiais superiores, todos em pânico.

– Mandem seus homens cercar a fortaleza, fora do alcance dos tiros; na primeira linha os arqueiros, a seguir os soldados de infantaria e, atrás deles, os carros.

O sangue-frio do rei serenou os espíritos. Os soldados lembraram-se dos ensinamentos aprendidos durante os treinamentos, e as tropas manobraram em ordem.

– É preciso recolher os feridos e tratá-los – exigiu Setaou.

– Impossível! Os arqueiros inimigos abateriam os que tentassem ir buscá-los.

– Eu sabia que este vento era traiçoeiro!

– Não compreendo – lamentou Acha. – Nenhum dos meus agentes me informou que os rebeldes haviam se apoderado desta fortaleza.

– Devem ter utilizado a astúcia – sugeriu Setaou.

– Mesmo que tenha razão, o comandante teria tido tempo de soltar alguns pombos-correios levando papiros de aviso redigidos previamente.

– A realidade é simples e desastrosa – concluiu Ramsés. – O comandante foi morto, a sua guarnição exterminada e nós recebemos mensagens falsas, enviadas pelos insurretos. Se eu tivesse dispersado as tropas, enviando os regimentos para as diversas fortalezas de Canaã, teríamos sofrido baixas muito mais pesadas. A dimensão da revolta é considerável. Só os comandantes hititas podem ter organizado semelhante prova de força.

– Crê que ainda estejam na região? – perguntou Setaou.

– É urgente recuperarmos sem demora as nossas posições.

– Os ocupantes desta fortaleza não nos resistirão durante muito tempo – afirmou Acha. – Proponha que se rendam. Se houver hititas entre eles, nós os faremos falar.

– Encabece uma delegação, Acha, e faça você mesmo a proposta.

– Vou com ele – disse Setaou.

– Deixe-o demonstrar seus talentos de diplomata; pelo menos que nos traga os feridos. Quanto a você, prepare os remédios e reúna os enfermeiros.

Nem Acha nem Setaou discutiram as ordens de Ramsés. Até o encantador de serpentes, sempre de resposta pronta, inclinava-se perante a autoridade do faraó.

Cinco carros comandados por Acha dirigiram-se para a fortaleza. Ao lado do jovem diplomata, um condutor de carros segurava uma lança, cuja extremidade superior trazia, preso, um pano branco, significando que os egípcios desejavam uma trégua.

Os carros nem tiveram tempo de parar. Logo que ficaram ao alcance dos tiros, os arqueiros cananeus atacaram. Duas flechas atravessaram o pescoço do condutor de carros, e uma terceira raspou o braço esquerdo de Acha, abrindo-lhe um sulco sangrento.

– Voltem! – berrou ele.

– NÃO SE MEXA – exigiu Setaou – senão a minha compressa de mel não ficará bem aplicada.

– Porque não é você que está sofrendo – protestou Acha.

– Virou sentimental agora?

– Não tenho nenhuma predileção pelas feridas e teria preferido Lótus como médica.

– Nos casos desesperados, sou eu que intervenho. Como utilizei o meu melhor mel, você deverá ficar curado. A cicatrização será rápida, e não haverá perigo de infecção.

– Que selvagens... Nem pude observar as suas defesas.

– É inútil pedir a Ramsés clemência para os revoltosos, pois não suporta que alguém tente matar os seus amigos, mesmo que tenham se metido pelos tortuosos caminhos da diplomacia.

Acha fez uma careta de dor.

– Eis um bom pretexto para não participar do ataque! – ironizou Setaou.

– Preferia que a flecha fosse mais precisa?

– Pare de dizer bobagens e descanse. Se um hitita cair em nossas mãos, precisaremos dos seus talentos de tradutor, Acha.

Setaou saiu da espaçosa tenda que servia de hospital de campanha e do qual Acha era o primeiro paciente; o encantador de serpentes correu para Ramsés a fim de lhe dar as más notícias.

ACOMPANHADO POR SEU LEÃO, Ramsés dera a volta em torno da fortaleza, com o olhar fixo naquela massa de tijolos que dominava a planície. Símbolo de paz e de segurança, transformara-se numa ameaça que era preciso aniquilar.

Do alto das muralhas, vigias cananeus observavam o faraó.

Nem gritos nem insultos. Subsistia uma esperança: que o exército egípcio desistisse da idéia de tomar a praça forte para dividir-se e inspecionar Canaã antes de decidir a sua estratégia. Nesse caso, as emboscadas previstas pelos instrutores hititas obrigariam as tropas de Ramsés a recuar.

Setaou, convencido de ter adivinhado o pensamento do adversário, perguntava a si próprio se uma visão de conjunto da situação não seria preferível ao ataque de uma fortaleza bem defendida, que poderia causar numerosas baixas.

Os próprios generais faziam a mesma pergunta e, depois de a terem discutido, tencionavam propor ao monarca que mantivesse um contingente para impedir que os sitiados saíssem, enquanto o grosso das tropas seguiria em frente, para o norte, a fim de traçar um mapa preciso da rebelião.

Ramsés parecia tão absorto em suas reflexões que ninguém ousava abordá-lo enquanto ele acariciava a juba do seu leão, imóvel e de porte digno. A comunhão em que o homem e a fera viviam irradiava tal poder que deixava pouco à vontade quem deles se aproximasse.

O mais velho dos generais, que servira na Síria sob as ordens de Sethi, correu o risco de irritar o monarca.

– Majestade... Posso lhe falar?

– Estou ouvindo.

– Meus companheiros e eu discutimos muito. Consideramos que seja necessário avaliar a dimensão da revolta. Nossa visão está perturbada pelas falsas informações.

– Qual é a sua proposta para torná-la clara?

– Não nos encarniçarmos sobre esta fortaleza, mas, sim, espalharmo-nos por todo o território de Canaã. Depois, atacaremos com conhecimento de causa.

– Interessante perspectiva.

O velho general sentiu-se aliviado; afinal, Ramsés não era inacessível à moderação e à lógica.

– Devo reunir o seu conselho de guerra, Majestade, para que suas diretivas sejam recebidas?

– É inútil – respondeu o rei – porque minhas diretivas se resumem em poucas palavras: atacaremos imediatamente aquela fortaleza.

15

Com o seu arco de madeira de acácia que só ele conseguia disparar, Ramsés atirou a primeira flecha. A corda, feita com um tendão de touro, exigia uma força digna do deus Seth.

Quando os vigias cananeus viram o rei do Egito colocar-se em posição, a mais de 300 metros da fortaleza, sorriram. Não passava de um gesto simbólico, destinado a encorajar o exército.

A flecha de junco, com a ponta de madeira dura forrada de bronze e a cauda com entalhes, descreveu um meio círculo no céu limpo e veio cravar-se no coração do primeiro vigia. Estupefato, viu o sangue brotar da sua carne e tombou para a frente, no vazio. O segundo vigia sentiu um choque violento no meio da testa, desequilibrou-se e seguiu o mesmo caminho do seu companheiro. O terceiro, assustado, teve tempo de chamar por socorro, mas, ao voltar-se, sentiu uma pancada nas costas e caiu no pátio da fortaleza. Nesse momento, um regimento de arqueiros egípcios se aproximava.

Os arqueiros cananeus tentaram espalhar-se ao longo das ameias, mas, à sua frente, os egípcios, mais numerosos e com muito boa pontaria, mataram a metade logo na primeira saraivada.

Os que vieram substituí-los tiveram o mesmo destino. Quando o número de arqueiros inimigos tornou-se insuficiente para evitar a abordagem da praça forte, Ramsés ordenou aos soldados de infantaria que avançassem com suas escadas. Matador, o leão, observava calmamente a cena.

Colocadas as escadas de encontro aos muros, os soldados começaram a subir. Compreendendo que os egípcios não teriam clemência, os cananeus apelaram para as suas últimas energias. Lançaram pedras do alto das muralhas desguarnecidas e conseguiram virar uma escada. Vários egípcios quebraram os ossos ao caírem no chão, mas os arqueiros do faraó não tardaram a eliminar os revoltosos.

Centenas de soldados de infantaria juntamente com inúmeros arqueiros subiram e apoderaram-se do caminho de ronda. De lá, arqueiros dispararam sobre os inimigos reunidos no pátio.

Setaou e os enfermeiros ocuparam-se dos feridos, transportando-os em macas até o acampamento egípcio. Lótus unia os bordos dos cortes lineares e limpos um no outro, por meio de tiras adesivas colocadas em cruz; por vezes, a bela núbia recorria à técnica dos pontos de sutura. Estancava as hemorragias aplicando carne fresca sobre as feridas; daí a algumas horas, fazia um curativo com mel, ervas adstringentes e pão com bolor.* Quanto a Setaou, este fez uso do seu material terapêutico, composto por

*O conjunto possui propriedades antibióticas.

decocções, bolinhas de produtos anestesiantes, pastilhas, ungüentos e poções; conseguiu acalmar as dores, adormecer os soldados gravemente feridos, instalando-os o mais confortavelmente possível na tenda-hospital. Os soldados que pareciam em condições de suportar a viagem seriam repatriados para o Egito em companhia dos mortos, pois nenhum deles seria sepultado no exterior. Quanto aos que possuíam família, esta receberia uma pensão vitalícia.

No interior da fortaleza, os cananeus ofereciam apenas uma fraca resistência. Os últimos combates travaram-se no corpo-a-corpo. Na proporção de um contra dez, os revoltosos foram rapidamente eliminados. Para escapar a um interrogatório que sabia impiedoso, o chefe cortou o próprio pescoço com um punhal.

Aberta a grande porta, o faraó penetrou no interior da fortaleza reconquistada.

– Queimem os cadáveres – ordenou – e purifiquem o local.

Os soldados aspergiram as paredes com natrão e defumaram os locais de moradia junto com as reservas de alimentos e armas. Suaves perfumes invadiram as narinas dos vencedores.

Quando foi servido o jantar, na sala de refeições do comandante da fortaleza, não havia qualquer vestígio do conflito.

Os generais elogiaram o espírito de decisão de Ramsés e saudaram o magnífico resultado da sua iniciativa. Setaou ficara junto dos feridos com Lótus. Acha parecia inquieto.

– Não está alegre com essa vitória, meu amigo?

– Quantos combates como este ainda serão necessários?

– Reconquistaremos as fortalezas uma a uma, e Canaã será pacificada. Como o efeito surpresa deixou de funcionar contra nós, não voltaremos a nos arriscar a perdas tão severas.

– Cinqüenta mortos e uma centena de feridos...

– O número é pesado porque fomos vítimas de uma armadilha que ninguém podia prever.

– Devia ter pensado nisso – admitiu Acha. – Os hititas não se contentam apenas com a força bruta; o gosto pela intriga é sua segunda natureza.

– Há algum hitita entre os mortos?

– Nenhum.

– Em suma, os seus comandos retiraram-se para o norte.

– O que significa que teremos de prever outras armadilhas.

– Vamos enfrentá-las. Vá dormir, Acha; amanhã tornaremos a partir em campanha.

RAMSÉS DEIXOU NA FORTALEZA uma forte guarnição com os suprimentos necessários. Vários mensageiros já partiam a caminho de Pi-Ramsés, levando a Ameni a ordem de enviar uma guarnição para a praça forte reconquistada.

O rei, à frente de uma centena de carros, abriu caminho ao seu exército.

A mesma cena repetiu-se dez vezes. Sempre a 300 metros das fortalezas ocupadas pelos revoltosos, Ramsés espalhava o pânico ao matar os arqueiros colocados nas muralhas. Sob a cobertura do disparar ininterrupto de flechas egípcias que impediam os cananeus de se defenderem, os soldados de infantaria colocavam grandes escadas, subiam sob a proteção de escudos e apoderavam-se dos caminhos de ronda. Nunca tentavam forçar a porta principal de entrada.

Em menos de um mês, Ramsés tornara-se novamente senhor de Canaã. Como os revoltosos haviam massacrado as pequenas guarnições egípcias, incluindo as mulheres e os filhos dos militares, nenhum deles era tão idiota a ponto de implorar clemência ao rei. Desde a sua primeira vitória, a reputação de Ramsés aterrorizava os revoltosos. A tomada da última praça forte, ao norte de Canaã, não passara de uma formalidade, tamanha a facilidade com que os defensores haviam cedido ao terror.

A Galiléia, o vale ao norte do Jordão e as vias comerciais ficaram novamente sob o controle egípcio. Os habitantes da região aclamaram o faraó, jurando-lhe eterna fidelidade.

Nenhum hitita fora capturado.

O GOVERNADOR DE GAZA, capital de Canaã, ofereceu um esplêndido banquete ao estado-maior egípcio. Com notável zelo, seus concidadãos haviam-se posto à disposição do exército do faraó para tratar e alimentar cavalos e burros e ainda fornecer aos soldados tudo aquilo de que necessitassem. A breve guerra de reconquista terminava em regozijo e amizade.

O governador cananeu pronunciara violento discurso contra os hititas, aqueles bárbaros da Ásia que tentavam, sem êxito, quebrar os laços indestrutíveis entre seu país e o Egito. Beneficiando-se do favor dos deuses, o faraó tinha voado em socorro dos seus fiéis aliados, que sempre acreditaram que o monarca não os abandonaria. É claro que choravam a morte trágica dos residentes egípcios, mas Ramsés agira segundo Maât, combatendo a desordem e restabelecendo a disciplina.

– Tanta hipocrisia me enoja – disse o rei a Acha.

– Não espere transformar os homens.

– Tenho o poder de mudá-los.

Acha sorriu.

– Substituir aquele por outro? Claro que pode. Mas a natureza humana é imutável. Assim que o próximo governador cananeu tiver oportunidade de traí-lo, não hesitará. Pelo menos, conhecemos bem o atual potentado: mentiroso, corrupto, ambicioso. Não será nada difícil manipulá-lo.

– Esqueceu que aceitou a presença de comandos hititas num território controlado pelo Egito?

– Qualquer outro teria agido da mesma forma.

– Aconselha-me então que deixe continuar no posto este desprezível personagem?

– Ameace afastá-lo ao menor deslize. O efeito dissuasivo durará alguns meses.

– Existe um único ser digno de sua estima, Acha?

– A minha função leva-me ao encontro de homens poderosos, dispostos a tudo para conservarem ou aumentarem o seu poder; se depositasse neles a mínima confiança, seria rapidamente dispensado.

– Não respondeu à minha pergunta.

– Admiro-o, Ramsés, e isso, para mim, é um sentimento excepcional. Mas não é você também um homem poderoso?

– Sou o servidor da Regra e do meu povo.

– E se um dia os esquecesse?

– Nesse dia a minha magia desapareceria, e a minha queda seria para sempre.

– Permitam os deuses que tal desgraça não aconteça, Majestade.

– Quais são os resultados de suas investigações?

– Os mercadores de Gaza e alguns funcionários, substancialmente pagos, finalmente confessaram: foram espiões hititas que fomentaram a revolta e aconselharam os cananeus a se apoderarem das fortalezas com astúcia.

– Como?

– Na entrega habitual de gêneros alimentícios... com homens armados nas carroças. Todas as nossas praças fortes foram atacadas ao mesmo tempo. Para poupar a vida de mulheres e crianças feitas reféns, os comandantes preferiram render-se. Erro fatal. Os hititas haviam garantido aos cananeus que a resposta egípcia seria dispersa e ineficaz; ao exterminarem as nossas guarnições, com as quais tinham excelentes relações, os revoltosos pensavam nada ter a recear.

Ramsés não lamentava a sua ação fulminante: o braço armado do Egito abatera apenas uma cambada de covardes.

– Alguém lhe falou de Moisés?

– Nenhuma pista até agora.

O CONSELHO DE GUERRA reuniu-se na tenda real. Ramsés presidia, sentado num banco dobrável de madeira dourada, com o leão deitado aos pés.

O monarca convidara Acha e todos os oficiais superiores a expressar a sua opinião. O velho general tomou a palavra por último:

– O moral do exército é excelente, bem como o estado dos animais e do material. Vossa Majestade acaba de obter uma retumbante vitória, que ficará assinalada nos anais.

– Permita-me que duvide.

– Majestade, estamos orgulhosos por termos participado desta batalha e...

– Batalha? Guarde essa palavra para mais tarde; ela vai nos servir quando nos defrontarmos com uma verdadeira resistência.

– Pi-Ramsés está pronta para aclamá-lo.

– Pi-Ramsés esperará.

– Já que restabelecemos a nossa autoridade sobre a Palestina, já que toda a Canaã está pacificada, não seria a hora de nos pormos a caminho?

– O mais difícil está por fazer: reconquistar a província de Amurru.

– Os hititas devem ter reunido forças consideráveis por lá.

– Por acaso está com medo do combate, general?

– Precisaremos de tempo para montar uma estratégia, Majestade.

– Já está montada: vamos direto, em direção ao norte.

16

Com uma peruca curta, presa como touca por uma tira que terminava em duas pontas soltas caídas nos ombros, e vestindo uma longa túnica justa, apertada na cintura por uma faixa vermelha, Nefertari purificou as mãos com água do lago sagrado e penetrou no *naos* do templo de Amon, para tornar efetiva a presença da divindade, oferecendo-lhe as essências sutis da refeição da tarde. Na sua função de esposa do deus, a rainha agia em nome do Filho da Luz, imbuída do poder criador que modelava constantemente o universo.

A rainha fechou as portas do *naos*, selou-as, saiu do templo e seguiu os ritualistas que a levariam até a Casa da Vida de Pi-Ramsés, onde, como encarnação da deusa distante, simultaneamente morte e mãe, tentaria esconjurar as forças do mal. Se o olho do sol se transformasse na sua própria visão, perpetuaria a vida e asseguraria a perenidade dos ciclos naturais; a calma felicidade dos dias dependeria de sua capacidade para transformar em harmonia e serenidade a força destruidora transportada pelos ventos perigosos.

Um sacerdote apresentou um arco à rainha, e uma sacerdotisa, quatro flechas.

Nefertari retesou o arco, atirou a primeira flecha para o leste, a segunda na direção do norte, a terceira para o sul e a quarta para o oeste. Assim, aniquilaria os inimigos invisíveis que ameaçavam Ramsés.

O CAMAREIRO DE TOUYA esperava Nefertari.

– A rainha-mãe deseja vê-la o mais rapidamente possível.

Uma liteira transportou a grande esposa real.

Muito esguia no seu longo vestido de linho finamente plissado, a cintura envolta numa faixa de tecido listrado, os braços e o pescoço adornados com pulseiras de ouro e um colar de lápis-lazúli de seis voltas, Touya ostentava uma elegância soberana.

– Não se inquiete, Nefertari; um mensageiro vindo de Canaã acaba de trazer excelentes notícias. Ramsés tornou-se novamente senhor de toda a província, e a ordem foi restabelecida.

– Quando vai voltar?

– Não disse.

– Em outras palavras, o exército segue para o norte.

– É provável.

– Você agiria assim?

– Sem hesitar – respondeu Touya.

– Ao norte de Canaã fica a província de Amurru, que marca a fronteira entre a zona de influência egípcia e a dos hititas.

– Sethi assim o quisera, a fim de evitar a guerra.

– Se as tropas hititas ultrapassaram essa barreira...

– Será o combate, Nefertari.

– Lancei as flechas na direção dos quatro pontos cardeais.

– Se o ritual foi cumprido, o que devemos temer?

CHENAR DETESTAVA AMENI. Ser obrigado, todas as manhãs, a encontrar-se com aquele pequeno escriba enfezado e pretensioso para obter informações sobre a expedição de Ramsés era uma insuportável penitência! Quando ele, Chenar, reinasse, faria Ameni limpar as cavalariças de um regimento da província, e aí ele perderia a mirrada saúde de que gozava.

Sua única satisfação era que, dia após dia, a expressão perturbada do secretário particular do faraó tornava-se cada vez mais sombria, sinal indubitável de que o exército egípcio estava lento. O irmão mais velho de Ramsés mostrava um semblante aborrecido e prometia pedir aos deuses que o destino lhes fosse favorável.

Pouco ocupado no Ministério das Relações Exteriores, mas fazendo constar que trabalhava com afinco, Chenar evitava qualquer contato direto com Raia, o mercador sírio. Naqueles tempos de inquietação, pareceria estranho a qualquer pessoa que um personagem com a envergadura de Chenar se preocupasse em comprar vasos raros provenientes do exterior. Contentava-se, portanto, com as mensagens codificadas de Raia, cujo conteúdo era bastante satisfatório. Segundo os observadores sírios a serviço dos hititas, Ramsés caíra na armadilha preparada pelos cananeus. Demasiado presunçoso, o faraó deixara-se levar pelo seu ímpeto natural, esquecendo que seus adversários possuíam o gênio da intriga.

Chenar resolvera o pequeno enigma que agitava a corte: quem roubara o xale de Nefertari e o pote de peixes secos da Casa da Vida de Heliópolis? O culpado só podia ser o jovial intendente da casa real, Romeu. Assim, antes de se dirigir ao seu obrigatório encontro com Ameni, convocara o volumoso homem sob um pretexto fútil.

Barrigudo, de bochechas redondas, com triplo queixo, Romeu executava o seu trabalho com perfeição. Lento ao deslocar-se, era um maníaco da higiene e do detalhe, pois provava ele próprio os pratos servidos à família real e controlava o seu pessoal com rigidez. Nomeado para seu difícil posto pelo monarca em pessoa, fizera calar as críticas e impusera as suas exigências ao conjunto de servidores do palácio. Não lhe obedecer traduzia-se em demissão imediata.

– Em que posso servi-lo, senhor? – perguntou Romeu a Chenar.

– O meu intendente não lhe disse?

– Invocou um problema de etiqueta num banquete, mas não estou vendo...

– E se falássemos do pote de peixes secos roubado nos armazéns da Casa da Vida de Heliópolis?

– O pote... mas não sei do que está falando...

– E o xale da rainha Nefertari?

– Claro que fui informado e lamentei esse terrível incidente, mas...

– Procurou o culpado?

– Não compete a mim fazer investigações, senhor Chenar!

– No entanto, está bem colocado para isso, Romeu.

– Não, não acho...

– Mas claro que sim! Ora, pense um pouco! Você é o homem-chave do palácio, aquele ao qual nenhum incidente deveria escapar.

– Está me superestimando?

– Por que fez essas coisas?

– Eu? Não está supondo que...

– Não suponho, tenho certeza. A quem entregou o xale da rainha e o pote de peixes?

– Está me acusando injustamente!

– Conheço os homens, Romeu. E tenho provas.

– Provas?...

– Por que correu semelhantes riscos?

A expressão surpresa de Romeu, o rubor doentio que invadira as suas faces e testa, e a flacidez acentuada das suas carnes eram indícios um tanto reveladores.

Chenar não se enganara.

– Ou você foi muito bem pago, ou odeia Ramsés. Tanto num caso como no outro, trata-se de um grave delito.

– Senhor Chenar...

A perturbação de Romeu era quase comovente.

– Como é um excelente intendente, quero esquecer esse deplorável incidente. Mas, no futuro, se eu precisar de você, não deverá mostrar-se ingrato.

AMENI REDIGIA O SEU RELATÓRIO cotidiano dirigido a Ramsés. Sua mão era firme e rápida.

– Posso importuná-lo alguns instantes? – perguntou Chenar, afável.

– Não me importuna. Tanto você quanto eu devemos obediência ao rei, que nos exigiu um confronto de idéias diário.

O escriba pousou a sua paleta no chão.

– Parece cansado, Ameni.

– É só na aparência.

– Não deveria preocupar-se mais com a sua saúde?

– Só a do Egito me preocupa.

– Terá... más notícias?

– Muito pelo contrário.

– Poderia ser mais explícito?

– Esperei para ter a confirmação antes de lhe falar dos êxitos de Ramsés. Como fomos enganados por falsas mensagens transportadas por pombos-correios, aprendi a mostrar-me prudente.

– Uma idéia dos hititas?

– Que quase nos custou caro! As nossas fortalezas cananéias haviam caído nas mãos dos rebeldes. Se o rei tivesse dispersado as suas forças, nossas perdas teriam sido desastrosas.

– Felizmente não foi esse o caso...

– A província de Canaã está novamente sob controle, e o acesso à costa, livre. O governador jurou fidelidade permanente ao faraó.

– Magnífica vitória... Ramsés acaba de realizar um grande feito, afastando a ameaça hitita. Suponho que o exército tenha tomado o caminho de volta.

– Segredo militar.

– Segredo militar, como? Não esqueça que sou ministro das Relações Exteriores!

– Não disponho de outras informações.

– É impossível!

– No entanto, é assim!

Furioso, Chenar retirou-se.

Ameni sentia remorsos. Não por causa da sua atitude para com Chenar, mas porque se interrogava sobre a maneira apressada como tratara o caso de Serramanna. É verdade que os indícios acumulados contra o sardo eram pesados, mas o escriba não teria dado crédito demais a tais indícios? Dominado pela exaltação provocada pela partida do exército, Ameni não se mostrara tão exigente quanto o habitual. Deveria ter verificado as provas e testemunhos que haviam conduzido o ex-pirata à prisão. Talvez se tratasse de um procedimento inútil, mas imposto pelo rigor.

Irritado consigo mesmo, Ameni retomou a pasta do caso de Serramanna.

17

Como base militar que guardava o acesso para a Síria, a fortaleza de Megiddo erguia-se no topo de uma colina visível a distância. Única elevação no meio de uma planície verdejante, parecia impenetrável: paredes de pedra, ameias, altas torres quadradas, palanques de madeira, portas largas e grossas.

A guarnição era formada por egípcios e sírios fiéis ao faraó, mas seria possível acreditar nas mensagens oficiais que afirmavam que a fortaleza não caíra nas mãos dos insurretos?

Ramsés estava descobrindo uma paisagem pouco habitual: colinas elevadas e cobertas de árvores, carvalhos de troncos nodosos, ribeiras lodosas, pântanos, uma terra por vezes arenosa... Um país difícil, hostil e fechado, distante, muito distante da beleza do Nilo e da doçura dos campos egípcios.

Por duas vezes, uma manada de javalis atacara os batedores egípcios, por estes terem perturbado o sossego de uma fêmea e seus filhotes. Atrapalhados por uma vegetação densa e selvagem, os cavaleiros tinham dificuldade de passar pelo emaranhado de moitas e entre os troncos das grandes árvores dispostas em fileiras apertadas. Em contrapartida, esses inconvenientes apresentavam um panorama apreciável: a abundância de pontos de água e de caça.

Ramsés deu ordem para pararem, mas sem montarem as tendas. Com os olhos fixos na fortaleza de Megiddo, esperava o regresso dos batedores.

Setaou aproveitou para tratar dos doentes, administrando-lhes poções. Uma vez repatriados os feridos graves, o exército só dispunha agora de homens em boa forma física, com exceção de alguns que sofriam com o calor e com o frio, ou com distúrbios gástricos. Preparações à base de briônia, cominho e rícino eliminavam esses pequenos problemas. A título preventivo, continuavam a consumir alho e cebola, cuja subespécie "madeira de serpente", proveniente da orla do deserto oriental, era a preferida de Setaou.

Lótus acabava de salvar um burro picado numa pata por uma serpente aquática que ela conseguira capturar. Para ela, a viagem à Síria finalmente tornava-se interessante, pois, até agora, apenas encontrara espécimes já conhecidos. Este último, apesar da pouca quantidade de veneno, era uma novidade.

Dois soldados vieram apelar para os talentos da núbia, com o pretexto de também terem sido vítimas de um réptil. Duas sonoras bofetadas castigaram-lhes a mentira. Quando Lótus retirou de um saco a cabeça assobiante de uma víbora, os dois correram para suas tendas.

Passaram-se mais de duas horas. Com autorização do rei, cavaleiros e carreiros haviam apeado, e os soldados de infantaria sentaram-se no chão, protegidos por alguns vigias.

– Os batedores partiram há muito tempo – exclamou Acha.

– Concordo com você – disse Ramsés. – Como vai o seu ferimento?

– Está cicatrizado. Este Setaou é um verdadeiro mago.

– O que pensa deste lugar?

– Não me agrada. À nossa frente o espaço está livre, mas há pântanos. De um lado e de outro, florestas de carvalhos, arbustos e ervas altas. As nossas tropas estão muito dispersas.

– Os batedores ainda não voltaram – afirmou Ramsés. – Ou foram abatidos, ou estão prisioneiros no interior da fortaleza.

– Isso significa que Megiddo caiu nas mãos do inimigo e não tem intenção de se render.

– Esta praça forte é a chave do sul da Síria – lembrou Ramsés. – Mesmo que os hititas tenham-se fechado lá dentro, temos o dever de reconquistá-la.

– E não se tratará de uma declaração de guerra – considerou Acha – mas da recuperação de um território que pertence à nossa zona de influência. Podemos, portanto, atacar a qualquer momento, sem avisar. Juridicamente, permanecemos no âmbito de uma rebelião a sufocar, sem qualquer relação com um confronto entre Estados.

Aos olhos dos países circundantes, a análise do jovem diplomata não deixava de ser pertinente.

– Avise aos generais para prepararem o ataque.

Acha não teve tempo de puxar as rédeas de seu cavalo. De um denso bosque, à esquerda do rei, saiu um grupo de cavaleiros a galope, que se lançou sobre os carreiros egípcios parados. Muitos foram trespassados pelas curtas lanças, e vários cavalos ficaram com as pernas ou o pescoço cortados. Os sobreviventes defenderam-se com os seus piques e espadas; alguns conseguiram subir em seus carros e rumar para a posição onde estavam os soldados de infantaria, abrigados atrás dos escudos.

O ataque, inesperado e violento, pareceu bem-sucedido. Pela tira que prendia os cabelos hirsutos dos agressores, pela barba pontuda, pelo vestido de franjas até os tornozelos, pelo cinto colorido recoberto com uma faixa de tecido, era fácil reconhecer os sírios.

Ramsés permanecia estranhamente calmo. Acha inquietou-se.

– Vão desmantelar as nossas fileiras!

– Embriagam-se ilusoriamente com a sua façanha.

O avanço dos sírios foi detido. Os soldados de infantaria egípcios obrigaram-nos a recuar para o lado dos arqueiros, cujos disparos foram devastadores.

O leão rugiu.

– Há outro perigo ameaçando-nos – disse Ramsés. – É agora que se vai jogar a sorte desta batalha.

Do mesmo bosque saíram várias centenas de sírios, armados com machados de cabo curto. Bastava franquear-lhes uma pequena distância para atingirem os arqueiros egípcios pelas costas.

– Vamos! – ordenou o rei a seus cavalos.

Ao ouvirem a voz do dono, os dois animais compreenderam que deviam usar o máximo de sua energia. O leão saltou; Acha e cerca de cinqüenta carros o seguiram.

O confronto foi de uma violência incrível. Com as garras, a fera dilacerou a cabeça e o peito dos audaciosos que se aproximavam do carro de Ramsés, enquanto o rei, disparando flechas e mais flechas, trespassava corações, gargantas e testas. Os carros rolavam sobre os feridos, e os soldados de infantaria, que acorreram em socorro, puseram os sírios em fuga.

Ramsés notou um estranho guerreiro que corria na direção do bosque.

– Apanhe-o – ordenou ao leão.

Matador eliminou dois retardatários e se lançou sobre o homem, que caiu por terra. Embora tivesse tentado controlar a sua força, o leão havia ferido mortalmente o seu prisioneiro, que jazia por terra com as costas dilaceradas. Ramsés examinou o homem de cabelos compridos e barba malfeita; a longa túnica de riscas vermelhas e pretas estava em farrapos.

– Mandem vir Setaou – exigiu o monarca.

Os combates chegaram ao fim. Os sírios foram exterminados até o último homem e haviam apenas infligido ligeiras perdas ao exército egípcio.

Sem fôlego, Setaou chegou junto de Ramsés.

– Salve este homem – pediu-lhe o rei. – Não é um sírio, e sim um corredor das areias. Ele tem que nos dizer a razão da sua presença.

Tão longe de suas bases, era um beduíno, em geral ocupado em pilhar caravanas para os lados do Sinai... Setaou ficou intrigado.

– O seu leão deixou-o num estado deplorável.

O rosto do ferido estava coberto de suor, corria-lhe sangue das narinas, e a nuca estava rígida. Setaou tomou-lhe o pulso e escutou a voz do seu coração, tão fraca que não foi difícil fazer o diagnóstico: o corredor das areias agonizava.

– Pode falar? – perguntou o rei.

– Está com os maxilares contraídos, talvez haja uma possibilidade.

Setaou conseguiu introduzir na boca do moribundo um tubo de madeira, enrolado num pano, e introduziu nele um líquido à base de rizoma de cipreste.

– Este remédio talvez lhe acalme as dores. Se este indivíduo for resistente, poderá sobreviver somente algumas horas.

O corredor das areias viu o faraó. Assustado, tentou erguer-se, quebrou o tubo de madeira com os dentes e gesticulou como um pássaro incapaz de voar.

– Acalme-se, amigo – recomendou Setaou. – Vou tratar de você.

– Ramsés...

– É justamente o faraó do Egito que quer falar com você.

O beduíno fitava a coroa azul.

– Veio do Sinai? – interrogou o rei.

– Sim, é o meu país...

– Por que combatia ao lado dos sírios?

– Ouro... Prometeram-me ouro...

– Encontrou hititas?

– Deram-nos um plano de combate e foram embora.

– Há mais beduínos com você?

– Fugiram.

– Encontrou um hebreu chamado Moisés?

– Moisés...

Ramsés descreveu o amigo.

– Não, não o conheço.

– Ouviu falar dele?

– Não, acho que não...

– Quantos homens há no interior da fortaleza?

– Não... não sei.

– Não minta.

Com um movimento inesperado, o ferido agarrou seu punhal, soergueu-se e tentou matar o rei. Com uma pancada seca no punho, Setaou o desarmou.

O esforço do beduíno fora demasiado violento. O rosto contraiu-se, o corpo retesou-se, depois dobrou-se em dois e caiu morto.

– Os sírios tentaram aliar-se aos beduínos – comentou Setaou. – Que estupidez! São pessoas que nunca se entenderão.

Setaou voltou para junto dos feridos egípcios, que estavam entregues aos cuidados de Lótus e dos enfermeiros. Os mortos haviam sido envolvidos em esteiras e carregados para os carros. Um comboio, protegido por uma escolta, partiria para o Egito, onde os infelizes se beneficiariam dos rituais de ressurreição.

Ramsés acariciou os seus cavalos e o leão, cujos rugidos surdos se assemelhavam a um ronronar. Grande número de soldados reuniu-se em volta do soberano, ergueu as armas para o céu e aclamou aquele que acabava de conduzi-los à vitória com a mestria de um guerreiro experiente.

Os generais conseguiram abrir passagem e se apressaram a felicitar Ramsés.

– Descobriram mais algum sírio nos bosques vizinhos?

– Não, Majestade. Autoriza-nos agora a montar acampamento?

– Temos algo melhor a fazer: reconquistar Megiddo.

18

Revigorado por um enorme prato de lentilhas que não o faria engordar um grama, Ameni passara a noite em seu gabinete, para adiantar por algumas horas o trabalho do dia seguinte e assim poder ocupar-se do caso de Serramanna. Quando lhe doíam as costas, tocava no porta-pincéis de madeira dourada, em forma de coluna encimada por um lírio, que Ramsés lhe oferecera quando o contratara como secretário. Sua energia renovava-se de imediato.

Des3de a adolescência que Ameni gozava de laços invisíveis com Ramsés e sabia instintivamente quando o filho de Sethi estava em perigo. Por várias vezes sentira que a morte pousava no ombro do rei e apenas a sua magia pessoal lhe permitiria afastar a desgraça; se essa barreira protetora edificada pelas divindades em torno do faraó se afastasse, a bravura de Ramsés não o levaria ao fracasso?

E se Serramanna fosse uma das pedras dessa muralha mágica, e ele, Ameni, tivesse cometido um grave erro ao impedi-lo de cumprir a sua função? Mas seria esse remorso justificado?

A acusação baseava-se em grande parte no testemunho de Nenofar, a amante de Serramanna; por isso Ameni pedira à guarda que trouxesse a mulher para poder interrogá-la melhor. Se ela havia mentido, obrigá-la-ia a dizer a verdade.

Às sete horas, o guarda responsável pelo inquérito, um qüinquagenário ponderado, apresentou-se no gabinete do secretário particular do rei.

– Nenofar não virá – declarou.

– Recusou-se a acompanhá-lo?

– Não há ninguém na casa dela.

– Vivia no local que havia indicado?

– Segundo a vizinhança, sim, mas abandonou a casa há vários dias.

– Sem dizer para onde ia?

– Ninguém sabe de nada.

– Revistaram o alojamento?

– Sem resultado. Até mesmo as arcas de roupa estavam vazias, como se ela não quisesse deixar qualquer vestígio de sua existência.

– O que sabe sobre ela?

– É uma jovem muito leviana, ao que parece. Dizem as más línguas que vive dos seus encantos.

– Devia então trabalhar numa casa de cerveja.

– Não era esse o caso. Fiz as investigações necessárias.

– Havia homens que a visitavam?

– A vizinhança diz que não; mas muitas vezes estava ausente, principalmente à noite.

– É preciso reencontrá-la e identificar os seus eventuais empregadores.

– Havemos de conseguir.

– Procurem-na.

O guarda saiu, e Ameni releu as tabuazinhas de madeira sobre as quais Serramanna escrevera ao seu cúmplice hitita o texto que provava a sua culpa.

Na calma do seu gabinete, àquela hora matinal em que o espírito estava fresco, surgiu-lhe uma hipótese. Para verificar a sua veracidade, tinha que aguardar o regresso de Acha.

Erguida sobre um promontório rochoso, a fortaleza de Megiddo impressionou o exército egípcio espalhado pela planície. Devido à altura das torres, fora necessário fabricar grandes escadas, e não seria fácil colocá-las encostadas às muralhas; flechas e pedras poderiam dizimar qualquer grupo de assalto.

Com Acha a seu lado, Ramsés deu a volta em torno da praça forte, conduzindo seu carro a grande velocidade, de forma a não se tornar um alvo fácil para os arqueiros.

Nenhuma flecha fora disparada contra ele, nenhum arqueiro aparecera nas ameias.

– Ficarão escondidos até o último momento – calculou Acha. – Assim não desperdiçarão nenhuma de suas armas. A melhor solução seria vencê-los pela fome.

– As reservas de Megiddo lhes permitiriam manter-se durante vários meses. E não há nada mais desesperador do que um cerco interminável.

– Com assaltos sucessivos, perderemos muitos homens.

– Considera-me tão insensível a ponto de não pensar senão em uma nova vitória?

– A glória do Egito não ultrapassa a sorte dos homens?

– Todas as existências são preciosas para mim, Acha.

– O que está planejando agora?

– Disporemos nossos carros em torno da fortaleza, à distância de tiro, e nossos arqueiros eliminarão cada sírio que for surgindo nas ameias. Três equipes de voluntários colocarão as escadas, protegendo-se com os escudos.

– E se Megiddo for inconquistável?

– Tentemos primeiro conquistá-la; refletir já com o fracasso em mente é assumir a derrota.

A energia que emanava de Ramsés deu um novo dinamismo aos soldados. Os voluntários apresentaram-se em grande número, e os arqueiros empurravam-se uns aos outros para se instalar nos carros que cercariam a praça forte, um lugar silencioso e inquietante.

Levando no ombro as compridas escadas, as colunas de infantaria avançaram em passadas aceleradas e nervosas em direção às muralhas. Quando as estavam erguendo, os arqueiros sírios apareceram na torre mais alta e esticaram os seus arcos. Nenhum deles, porém, teve tempo de ajustar o disparo. Ramsés e os arqueiros egípcios abateram-nos. Uma segunda leva de defensores, de cabelos hirsutos presos por uma tira e barba pontiaguda, os substituíram; os sírios conseguiram lançar algumas flechas, que, felizmente, não atingiram nenhum egípcio. O rei e os seus arqueiros de elite os eliminaram.

– Medíocre resistência – declarou o velho general a Setaou. – Parece que esses sírios nunca combateram.

– Melhor assim. Dessa forma terei menos trabalho e talvez possa consagrar uma noite a Lótus. Essas batalhas me esgotam.

Os soldados haviam começado a subir quando surgiram cerca de cinqüenta mulheres.

O exército egípcio não tinha por hábito massacrar mulheres e crianças. Todas seriam levadas para o Egito com suas respectivas mães, como prisioneiras de guerra, e lá se tornariam trabalhadoras de grandes propriedades agrícolas.

Depois de mudarem de nome seriam integradas à sociedade egípcia.

O velho general ficou consternado.

– E eu que julgava já ter visto tudo... Essas infelizes são loucas!

Duas sírias ergueram um braseiro acima da borda da muralha e o despejaram direto sobre os soldados que se preparavam para subir. Os carvões em brasa roçaram os guerreiros egípcios colados aos degraus das escadas. As flechas dos arqueiros acertaram os olhos das mulheres, que despencaram da muralha. As substitutas, com um novo braseiro, tiveram a mesma sorte. Superexcitada, uma das mulheres colocou brasas em sua funda, girava e atirou para longe.

Uma das brasas atingiu a coxa do velho general, que caiu com a mão crispada na queimadura.

– Não toque na queimadura – recomendou Setaou. – Fique parado e deixe-me agir.

Erguendo o saiote, o encantador de serpentes urinou sobre a queimadura. Tanto quanto ele, o general sabia que a urina, ao contrário da água de poço ou de rio, era um recurso esterilizante, pois limpava uma chaga sem perigo de infecção. A seguir, foi colocado numa maca e transportado para a tenda-hospital.

Os soldados atingiram as ameias vazias: nenhum sírio à vista.

Alguns minutos mais tarde, a grande porta da fortaleza de Megiddo foi aberta.

Em seu interior viam-se apenas algumas mulheres e crianças aterrorizadas.

– Os sírios tentaram fazer-nos recuar, lançando todas as suas forças numa batalha fora da fortaleza – constatou Acha.

– A manobra poderia ter dado resultado – considerou o rei.

– Mas eles não o conheciam, Ramsés.

– Quem pode gabar-se de me conhecer, meu amigo?

Uma dezena de soldados começou a pilhar o tesouro da fortaleza, abarrotado de peças de baixela em alabastro e estatuetas de prata.

Um rugido do leão os dispersou.

– Prendam esses homens – decretou Ramsés. – Que os locais de moradia sejam purificados e defumados.

O rei nomeou um governador, encarregado de escolher os oficiais e os homens de tropa que passariam a residir em Megiddo. Havia nos armazéns provisões suficientes para várias semanas, e uma tropa já saía em busca de caça e de rebanhos.

Ramsés, Acha e o novo governador reorganizaram a economia da região; os camponeses, sem saberem quem era o seu senhor, haviam interrompido os trabalhos no campo. Em menos de uma semana, a presença egípcia foi de novo sentida como uma garantia de segurança e paz.

O rei mandou construir pequenos fortins a certa distância, ao norte de Megiddo, ocupados por quatro vigias, mais os cavalos. Em caso de um ataque hitita, a guarnição teria tempo de se pôr a salvo.

Do alto da torre principal, Ramsés não gostou da paisagem que viu. Para ele, viver longe do Nilo, dos palmeirais, dos campos verdejantes e do deserto era um grande sofrimento. Naquela hora serena, Nefertari celebraria os rituais da tarde. Como sentia a sua falta!

Acha interrompeu a meditação do rei.

– Fiz como pediu: falei com os oficiais e soldados.

– E o que estão achando de tudo isso?

– Têm total confiança em você, mas só pensam em voltar para casa.

– Gosta da Síria, Acha?

– É um país perigoso, cheio de armadilhas. Só com longas estadas é que se pode conhecê-lo bem.

– A terra dos hititas é parecida com a da Síria?

– É mais selvagem e mais rude. No inverno, nos altos planaltos da Anatólia, o vento é gelado.

– Será que me seduzirá?

– Você é egípcio, Ramsés. Nenhuma outra terra encontrará lugar em seu coração.

– A província de Amurru está próxima.

– O inimigo também.

– Será que o exército hitita invadiu Amurru?

– Não dispomos de informações confiáveis.

– Qual é a sua opinião?

– É lá com certeza que eles nos esperam.

19

Estendendo-se ao longo do mar, entre as cidades costeiras de Tiro e Biblos, a província de Amurru situava-se a leste do monte Hermon e da cidade comercial de Damasco. Era o último protetorado egípcio antes da fronteira com a zona de influência hitita.

A mais de 400 quilômetros do Egito, os soldados do faraó avançavam a passo lento. Contrariamente ao que lhe haviam recomendado os generais, Ramsés evitara a estrada do litoral e seguira por um caminho montanhoso, tão desgastante para os animais quanto para os homens.

Ninguém mais ria nem conversava; todos se preparavam para um confronto com os hititas, cuja reputação violenta assustava até mesmo os mais corajosos.

De acordo com a análise do diplomata Acha, reconquistar Amurru não seria um ato de guerra declarada, mas quantos cairiam sob o sol ardente? Muitos esperaram que o rei se contentasse com Megiddo e tomasse o caminho de volta. Mas Ramsés concedera apenas um breve repouso ao seu exército antes de lhe impor este novo esforço.

Um batedor passou a galope pela coluna e estacou bruscamente na frente de Ramsés.

– Estão ali, no fim do caminho, entre a falésia e o mar.

– São muitos?

– Várias centenas de homens armados com lanças e arcos, todos ocultos atrás dos arbustos. Como estão vigiando a estrada do litoral, nós os apanharemos pelas costas.

– São hititas?

– Não, Majestade, são habitantes da província de Amurru.

Ramsés estava perplexo. Que nova armadilha preparariam ao exército egípcio?

– Leve-me até lá.

O general de cavalaria interpôs-se.

– O faraó não deve correr semelhante risco.

O olhar de Ramsés relampejou.

– Devo ver, julgar e decidir.

O rei seguiu o batedor. Os dois homens terminaram o trajeto a pé e enveredaram por um terreno inclinado em que se encontravam rochedos instáveis.

Ramsés parou.

O mar, a estrada que seguia ao longo dele, a profusão de arbustos, os inimigos emboscados, a falésia... Não havia lugar para forças hititas emboscadas. Mas o horizonte era limitado por outra falésia. Não estariam dezenas de carros anatólios camuflados a alguma distância dali, prontos para intervir a toda velocidade?

Ramsés tinha nas mãos a vida dos seus soldados, eles próprios a garantia da segurança do Egito.

– Vamos nos espalhar – murmurou.

OS SOLDADOS DE INFANTARIA do príncipe de Amurru meneavam as cabeças para espantar o sono. Logo que os primeiros egípcios surgissem do sul pela estrada do litoral, seriam abatidos de surpresa.

O príncipe Benteshina aplicava a estratégia imposta por instrutores hititas. Estes estavam convencidos de que Ramsés, em cujo caminho haviam montado diversas armadilhas, não chegaria até ali. E, se chegasse, as suas forças estariam de tal forma reduzidas que uma última arapuca acabaria com elas facilmente.

Qüinquagenário robusto, com um belo bigode preto, Benteshina não gostava dos hititas, mas tinha medo deles. Amurru estava tão próxima da zona de influência deles que não tinha interesse em contrariá-los. É certo que era vassalo do Egito e pagava tributo ao faraó, mas os hititas não se importavam com isso, e exigiam que ele se revoltasse e desferisse o último golpe num exército egípcio já esgotado.

Como estava com a garganta seca, o príncipe pediu ao seu copeiro para lhe trazer vinho fresco. Benteshina mantinha-se abrigado numa gruta da falésia.

O serviçal deu apenas alguns passos.

– Senhor... Olhe!

– Vá logo, pois tenho sede.

– Olhe, senhor, sobre a falésia... centenas, milhares de egípcios!

Benteshina ergueu-se, estupefato. O copeiro não mentia.

Um homem de elevada estatura, com uma coroa azul e vestindo um saiote com reflexos dourados, descia em seu carro para a planície costeira. À sua direita, um enorme leão.

Primeiro, um a um, e depois, em massa, os soldados libaneses voltaram-se e descobriram o mesmo espetáculo visto por seu chefe. Todos foram brutalmente acordados.

– Onde está seu esconderijo, Benteshina? – interrogou a voz grave e forte de Ramsés.

Trêmulo, o príncipe de Amurru avançou até o faraó.

– Não é mais o meu vassalo, Benteshina?

– Majestade, sempre servi fielmente ao Egito!

– Por que razão o seu exército me preparava uma emboscada?

– Pensávamos... A segurança da nossa província...

Um ruído surdo, semelhante a um tremor de terra, encheu o céu. Ramsés olhou ao longe, na direção da falésia atrás da qual podiam ocultar-se carros hititas.

Para o faraó, era o momento da verdade.

– Você me traiu, Benteshina.

– Não, Majestade! Os hititas obrigaram-me a obedecer. Se tivesse recusado, eles me massacrariam, e o meu povo. Esperávamos que viesse para sermos libertados do seu jugo.

– Onde estão?

– Partiram, convencidos de que o seu exército chegaria aqui em farrapos, se tivesse conseguido ultrapassar as inúmeras armadilhas montadas ao longo do caminho.

– Que ruído estranho é esse?

– É o ruído das grandes vagas que se erguem do mar, rolam sobre os rochedos e se desfazem de encontro à falésia.

– Os seus homens estavam preparados para uma batalha. Os meus, para combater.

Benteshina ajoelhou-se.

– Como é triste, Majestade, descer à terra do silêncio, onde reina a morte! O homem desperto adormece aí para sempre, ficando entorpecido o dia inteiro. O lugar onde se encontram aqueles que residem lá embaixo é tão profundo que as suas vozes já não chegam até nós, pois não existe porta nem janela. Nenhum raio de sol ilumina o sombrio reino dos mortos, nenhum vento refresca o seu coração. Ninguém deseja seguir para esse terrível país. Imploro o perdão do faraó! Que o povo de Amurru seja poupado e continue a lhe servir.

Vendo o seu comandante e senhor submisso, os soldados libaneses jogaram fora suas armas.

Quando Ramsés ergueu Benteshina, que se inclinou profundamente perante o faraó, gritos de alegria brotaram do peito dos egípcios e dos seus aliados.

QUANDO SAIU DO GABINETE de Ameni, Chenar estava horrorizado.

Para finalizar uma campanha militar realizada com incrível rapidez, Ramsés acabava de reconquistar a província de Amurru, que, no entanto, era tida sob influência hitita! Como havia esse jovem rei inexperiente, que conduzia pela primeira vez o seu exército em terreno hostil, conseguido escapar às armadilhas e alcançar uma vitória tão retumbante?

Há muito tempo Chenar deixara de acreditar na existência dos deuses, mas era evidente que Ramsés gozava de uma proteção mágica, legada por Sethi no decurso de um ritual secreto. E era essa força que traçava o seu caminho.

Chenar redigiu uma ordem de serviço encaminhada a Ameni. Como ministro das Relações Exteriores, deslocava-se pessoalmente a Mênfis para anunciar a excelente notícia aos notáveis.

– Onde está o mago? – perguntou Chenar à sua irmã Dolente.

A volumosa mulher morena de formas flácidas abraçou a loura Lita, a herdeira de Akhenaton, aterrorizada pelo ódio do irmão mais velho de Ramsés.

– Está trabalhando.

– Quero vê-lo imediatamente.

– Tenha um pouco de paciência. Está preparando uma nova sessão de magia com o xale de Nefertari.

– Que bela eficácia! Sabe que Ramsés reconquistou Amurru, retomou todas as fortalezas cananéias e impôs de novo a sua lei aos nossos protetorados do norte? As nossas perdas são ínfimas, o nosso bem-amado irmão não sofreu um mínimo arranhão e se tornou mesmo um deus para os soldados!

– Tem certeza...?

– Ameni é uma excelente fonte de informações. Esse maldito escriba é tão prudente que é capaz mesmo de ter omitido parte da verdade. Canaã, Amurru e o norte da Síria não voltarão para o domínio hitita. Conta com Ramsés para erguer ali uma base bem fortificada e também uma zona de proteção que o inimigo nunca conseguirá atravessar. Em vez de abatermos o meu irmão, reforçamos o seu sistema defensivo... Magnífico resultado!

A loura Lita contemplava Chenar.

– O nosso futuro reino está se afastando, minha querida. E se você e o seu mago estiverem me enganando?

Chenar arrancou a parte de cima do vestido da jovem, arrebentando as alças. O seio dela tinha marcas de profundas queimaduras.

Lita prorrompeu em soluços e se aninhou nos braços de Dolente.

– Não a torture, Chenar; ela e Ofir são os nossos aliados mais preciosos.

– Ótimos aliados, sem dúvida!

– Não duvide, senhor – disse uma voz lenta e firme.

Chenar voltou-se.

A face de ave de rapina do mago Ofir impressionou novamente o irmão mais velho de Ramsés. O olhar verde-escuro do líbio parecia portar maldições capazes de aniquilar um adversário em poucos segundos.

– Estou descontente com os seus serviços, Ofir.

– Como acabou de constatar, nem Lita nem eu poupamos esforços. Como lhe expliquei, lutamos com uma força muito grande e precisamos de tempo para agir. Enquanto o xale de Nefertari não estiver completamente consumido, a proteção mágica não será quebrada. Se formos muito depressa, mataremos Lita e não teremos mais nenhuma esperança de destronar o usurpador.

– Quanto tempo, Ofir?

– Lita é frágil porque é uma excelente médium. Entre cada sessão de magia, Dolente e eu tratamos de suas queimaduras; depois temos que esperar pela cicatrização da ferida antes de utilizarmos novamente os seus dons.

– Não pode mudar de cobaia?

O olhar do mago endureceu.

– Lita não é uma cobaia, mas sim a futura rainha do Egito, sua esposa. Há vários anos que se prepara para esse combate implacável do qual sairemos vencedores. Ninguém poderia substituí-la.

– Já compreendi... Mas a glória de Ramsés aumenta constantemente!

– Em algum momento a desgraça pode pôr-lhe um fim.

– O meu irmão não é um homem comum; está sendo animado por uma estranha força.

– Tenho consciência desse fato, senhor Chenar. É por isso que apelo para os recursos mais ocultos da minha ciência. A precipitação seria um grave erro. No entanto...

Chenar manteve os olhos fixos nos lábios de Ofir.

– No entanto, tentarei uma ação fulminante contra Ramsés. Um homem vitorioso torna-se muito seguro de si e baixa a guarda. Aproveitaremos um momento de fraqueza.

20

A província de Amurru estava em festa. O príncipe Benteshina fizera questão de celebrar de forma espalhafatosa a presença de Ramsés e a volta à paz. Solenes declarações de fidelidade haviam sido inscritas em papiros, e o príncipe comprometera-se a entregar o mais depressa possível, por barco, troncos de cedros que seriam erguidos na frente das colunas dos templos do Egito. Os soldados libaneses transbordavam de amizade pelos egípcios, o vinho corria solto, e as mulheres da província reconquistada souberam fascinar os seus protetores.

Encantados, mesmo não se deixando iludir por aquela alegria forçada, Setaou e Lótus participaram das festividades e tiveram a felicidade de encontrar um velho feiticeiro apaixonado por serpentes. Embora a qualidade do veneno e a agressividade dos espécimes locais fossem notavelmente inferiores às das víboras do Egito, os dois especialistas trocaram alguns segredos de profissão.

Apesar da excelente acolhida, Ramsés não se sentiu à vontade. Benteshina considerou essa atitude necessária à austeridade que o faraó, o homem mais poderoso do mundo, devia conservar em qualquer circunstância.

Todavia, essa não foi a opinião de Acha.

Ao término de um banquete que reunira os oficiais superiores do Egito e de Amurru, Ramsés retirara-se para o terraço do palácio principesco onde Benteshina alojara o seu ilustre hóspede.

O olhar do rei estava fixo no norte.

– Posso interromper a sua meditação?

– O que quer, Acha?

– Você não parece de forma alguma estar apreciando as honrarias do príncipe de Amurru.

– Quem traiu, trairá novamente. Mas sigo os seus conselhos: por que haveria de substituí-lo, se lhe conheço os vícios?

– Não é nele que está pensando.

– Conhece por acaso as minhas preocupações?

– O seu olhar está fixo em Kadesh.

– Kadesh, o orgulho dos hititas, o símbolo do seu domínio sobre o norte da Síria, o perigo permanente que ameaça o Egito! Sim, estou pensando em Kadesh.

– Atacar essa praça forte é penetrar em uma zona de influência hitita. Se tomar essa decisão, é melhor declarar-lhes guerra com todas as letras.

– Por acaso eles respeitaram as regras ao fomentarem revoltas em nossos protetorados?

– Não passavam de movimentos de insurreição. Atacar Kadesh é franquear a verdadeira fronteira entre o Egito e o império hitita. Em outras palavras, a grande guerra. Um conflito capaz de durar vários meses e nos destruir.

– Estamos preparados.

– Não, Ramsés. As suas vitórias não devem torná-lo eufórico.

– Parecem-lhe irrisórias?

– Você venceu apenas guerreiros medíocres; e os de Amurru entregaram as armas sem combater. Com os hititas será diferente. Além disso, os nossos homens estão esgotados e anseiam por regressar ao Egito. Entrar agora num conflito de tal envergadura nos levaria ao desastre.

– O nosso exército será assim tão fraco?

– Nossos corpos e espíritos estavam preparados para uma campanha de reconquista, não para o ataque a um império cujo poderio militar é superior ao nosso.

– A sua prudência não está sendo perigosa?

– A batalha de Kadesh acontecerá, se é esse o seu desejo, mas tem que saber prepará-la.

– Tomarei a minha decisão esta noite.

A FESTA HAVIA TERMINADO.

De madrugada, a palavra de ordem havia circulado pelas casernas: preparação para o combate. Duas horas mais tarde, Ramsés apresentou-se no seu carro, puxado pelos seus dois fiéis cavalos. O rei envergava a couraça de combate.

Muitos estômagos apertaram-se. Teria fundamento o rumor insensato que corria? Atacar Kadesh, marchar sobre a indestrutível cidade hitita, chocar-se de frente com bárbaros de uma crueldade sem igual?... Não, o jovem monarca não podia ter concebido plano tão insensato! Herdeiro da sabedoria do pai, respeitaria a zona de influência adversária e optaria por consolidar a paz.

O rei passou as tropas em revista. Os rostos estavam tensos e inquietos; do mais jovem soldado ao veterano mais experiente, todos mantinham-se imóveis, com os músculos retesados. Das palavras que o faraó iria pronunciar dependeria o restante das suas existências.

Setaou, que detestava paradas militares, estava deitado de barriga para baixo, em sua carroça, e se deixava massagear por Lótus, cujos seios nus faziam sobressair suas omoplatas.

O príncipe Benteshina estava confinado em seu palácio, incapaz de devorar os bolos com creme de que costumava empanturrar-se no desjejum. Se Ramsés declarasse guerra aos hititas, a província de Amurru serviria de base recuada ao exército egípcio, e seus habitantes seriam alistados como mercenários. Uma vez vencido Ramsés, os hititas poriam a região sob ferro e sangue.

Acha tentou adivinhar-lhe as intenções, mas o rosto de Ramsés permaneceu impenetrável.

Terminada a inspeção, Ramsés girou o seu carro. Por instantes, os cavalos pareceram dirigir-se para o norte, para Kadesh; o faraó voltou-se, porém, para o sul, para o Egito.

SETAOU BARBEOU-SE COM UMA NAVALHA de bronze, penteou-se com um pente de madeira de dentes desiguais, untou o rosto com uma pomada para afastar os insetos, limpou as sandálias e enrolou a esteira. Não era elegante como Acha, mas fazia questão de se mostrar mais bem apresentável do que o habitual, apesar das risadas cristalinas de Lótus.

Depois que o exército egípcio, entusiasmado, havia tomado o caminho de volta, Setaou e Lótus finalmente arranjaram tempo para fazer amor na carroça. Os soldados de infantaria não paravam de entoar canções à glória de Ramsés, enquanto os ocupantes dos carros – a arma nobre – se contentavam em assobiar. A totalidade dos militares partilhava a mesma convicção: como era bela a vida de soldado quando não tinha que combater!

Os soldados atravessaram em boa marcha Amurru, a Galiléia e a Palestina, cujos habitantes os aclamavam à sua passagem, oferecendo-lhes legumes e frutas frescas. Antes da última etapa, aquela que os conduziria à entrada do Delta, o acampamento foi montado ao norte do Sinai e a oeste de Negeb, numa região tórrida onde a guarda do deserto vigiava o deslocamento dos nômades e protegia as caravanas.

Setaou rejubilava. Abundavam ali as víboras e as cobras de tamanho soberbo, com veneno dos mais ativos. Com a sua destreza habitual, Lótus já havia capturado uma dezena, dando a volta no acampamento. Sorridente, via os soldados afastarem-se à sua passagem.

Ramsés contemplava o deserto. Voltou a olhar em direção ao norte, para Kadesh.

– A sua decisão foi lúcida e sábia – declarou Acha.

– É nisso que consiste a sabedoria? Bater em retirada perante o inimigo?

– Não, Ramsés; ela consiste em não se deixar massacrar, nem tentar o impossível.

– Engana-se, Acha. A verdadeira coragem é da natureza do impossível.

– Estou sentindo medo pela primeira vez, Ramsés. Para onde quer arrastar o Egito?

– Acredita realmente que a ameaça de Kadesh se dissipará por si própria?

– A diplomacia permite resolver conflitos aparentemente insolúveis.

– A sua diplomacia desarmará os hititas?

– Por que não?

– Traga-me a verdadeira paz que desejo, Acha; do contrário, eu mesmo a construirei.

ERAM 150.

Cento e cinqüenta homens, corredores das areias, beduínos e hebreus, percorrendo há várias semanas a região do Negeb em busca de caravanas perdidas. Todos obedeciam a um homem de meia-idade, zarolho, que conseguira escapar de uma prisão militar antes de ser executado. Autor de 30 ataques a caravanas e de 23 assassinatos de mercadores egípcios e estrangeiros, Vargoz surgia como um herói aos olhos de sua tribo.

Quando o exército egípcio surgira no horizonte, julgaram ver uma miragem. Os carros, os cavaleiros, os soldados a pé... Vargoz e seus homens refugiaram-se numa gruta, decididos a não sair de lá antes da morte do inimigo.

Durante a noite, um rosto assediara os sonhos de Vargoz: o do mago líbio Ofir.

Com sua cabeça de ave de rapina e uma voz doce e persuasiva, Vargoz o conhecera muito bem na juventude. Num oásis perdido entre a Líbia e o Egito, o mago ensinara-o a ler e a escrever, e o utilizara como médium.

Nessa noite, o rosto imperioso ressurgia do passado, e a voz suave dava novas ordens às quais Vargoz não podia escapar.

Com os olhos esbugalhados, os lábios brancos, o chefe do bando acordou seus cúmplices.

– Este vai ser o nosso mais belo golpe – explicou. – Sigam-me.

Obedeceram como sempre faziam. Lá onde Vargoz os levava devia haver muitas riquezas.

Quando chegaram próximo do acampamento egípcio, alguns homens de Vargoz insurgiram-se.

– A quem quer roubar?

– A tenda mais bela, a que está mais à frente... Contém muitos tesouros.

– Não teremos qualquer chance!

– As sentinelas são poucas e não esperam um ataque. Sejam rápidos e se tornarão homens ricos.

– É o exército do faraó – objetou um corredor das areias. – Mesmo se conseguirmos fugir, eles nos apanharão.

– Imbecil... Acha que vamos permanecer na região? Com o ouro que vamos roubar, seremos mais ricos do que príncipes!

– Ouro...

– O faraó nunca se desloca sem grande quantidade de ouro e pedras preciosas. É com eles que compra os seus vassalos.

– Quem lhe disse?

– Um sonho.

O corredor das areias olhou Vargoz com espanto.

– Está zombando de mim?

– Vai obedecer ou não?

– Arriscar a pele por causa de um sonho... Está delirando?

O machado de Vargoz abateu-se sobre o pescoço do corredor das areias. Quando o moribundo caiu, o chefe da tribo cobriu-o de pontapés e acabou por degolá-lo.

– Alguém mais quer discutir?

Rastejando, os 149 homens avançaram para a tenda do faraó.

Vargoz obedeceria à ordem que Ofir lhe dera: cortar uma das pernas de Ramsés, tornando-o inválido.

21

Diversas sentinelas cochilavam enquanto montavam guarda. Outras sonhavam com o lar e a família. Só uma percebeu uma forma bizarra que rastejava na sua direção, mas Vargoz teve tempo de estrangulá-la antes que desse o alarme. Os membros da tribo tiveram que admitir que mais uma vez o seu chefe tinha razão. Não haveria qualquer dificuldade em aproximar-se da tenda real.

Vargoz não sabia se Ramsés transportava um tesouro e também não pensou no momento em que os companheiros descobririam que ele, Vargoz, os enganara. Apenas uma obsessão o guiava: obedecer a Ofir, libertar-se do seu rosto e da sua voz.

Esquecendo os riscos, correu para o oficial semi-adormecido junto à entrada da grande tenda. O peso do corpo de Vargoz foi tão violento que o egípcio nem teve tempo de desembainhar a espada. Com a respiração cortada pela cabeçada do seu agressor, o homem desmaiou.

O caminho estava livre.

Mesmo o faraó, considerado um deus, não resistiria a um agressor enlouquecido.

O gume do machado rasgou a porta de pano da tenda.

Arrancado do seu sono, Ramsés ergueu-se. Com a arma em punho, Vargoz lançou-se contra o monarca.

Um peso enorme, porém, o derrubou. Uma dor intensa rasgou-lhe as costas, como se mil facas lhe dilacerassem a carne. Voltando a cabeça, viu, num átimo de segundo, as mandíbulas de um gigantesco leão se fecharem sobre seu crânio, engolindo-o como um fruto maduro.

O berro de terror do corredor das areias que seguia Vargoz deu o alerta. Privados do seu chefe, desorientados, não sabendo se deviam atacar ou fugir, os ladrões foram trespassados por flechas. Só Matador matou cinco e, depois, vendo os arqueiros se ocuparem da tarefa, foi dormir atrás da cama do seu dono.

Furiosos, os egípcios vingaram a morte das sentinelas, massacrando a tribo de ladrões. A súplica de um ferido intrigou um oficial, que chamou a atenção do rei.

– Um hebreu, Majestade.

Com duas flechas no estômago, o homem agonizava.

– Viveu no Egito, hebreu?

– Dói-me...

– Fale, se quer ser tratado! – exigiu o oficial.

– Não, no Egito não... Sempre vivi aqui...

– A sua tribo acolheu alguém chamado Moisés? – perguntou Ramsés.

– Não...

– Por que nos atacaram?

O hebreu balbuciou algumas palavras incompreensíveis e morreu.

Acha aproximou-se do rei.

– Está bem?

– Matador protegeu-me.

– Quem são os bandidos?

– Beduínos, corredores das areias e, pelo menos, um hebreu.

– Foi um ataque suicida.

– Alguém os incitou a tomar essa iniciativa insensata.

– Instrutores hititas?

– Talvez.

– Em quem está pensando?

– É impossível descrever os nomes dos demônios das trevas.

– Não consegui dormir – confessou Acha.

– Qual a causa da sua insônia?

– A reação dos hititas. Não vão ficar passivos.

– Está me censurando agora por não ter atacado Kadesh?

– É preciso consolidar o mais depressa possível o sistema de defesa dos nossos protetorados.

– Esta será a sua próxima missão, Acha.

Por questão de economia, Ameni limpava uma velha tabuazinha de madeira para utilizá-la novamente como superfície de escrita. Os funcionários a seu serviço sabiam que o secretário particular do rei não suportava o desperdício e exigia respeito pelo material.

O triunfo de Ramsés nos protetorados e a cheia perfeita de que se beneficiava o Egito tinham enchido Pi-Ramsés de alegria. Os ricos e os humildes preparavam-se para receber o rei, e os barcos traziam todos os dias alimentos sólidos e líquidos destinados ao monumental banquete em que todos os habitantes da cidade tomariam parte.

Naquele período de férias forçadas, os camponeses descansavam ou iam de barco visitar membros da família que moravam longe. O Delta do Nilo tornara-se um mar, de onde emergiam ilhotas em que estavam erigidas as aldeias. Pi-Ramsés assemelhava-se a um navio ancorado no centro daquela imensidão.

Só o espírito de Ameni estava angustiado. Se realmente havia cometido a injustiça de colocar na prisão um inocente que era mais do que um amigo fiel para Ramsés, pesaria duramente na balança do julgamento do outro mundo. O escriba não ousara visitar Serramanna, que continuava a clamar por sua inocência.

O guarda a quem Ameni confiara o inquérito sobre a principal testemunha de acusação, Nenofar, a amante de Serramanna, apareceu em seu gabinete no fim da tarde.

– Obteve resultados?

O guarda exprimia-se com lentidão.

– Afirmativo.

Ameni sentiu-se mais descansado; finalmente conseguiria ver claramente!

– E Nenofar?

– Encontrei-a.

– Por que não a trouxe?

– Porque está morta.

– Por acidente?

– Segundo o médico que examinou o cadáver, foi assassinato. Nenofar foi estrangulada.

– Um crime... Quiseram, portanto, eliminar essa testemunha. Mas por quê?... Por que ela tinha mentido ou por que se arriscava a falar demais?

– Com o devido respeito, este impasse não lança uma dúvida sobre a culpa de Serramanna?

Ameni tornou-se mais pálido do que de costume.

– Possuía provas contra ele.

– Provas não se discutem – admitiu o guarda.

– Pois discutem-se, sim senhor! Imagine essa Nenofar sendo paga para acusar Serramanna, assustando-se com a idéia de comparecer perante o tribunal, mentindo sob juramento e em face da Regra. O seu mandante não tinha opção: tinha de eliminá-la. Claro que nos resta uma prova irrefutável! E se for uma falsificação? E se alguém tiver imitado a escrita do sardo?

– Não é difícil: Serramanna redigia toda semana uma nota de serviço, que era afixada na porta da caserna da guarda pessoal do rei.

– Serramanna, vítima de uma trama... É nisso que acredita, não é verdade?

O guarda concordou com a cabeça.

– Quando Acha regressar – disse Ameni –, talvez eu possa libertar Serramanna sem esperar pela prisão do culpado... Tem alguma pista?

– Nenofar não se debateu. É provável que conhecesse o seu assassino.

– Onde foi morta?

– Numa pequena casa do bairro comercial.

– Quem é o seu proprietário?

– Como estava desocupada, os vizinhos não puderam me esclarecer.

– Consultando o cadastro, obterei com certeza uma indicação. E esses vizinhos não notaram nada de suspeito?

– Uma velhota, meio cega, afirma que viu um homem de baixa estatura sair da casa no meio da noite, mas é incapaz de descrevê-lo.

– E se conseguíssemos uma lista das relações de Nenofar?

– É inútil esperarmos conseguir isso... E se Serramanna fosse o seu primeiro peixe graúdo?

NEFERTARI SABOREOU um longo banho morno. Com os olhos fechados, pensou na felicidade louca cujo perfume se aproximava, minuto a minuto, com o regresso de Ramsés, cuja ausência se assemelhava a um suplício.

As servas esfregaram-lhe docemente a pele com cinzas e natrão, mistura de carbonato e de bicarbonato de sódio, que secava e purificava. Depois de uma última aspersão, a rainha estendeu-se nos mosaicos quentes e uma massagista friccionou-a com um creme à base de terebintina, azeite e limão, que lhe tornaria o corpo aromático durante todo o dia.

Sonhadora, Nefertari entregou-se aos cuidados da pedicure, da manicure e da maquiadora, que lhe rodeou os olhos com uma linha de tinta verde-clara, que servia simultaneamente de ornamento e proteção. Como o regresso de Ramsés estava próximo, ungiu a soberba cabeleira da rainha com um perfume de festa, cujos principais componentes eram a estiracácea e o benjoim. Depois, estendeu a Nefertari um espelho de bronze polido cujo cabo fora esculpido na forma de uma jovem nua, evocação terrestre da beleza celeste de Hathor.

Faltava colocar uma peruca de cabelos humanos, da qual desciam duas longas madeixas até os seios, encaracoladas na parte de trás. A prova do espelho foi favorável pela segunda vez.

– Se me permite – murmurou a cabeleireira –, Vossa Majestade nunca esteve tão bela.

As camareiras encarregadas de vestir a rainha fizeram-na envergar um imaculado vestido de linho, que acabava de ser criado e confeccionado pela oficina de tecelagem do palácio.

Mal a rainha se sentou para verificar a largura da admirável indumentária, um cão amarelo-dourado, robusto, musculoso, de orelhas caídas, cauda em espiral e focinho curto coroado com uma mancha negra, saltou para seus joelhos. Um cão que vinha do jardim recentemente regado, cujas patas sujaram de lama o vestido real.

Horrorizada, uma das camareiras agarrou uma pazinha destinada a matar moscas e avançou para bater no animal.

– Não toque nele – ordenou Nefertari. – É Vigilante, o cão de Ramsés. Se procede assim, deve ter um motivo.

Uma língua rosada, úmida e doce lambeu as faces da rainha e lhe tirou a maquiagem. Os grandes olhos confiantes de Vigilante ofereceram-lhe um olhar cheio de indescritível alegria.

– Ramsés estará aqui amanhã, não é verdade?

Vigilante pousou as patas da frente sobre as alças do vestido e agitou a cauda num entusiasmo que não deixava dúvidas.

22

Por meio de sinais visuais, as sentinelas das fortalezas e dos fortins de vigilância acabavam de anunciar a chegada de Ramsés.

A capital ficou imediatamente em efervescência. Do bairro contíguo ao templo de Ra às oficinas próximas do porto, das *villas* dos altos funcionários às moradias da gente humilde, todos corriam para executar a tarefa que lhes fora confiada e ter tudo pronto para o momento excepcional da entrada do soberano em Pi-Ramsés.

O intendente Romeu escondia a sua calvície crescente embaixo de uma peruca curta. Sem dormir há 48 horas, atormentava os subordinados, todos acusados de lentidão e falta de precisão. Só para a mesa real seriam necessárias centenas de quartos de boi assados, várias dezenas de patos grelhados, duzentos cestos de carne e peixes secos, cinqüenta potes de nata, uma centena de pratos de peixes preparados com especiarias, sem contar os legumes e as frutas. Os vinhos deviam ser de qualidade perfeita, assim como as cervejas. Também deviam ser organizados mil banquetes nos diversos bairros da cidade, a fim de que, nesse dia, mesmo o mais humilde participasse da glória do rei e da felicidade do Egito. À menor falha, quem seria apontado senão ele, Romeu?

Releu o último papiro de entrega: mil pães de formas variadas, mas de farinha muito fina, 2 mil pãezinhos dourados e crocantes, 20 mil bolos de mel e suco de alfarroba, recheados com figos, 352 sacos com uvas para serem colocadas em taças, 112 sacos com romãs e muitos outros com figos...

– Ei-lo! – exclamou o copeiro.

Em pé, sobre o telhado da cozinha, um aprendiz fazia grandes gestos.

– Não é possível...

– Sim, é ele!

O aprendiz saltou do telhado, e tanto ele quanto o copeiro correram em direção à grande avenida da capital.

– Fiquem aqui! – berrou Romeu.

Em menos de um minuto, a cozinha e as dependências do palácio ficaram desertas. Romeu deixou-se cair num banco de três pés. Quem iria tirar os cachos de uva dos sacos para apresentá-los com arte?

Ele estava fascinante.

Era o sol, o touro poderoso, o protetor do Egito e o vencedor de países estrangeiros, o rei de vitórias grandiosas, aquele que a luz divina escolhera.

Era Ramsés.

Com uma coroa de ouro, envergando uma armadura prateada e um saiote bordado em ouro, segurando um arco na mão esquerda e uma espada na direita, mantinha-se ereto no carro adornado com lírios e conduzido por Acha. Matador, o leão núbio de juba flamejante, avançava no mesmo ritmo dos cavalos.

A beleza de Ramsés aliava o poder ao esplendor. Encarnava nele a mais completa representação do faraó.

A multidão comprimia-se de um lado e do outro da longa via processional que conduzia ao templo de Amon. Com os braços carregados de flores e perfumados com óleo de festa, músicos e cantores celebravam o regresso do rei com um hino de boas-vindas. "Ver Ramsés", proclamava-se, "torna o coração feliz"; diante disso, todos se empurravam à passagem do monarca, para tentar vê-lo, mesmo que por um instante.

No limiar do espaço sagrado estava Nefertari, a grande esposa real. O doce amor, aquela de cuja voz emanava a felicidade, a soberana das Duas Terras que trazia a coroa de plumas altas tocando o céu e um colar de ouro adornado com um escaravelho de lápis-lazúli apresentando o segredo da ressurreição – ali estava ela, Nefertari, que segurava nas mãos um côvado, símbolo de Maât, a Regra eterna.

Quando Ramsés desceu do carro, a multidão fez silêncio.

O rei, em passos lentos, dirigiu-se para a rainha. Parou a 3 metros dela, largou o arco e a espada, e, fechando o punho direito, colocou-o sobre o coração.

– Quem é você, que se atreve a contemplar Maât?

– Sou o Filho da Luz, o herdeiro do testamento dos deuses, o que é penhor da justiça e não faz qualquer diferença entre o forte e o fraco. É todo o Egito que devo proteger do mal, tanto no interior quanto no exterior.

– Longe da terra sagrada, respeitou Maât?

– Pratiquei a Regra e, perante ela, deponho os meus atos para que me julgue. Só assim o país será consolidado com base na verdade.

– Que a Regra o reconheça como um ser íntegro.

Nefertari ergueu o côvado de ouro, que resplandeceu ao sol.

Durante longos minutos, a multidão aclamou seu rei. Até Chenar, subjugado, não conseguiu evitar murmurar o nome do irmão.

NO PRIMEIRO GRANDE PÁTIO a céu aberto do templo de Amon só eram admitidos os notáveis de Pi-Ramsés, impacientes por assistir à cerimônia de entrega do "ouro da valentia". Quem o faraó condecoraria? Que promoções concederia? Circulavam vários nomes, e tinham sido feitas até apostas.

Quando o rei e a rainha surgiram na "janela da aparição", todos contiveram a respiração. Os generais exibiam-se na primeira fila, espiando-se uns aos outros pelo canto do olho.

Dois porta-estandartes estavam prontos para conduzir, até próximo à janela, os felizes eleitos. Desta vez o segredo fora bem guardado; até os mexeriqueiros da corte estavam na incerteza.

– Que seja primeiro honrado o mais corajoso dos meus soldados – declarou Ramsés – aquele que não hesitou em arriscar a própria vida para proteger a do faraó. Avance, Matador.

Assustado, o público abriu passagem para o leão, que parecia ter certo prazer em ver todos os olhares convergirem para si. Bamboleante, em passo leve, foi até a "janela da aparição". Ramsés inclinou-se, acariciou-lhe a cabeça e colocou-lhe em redor do pescoço uma fina corrente de ouro que incluía a fera entre as personalidades mais destacadas da corte. Satisfeito, o leão deitou-se na posição de esfinge.

O rei murmurou dois nomes ao ouvido dos porta-estandartes. Contornando Matador, os dois guardiães ultrapassaram a fileira dos generais, depois a dos oficiais superiores e dos escribas, e pediram a Setaou e Lótus que os acompanhassem. O encantador de serpentes protestou, mas sua linda esposa segurou-lhe a mão.

A passagem da núbia de pele dourada e cintura fina despertou os mais indiferentes, mas o aspecto rude de Setaou, enfiado na sua pele de antílope com múltiplos bolsos, não recolheu os mesmos aplausos.

– Que sejam honrados aqueles que trataram dos feridos e salvaram inúmeras vidas – disse Ramsés. – Graças à sua ciência e dedicação, homens corajosos venceram o sofrimento e regressaram à sua pátria.

Inclinando-se de novo, o rei colocou vários aros de ouro nos pulsos de Setaou e Lótus. A bela núbia estava comovida, mas o encantador de serpentes resmungava.

– Encarrego Setaou e Lótus da direção do laboratório do palácio – acrescentou Ramsés. – Terão como missão aperfeiçoar os remédios à base de veneno de répteis e garantir a sua distribuição para todo o país.

– Preferiria a minha casa no deserto – resmungou Setaou.

– Lamenta estar mais perto de nós? – perguntou Nefertari.

O sorriso da rainha desarmou o resmungão.

– Vossa Majestade...

– A sua presença no palácio, Setaou, será uma honra para a corte.

Pouco à vontade, Setaou corou.

– Tudo será de acordo com os desejos de Vossa Majestade.

Os generais, um pouco chocados, não se atreveram a fazer qualquer crítica. Não tinham recorrido algumas vezes à arte de Setaou e Lótus para facilitar uma digestão difícil ou aliviar uma respiração presa? O encantador de serpentes e a esposa haviam cumprido corretamente a sua missão durante a campanha. A sua recompensa, embora exagerada aos olhos dos graduados, não era imerecida.

Restava saber qual dos generais seria distinguido e ascenderia ao posto de comandante-chefe do exército do Egito, sob as ordens diretas do faraó. A escolha era decisiva, porque o nome do eleito seria revelador da futura política de Ramsés: o nome do mais idoso dos generais seria prova de passividade e de contenção; o do chefe da cavalaria, anúncio de uma guerra iminente.

Os dois porta-estandartes ladearam Acha.

Fino, elegante, muito à vontade, o jovem diplomata ergueu um olhar respeitoso para o casal real.

– Honro-o, meu nobre e fiel amigo – declarou Ramsés –, porque os seus conselhos me foram preciosos. Também não hesitou em expor-se ao perigo e soube convencer-me a modificar os meus planos quando a situação o exigia. A paz está restabelecida, mas continua frágil. Surpreendemos os revoltosos com a nossa rapidez de ação, mas como reagirão os hititas, os verdadeiros autores de tudo o que aconteceu? É verdade que reorganizamos as guarnições das nossas fortalezas de Canaã e deixamos tropas na província de Amurru, a mais exposta a uma desforra brutal do inimigo, mas temos de coordenar os esforços de defesa nos nossos protetorados, a fim de que não estoure uma nova sublevação. Confio essa missão a Acha. A partir de agora, grande parte da segurança do Egito estará em suas mãos.

Acha curvou-se, e Ramsés colocou em torno do seu pescoço três colares de ouro. O jovem diplomata ascendia ao estatuto de notável do Egito.

Os generais uniram-se no mesmo rancor. Não competia a um dignitário sem experiência ocupar-se de tarefa tão difícil.

O rei acabava de cometer um grave erro; era imperdoável demonstrar tal falta de confiança na hierarquia militar.

Chenar perdia o seu adjunto no Ministério das Relações Exteriores, mas ganhava um precioso aliado com poderes mais amplos. Ao nomear o amigo para aquele posto, Ramsés acelerava a sua queda. O olhar de conivência trocado entre Acha e Chenar foi, para este último, o melhor momento da cerimônia.

ACOMPANHADO POR VIGILANTE e Matador – felizes por se reencontrarem e poderem brincar juntos –, Ramsés deixara o templo e voltara ao carro para cumprir uma promessa.

Homero estava rejuvenescido. Sentado sob seu limoeiro, tirava o caroço de tâmaras que Heitor, o gato preto rajado de branco, farto de carne fresca, olhava com indiferença.

– Lamento não ter assistido à cerimônia, Majestade; as minhas velhas pernas tornaram-se preguiçosas, e já não posso ficar de pé durante horas. Sinto-me feliz por revê-lo com perfeita saúde.

– Quer oferecer-me essa cerveja à base de suco de tâmaras que você mesmo preparou?

Na paz da tarde, os dois homens saborearam a suave bebida.

– Concedeu-me um raro prazer, Homero: o de acreditar, por um instante, que sou um homem como os outros, capaz de aproveitar um momento de repouso sem pensar no amanhã. Como está indo sua *Ilíada*?

– Tal como a minha memória: semeada de matanças, cadáveres, amizades perdidas e manobras divinas. Mas terão os homens outro destino que não o da sua própria loucura?

– A grande guerra que o meu povo receia não estourou; os protetorados do Egito voltaram ao que eram antes; desta vez espero criar uma barreira intransponível entre nós e os hititas.

– Eis a grande sabedoria para um jovem monarca dotado de tanto vigor. Não seria Vossa Majestade a aliança miraculosa da prudência de Príamo e da valentia de Aquiles?

– Estou convencido de que os hititas ficarão mortificados com a minha vitória. Esta paz não passa de uma trégua... Em breve, a sorte do mundo estará lançada em Kadesh.

– Por que uma tarde tão suave deverá ser portadora de um breve amanhã? Os deuses são cruéis.

– Aceita ser meu convidado no banquete desta noite?

– Com a condição de voltar cedo para casa; na minha idade, o sono é a principal virtude.

– Já sonhou alguma vez que a guerra não existia?

– Ao escrever a *Ilíada*, o meu objetivo é pintá-la com cores tão horríveis que os homens recuem perante o desejo de destruir. Mas será que os generais ouvirão a voz de um poeta?

23

Os grandes olhos amendoados de Touya, severos e penetrantes, enterneceram-se ao olhar Ramsés. Altiva, encantadora no seu vestido de linho de corte perfeito, apertado na cintura por uma faixa cujas pontas riscadas caíam quase até os tornozelos, contemplou longamente o faraó.

– Não sofreu, realmente, nenhum ferimento?

– Acredita que eu seria capaz de lhe ocultar? Está maravilhosa!

– As rugas da testa e do meu pescoço acentuaram-se; nem as melhores maquiadoras poderão fazer milagres.

– A juventude ainda permanece em você.

– A força de Sethi, talvez... A juventude é um país estrangeiro que só você habita. Mas por que ceder à nostalgia nesta noite de festa? Ocuparei o meu lugar durante o banquete, não se preocupe.

O rei abraçou a mãe com força.

– Você é a alma do Egito.

– Não, Ramsés, eu sou apenas a recordação, o reflexo de um passado ao qual você deve fidelidade. A alma do Egito é o casal que você forma com Nefertari. Restabeleceu uma paz duradoura?

– Uma paz, sim; duradoura, não. Restabeleci a nossa autoridade sobre os protetorados, incluindo Amurru, mas prevejo uma reação violenta por parte dos hititas.

– Pensou em atacar Kadesh, não é verdade?

– Acha convenceu-me a desistir.

– Ele tem razão. Seu pai renunciara a essa guerra, sabendo que as nossas perdas seriam elevadas.

– Mas os tempos não mudaram? Kadesh é uma ameaça que não poderemos tolerar por muito tempo.

– Os nossos convidados nos esperam.

NENHUMA NOTA EM FALSO tirou o brilho do banquete presidido por Ramsés, Nefertari e Touya. Romeu corria constantemente da sala de refeições para as cozinhas e vice-versa, vigiando todos os pratos, provando todos os molhos e bebendo um gole de cada vinho.

Acha, Setaou e Lótus ocupavam os lugares de honra. O brilhante diálogo do jovem diplomata seduzira dois generais carrancudos; Lótus divertira-se em ouvir inúmeros elogios celebrando a sua beleza, enquanto Setaou se concentrava no seu prato de alabastro, que enchia constantemente com iguarias suculentas.

A aristocracia e a casta militar partilhavam um tempo de trégua, longe das angústias do futuro.

Por fim, Ramsés e Nefertari ficaram a sós no seu amplo quarto do palácio, perfumado por uma dezena de ramos de flores. Predominava um aroma de jasmim e junça aromática.

– É isso a realeza? Ter de roubar algumas horas para poder viver com a mulher que amamos?

– A sua viagem foi longa, tão longa...

Estenderam-se sobre um grande leito, lado a lado, as mãos entrelaçadas, saboreando o prazer do reencontro.

– É estranho – disse ela. – A sua ausência torturava-me, mas o seu pensamento estava presente em mim. Todas as manhãs, quando ia ao templo para celebrar os rituais da madrugada, a sua imagem destacava-se das paredes e guiava os meus gestos.

– Durante os piores momentos da campanha, o seu rosto nunca me abandonou. Sentia você ao meu redor como se fizesse bater as asas de Ísis quando ela dá vida a Osíris.

– Foi a magia criada pela nossa união; nada deve quebrá-la.

– Quem ousaria fazê-lo?

– Pressinto por vezes uma sombra fria... Aproxima-se, afasta-se, aproxima-se de novo, e desaparece.

– Se ela existe, eu a destruirei. Mas vejo no seu olhar apenas uma luz simultaneamente doce e ardente.

Ramsés ergueu-se de lado e admirou o corpo perfeito de Nefertari. Desatou-lhe os cabelos, fez deslizar as alças do seu vestido e a desnudou lentamente, tão lentamente que a fez estremecer.

– Está com frio?

– Você está muito longe de mim.

Estendeu-se sobre ela, suas formas ajustaram-se, seus desejos uniram-se.

ÀS SEIS HORAS DA MANHÃ, depois de ter tomado um banho e lavado a boca com natrão, Ameni mandara que lhe levassem ao gabinete o desjejum, composto por uma infusão de cevada, iogurte, queijo fresco e figos. O secretário particular de Ramsés comia depressa, com os olhos fixos num papiro.

Surpreendeu-o um ruído de sandálias de couro nos mosaicos. Um dos seus subordinados? Tão cedo? Ameni limpou os lábios com um pano.

– Ramsés!

– Qual a razão de ter faltado ao banquete?

– Veja: estou cheio de trabalho! Chegaria a jurar que os dossiês se reproduzem entre si. E depois, bem sabe que não aprecio as futilidades. Tencionava pedir-lhe audiência esta manhã para lhe apresentar os resultados da minha gestão.

– Tenho certeza de que são excelentes.

O esboço de um sorriso iluminou o rosto sério de Ameni. A confiança de Ramsés era o seu bem mais precioso.

– Diga-me... Por que esta visita matinal?

– Por causa de Serramanna.

– Era o primeiro assunto que queria abordar.

– Fez muita falta durante a campanha. Foi você que o acusou e o prendeu por traição, não é verdade?

– As provas eram esmagadoras, mas...

– Mas...?

– Mas reabri o inquérito.

– Por quê?

– Porque tive a sensação de estar sendo manipulado. E as provas contra Serramanna parecem-me cada vez menos convincentes. A leviana mulher que o acusou, Nenofar, foi assassinada. Quanto ao documento que demonstra a sua cumplicidade com os hititas, estou impaciente por submetêlo à sagacidade de Acha.

– Então vamos acordá-lo.

As suspeitas que Acha havia levantado a respeito de Ameni foram dissipadas, mas essa felicidade o rei guardou só para si.

UM LEITE FRESCO COM MEL despertou Acha, que confiou sua companheira da noite às mãos peritas do massagista e do cabeleireiro.

– Se Vossa Majestade em pessoa não estivesse na minha frente – confessou o diplomata – não teria coragem nem de abrir os olhos.

– Abra também os ouvidos – recomendou Ramsés.

– O rei e seu secretário nunca dormem?

– A sorte de um homem injustamente preso vale mais que um despertar brutal – sublinhou Ameni.

– De quem está falando?

– De Serramanna.

– Mas... Não foi você que...

– Olhe para estas tabuazinhas de madeira.

Acha esfregou os olhos e leu as mensagens que Serramanna redigira para o seu correspondente hitita, prometendo-lhe que não lançaria as suas tropas de elite contra o inimigo, em caso de conflito.

– É uma brincadeira?

– Por que diz isso?

– Porque os grandes personagens da corte hitita são todos extremamente melindrosos. Dão uma importância vital às formalidades, inclusive ao correio secreto. Para que mensagens como estas cheguem a Hattusa, existe uma forma de redigir observações e perguntas que Serramanna ignora.

– Imitaram, portanto, a escrita de Serramanna.

– Sem dúvida nenhuma e, por sinal, está bastante grosseira. Estou convencido de que estas mensagens nunca foram enviadas.

Ramsés examinou, por sua vez, as pequenas tábuas.

– Há, no entanto, um indício que vocês não perceberam!

Acha e Ameni refletiram.

– Antigos alunos do *Kap* da universidade de Mênfis deviam estar mais atentos.

– É por causa da hora matinal – desculpou-se Acha. – É claro que o autor deste texto só pode ser um sírio. Fala bem a nossa língua, mas duas construções de frase são características da língua deles.

– Um sírio – repetiu Ameni. – Estou convencido de que é o mesmo homem que pagou a Nenofar, a amante de Serramanna, para que ela prestasse falso testemunho contra ele! Receando que falasse, achou melhor eliminá-la.

– Assassinar uma mulher! – exclamou Acha. – É monstruoso!

– Há milhares de sírios no Egito – lembrou Ramsés.

– Esperemos que tenha cometido um erro, um simples e pequenino erro – interveio Ameni. – Estou analisando um inquérito administrativo e espero encontrar uma pista concreta.

– Talvez esse sírio não seja apenas um assassino – disse Ramsés.

– O que está querendo dizer? – perguntou Acha.

– Um sírio ligado aos hititas... que talvez tenha instalado uma rede de espionagem no nosso território.

– Nada prova uma ligação direta entre o homem que tentou incriminar Serramanma e o nosso principal inimigo.

Ameni replicou Acha com ironia.

– Formula essa objeção porque está aborrecido, meu amigo. Você, o chefe do nosso sistema de informações, acaba de descobrir uma verdade que não lhe agrada!

– O dia já está começando mal – constatou o diplomata – e os seguintes ameaçam ser movimentados.

– Descubram o sírio o mais depressa possível – exigiu Ramsés.

NA SUA CELA, Serramanna reagia à sua maneira; continuando a clamar por sua inocência, tentava demolir as paredes a socos. No dia do processo, partiria a cabeça dos seus acusadores, quem quer que fossem eles. Temerosos da raiva do ex-pirata, os carcereiros passavam-lhe os alimentos pelas grossas barras da grade de madeira.

Quando a cela foi aberta, Serramanna sentiu vontade de se lançar sobre o homem que ousava enfrentá-lo.

– Majestade!

– Esta má estada não o abalou muito, Serramanna.

– Não traí Vossa Majestade!

– Você foi vítima de um erro, e vim libertá-lo.

– Vou realmente sair desta jaula?

– Duvida da palavra do rei?

– Tem então... confiança em mim?

– Você é o chefe da minha guarda pessoal.

– Então, Majestade, vou lhe dizer tudo. Tudo o que soube, tudo aquilo de que desconfio, todas as verdades por causa das quais quiseram fazer-me calar.

24

Sob o olhar de Ramsés, Ameni e Acha, Serramanna, bem instalado na sala de refeições do palácio, devorava patê de pombo, costeletas de vaca grelhadas, favas com gordura de pato, pepinos com nata, melancia e queijo de cabra. Manifestando um apetite inesgotável, mal tinha tempo para beber de um vinho tinto espesso não diluído em água.

Finalmente saciado, olhou para Ameni com malevolência.

– Por que me prendeu, escriba?

– Apresento-lhe as minhas desculpas. Não só me deixei enganar, como cedi à precipitação devido à partida do exército para o norte. A minha única intenção era proteger o rei.

– Desculpas... Vá para a prisão em meu lugar e verá! Onde está Nenofar?

– Morta – respondeu Ameni. – Assassinada.

– Não posso lamentar. Quem a manipulou e tentou livrar-se de mim?

– Ainda não sabemos, mas haveremos de descobrir.

– Pois eu sei!

O sardo esvaziou mais um copo de vinho e limpou o bigode.

– Então diga logo! – exigiu o rei.

Serramanna tornou-se sentencioso.

– Majestade, eu o avisei. Quando Ameni me prendeu, eu estava me preparando para lhe fazer certas revelações que talvez lhe desagradem.

– Estamos ouvindo, Serramanna.

– O homem que quis me eliminar foi Romeu, o intendente escolhido por Vossa Majestade. Quando foi introduzido um escorpião no quarto de Vossa Majestade, desconfiei de Setaou e me enganei; quando ele tratou de mim, aprendi a conhecê-lo. É um homem correto, incapaz de mentir, de fazer intriga ou de prejudicar alguém. Romeu, pelo contrário, é vicioso. Quem estaria melhor colocado do que ele para roubar o xale de Nefertari? E foi ele ou algum dos seus auxiliares que roubou o pote de peixes secos.

– Por que razão teria ele agido assim?

– Não sei.

– Ameni acha que não tenho nada a recear de Romeu.

– Ameni não é infalível – retorquiu vivamente o sardo. – No meu caso, ele se enganou... E o mesmo está acontecendo em relação a Romeu!

– Eu próprio o interrogarei – anunciou Ramsés. – Continua a defender Romeu, Ameni?

O secretário particular do faraó balançou a cabeça negativamente.

– Tem outras revelações, Serramanna?

– Tenho, Majestade.

– E dizem respeito a quem?

– Ao seu amigo Moisés. A respeito dele, tenho opinião formada; como ainda continuo encarregado de proteger Vossa Majestade, devo ser sincero.

O olhar cortante de Ramsés teria assustado qualquer um. Com o auxílio de mais uma caneca de vinho forte, Serramanna aliviou a consciência.

– Para mim, Moisés é um traidor e um conspirador. Seu objetivo era encabeçar o povo hebreu e fundar, no Delta, um principado independente. Talvez tenha amizade por Vossa Majestade, mas em pouco tempo, se ainda estiver vivo, será o mais implacável dos seus inimigos.

Ameni receou uma reação violenta por parte do rei. Ramsés permaneceu estranhamente calmo.

– Simples suposição ou resultado de um inquérito?

– Um inquérito tão aprofundado quanto me foi possível. Soube que Moisés tivera diversos contatos com um estrangeiro que se fazia passar por arquiteto. Esse homem parecia encaixar-se em seu plano; seu amigo hebreu estava no centro de uma conspiração contra o Egito.

– Identificou esse falso arquiteto?

– Ameni não me deu tempo.

– Esqueçamos esse lamentável engano, apesar de você ter sofrido com ele. Devemos unir as nossas forças.

Depois de longa hesitação, Ameni e Serramanna abraçaram-se meio desconfiados. O escriba quase sufocou sob a pressão do sardo.

– Não poderia existir pior hipótese – considerou o rei. – Moisés é um homem teimoso; se estiver certo, Serramanna, ele irá até o fim. Mas quem conhece hoje realmente o seu ideal? Será que ele mesmo o conhece? Antes de acusá-lo de alta traição, é necessário ouvi-lo. E para isso, é necessário encontrá-lo.

– Esse falso arquiteto – interveio Acha, intrigado – não seria um manipulador de primordial importância?

– Antes de formarmos uma opinião definitiva – considerou Ameni –, há muitas zonas sombrias que precisam ser iluminadas.

Ramsés pousou a mão no ombro do sardo.

– A sua franqueza é uma qualidade rara, Serramanna; acima de tudo, nunca a perca.

DURANTE A SEMANA SEGUINTE ao regresso triunfal de Ramsés, Chenar, como ministro das Relações Exteriores, só teve boas notícias a comunicar ao irmão. Os hititas não haviam emitido qualquer protesto oficial e continuavam sem se manifestar perante o fato consumado. A demonstração de força do exército egípcio e a sua rapidez de ação pareciam tê-los convencido a respeitar o pacto de não-agressão imposto por Sethi.

Antes de Acha partir em uma ronda de inspeção pelos protetorados, Chenar organizou um banquete no qual o seu antigo colaborador foi o convidado de honra. Sentado à direita do dono da casa, cujas recepções fascinavam a alta sociedade de Pi-Ramsés, o jovem diplomata apreciou a dança de três jovens que, exceto por um cinto de tecido colorido que pouco ocultava o seu sexo de azeviche, estavam nuas. Elas evoluíam com graça ao ritmo de uma melodia, ora vivaz, ora lânguida, tocada por uma orquestra feminina composta por uma harpa, três flautas e um oboé.

– Qual delas deseja para esta noite, meu caro Acha?

– Vou surpreendê-lo, Chenar, mas vivi uma semana esgotante com uma viúva insaciável e só desejo dormir uma dúzia de horas antes de tomar o caminho para Canaã e Amurru.

– Graças a esta música e às conversas dos meus convidados, podemos falar tranqüilamente.

– Já não trabalho no ministério, mas minha nova missão não deverá desagradá-lo.

– Tanto você quanto eu não podíamos esperar melhor.

– Podíamos, Chenar. Ramsés podia ter sido morto, ferido ou desonrado.

– Não podia imaginar que ele aliasse qualidades de estrategista à sua força inata. Refletindo bem, sua vitória é apenas relativa. O que fez ele, a não ser reconquistar protetorados? A ausência de reação dos hititas surpreende-me.

– Estão analisando a situação. Passada a surpresa, atacarão.

– Como tenciona proceder, Acha?

– Ao dar-me plenos poderes nos nossos protetorados, Ramsés forneceu-me uma arma decisiva. Acobertado pela reorganização do nosso sistema defensivo, irei desmantelando-o pouco a pouco.

– Não receia ser desmascarado?

– Já consegui persuadir Ramsés a manter os príncipes de Canaã e de Amurru à frente da sua província. São personagens torpes e corruptos que se venderão a quem mais lhes oferecer. Será fácil fazê-los passar para o campo hitita e, assim, a famosa barreira protetora com que sonha Ramsés não passará de ilusão.

– Não cometa imprudências, Acha; o páreo é duro.

– Não ganharemos a partida sem correr alguns riscos. O mais difícil de avaliar será a estratégia dos hititas; felizmente, possuo alguns dons nesse campo.

Um imenso império da Núbia à Anatólia, um império do qual ele seria o senhor... Chenar nem ousava acreditar nisso, mas eis que o seu sonho se transformava pouco a pouco em realidade. Ramsés escolhia mal os seus amigos: Moisés, um assassino e revoltoso; Acha, um traidor; Setaou, um extravagante sem envergadura. Restava Ameni, intratável e incorruptível, mas sem ambição.

– É necessário arrastar Ramsés para uma guerra insensata – continuou Acha. –Assim, ele surgirá como o causador do naufrágio do Egito, e você como o salvador da pátria: eis a linha direcional que não devemos esquecer.

– Ramsés confiou-lhe outra missão?

– Sim, a de encontrar Moisés. O rei cultua a amizade. Mesmo que o sardo considere Moisés culpado de alta traição, o faraó não o condenará antes de ouvi-lo.

– Alguma pista séria?

– Nenhuma. Ou o hebreu morreu de sede no deserto ou está escondido numa das inúmeras tribos que cruzam o

Sinai e o Negeb. Se ele se estabeleceu em Canaã ou Amurru, acabarei sabendo.

– Se Moisés liderasse uma tribo rebelde, poderia nos ser útil.

– Há um detalhe perturbador – sentenciou Acha. – Segundo Serramanna, Moisés teve misteriosos contatos com um estrangeiro.

– Aqui, em Pi-Ramsés?

– Aqui mesmo.

– Foi identificado?

– Não; sabe-se apenas que se fazia passar por arquiteto.

Chenar fingiu indiferença, mas sabia que Ofir já não era um completo desconhecido. É verdade que o mago não passava ainda de uma sombra, mas tornava-se uma ameaça potencial. Dali por diante, nenhuma ligação, de qualquer espécie, deveria ser estabelecida entre ele e Ofir. Quem praticasse magia negra contra o faraó era passível de pena de morte.

– Ramsés exige a identificação desse personagem – acrescentou Acha.

– Com certeza é um hebreu em situação irregular... Talvez tenha sido ele quem conduziu Moisés pelos caminhos do exílio. Aposto que não tornaremos mais a ver nem um nem outro.

– É provável... Contemos com Ameni para tentar elucidar mais este caso, sobretudo depois do seu grave erro.

– Acha que Serramanna o perdoará?

– Parece que o sardo está bastante rancoroso.

– Não caiu numa espécie de armadilha? – inquiriu Chenar.

– Caiu sim: um sírio comprou a cumplicidade de uma prostituta e a estrangulou para impedi-la de falar, depois de ter acusado o sardo. E foi o mesmo estrangeiro que imitou a escrita de Serramanna para que se acreditasse que o sardo era um espião pago pelos hititas. Uma mentira arquitetada com certa habilidade, mas demasiado superficial.

Chenar teve alguma dificuldade em manter a calma.

– O que significa...

– Que existe uma rede de espionagem no nosso território.

Raia, o mercador sírio, aliado principal de Chenar, estava ameaçado. E o pior: Acha, seu outro aliado essencial, era quem tentava descobri-lo e prendê-lo!

– Deseja que o meu ministério investigue esse sírio?

– Ameni e eu nos encarregaremos disso. É melhor agir de forma discreta para não espantar a caça.

Chenar bebeu um grande gole de vinho branco do Delta. Acha nunca saberia da grande ajuda que lhe estava dando.

– Há um notável que terá graves aborrecimentos – revelou o jovem diplomata, divertido.

– Quem?

– O gordo Romeu, o tirânico intendente do palácio. Serramanna colocou-o sob vigilância, porque está convencido de que Romeu merece ser preso.

Chenar começou a sentir dores nas costas, como um lutador exausto, mas conseguiu manter a linha.

Devia agir depressa, e bem depressa, para dissipar a tempestade que ameaçava cair.

25

Aproximava-se o fim da época da cheia. Os camponeses haviam reparado ou reforçado os seus arados que, atrelados

 a dois bois, trabalhariam o lodo mole, abrindo sulcos pouco

profundos, antes da passagem dos semeadores. Como a cheia havia sido perfeita, nem muito alta nem muito baixa, os especialistas em irrigação dispunham da quantidade de água ideal para fazer crescer as plantações. Os deuses eram favoráveis a Ramsés: este ano, os celeiros ficariam cheios novamente, e o povo do faraó teria comida farta.

Romeu, o intendente do palácio, não apreciava a doçura do fim de outubro que uma tempestade vinha refrescar de vez em quando. Quando estava preocupado, Romeu engordava. Como os aborrecimentos iam aumentando, a gordura cortava-lhe por vezes o fôlego, obrigando-o a sentar-se uns minutos antes de retomar a sua intensa atividade.

Serramanna seguia-o por todo lado, sem lhe deixar um momento de folga. Quando não era o sardo em pessoa, era um dos seus esbirros, cuja envergadura não passava despercebida nem no palácio nem nos mercados onde o intendente comprava, ele próprio, os produtos destinados às cozinhas reais.

Em outra época, Romeu teria sentido prazer com a idéia de preparar uma nova receita em que misturasse raízes de lótus, tremoços amargos fervidos em várias águas, abobrinha, grãos-de-bico, alho doce, amêndoas e pequenos pedaços de perca grelhados, mas nem esta perspectiva, que lhe era sublime, conseguia fazê-lo esquecer a perseguição da qual estava sendo alvo.

Desde a sua reabilitação, o monstruoso Serramanna considerava que tudo lhe era permitido. Mas Romeu não podia protestar. Quando o coração está apertado e a consciência turva, como estar em paz consigo próprio?

SERRAMANNA POSSUÍA A PACIÊNCIA de um pirata. Esperava um erro da sua presa, o gordo intendente de rosto flácido e alma negra. Seu instinto não o enganara: há vários meses desconfiava da covardia de Romeu, essa tara capaz de conduzir às piores traições. Embora tivesse conseguido um lugar de importância, Romeu sofria de um mal mortal: a avidez. Não se contentava com a sua posição e queria acrescentar fortuna ao medíocre poder de que dispunha.

Graças a uma vigilância constante, Serramanna submetia os nervos do intendente a uma rude provação. Ele acabaria por cometer um erro, e talvez até mesmo confessasse seus crimes.

Como Serramanna previra, o intendente não se atrevia a apresentar queixa. Se fosse inocente, não teria hesitado em falar ao rei. No seu relatório cotidiano a Ramsés, o sardo não deixava de sublinhar esse fato significativo.

Depois de vários dias desse tratamento, Serramanna pediria aos seus homens que continuassem a vigilância, mas sem deixá-lo perceber. Considerando-se finalmente livre de uma praga, Romeu talvez corresse para o refúgio de um eventual cúmplice, o mesmo que lhe pagara pelos seus roubos.

O sardo dirigiu-se ao gabinete de Ameni, um bom tempo depois do pôr-do-sol. O secretário arrumava os papiros do dia num grande armário de sicômoro.

– Novidades, Serramanna?

– Por enquanto, não. Romeu é mais resistente do que eu supunha.

– Sente ainda rancor em relação a mim?

– Bem... A provação por que me fez passar não é fácil de esquecer.

– Seria inútil renovar as minhas desculpas. Quer vir comigo ao gabinete dos cadastros?

– Associa-me ao seu inquérito?

 – Exatamente.

– Que o restante do meu rancor se escoe como um simples mau humor! Acompanho-o.

OS METICULOSOS FUNCIONÁRIOS do gabinete dos cadastros haviam demorado vários meses antes de conseguir a eficácia de que davam provas os seus colegas de Mênfis. Habituar-se a uma nova capital, inventariar terras e casas, identificar proprietários e locatários, tudo isso exigia grande número de verificações. Por isso o pedido de Ameni, embora classificado como urgente, demorara a ser atendido.

Serramanna examinou o diretor do gabinete, um sexagenário careca e magro, ainda mais sinistro do que Ameni. Sua tez macilenta provava que nunca se expunha ao sol nem ao ar livre. O funcionário recebeu seus visitantes com uma delicadeza gelada e os guiou por um labirinto de tabuazinhas de madeira, empilhadas umas sobre as outras, e de papiros arrumados em armários.

– Agradeço-lhe por nos receber a essa hora tão tardia – disse Ameni.

– Imaginei que preferiria o máximo de discrição.

– Realmente.

– Não esconderei que o seu pedido nos obrigou a uma sobrecarga de trabalho, mas finalmente conseguimos identificar o proprietário da casa em questão.

– Quem é?

– Um mercador natural de Mênfis chamado Renuf.

– Conhece o seu domicílio principal em Pi-Ramsés?

– Vive numa *villa*, ao sul da velha cidade.

OS PEDESTRES AFASTAVAM-SE às pressas à passagem do carro conduzido por Serramanna. Com o coração na boca, Ameni fechara os olhos. O veículo entrou velozmente na ponte recém-construída sobre o canal que separava os novos bairros da capital da velha cidade de Avaris. As rodas rangeram, a estrutura tremeu, mas o carro não se abalou.

No antigo local ainda existiam algumas belas *villas*, com casas modestas de dois andares, contornadas por jardins bem tratados. Nas noites frescas de outono, os friorentos começavam a aquecer suas casas com pequenas lascas de madeira ou lama seca.

– É aqui – disse Serramanna.

Ameni apertara com tal força uma das correias do carro, que não conseguia tirar a mão.

– Então, isso vai sair ou não?

– Sim, claro que vai.

– Pois bem, vamos! Se o pássaro estiver no ninho, o caso em breve será resolvido.

Ameni conseguiu soltar-se; com as pernas trêmulas, seguiu o sardo.

O porteiro de Renuf estava sentado na frente da entrada do muro de tijolos crus, ornado com plantas trepadeiras. O homem comia queijo e pão.

– Queremos ver o mercador Renuf – disse Serramanna.

– Não está.

– Onde podemos encontrá-lo?

– Partiu para o Médio Egito.

– Quando volta?

– Não sei.

– Há alguém que possa saber?

– Bem... não creio.

– Avise-nos assim que ele chegar.

– Por que haveria de fazê-lo?

Com olhar feroz, Serramanna ergueu o porteiro pelas axilas.

– Porque o faraó o exige. Se por acaso se atrasar uma hora, será a mim que terá que se aplicar.

CHENAR SOFRIA COM INSÔNIA e ardor no estômago. Raia não estava em Pi-Ramsés, e ele precisava ir o mais rápido possível a Mênfis para, ao mesmo tempo, avisar o mercador sírio do perigo que o espreitava e falar com Ofir. No entanto, o ministro das Relações Exteriores devia relatar os motivos de seus deslocamentos à antiga capital; felizmente, alegou que precisava acertar algumas disposições administrativas com altos funcionários menfitas. Foi, portanto, em nome do faraó que Chenar empreendeu uma viagem oficial a bordo de um barco demasiado lento para o seu gosto.

Ou Ofir arranjava uma solução para reduzir Romeu ao silêncio, ou Chenar seria obrigado a livrar-se do mago, embora o seu trabalho de magia não estivesse terminado.

Chenar não se arrependia de ter mantido cada um de seus aliados ciente apenas de suas próprias tarefas, e o que acabava de acontecer demonstrava a correção de sua estratégia. Uma pessoa arguta e perigosa como Acha não teria gostado de descobrir as ligações que Chenar mantinha com uma rede de espionagem pró-hitita, que o jovem diplomata não controlava. Um sujeito malandro e cruel como Raia, que estava convencido de manipular facilmente o irmão mais velho de Ramsés, não teria suportado que ele levasse a cabo um jogo por demais pessoal, fora da sua aliança com os hititas. Quanto a Ofir, era preferível que continuasse confinado aos seus temíveis poderes e à sua irremediável loucura.

Acha, Raia, Ofir... Três feras que Chenar era capaz de domar para garantir um futuro favorável, porém sob a condição de afastar a ameaça que as imprudências do trio faziam pesar sobre ele.

Durante o primeiro dia de sua estada em Mênfis, Chenar recebeu os altos funcionários que devia contactar e organizou na sua *villa* uma das suntuosas noitadas das quais conhecia bem o segredo. Para essa ocasião, pedira a seu intendente que mandasse vir o mercador Raia, para que ele sugerisse vasos raros para a decoração de sua sala de banquetes.

Quando o frio se tornou demasiado forte, os convidados deixaram o jardim e entraram na *villa*.

– O mercador está aqui – disse o intendente a Chenar.

Se acreditasse nos deuses, o irmão mais velho de Ramsés lhes teria rendido graças. Com ar fingidamente alheio, dirigiu-se para o portal da *villa*.

O homem que o saudou não era Raia.

– Quem é você?

– O gerente do estabelecimento de Raia, em Mênfis.

– Ah... Eu sempre trato de tudo com o seu patrão.

– Ele partiu para Tebas e Elefantina a fim de negociar um carregamento de conservas de luxo. No entanto, na sua ausência, tenho alguns belos vasos para mostrar.

– Pois mostre-os.

Chenar examinou as peças.

– Não têm nada de extraordinário... Mesmo assim, vou comprar dois.

– O preço é muito razoável, meu senhor.

Chenar regateou por uma questão de princípios e mandou seu intendente pagar os vasos.

Sorrir, conversar e discorrer sobre futilidades não foi fácil, mas Chenar mostrou-se à altura do seu papel. Ninguém desconfiou que o ministro das Relações Exteriores, encantador e bem-falante como sempre, estivesse dominado pela angústia.

– Está radiosa hoje – disse à sua irmã Dolente.

Lânguida, a volumosa morena deixava-se cortejar por jovens nobres de discurso oco.

– A sua recepção é que está magnífica, Chenar.

O irmão deu-lhe o braço e a arrastou para o pórtico que ladeava a sala de banquetes.

– Irei ver Ofir amanhã de manhã. E o mais importante: que ele não saia, pois está em perigo!

26

Foi a própria Dolente quem abriu a porta da sua *villa*. Chenar voltou-se. Ninguém o seguira.

– Entre, Chenar.

– Está tudo calmo?

– Sim, está tudo tranqüilo. As experiências de Ofir progridem – garantiu sua volumosa irmã. – Lita comporta-se de forma admirável, mas a sua saúde é frágil, daí não podermos acelerar o processo. Por que está tão inquieto?

– O mago está acordado?

– Vou buscá-lo.

– Não se dedique muito a ele, irmãzinha.

– É um homem maravilhoso e instaurará o reino do verdadeiro deus. Está convencido de que você é um instrumento do destino.

– Traga-o logo; tenho pressa.

Envergando um longo manto negro, o mago líbio inclinou-se diante de Chenar.

– Tem que se mudar hoje mesmo, Ofir.

– O que se passa, senhor?

– Viram você falando com Moisés, em Pi-Ramsés.

– Descreveram-me com exatidão?

– Parece que não, mas os investigadores sabem que você está se fazendo passar por arquiteto e que é estrangeiro.

– É muito pouco, meu senhor. Tenho o dom de passar despercebido quando é necessário.

– Tem sido imprudente, isso sim.

– Era indispensável tentar encontrar Moisés. Amanhã talvez nos felicitemos por isso.

– Ramsés regressou com perfeita saúde de sua expedição aos nossos protetorados; agora quer encontrar Moisés e sabe que você existe. Se houver testemunhas que o identifiquem, você será detido e interrogado.

O sorriso de Ofir gelou o sangue de Chenar.

– Acredita que possam prender um homem como eu?

– Receio que tenha cometido um erro fatal.

– Qual?

– Confiar em Romeu.

– Por que pensa que confio nele?

– Por sua ordem, roubou o xale de Nefertari e o pote de peixes da Casa da Vida de Heliópolis, dos quais precisava para seus feitiços.

– Notável dedução, senhor Chenar, mas com uma pequena falha: Romeu roubou o xale, mas um de seus amigos, um distribuidor de Mênfis, encarregou-se do pote.

– Um distribuidor... E se ele falar?

– O infeliz morreu de um ataque cardíaco.

– Uma morte... natural?

– Qualquer morte acaba sendo natural, senhor Chenar, quando o coração se cala.

– Resta o gordo Romeu... Serramanna está convencido da sua culpa e não pára de persegui-lo. Se Romeu falar, vai denunciá-lo. A punição para os feitiços dirigidos à figura real é a pena de morte.

Ofir continuava a sorrir.

– Vamos para o meu laboratório.

O amplo aposento estava cheio de papiros, de pedaços de marfim com inscrições, de poções contendo substâncias coloridas e de fios. Não havia qualquer desordem e pairava um agradável aroma de incenso. O local assemelhava-se mais à oficina de um artesão, ou a um gabinete de escriba bem organizado, do que ao laboratório de um praticante de magia negra.

Ofir estendeu as mãos sobre um espelho de cobre, que estava apoiado num tripé. Depois, despejou água nele e pediu a Chenar que se aproximasse.

Pouco a pouco um rosto foi tomando forma no espelho.

– Romeu! – exclamou Chenar.

– O intendente de Ramsés é um bom homem – comentou Ofir – mas é fraco, inseguro e influenciável. Não é preciso ser um grande mago para o enfeitiçar. O roubo que cometeu, contra a vontade, o corrói interiormente como ácido.

– Se Ramsés o interrogar, ele falará.

– Não, senhor Chenar.

A mão esquerda de Ofir descreveu um círculo sobre o espelho. A água fervilhou, e o cobre abriu fendas.

Impressionado, Chenar recuou.

– Esse truque de magia será suficiente para fazer calar Romeu?

– Pode considerar esse problema resolvido. Não me parece indispensável mudar de casa; ela não está em nome de sua irmã?

– Está.

– Todos a vêem entrar e sair. Lita e eu somos seus zelosos servidores, e não temos qualquer desejo de passear pela cidade. Enquanto não tivermos destruído as proteções mágicas do casal real, nem ela nem eu sairemos daqui.

– E os partidários de Aton?

– A sua irmã é nossa agente de ligação. Por ordem minha, mantém uma discrição exemplar, esperando um grande acontecimento.

Chenar saiu quase convencido. Estava pouco se importando com aquele bando de iluminados nostálgicos e se inquietava principalmente por não poder eliminar o intendente Romeu com suas próprias mãos. Restava esperar que o mago não se gabasse em vão.

Impunha-se, entretanto, uma precaução suplementar.

O NILO ERA UM RIO MARAVILHOSO. Graças à sua forte correnteza, que impulsionava um barco veloz a mais de 13 quilômetros por hora, Chenar percorreu em menos de dois dias a distância que separava Mênfis de Pi-Ramsés.

O irmão mais velho do rei passou pelo seu ministério, organizou uma reunião rápida com seus principais colaboradores, tomou conhecimento da correspondência proveniente do exterior e das mensagens expedidas pelos diplomatas dos protetorados.

Uma liteira levou-o em seguida ao palácio real sob um céu encoberto, carregado de nuvens negras.

Pi-Ramsés era uma bela cidade, porém faltavam a pátina de Mênfis e o encanto proporcionado pelo passado. Quando reinasse, Chenar lhe tiraria o estatuto de capital, sobretudo porque Ramsés a marcara excessivamente com o seu carisma. Uma população animada e alegre entregava-se às suas ocupações cotidianas como se a paz fosse eterna, como se o vasto império hitita houvesse desaparecido no buraco sem fundo do esquecimento. Por instantes, Chenar deixou-se fascinar pela miragem da existência simples, ritmada pela sabedoria das estações. Não deveria, assim como a totalidade do povo egípcio, aceitar a soberania de Ramsés?

Não, ele não era um servidor.

Possuía, sim, o estofo de um rei de quem a história haveria de recordar-se, de um monarca com uma visão muito mais ampla que as de Ramsés e do "grande chefe" hitita. Do seu pensamento nasceria um mundo novo, do qual ele seria o senhor.

O faraó não fez o irmão esperar. Ramsés acabava de conferenciar com Ameni, cujo rosto Vigilante tinha conscienciosamente lambido. O secretário particular do monarca e Chenar cumprimentaram-se com frieza, e o cão amarelo-dourado foi deitar-se sob um fraco raio de sol.

– Uma viagem agradável, Chenar?

– Excelente. Você há de me perdoar, mas gosto muito de Mênfis.

– Quem o pode censurar? É uma cidade excepcional a que Pi-Ramsés jamais conseguirá se igualar. Se a ameaça hitita não tivesse assumido tais proporções, não haveria necessidade de se criar uma nova capital.

– A administração menfita permanece um modelo de consciência profissional.

– Os diferentes serviços de Pi-Ramsés funcionam com eficácia; o seu ministério não é uma prova disso?

– Não me poupo trabalhos, pode acreditar; não há nenhuma mensagem inquietante, nem oficial nem oficiosa. Os hititas permanecem mudos.

– Nem um mínimo comentário dos nossos diplomatas?

– Os anatólios ficaram arrasados com a sua intervenção; não imaginavam que o exército egípcio fosse capaz de se mostrar tão rápido e dotado de tal poder de conquista.

– É possível.

– Por que duvida? Se tivessem certeza de sua invencibilidade, os hititas teriam, pelo menos, emitido um vigoroso protesto.

– Se eles vão respeitar a fronteira imposta por Sethi?... Não acredito.

– Está se tornando pessimista, Majestade?

– A razão de ser do império hitita é a expansão territorial.

– Não será o Egito um bocado grande de engolir, mesmo para um inimigo esfomeado?

– Quando uma casta militar deseja o confronto – considerou Ramsés –, nem o bom senso nem a razão conseguem dissuadi-la disso.

– Só um adversário de envergadura fará os hititas recuarem.

– Está defendendo um armamento intensivo, Chenar; e quanto ao aumento dos nossos efetivos?

– Vê solução melhor?

O raio de sol havia desaparecido, e Vigilante saltou para os joelhos do rei.

– Não é uma maneira de declarar guerra? – inquietou-se Ramsés.

– Os hititas não compreendem outra linguagem senão a da força; esse é o seu verdadeiro pensamento, se não estou enganado.

– Também considero importante a consolidação do nosso sistema defensivo.

– Fazer dos nossos protetorados uma zona de proteção, bem sei... Pesada tarefa para o seu amigo Acha, mesmo sendo ele uma pessoa ambiciosa.

– Parece-lhe excessiva?

– Acha é jovem, e você acaba de condecorá-lo e de fazer dele uma das principais personalidades do Estado. Uma promoção tão rápida pode subir-lhe à cabeça... Ninguém contesta as suas grandes qualidades, mas não seria conveniente desconfiar?

– A casta militar não se sentiu suficientemente honrada, tenho consciência disso; mas Acha é o homem certo para a tarefa.

– Há um detalhe sem grande importância, mas tenho o dever de lhe falar sobre isso. Você sabe que o pessoal do palácio tem mania de falar a torto e a direito; no entanto, talvez algumas confidências sejam dignas de interesse. Segundo o meu intendente, uma das camareiras da rainha, com quem ele tem uma profunda amizade, afirmou ter visto Romeu roubar o xale de Nefertari.

– Ela seria capaz de depor?

– Romeu a aterroriza. Receia ser maltratada por ele se o acusar.

– Estamos num país de bandidos ou num país governado por Maât?

– Talvez devesse primeiro levar Romeu a confessar; depois a moça deporia.

Ao esboçar uma crítica em relação a Acha e, sobretudo, enunciar Romeu e precipitar a intervenção de Ramsés, Chenar fazia um jogo perigoso, mas, em contrapartida, adquiria cada vez mais credibilidade aos olhos do faraó.

Entretanto, se as práticas ocultas de Ofir se revelassem ineficazes, Chenar o estrangularia com as próprias mãos.

27

Romeu só encontrara uma solução para acalmar a avidez de seu apetite insaciável: preparar uma marinada inédita que batizaria como "delícia de Ramsés" e cuja receita os cozinheiros transmitiriam de mestre para discípulo. O intendente fechou-se na ampla cozinha do palácio, onde fazia questão de estar só. Ele próprio selecionara o alho doce, as cebolas de primeira qualidade, uma boa colheita de vinho tinto dos oásis, azeite de Heliópolis, vinagre salgado com o melhor sal da terra de Seth, várias espécies de ervas aromáticas, filés de perca do Nilo de textura excepcional e carne de vaca digna de ser oferecida aos deuses. A marinada daria à mistura desses ingredientes um aroma inimitável, que agradaria ao rei e tornaria Romeu insubstituível.

Apesar das ordens rigorosas que dera, a porta da cozinha abriu-se de repente.

– Tinha exigido que... Majestade! Majestade, o seu lugar não é aqui!

– Existe algum lugar do reino que me seja proibido?

– Não foi isso que eu quis dizer. Perdoe-me, eu...

– Autoriza-me a provar?

– A minha marinada ainda não está pronta, estou apenas nos preparativos. Mas será um prato fenomenal, que entrará nos anais culinários do Egito!

– Possui o gosto do segredo, Romeu?

– Não, não... Mas a boa cozinha exige discrição. Confesso que sou cioso das minhas invenções.

– Não terá outras confissões a fazer?

A elevada estatura de Ramsés subjugou Romeu. Inclinando-se para a frente, o intendente baixou os olhos.

– A minha existência não tem qualquer mistério, Majestade; desenrola-se toda no palácio para servir-lhe, unicamente para servir-lhe.

– Tem mesmo certeza? Todos os homens têm suas fraquezas, segundo dizem; quais são as suas?

– Eu... eu não sei. Talvez a gula.

– Está descontente com o seu salário?

– Não, claro que não!

– O lugar de intendente é invejável e invejado, mas não proporciona riqueza.

– Garanto-lhe que a riqueza não é o meu objetivo.

– Quem resistiria a uma oferta vantajosa, em troca de alguns pequenos favores?

– O serviço de Vossa Majestade é de tal forma gratificante que...

– Não minta mais, Romeu. Lembra-se do lamentável episódio do escorpião em meu quarto?

– Felizmente, tudo acabou bem.

– Haviam-lhe prometido que ele não me mataria e que você nunca seria acusado, não é verdade?

– É falso, Majestade, tudo completamente falso!

– Não devia ter cedido, Romeu. Apelaram para a sua cobiça pela segunda vez, exigindo que roubasse o xale preferido da rainha. E não deve também, com certeza, estranhar o roubo do pote de peixes.

– Espere, Majestade, eu não...

– Alguém viu você.

Romeu sufocava. Grossas gotas de suor surgiram em sua testa.

– Não é possível...

– Ou a sua alma é má, Romeu, ou tornou-se um joguete das circunstâncias.

O intendente sentiu uma dor violenta no peito. Tinha vontade de revelar tudo ao rei, de expulsar o remorso que o corroía.

Ajoelhou-se, e a testa bateu no rebordo da mesa sobre a qual estavam dispostos os ingredientes da marinada.

– Não, eu não sou mau... Fui fraco, demasiado fraco. Deve perdoar-me, Majestade.

– Desde que me diga a verdade, Romeu.

Em meio à bruma do mal-estar que o invadia, o rosto de Ofir apareceu a Romeu: um rosto de abutre, com um bico adunco, que lhe penetrava a carne e devorava o coração.

– Quem lhe ordenou que cometesse esses atos?

Romeu quis falar, mas o nome de Ofir não ultrapassava a barreira dos seus lábios. Dominou-o um medo terrível, um medo que o impelia a mergulhar no nada para escapar ao castigo.

Romeu ergueu um olhar de súplica para Ramsés, sua mão direita agarrou-se ao prato que continha o preparo da marinada e o soltou. O molho condimentado espalhou-se sobre seu rosto, e o intendente caiu no chão, morto.

– É MUITO GRANDE – disse Kha, olhando Matador, o leão de Ramsés.

– Tem medo dele? – perguntou o rei ao filho.

Com 9 anos, Kha, o filho de Ramsés e de Iset a Bela, era sério como um velho escriba. As brincadeiras da sua idade aborreciam-no, e ele só gostava de ler e escrever, passando a maior parte do tempo na biblioteca do palácio.

– Me dá um pouco de medo.

– Tem razão, Kha; Matador é um animal muito perigoso.

 – Mas você não tem medo, porque é o faraó.

– Eu e este leão nos tornamos amigos. Quando ele era muito novo, foi mordido por uma serpente, na Núbia; encontrei-o, Setaou curou-o e nunca mais nos separamos. Matador, por sua vez, também me salvou a vida.

– É sempre amável com você?

– Sempre. Mas só comigo.

– Fala com você?

– Sim, com os seus olhos, as suas patas, os sons que emite... E compreende o que lhe digo.

– Gostaria de tocar-lhe a juba.

Deitado como uma esfinge, o enorme leão observava o homem e a criança. Quando rosnou, com um som grave e profundo, o pequeno Kha agarrou-se à perna do pai.

– Está zangado?

– Não, apenas concorda que você o acaricie.

Tranqüilizado pela serenidade do pai, Kha aproximou-se. Primeiro hesitante, sua minúscula mão roçou os pêlos da suntuosa juba e depois ganhou confiança. O leão ronronou.

– Posso subir em seu lombo?

– Não, Kha. Matador é um guerreiro e uma criatura orgulhosa; concedeu a você um grande favor, mas não deve pedir-lhe mais.

– Hei de escrever a sua história e contá-la a minha irmã Meritamon. Felizmente, ela ficou no jardim do palácio com a rainha... Uma garotinha teria ficado aterrorizada com um leão tão grande.

Ramsés ofereceu ao filho uma segunda paleta de escriba e um estojo de pincéis. O presente encantou o menino, que experimentou imediatamente os novos instrumentos e se deixou absorver pelos trabalhos de escrita. O pai não o incomodou, feliz por saborear aqueles momentos raros, ele que acabara de assistir à morte atroz do intendente Romeu, cujo rosto ficara de imediato enrugado como o de um velho.

Romeu morrera de medo, sem revelar o nome daquele que o levara a destruir-se a si próprio.

Um ser das trevas estava lutando contra o faraó. E esse inimigo era tão temível e perigoso quanto os hititas.

CHENAR NÃO CABIA em si de felicidade.

O desaparecimento brutal de Romeu, em conseqüência de uma parada cardíaca fulminante, cortava a pista que conduzia a Ofir. O mago não se gabara em vão. Sua magia matara o gordo intendente, que não conseguira suportar o suplício de um interrogatório cerrado. Sua morte não surpreendeu ninguém no palácio; obcecado por comida, Romeu engordava e se inquietava cada vez mais. Sobrecarregado de gordura, minado por um nervosismo permanente, o coração acabara não resistindo.

À satisfação de ver desaparecer o delicado problema levantado pela existência de Romeu, vinha juntar-se outra: o regresso de Raia, o mercador sírio, a Pi-Ramsés, o qual desejava ver Chenar para lhe mostrar um vaso admirável. O encontro fora marcado para o fim de uma manhã de novembro, doce e ensolarada.

– Fez boa viagem pelo sul?

– Muito cansativa, senhor Chenar, mas com ótimos resultados.

A barbicha do sírio estava meticulosamente aparada em ponta; os pequenos olhos castanhos, muito vivos, perscrutavam a sala de recepções cheias de colunas, onde Chenar expunha suas obras-primas.

Raia retirou o pano que cobria um bojudo vaso de bronze, decorado com parras e ramos de vinha estilizados.

– É proveniente de Creta; comprei-o de uma rica tebana que enjoou dele. Hoje não se fabricam mais vasos assim.

– Admirável! Negócio fechado, meu amigo.

– Sinto-me feliz, senhor, mas...

– Terá a nobre dama imposto condições?

– Não, mas o preço é bastante elevado... Trata-se de uma peça única, verdadeiramente única.

– Coloque essa maravilha sobre uma base e venha ao meu gabinete. Tenho certeza de que faremos negócio.

A grossa porta de sicômoro fechou-se. Ninguém podia ouvi-los.

– Um de meus assistentes informou-me de que você fora a Mênfis para me comprar um vaso; abreviei então a minha viagem e voltei a Pi-Ramsés o mais depressa possível.

– Era indispensável.

– O que está acontecendo?

– Serramanna foi libertado e goza novamente da confiança de Ramsés.

– Que lamentável!

– O bisbilhoteiro do Ameni teve dúvidas sobre a veracidade das provas, e Acha interferiu.

– Desconfie desse jovem diplomata; é inteligente e conhece bem a Ásia.

– Felizmente, já não trabalha no ministério; Ramsés condecorou-o e enviou-o para os nossos protetorados para reforçar os sistemas de defesa.

– Uma tarefa bem delicada, para não dizer impossível.

– Acha e Ameni chegaram a conclusões muito inquietantes: alguém imitara a escrita de Serramanna para dar a crer que se correspondia com os hititas, e esse alguém seria um sírio.

– Muito desagradável – lamentou Raia.

– Encontraram o cadáver de Nenofar, a amante de Serramanna, que você usou para apanhar o sardo.

– Tínhamos que nos livrar dela; a imbecil ameaçou falar.

– Aprovo o seu procedimento, mas cometeu uma imprudência.

– Qual?

– A escolha do local onde a matou.

– Não escolhi. A culpa foi dela, pois ia acordar o bairro inteiro; então tive que agir rapidamente e fugir.

– Ameni procura o proprietário da casa para interrogá-lo.

– É um mercador que viaja muito; encontrei-me com ele em Tebas.

– Será que ele vai dizer seu nome?

– Receio que sim, pois sou seu inquilino.

– É a catástrofe, Raia! Ameni está convencido de que há uma rede de espionagem pró-hitita instalada em nosso território. Embora tenha mandado prender Serramanna, Ameni e o sardo parecem ter-se reconciliado e estão ajudando-se mutuamente. A procura daquele que fez com que o sardo fosse acusado sem razão e ainda assassinou a sua amante tornou-se uma questão de Estado. E diversos indícios levam até você.

– Nada está perdido.

– Qual é o seu plano?

– Interceptar o mercador egípcio.

– E...

– E eliminá-lo, é claro.

28

O inverno aproximava-se, as horas do dia diminuíam, o sol perdia o seu fulgor. O monarca preferia a força do verão e o ardor do seu astro protetor, pois só ele podia olhá-lo de frente sem queimar os olhos. Mas aquele dia de outono, de uma doçura fascinante, oferecia-lhe uma alegria rara: um fim de tarde nos jardins do palácio, em companhia de Nefertari, da filha Meritamon e do filho Kha.

Sentados em cadeiras dobráveis à margem de um pequeno lago, o rei e a rainha observavam as duas crianças. Kha tentava fazer Meritamon ler um difícil texto sobre a necessária moralidade de um escriba; Meritamon queria ensinar Kha a nadar de costas. Apesar do seu caráter sério, o menino cedera, não sem antes reclamar que a água estava muito fria e que ele iria se resfriar.

– Meritamon é tão teimosa quanto a mãe – considerou Ramsés. – Fascinará a terra inteira.

– Kha é um mago em embrião... Olhe, já está levando-a na direção do papiro. A irmã há de ler o texto, de boa vontade ou à força.

– Os preceptores deles estão satisfeitos?

– Kha é uma criança excepcional. Segundo Nedjem, o ministro da Agricultura, que continua a velar pela sua educação, já seria capaz de passar no exame para aprendiz de escriba.

– É o que ele deseja?

– Só pensa em estudar.

– Damos-lhe o alimento que pede para que sua verdadeira natureza se desenvolva. É claro que terá que passar por muitas provas, porque os medíocres sempre tentam sufocar as pessoas superdotadas. Desejo uma existência mais calma para Meritamon.

– Ela só tem olhos para o pai.

– E eu lhe dedico tão pouco tempo...

– O Egito passa à frente dos nossos filhos, essa é a Regra.

Deitados à entrada do jardim, o leão e o cão amarelo-dourado montavam guarda. Ninguém poderia se aproximar sem que Vigilante acordasse Matador.

– Venha, Nefertari.

A jovem rainha, de cabelos soltos, sentou-se nos joelhos de Ramsés e pousou a cabeça em seu ombro.

– Você é o perfume da vida e me dá felicidade. Podíamos ser um casal como qualquer outro, saborear inúmeras horas como estas...

– É delicioso sonhar neste jardim, mas os deuses e o seu pai fizeram-no faraó, e você ofereceu sua vida ao seu povo. Aquilo que damos, não podemos recuperar.

– Neste instante, só existem os cabelos perfumados da mulher por quem estou perdidamente apaixonado, cabelos que dançam com o vento da tarde e me acariciam a face.

Os lábios uniram-se no beijo intenso dos jovens amantes.

O PRÓPRIO RAIA é quem teria de agir.

Foi por isso que se dirigiu ao porto de Pi-Ramsés, bem menor do que o de Mênfis, mas com atividade igualmente intensa. A guarda fluvial mantinha com autoridade a ordem de fiscalizar os barcos que atracavam e descarregavam no cais.

Raia convidaria o seu colega Renuf para um farto almoço numa estalagem, na presença de numerosas testemunhas que, se necessário, confirmariam tê-los visto juntos. Ficaria assim bem marcada a excelente qualidade das suas relações. À noite, Raia entraria na *villa* de Renuf e o estrangularia. Se surgisse algum criado, teria o mesmo destino. O mercador aprendera a matar nos campos de treinamento hititas do norte da Síria. É evidente que esse novo crime seria atribuído ao assassino de Nenofar. Mas que importância teria isso? Uma vez eliminado Renuf, Raia estaria fora de perigo.

No porto, pequenos mercadores vendiam frutas, legumes, sandálias, peças de tecido, colares e pulseiras. Os compradores entregavam-se a barganhas desenfreadas, pois o prazer da palavra constituía um ingrediente indispensável para uma compra satisfatória. Se tivesse tido tempo, Raia teria reorganizado essa atividade desordenada para obter um lucro maior com ela.

O sírio dirigiu-se a um dos guardas que controlavam o porto.

– O barco de Renuf já chegou?

– Cais número 5, ao lado da lancha.

Raia apressou o passo.

Um marinheiro dormia na ponte do barco de Renuf. O sírio subiu a passarela e o acordou.

– Onde está o seu patrão?

– Renuf... Não sei.

– Quando chegaram?

– De madrugada.

– Viajaram de noite?

– Tínhamos autorização especial, por causa do queijo fresco da grande leiteria de Mênfis. Alguns nobres daqui não querem outro.

– Depois das formalidades de desembarque, o seu patrão deve ter voltado para casa, não?

– Acho muito difícil.

– Por quê?

– Porque ele foi obrigado a subir no carro do gigante sardo de bigode grande. E esse sardo tem cara de não ser nada amigável.

O céu acabava de desabar sobre a cabeça de Raia.

Renuf era um homem jovial, de formas avantajadas, pai de três filhos, herdeiro de uma família de barqueiros e mercadores. Quando Serramanna o interpelou, à sua chegada a Pi-Ramsés, manifestou um grande espanto. Como o sardo parecia de mau humor, o mercador preferiu ir com ele para desfazer o mais depressa possível o mal-entendido de que era vítima.

Serramanna conduziu-o a toda velocidade ao palácio e o guiou até o gabinete de Ameni. Era a primeira vez que Renuf se deparava com o secretário particular do rei, cuja reputação aumentava gradativamente. Elogiavam-lhe a seriedade, a capacidade de trabalho e sua dedicação; como primeiro-ministro, geria, à sombra, os assuntos de Estado com uma integridade exemplar, não se preocupando com distinções nem futilidades.

A palidez de Ameni impressionou Renuf. Dizia-se que o escriba quase nunca saía do seu gabinete.

– Esta entrevista é uma honra – disse Renuf – mas não compreendo a sua razão. Confesso que esta interpelação brutal me surpreende.

– Perdoe-me, mas estamos investigando um caso grave.

– Um caso... que me diz respeito?

– Talvez.

– De que forma posso ajudá-lo?

– Respondendo francamente às minhas perguntas.

– Pode perguntar.

 – Conhece uma certa Nenofar?

– É um nome bastante comum... Conheço pelo menos umas dez!

– Esta seria uma jovem muito bonita, solteira e provocante, que vive em Pi-Ramsés, onde faz negócio com seus encantos.

– Uma... prostituta?

– De forma discreta.

– Amo a minha esposa, Ameni. Apesar das minhas numerosas viagens, nunca a enganei. Posso garantir-lhe que o nosso entendimento é perfeito. Interrogue meus amigos e meus vizinhos, se não me acredita.

– Sob juramento e perante a regra de Maât, poderá jurar nunca haver se encontrado com a jovem Nenofar?

– Juro – prometeu Renuf, solene.

A declaração impressionou Serramanna que, silencioso, assistia ao interrogatório. O mercador parecia sincero.

– Estranho – declarou Ameni, irritado.

– Estranho por quê? Nós, os mercadores, não temos boa reputação, mas sou um homem honesto e me alegro por isso! Os meus empregados recebem um bom salário, meu barco está bem cuidado, alimento a minha família, minhas contas estão em ordem, pago os meus impostos, e o fisco nunca me censurou nada... É isso que lhe parece estranho?

– São raros os homens da sua qualidade, Renuf.

– É de lamentar que assim seja.

– Mas o que me parece mais estranho é o lugar onde o corpo de Nenofar foi encontrado.

O mercador sobressaltou-se.

– O corpo...? Quer dizer que...

– Foi assassinada.

– Que horror!

– Não passava de uma jovem de má reputação, mas qualquer assassinato é passível de pena de morte. E o mais estranho, como já disse antes, é que o cadáver foi encontrado numa casa de Pi-Ramsés de sua propriedade.

– Em minha casa? Na minha *villa*?

Renuf estava à beira de um colapso.

– Não foi na sua *villa* – interveio Serramanna – mas nesta casa aqui.

O sardo colocou o dedo sobre o ponto exato na planta de Pi-Ramsés que Ameni desenrolara à sua frente.

– Não compreendo... Eu...

– Essa casa lhe pertence ou não?

– Sim; mas não é uma casa.

Ameni e Serramanna entreolharam-se; Renuf teria enlouquecido?

– Não é uma casa – repetiu ele – e sim um armazém. Estava precisando de um lugar para as minhas mercadorias e por isso comprei essas paredes. Mas tive o olho maior que a barriga; na minha idade, não me interessa mais aumentar as dimensões da empresa. Assim que puder, aposento-me e vou para o campo, perto de Mênfis.

– Tem intenção de vender este local?

– Aluguei-o.

Uma esperança brilhou no olhar de Ameni.

– A quem?

– A um colega chamado Raia. É um homem rico, muito ativo, que possui vários barcos e numerosos estabelecimentos em todo o Egito.

– Qual é a especialidade dele?

– Importação de conservas de luxo e de vasos raros, que vende à alta sociedade.

– Sabe qual é a sua origem?

 – É sírio, mas instalado no Egito há muitos anos.

– Obrigado, Renuf; a sua ajuda foi preciosa.

– Não... não precisa mais de mim?

– Penso que não, mas guarde silêncio sobre esta nossa conversa.

– Dou-lhe a minha palavra.

Raia, um sírio... Se Acha estivesse presente, teria confirmado a exatidão das suas deduções. Nem bem Ameni tivera tempo de se levantar, e o sardo já corria para o seu carro.

– Serramanna, espere por mim!

29

Apesar do ar frio, Uri-Techup envergava apenas um saiote de lã grosseira. De torso nu, galopava a toda velocidade, obrigando seus cavaleiros a exigirem o máximo esforço dos seus cavalos. Alto, musculoso, o corpo coberto por uma espessa camada de pêlos ruivos, cabelos compridos, Uri-Techup, filho do imperador hitita Muwattali, estava orgulhoso de ter sido nomeado general-chefe do exército, depois do fracasso da sublevação nos protetorados egípcios.

A rapidez e o vigor da reação de Ramsés haviam surpreendido Muwattali. No entanto, segundo Baduk, o ex-general chefe encarregado de preparar a insurreição, de controlá-la e de ocupar os territórios depois do êxito da revolta, a operação não apresentava qualquer dificuldade maior.

O espião sírio instalado no Egito há vários anos transmitira mensagens menos tranqüilizadoras. Segundo ele, Ramsés era um grande faraó, de caráter firme e vontade inflexível; Baduk objetara que os hititas nada tinham a recear de um rei inexperiente e de um exército constituído por mercenários medrosos e incapazes. A paz imposta por Sethi conviera ao Hatti, na medida em que Muwattali precisava de tempo para firmar a sua autoridade, livrando-se de um bando de ambiciosos que lhe cobiçavam o trono. Atualmente reinava sozinho.

A política de expansão podia recomeçar. E se havia um país do qual os anatólios queriam se apoderar a fim de se tornarem os senhores do mundo, esse país era o Egito dos faraós.

Segundo o general Baduk, o fruto estava maduro. Com Amurru e Canaã nas mãos dos hititas, bastaria avançar para o Delta, desmantelar as fortalezas que compunham o Muro do Rei e depois invadir o Baixo Egito.

Um plano magnífico, que entusiasmara o estado-maior hitita.

Porém, negligenciara um elemento: Ramsés.

Em Hattusa,* capital hitita, todos queriam saber que falta cometera o império contra os deuses. Apenas Uri-Techup não se interrogava: considerava que o fracasso era culpa da estupidez e da incompetência do general Baduk. Assim, o filho do imperador percorria o território hitita não apenas para inspecionar as suas fortalezas, mas também para encontrar Baduk, que demorava a regressar à capital.

Pensava reencontrá-lo em Gavur Kalesi,** praça forte construída no topo de uma colina, que fazia parte dos primeiros contrafortes montanhosos, na orla do planalto da Anatólia. Três figuras gigantes de soldados armados revelavam o caráter guerreiro do império hitita, evidência clara de

*Bogazköy, 150km a leste de Ankara (Turquia).

**Sessenta quilômetros a sudoeste de Ankara.

que os adversários só tinham duas alternativas: renderem-se ou serem exterminados. Ao longo das estradas, nos rochedos próximos aos rios, em blocos perdidos no meio dos campos, os escultores haviam talhado figuras agressivas mostrando soldados em marcha com uma lança na mão direita e um arco pendurado no ombro esquerdo. No território hitita, o amor pela guerra triunfava por toda parte.

Uri-Techup percorrera em grande velocidade as planícies férteis, ricas em água e orladas de nogueiras. Nem sequer diminuíra o galope ao atravessar as florestas de bordos separadas por pântanos. Esgotando homens e animais, o filho do imperador teimara em chegar o mais depressa possível à fortaleza de Masat.* Era o último lugar onde poderia refugiar-se o general Baduk.

Apesar de sua resistência e da dureza do seu treinamento, os cavaleiros hititas chegaram esgotados perante Masat, fortaleza edificada sobre uma elevação, no meio de uma planície aberta entre duas fileiras de montanhas. Do alto daquele promontório, era fácil observar os arredores. Dia e noite havia arqueiros colocados nas ameias das torres de vigia. Escolhidos entre as famílias nobres, os oficiais faziam reinar uma disciplina implacável.

Uri-Techup parou a cem metros da entrada da fortaleza. De repente, uma lança cravou-se profundamente na terra, na frente do seu cavalo.

O filho do imperador desmontou e se adiantou.

– Abram! – berrou. – Não me reconheceram?

A porta da fortaleza de Masat abriu-se. No limiar, dez soldados apontaram suas lanças para o recém-chegado.

Uri-Techup afastou-os.

---

*Masat-Höyük, 116km a nordeste de Hattusa.

– O filho do imperador exige ver o governador.

Este desceu rapidamente da muralha, com risco de quebrar a cabeça.

– Príncipe, quanta honra!

Os soldados ergueram as lanças e formaram uma ala de honra.

– O general Baduk está aqui?

– Está; instalei-o no meu quartel.

– Conduza-me a ele.

Os dois homens subiram uma escada de pedra de degraus altos e escorregadios.

No alto da praça forte, o vento norte turbilhonava. Grandes blocos rugosos formavam as paredes da residência do governador, iluminada por lâmpadas de óleo de onde saía uma espessa fuligem que escurecia os tetos.

Logo que viu Uri-Techup, um qüinquagenário corpulento ergueu-se.

– Príncipe Uri-Techup...

– Tem passado bem, general Baduk?

– O fracasso do meu plano é inexplicável. Se o exército egípcio não tivesse reagido com tanta rapidez, os insurretos de Canaã e Amurru teriam tido tempo para se organizar. Mas nem tudo está perdido... O domínio dos egípcios é apenas aparente. Os potentados que se declararam fiéis ao faraó sonham colocar-se sob a nossa tutela.

– Por que não ordenou às nossas tropas situadas perto de Kadesh que atacassem o exército inimigo quando este invadiu Amurru?

O general Baduk pareceu surpreendido.

– Teria sido necessária uma declaração de guerra em boa e devida forma... e isso não era da minha competência! Só o imperador poderia tomar tal decisão.

Antes tão impetuoso e conquistador como Uri-Techup, Baduk não passava agora de um velho esgotado. Os cabelos e a barba haviam se tornado grisalhos.

– Está fazendo o balanço da sua ação?

– É por essa razão que estou aqui há algum tempo... Estou redigindo um relatório completo e sem complacência.

– Posso retirar-me? – perguntou o governador da fortaleza, que não queria ouvir segredos militares reservados aos altos comandos.

– Não – respondeu Uri-Techup.

O governador estava incomodado por assistir à humilhação do general Baduk, grande soldado dedicado à sua pátria. Mas a obediência às ordens era a primeira das virtudes hititas, e as exigências do filho do imperador não se discutiam. Qualquer insubordinação era castigada com a morte imediata, pois não havia outro meio de manter a coesão de um exército perpetuamente em pé de guerra.

– As fortalezas de Canaã resistiram bem aos ataques egípcios – apontou Baduk. – As suas guarnições, formadas sob as nossas ordens, recusaram render-se.

– Essa atitude não altera em nada o resultado – considerou Uri-Techup. – Os insurretos foram exterminados, e Canaã está de novo sob o domínio egípcio. Em Megiddo foi o mesmo fracasso.

– Infelizmente, é verdade! Os nossos instrutores, no entanto, haviam ministrado uma excelente formação aos nossos aliados. De acordo com a vontade do imperador, haviam regressado a Kadesh a fim de não poder ser constatada a presença hitita em Canaã e Amurru.

– Falemos de Amurru! Quantas vezes afirmou que o seu príncipe viria comer em sua mão e que nunca mais se submeteria a Ramsés?

– Foi o meu mais grave erro – admitiu Baduk. – A manobra do exército egípcio foi notável: em vez de seguir pela estrada da costa, o que o teria feito cair na emboscada armada pelos nossos novos aliados, ele passou pelo interior. Apanhado pelas costas, o príncipe de Amurru não teve outra alternativa senão render-se.

– Render-se, render-se! – trovejou Uri-Techup. – Não tem outra palavra na boca! A estratégia que havia preparado não tinha a finalidade de enfraquecer o exército egípcio, cujas infantaria e cavalaria deveriam ser aniquiladas? Em vez disso, poucas perdas entre os soldados do faraó, tropas confiantes quanto ao seu valor e a vitória de Ramsés.

– Tenho consciência do meu fracasso e não procuro minimizá-lo. Errei em confiar no príncipe de Amurru, que preferiu a desonra ao combate.

– A derrota não tem lugar na carreira de um general hitita.

– Não se trata da derrota dos meus homens, príncipe, mas da má aplicação de um plano de desestabilização dos protetorados egípcios.

– Estava com medo de Ramsés, não é verdade?

– Suas forças eram mais consideráveis do que nós imaginávamos, e a minha missão consistia em fomentar revoltas, não em enfrentar os egípcios.

– Por vezes, Baduk, é preciso saber improvisar.

– Sou um soldado, príncipe, e devo obedecer ordens.

– Por que está refugiado aqui, em vez de regressar a Hattusa?

– Já disse: queria um certo isolamento para redigir o meu relatório. E tenho uma boa notícia: graças aos nossos aliados em Amurru, a insurreição vai recomeçar.

– Está sonhando, Baduk.

 – Não, príncipe... Dê-me algum tempo e conseguirei.

– Você não é mais o general chefe do exército hitita. O imperador decidiu: sou eu que o substituo.

Baduk caminhou na direção do grande fogão onde ardiam troncos de carvalho.

– Minhas felicitações, Uri-Techup. Vou levá-lo à vitória.

– Tenho outra mensagem para você, Baduk.

O ex-general aqueceu as mãos, voltando as costas ao filho do imperador.

– Estou escutando, príncipe.

– Você é um covarde.

Desembainhando a espada, Uri-Techup enterrou-a no estômago de Baduk.

O governador ficou petrificado.

– Este covarde era também um traidor – afirmou Uri-Techup. – Recusou-se a admitir a sua derrota e me agrediu. Você é testemunha.

O governador curvou-se.

– Ponha o cadáver nos ombros, leve-o para o centro do pátio e queime-o sem celebrar o ritual dos funerais reservado aos guerreiros. Assim perecem os generais covardes e vencidos.

Enquanto o cadáver de Baduk ardia, sob o olhar da guarnição, o próprio Uri-Techup untou com gordura de carneiro os eixos do carro de guerra que o conduziria à capital, para ali pregar uma guerra total contra o Egito.

30

Uri-Techup não podia sonhar com uma capital mais bela.

Construída no planalto da Anatólia Central, onde as estepes áridas alternavam com gargantas e ravinas, Hattusa, o coração do império hitita, nutria-se da violência de seus verões ardentes e invernos gelados. Cidade de montanha, ocupava uma superfície de 18 mil acres num solo bastante acidentado, que havia exigido prodígios da parte dos construtores. Composta de uma cidade baixa e uma cidade alta, esta última dominada por uma acrópole na qual se erguia o palácio do imperador, Hattusa surgia, ao primeiro olhar, como um gigantesco conjunto de fortificações de pedra acompanhando o relevo caótico. Rodeada de maciços que formavam barreiras inacessíveis para um eventual agressor, a capital hitita assemelhava-se a uma fortaleza erigida sobre esporões rochosos e formada por blocos enormes dispostos em camadas regulares. Por toda parte, no interior, fora utilizada a pedra para os alicerces; para as paredes, o tijolo cru e a madeira.

Hattusa, orgulhosa e selvagem. Hattusa, a guerreira invencível onde o nome de Uri-Techup seria em breve aclamado.

Os 9 quilômetros de muralhas, guarnecidas de torres e ameias, alegravam a alma de qualquer soldado; acompanhavam o terreno escarpado, escalavam os picos, dominavam as profundidades dos desfiladeiros. A mão do homem dominara a natureza, roubando-lhe o segredo da sua força.

Abriam-se duas portas na muralha da cidade baixa e três na da cidade alta. Ignorando a porta dos Leões e a do Rei, Uri-Techup dirigiu-se para o ponto de acesso mais elevado – a porta das Esfinges – que se caracterizava por uma galeria subterrânea de 45 metros de comprimento em comunicação com o exterior.

É verdade que a cidade baixa dispunha de um edifício muito prestigiado, o templo do deus da tempestade e da deusa do sol, e do bairro dos santuários, que tinha mais de vinte monumentos de várias dimensões, mas ainda assim

Uri-Techup preferia a cidade alta e o palácio real. Gostava de contemplar, dessa acrópole, os terraços feitos de pedras justapostas, sobre as quais haviam sido construídas edificações oficiais e moradias de notáveis, dispostas ao acaso nas encostas.

Ao entrar na cidade, o filho do imperador partira três pães e derramara vinho sobre uma pedra, pronunciando a fórmula ritual: "Que este rochedo seja eterno." Em vários lugares estavam dispostos recipientes cheios de óleo e de mel, destinados a acalmar os demônios.

O palácio erguia-se sobre uma imponente massa rochosa composta por três picos; muralhas guarnecidas de altas torres, permanentemente guardadas por soldados de elite, isolavam a moradia imperial do resto da capital e impediam qualquer tipo de agressão. Muwattali, prudente e astuto, guardava na memória os sobressaltos da história hitita e as encarniçadas lutas pela conquista do poder; a espada e o veneno muitas vezes foram utilizados como argumentos, e muito poucos "grandes chefes" hititas haviam morrido de morte natural. Era, portanto, preferível que "a grande fortaleza", como a chamava o povo, fosse inacessível por três dos seus lados; apenas uma entrada estreita, vigiada dia e noite, dava acesso a visitantes, devidamente revistados.

Uri-Techup submeteu-se à vistoria dos guardas que, como a maior parte dos soldados, tinham acolhido bem a nomeação do filho do imperador. Jovem, corajoso, não poderia ser tão indeciso como o general Baduk.

No interior do palácio havia vários reservatórios de água, indispensáveis durante os meses de verão. As cavalariças e as salas de armas e dos guardas abriam espaço para um pátio lajeado. O plano do alojamento imperial era, aliás, semelhante ao das outras moradias hititas, quer grandes ou pequenas: um conjunto de compartimentos dispostos ao redor de um espaço central em formato quadrado.

Um oficial saudou Uri-Techup e o encaminhou a uma sala de pesados pilares onde o imperador costumava receber os seus visitantes. Leões e esfinges de pedra guardavam a porta, assim como a entrada para a sala dos arquivos, que conservava as recordações das vitórias do exército hitita. Naquele local, marco da invencibilidade do império, Uri-Techup sentiu-se engrandecido e fortificado por sua missão.

Dois homens entraram na sala. O primeiro era o imperador Muwattali, um qüinquagenário de estatura mediana, peito atlético e pernas curtas. Friorento, envolvia-se num longo manto de lã vermelha e preta. Os olhos castanhos estavam permanentemente atentos.

O segundo era Hattusil, o irmão mais novo do imperador. Baixinho, carrancudo, os cabelos presos por uma tira, o pescoço adornado com um colar de prata, no cotovelo esquerdo uma pulseira, estava vestido com uma indumentária de tecido multicor que lhe deixava os ombros descobertos. Sacerdote da deusa do sol, casara com a bela Putuhepa, filha de um grande sacerdote, inteligente e com boa influência. Uri-Techup detestava os dois, mas muitas vezes o imperador dava ouvidos aos conselhos de ambos. Aos olhos do novo general chefe, Hattusil não passava de um mentor de intrigas que, oculto na sombra do poder, preparava-se para tomá-lo no momento propício.

Uri-Techup ajoelhou-se diante do pai e beijou-lhe a mão.

– Encontrou o general Baduk?

– Sim, meu pai. Estava escondido na fortaleza de Masat.

– Como ele explica a própria atitude?

– Agrediu-me e o matei. O governador da fortaleza foi testemunha.

Muwattali voltou-se para o irmão.

– Um drama terrível – comentou Hattusil – mas ninguém devolverá a vida ao general derrotado. O seu desaparecimento parecerá um castigo dos deuses.

Uri-Techup não disfarçou a sua surpresa. Pela primeira vez, Hattusil estava do seu lado!

– Sábias palavras – considerou o imperador. – O povo hitita não gosta de derrotas.

– Acho que devemos invadir imediatamente Amurru e Canaã – adiantou Uri-Techup – e depois atacar o Egito.

– O Muro do Rei forma uma sólida linha de defesa – objetou Hattusil.

– Pura ilusão! Os fortins estão bastante afastados uns dos outros. Nós os isolaremos e apanharemos todos num único e decisivo ataque.

– Esse seu otimismo parece-me excessivo. O Egito não acaba de provar o valor do seu exército?

– Só venceu covardes! Quando os egípcios enfrentarem os hititas, fugirão.

– Está se esquecendo da existência de Ramsés?

A pergunta do imperador acalmou o filho.

– Você há de comandar um exército vitorioso, Uri-Techup, mas é preciso preparar esse triunfo. Travar uma batalha longe das nossas bases seria um erro.

– Mas... onde lançaremos a ofensiva?

– Num local onde as forças egípcias estejam longe das suas bases.

– Quer dizer...

– Em Kadesh. Ali terá lugar a grande batalha que provocará a derrota de Ramsés.

– Preferiria atacar os protetorados do faraó.

– Estudei cuidadosamente os relatórios dos nossos informantes e tirei conclusões sobre o fracasso de Baduk. Ramsés é um verdadeiro mestre da guerra, muito mais perigoso do que supúnhamos. Será necessária uma longa preparação.

– Vamos perder tempo inutilmente!

– Não, meu filho. Devemos atacar com força e precisão.

– O nosso exército é amplamente superior a uma quadrilha de soldados egípcios e de mercenários! Força nós temos; quanto à precisão, eu a demonstrarei aplicando os meus próprios planos. Está tudo aqui na minha cabeça; palavras são inúteis. Basta-me o comando para levar as minhas tropas a uma investida irresistível!

– Sou eu que governo o Hatti, Uri-Techup. Agirá sob minhas ordens e apenas sob minhas ordens. Por ora, prepare-se para a cerimônia; irei para a corte em menos de uma hora.

O imperador saiu da sala de colunas.

Uri-Techup encarou Hattusil.

– É você que está tentando travar as minhas iniciativas, não é verdade?

– Nada tenho a ver com o exército.

– Está brincando comigo? Às vezes eu me pergunto se não é você que governa o império.

– Não injurie a grandeza do seu pai, Uri-Techup. Muwattali é o imperador, e eu o sirvo da melhor forma possível.

– Enquanto espera a sua morte!

– As suas palavras ultrapassam o seu pensamento.

– Esta corte é feita de intrigas, e você é o chefe dos instigadores. Mas não espere triunfar.

– Atribui-me intenções que não tenho. É capaz de admitir que um homem possa limitar as suas ambições?

– Não é o seu caso, Hattusil.

– Suponho que seja inútil tentar convencer você.

– Completamente inútil.

– O imperador nomeou-o general chefe e tem razão. Você é um excelente soldado, e as nossas tropas lhe têm muita confiança; mas não pense em agir como lhe der na cabeça, sem controle.

– Está esquecendo um fato muito importante, Hattusil: para os hititas, o exército é que faz a lei.

– Sabe do que gosta a maior parte das pessoas do nosso país? Gostam da sua casa, dos seus campos, da sua vinha, das suas cabeças de gado...

– Defende, por acaso, a paz?

– Que eu saiba, a guerra não está declarada.

– Quem falar em favor da paz com o Egito deverá ser considerado traidor.

– Proíbo-o de deturpar as minhas palavras.

– Afaste-se do meu caminho, Hattusil. Caso contrário, irá se lamentar.

– A ameaça é a arma dos fracos.

O filho do imperador levou a mão ao cabo da espada. Hattusil enfrentou-o.

– Atrever-se-ia a erguer a sua arma contra o irmão de Muwattali?

Uri-Techup deu um berro de raiva e saiu da grande sala, martelando o lajedo com passadas furiosas.

31

Uri-Techup, Hattusil, Putuhepa, os grandes sacerdotes do deus da tempestade e da deusa do sol, o chefe dos operários, o inspetor dos mercados e os outros dignitários do império: todos haviam se reunido para ouvir o discurso do imperador.

O fracasso do plano de desestabilização dos protetorados egípcios perturbara os espíritos. Que o culpado fora o general Baduk, morto de forma trágica, ninguém duvidava; mas que política prepararia Muwattali? O clã dos militares, instigado pelo impetuoso Uri-Techup, desejava um confronto direto e rápido com o Egito; o dos mercadores, cujo poder financeiro era considerável, preferia o prolongamento do estado de "nem guerra nem paz", favorável ao desenvolvimento de trocas comerciais. Hattusil recebera os seus representantes e aconselhara o imperador a não negligenciar seus pontos de vista. O Hatti era um país de trânsito, onde circulavam caravanas que pagavam pesadas taxas ao Estado hitita e alimentavam, assim, a casta militar. Um burro não conseguia transportar 65 quilos de mercadorias diversas e até 80 quilos de produtos têxteis? Tanto nas cidades como nas aldeias, os mercadores haviam estabelecido verdadeiros centros comerciais e implementado um sistema econômico eficaz, graças às listas de produtos, às instruções de transporte, aos contratos, ao reconhecimento de dívidas e aos processos judiciais particulares. Se, por exemplo, um mercador era acusado de matar alguém, ele evitava o tribunal e a prisão pagando um preço alto pela sua liberdade.

O exército e o comércio: eis os dois sustentáculos do poder do imperador. Ele não podia ficar sem nenhum dos dois. Já que Uri-Techup estava se tornando o ídolo dos militares, Hattusil tinha o cuidado e o privilégio de ser o interlocutor dos mercadores. Quanto aos sacerdotes, estavam sob a alçada de sua esposa Putuhepa, cuja família era a mais rica da aristocracia hitita.

Muwattali era demasiado perspicaz para não perceber a intensidade da rixa entre o filho e o irmão. Concedendo a cada um deles um campo de influência limitado, satisfazia-lhes a ambição e controlava a situação, mas durante quanto tempo? Em breve teria que tomar uma decisão.

Hattusil não era hostil à conquista do Egito, a não ser na medida em que ela viesse a consagrar Uri-Techup herói e futuro imperador; por isso precisava garantir mais amizades no exército e assim minar o poder de Uri-Techup. Para o filho do imperador, uma bela morte em combate não seria o destino mais desejável?

Hattusil apreciava a forma de Muwattali governar e teria se contentado em servi-lo se Uri-Techup não tivesse se tornado uma ameaça ao equilíbrio do império. Muwattali não deveria esperar do filho respeito ou gratidão; entre os hititas, os laços familiares tinham uma importância apenas relativa. Segundo o legislador, o incesto era uma prática aceitável na medida em que não causasse mal a ninguém; quanto à violação, esta não era alvo de pesadas penas nem passível de qualquer sanção, se existisse uma simples presunção de consentimento da mulher agredida; quanto a um filho matar o pai para tomar o poder, isso também não feria a moral pública.

Confiar o comando-chefe do exército a Uri-Techup fora uma idéia de gênio; o filho do imperador, ocupado em consolidar o seu prestígio, não pensaria, pelo menos de imediato, em eliminar o pai. Mas, daí a algum tempo, o perigo ressurgiria. Competia a Hattusil explorar bem esse período para reduzir a capacidade de ação de Uri-Techup.

UM VENTO GELADO soprava sobre a cidade alta, anunciando um inverno precoce. Os dignitários foram convidados a entrar na sala de audiências aquecida por braseiros.

A atmosfera estava pesada e tensa. Muwattali não gostava de discursos nem de assembléias; preferia trabalhar à sombra e manipular seus subordinados um por um, evitando ser perturbado pela presença de um conselho.

Na primeira fila, a flamejante couraça nova de Uri-Techup contrastava com o aspecto modesto de Hattusil. Putuhepa, a esposa deste, soberba em um vestido vermelho, possuía a dignidade de uma rainha; estava coberta de jóias, entre as quais pulseiras de ouro provenientes do Egito.

Muwattali sentou-se no trono, uma cadeira de pedra tosca sem adornos.

Apesar de suas raras aparições, todos se espantavam que aquele homem aborrecido, de aparência inofensiva, fosse o imperador de uma nação tão belicosa; mas um observador atento detectava rapidamente, no seu olhar e nas suas atitudes, uma agressividade reprimida pronta a explodir com a máxima violência. À força brutal, Muwattali acrescentava a astúcia e a habilidade de atacar como um escorpião.

– Foi a mim e a ninguém mais – declarou o imperador – que o deus da tempestade e a deusa do sol confiaram este país, a sua capital e cidades. Eu, o imperador, os protegerei, porque o poder e o carro de guerra me foram entregues, a mim e a ninguém mais.

Utilizando velhas fórmulas, Muwattali acabava de recordar que ele era o único a decidir, e que o filho e o irmão, apesar de sua influência, deviam-lhe uma obediência absoluta. Bastaria um passo em falso e seriam implacavelmente eliminados, sem que ninguém contestasse a sua decisão.

– A norte e a sul, a leste e a oeste – continuou Muwattali – o planalto da Anatólia está rodeado por montanhas protetoras. As nossas fronteiras são invioláveis. Mas a vocação do nosso povo não é ficar confinado em seu território. Os meus predecessores declararam: "Que o país hitita seja limitado pelo mar, tanto de um lado como do outro." E eu declaro: que as margens do Nilo nos pertençam.

Muwattali ergueu-se. O seu discurso havia terminado.

Em poucas palavras, acabara de anunciar a guerra.

A RECEPÇÃO ORGANIZADA por Uri-Techup para festejar a sua nomeação prometia ser brilhante e muito apreciada. Governadores de fortalezas, oficiais superiores e soldados de elite evocavam façanhas passadas e vitórias futuras. O filho do imperador anunciou uma reestruturação da cavalaria, que seria dotada de equipamentos novos.

O perfume embriagador de um conflito brutal e intenso flutuava no ar.

Hattusil e a esposa abandonaram a recepção quando uma centena de jovens escravas de Uri-Techup irromperam na sala, oferecendo-se aos convidados como sobremesa. Tinham recebido ordem para lhes realizarem todas as fantasias, sob pena de serem chicoteadas e enviadas para as minas de sal, uma das riquezas do Hatti.

– Já estão indo, meus amigos? – espantou-se o filho do imperador.

– Amanhã temos um dia muito sobrecarregado – respondeu Putuhepa.

– Hattusil devia descontrair-se um pouco... Há neste grupo asiáticas de 16 anos, lindas como éguas. O vendedor prometeu-me que seu desempenho seria excepcional. Volte para casa, cara Putuhepa, e conceda a seu marido esta pequena distração.

– Nem todos os homens são porcos – retorquiu ela. – No futuro, poupe-nos de semelhantes convites.

Hattusil e Putuhepa dirigiram-se para a aléia do palácio onde habitavam, um ambiente austero, apenas alegrado por tapetes de lã de cores vivas. Nas paredes, troféus, cabeças de ursos e lanças cruzadas.

Nervosa, Putuhepa mandou embora a criada de quarto e tirou a maquiagem sozinha.

– Este Uri-Techup é um louco perigoso – afirmou.

– Eu sei; mas também é o filho do imperador.

– E você é o irmão do imperador!

– Aos olhos de muitos, Uri-Techup surge como o sucessor designado de Muwattali.

– Designado... Seria o imperador capaz de cometer semelhante idiotice?

– Por enquanto não passa de um rumor.

– Por que não contrariar esse rumor?

– Não me inquieta muito.

– A sua serenidade não é fingida?

– Não, minha querida; é fruto de uma análise lógica da situação.

– Quer fazer o favor de me esclarecer?

– Uri-Techup conseguiu o posto com que sonhava; já não tem necessidade de conspirar contra o imperador.

– Tornou-se, agora, ingênuo? É o trono que ele quer!

– É evidente, Putuhepa, mas será capaz de consegui-lo?

A sacerdotisa olhou o marido com atenção. Raquítico e pouco sedutor, Hattusil conquistara-a, no entanto, por meio da sua inteligência e perspicácia. Possuía o estofo de um grande homem de Estado.

– Uri-Techup não tem qualquer sinal de lucidez nem consciência da grandeza da sua tarefa – declarou Hattusil. – Comandar o exército hitita exige uma competência que ele não possui.

– Ele não é um excelente guerreiro que desconhece o medo?

– É verdade; mas um general chefe tem que saber arbitrar tendências diversas, mesmo contraditórias. E tal ação exige experiência e paciência.

– Claro que não é o retrato de Uri-Techup que está pintando!

– Existe melhor razão para nos alegrarmos? Esse exaltado não tardará a cometer erros graves, descontentando este ou aquele general. As atuais facções serão reforçadas e divididas, oposições se manifestarão, e as feras de dentes longos tentarão devorar um tirano incapaz de se impor.

– O imperador anunciou a guerra... Ofereceu o primeiro papel a Uri-Techup.

– Aparentemente, apenas aparentemente.

– Tem certeza?

– Repito-lhe: Uri-Techup ilude-se com as suas aptidões. Vai descobrir um mundo complexo e cruel. Seus sonhos de guerreiro se chocarão contra os escudos dos soldados e serão esmagados sob as rodas dos carros. E isso não é tudo...

– Está querendo me impacientar?

– Muwattali é um grande imperador.

– Pretenderá ele explorar os defeitos do filho?

Hattusil sorriu.

– O império é simultaneamente forte e frágil. Forte porque a sua força militar é considerável; frágil porque é ameaçado por vizinhos invejosos, prontos para se aproveitar da mínima fraqueza. Atacar o Egito e apoderar-se dele é um bom projeto, mas a improvisação conduziria a um desastre. Os abutres aproveitariam para se refestelar com os nossos despojos.

– O próprio Muwattali seria capaz de controlar um aficcionado da guerra como Uri-Techup?

– Uri-Techup ignora os verdadeiros projetos do pai e a forma como ele pretende realizá-los. O imperador disse-lhe o suficiente para lhe dar confiança, mas não revelou o essencial.

– A você... revelou?

– Possuo essa honra, Putuhepa. E o imperador também me confiou uma missão: realizar o seu plano de ação sem informar ao filho.

DO TERRAÇO DA MORADIA OFICIAL, na cidade alta, Uri-Techup contemplava a lua nova. Nela residia o segredo do futuro, do seu futuro. Falou-lhe longamente e confiou-lhe o seu desejo de conduzir o exército hitita à vitória, esmagando quem se intrometesse no caminho.

O filho do imperador ergueu uma taça cheia de água para o astro noturno. Através do espelho d'água, esperava penetrar nos segredos do céu. Entre os hititas, todos praticavam a arte da adivinhação; mas dirigir-se diretamente à lua implicava um risco que bem poucos ousavam correr.

Violada no seu silêncio, a lua tornava-se uma espada curva que cortava a garganta do seu agressor, cujo corpo desconjuntado seria encontrado junto às muralhas. Aos seus entusiastas, em contrapartida, concedia a sorte no combate.

Uri-Techup venerou a rainha da noite, insolente e infiel. Durante mais de uma hora ela permaneceu muda.

Depois a água enrugou-se e borbulhou. A taça tornou-se quente, mas Uri-Techup não a soltou.

A água acalmou. Na superfície plana desenhou-se o rosto de um homem com uma dupla coroa – do Alto e do Baixo Egito.

Ramsés!

Era esse o imenso destino anunciado a Uri-Techup: mataria Ramsés e faria do Egito um escravo dócil.

32

Com a barbicha perfeitamente aparada, trajando espessa túnica, o mercador sírio Raia apresentou-se no gabinete de Ameni. O secretário particular do faraó recebeu-o imediatamente.

– Disseram-me que andava à minha procura por toda a cidade – declarou Raia com voz firme.

– É verdade. Serramanna tinha como missão trazê-lo aqui, de boa vontade ou à força.

– À força? Por que razão?

– Pesam sobre você graves suspeitas.

O sírio pareceu preocupado.

– Suspeitas... a meu respeito...

– Onde estava escondido?

– Mas... eu não estava escondido! Estava no porto, num armazém, preparando uma remessa de conservas de luxo. Logo que soube do incrível rumor, vim correndo! Sou um comerciante honesto, instalado no Egito há vários anos, e não cometi delito de espécie alguma. Pode interrogar os meus funcionários, os meus clientes... Saiba que exerço minha atividade e tenciono comprar mais um barco de transporte. As minhas conservas são servidas às melhores mesas, e os meus vasos preciosos, obras-primas que adornam as mais belas moradias de Tebas, Mênfis e Pi-Ramsés... Sou até fornecedor do palácio!

Raia fez sua explanação com voz nervosa.

– Não estou pondo em dúvida as suas qualidades comerciais – disse Ameni.

– Então... de que me acusam?

– Conhece Nenofar, uma mulher libertina que reside em Pi-Ramsés?

– Não.

– Não é casado?

– A minha profissão não me deixaria tempo para me ocupar de uma mulher e de uma família.

– Mas deve ter ligações.

– A minha vida privada...

– Responda, para o seu próprio bem.

Raia hesitou.

– Tenho amigas aqui e ali... Para ser sincero, trabalho tanto que a minha distração preferida é o sono.

– Nega, portanto, ter encontrado essa tal Nenofar?

– Nego.

– Reconhece utilizar-se de um armazém em Pi-Ramsés?

– Sim. Aluguei um enorme armazém no cais, que em breve será pequeno. Decidi, portanto, alugar outro, na cidade mesmo. Vou usá-lo a partir do próximo mês.

– Quem é o seu proprietário?

– Um colega egípcio, Renuf. Um bom homem e um mercador honesto que comprara o local com a esperança de se expandir; como até hoje não o usou, ofereceu-me o armazém por um preço razoável.

 – No momento, o local está vazio?

– Sim.

– Vai lá com freqüência?

– Só fui lá uma vez, em companhia de Renuf, para assinar o contrato de aluguel.

– Pois foi nesse local, Raia, que foi encontrado o cadáver de Nenofar.

A revelação pareceu perturbar o mercador.

– A pobre moça foi estrangulada – continuou Ameni – porque estava decidida a revelar o nome do homem que a obrigara a dar um falso depoimento.

As mãos de Raia tremeram, e os lábios ficaram brancos.

– Um assassinato... Um assassinato aqui, na capital! Que abominação... Quanta violência... Estou perturbado.

– Qual é a sua origem?

– Síria.

– O nosso inquérito deu-nos a confirmação de que o culpado era um sírio.

– Há milhares deles no Egito!

– Você é sírio, e foi num estabelecimento seu que Nenofar foi assassinada. Estranhas coincidências, não?

– Apenas coincidências, mais nada!

– Esse crime está ligado a um outro delito de extrema gravidade. Foi por isso que o rei me pediu para agir com a maior rapidez.

– Não passo de um mercador, um simples mercador! Será a minha pequena fortuna capaz de provocar calúnias e ciúmes? Se tenho enriquecido, é graças a meu intenso trabalho! Não roubei nada de ninguém.

"Se este é o homem que procuramos", pensou Ameni, "ele é um tremendo ator."

– Leia isto – exigiu o escriba, entregando ao sírio o processo da descoberta do cadáver de Nenofar, contendo a data do crime.

– Onde estava nesse dia e nessa noite?

– Deixe-me refletir, estou muito perturbado... E com todas as minhas viagens, atrapalho-me um pouco... Ah, já sei! Estava fazendo o registro das mercadorias no meu armazém de Bubastis.

Bubastis, a linda cidade da deusa-gata Bastet, situada a 80 quilômetros de Pi-Ramsés. Com um barco rápido e uma corrente forte, não ficava distante da capital mais de cinco ou seis horas.

– Alguém o viu lá?

– Sim, o chefe de armazém e o diretor de vendas para a região.

– Quanto tempo ficou em Bubastis?

– Cheguei lá na véspera do drama e parti no dia seguinte para Mênfis.

– Um álibi perfeito, Raia.

– Álibi?... Mas essa é a verdade!

– Dê-me o nome desses dois homens.

Raia escreveu-os num pedaço de papiro usado.

– Vou verificar – prometeu Ameni.

– Só irá constatar a minha inocência!

– Peço-lhe para não sair de Pi-Ramsés.

– Estou... estou sendo detido?

– Talvez seja necessário interrogá-lo novamente.

– Mas... e o meu negócio? Tenho que ir à província para vender vasos!

– Os seus clientes esperarão um pouco.

O mercador estava a ponto de chorar.

– Estou correndo o risco de perder a confiança de meus clientes ricos... Faço sempre as entregas no dia certo.

– Motivo de força maior. Onde está alojado?

– Numa pequena casa atrás do meu armazém do cais... Quanto tempo vai durar essa investigação?

 – Em breve teremos a resposta, pode ter certeza.

FORAM NECESSÁRIAS TRÊS CANECAS de cerveja forte para acalmar o ódio do gigante sardo, de regresso de Bubastis depois de uma viagem-relâmpago.

– Interroguei os empregados de Raia – disse ele a Ameni.

– Confirmam o seu álibi?

– Confirmam.

– Serão capazes de jurar perante um tribunal?

– São sírios, Ameni! O que lhes interessa o julgamento dos mortos? Mentirão descaradamente, em troca de uma forte retribuição! Para eles, a Regra não conta. Se me fosse permitido interrogá-los à minha maneira, como na época em que era pirata...

– Mas você não é mais pirata, e a justiça é o bem mais precioso do Egito. Maltratar um ser humano é um delito.

– E deixar em liberdade um criminoso e espião não é um delito?

A interrupção de uma ordenança os obrigou a se calar. Ameni e Serramanna foram convidados a entrar no amplo gabinete de Ramsés.

– Como vão as coisas? – perguntou o rei.

– Serramanna está convencido de que o mercador sírio Raia é espião e assassino.

– E você?

– Eu também.

O sardo dirigiu um olhar de gratidão ao escriba. Havia desaparecido qualquer vestígio de ressentimento entre eles.

– Provas?

– Nenhuma, Majestade – confessou Serramanna.

– Se for detido por simples suspeita, Raia pedirá para ser ouvido por um tribunal e será absolvido.

– Temos consciência disso – lamentou Ameni.

– Deixe-me agir, Majestade – implorou Serramanna.

– Devo recordar ao chefe da minha guarda pessoal que qualquer brutalidade aplicada sobre um suspeito provoca pesada condenação... para o agressor?

Serramanna suspirou, concordando.

– Estamos num impasse – confessou Ameni. – É provável que este Raia seja membro de uma rede de espionagem hitita, talvez mesmo o chefe. O sujeito é inteligente, malandro, um ator. Controla as suas reações, sabe choramingar e se indignar, mas sempre mantendo a pose de mercador honesto e trabalhador cuja existência é consagrada ao dever. Acontece, porém, que se desloca por todo o Egito, vai de cidade em cidade e convive com um grande número de pessoas; haverá método melhor para observar o que se passa no nosso país, a fim de transmitir informações exatas ao inimigo?

– Raia dormia com Nenofar – continuou Serramanna – e ele pagou-lhe para mentir. Acreditou que ela se calaria, e foi aí que se enganou. Ela quis chantageá-lo, e ele a matou.

– Segundo o seu relatório – constatou Ramsés – o sírio teria estrangulado essa moça num recinto comercial que havia alugado. Por que semelhante imprudência?

– O local não estava no nome dele – lembrou Ameni. – Chegar ao proprietário, que está fora de questão, e depois a Raia, não foi fácil.

– Sem dúvida Raia pensou em matar o proprietário – acrescentou Serramanna – com medo de que ele revelasse o seu nome, mas chegamos a tempo. Senão esse sírio teria permanecido nas trevas. Na minha opinião, Raia não premeditou a morte de Nenofar. Ao encontrar-se com ela naquele local discreto, num bairro onde ninguém o conhecia, não corria qualquer risco. Segundo ele, um severo aviso bastaria para acalmá-la. Mas a situação inverteu-se; a mulher teve a idéia de lhe extorquir uma pequena fortuna para não falar. Senão, ameaçava revelar tudo às autoridades. Raia matou-a e fugiu, sem ter tido tempo de esconder o corpo em outro lugar; mas forjou um álibi, graças aos seus cúmplices sírios.

– Se estamos na iminência de um conflito direto com os hititas – disse Ramsés – a presença de uma rede de espionagem no nosso território é uma tremenda desvantagem para nós. A sua reconstituição dos fatos é convincente, mas o mais importante é saber como Raia transmite as suas mensagens aos hititas.

– Um bom interrogatório... – sugeriu Serramanna.

– Um espião não falará.

– O que sugere Vossa Majestade? – perguntou o escriba.

– Interrogue-o de novo e depois deixe-o ir. Tente convencê-lo de que não ficamos com suspeita alguma.

– Ele não se deixará enganar!

– Claro que não – reconheceu o rei. – Mas ao sentir o cerco fechar-se sobre ele, será obrigado a comunicar-se com o Hatti. Quero saber como o faz.

33

Naquele fim do mês de novembro iniciava-se a estação durante a qual os cereais começavam a brotar da terra. Os grãos semeados proclamavam a sua vitória sobre as trevas e ofereciam ao povo egípcio a vida que transportavam dentro de si.

Ramsés ajudou Homero a descer da liteira e a sentar-se numa poltrona, de frente para uma mesa cheia de mantimentos, à sombra das palmeiras, na margem do canal. Não longe dali, um trecho raso permitia a passagem dos rebanhos. O suave sol dos primeiros dias de inverno acariciava a cabeça do velho poeta.

– Este almoço no campo o agrada? – perguntou o rei.

– Os deuses concederam grandes favores ao Egito.

– O faraó não lhes constrói templos onde são venerados?

– Esta terra é um mistério, Majestade, e você é um mistério também. A calma, a doçura de viver, a beleza das palmeiras, a transparência do ar luminoso, o gosto delicioso dos alimentos... Há algo de sobrenatural em tudo aqui. Vocês, os egípcios, criaram um milagre e vivem numa magia. Mas por quantos séculos ela ainda durará?

– Durará enquanto a Regra de Maât for o nosso valor essencial.

– Está esquecendo o mundo exterior, Ramsés; ele está pouco se importando para essa Regra. Julga que Maât deterá o exército hitita?

– Será o nosso melhor baluarte contra o adversário.

– Contemplei a guerra com os meus próprios olhos e vi a crueldade dos homens, a fúria desencadear-se, a loucura assassina apoderando-se de seres que pareciam ponderados. A guerra... Ela é o vício oculto no sangue do homem, a tara que destruirá todas as formas de civilização. E o Egito não será exceção a essa regra.

– Engana-se, Homero. O nosso país é um milagre, você tem razão, mas um milagre que construímos todos os dias. E combaterei a invasão, venha de onde vier.

O poeta fechou os olhos.

– Já não estou no exílio, Majestade. Nunca esquecerei a Grécia, com sua rudeza e seu encanto, mas é aqui, nesta terra negra e fértil, que o meu espírito se comunica com o céu. Um céu que a guerra vai rasgar.

– Por que esse pessimismo?

– Os hititas só sonham com conquistas; combater é a sua razão de existir, tal como era a de numerosos gregos empenhados em matar-se uns aos outros. A sua recente vitória não os fará desistir.

– O meu exército está pronto para combater.

– Vossa Majestade é semelhante a um grande felino; foi pensando em você que compus estes versos: "Uma pantera que enfrenta um caçador não treme, antes mantém o coração calmo, mesmo quando ouve os bramidos de uma matilha de cães; ainda que ferida por uma lança, continua a lutar e ataca para viver ou morrer."

NEFERTARI RELEU A ESPANTOSA missiva que Chenar lhe fizera chegar às mãos. Mensageiros a cavalo tinham-na trazido do Hatti até o sul da Síria, substituídos por outros até o Egito, onde fora entregue ao ministro das Relações Exteriores.

> À minha irmã, a muito querida rainha do Egito, Nefertari. Eu, Putuhepa, esposa de Hattusil, irmão do imperador dos hititas, dirijo-lhe pensamentos amigáveis. Estamos longe uma da outra, os nossos países e os nossos povos são muito diferentes, mas não aspirarão a uma mesma paz? Se você e eu conseguirmos fazer avançar o bom entendimento entre os nossos povos, não teremos cumprido uma boa ação? De minha parte, dedicar-me-ei a isso. Posso suplicar à minha venerável irmã que aja da mesma forma?
>
> Receber uma carta escrita pela sua mão seria um prazer e uma honra. Que os deuses a protejam.

– O que significa esta curiosa mensagem? – perguntou a rainha a Ramsés.

– A forma dos dois selos de lama seca e a escrita não deixam qualquer dúvida sobre a autenticidade da carta.

– Devo responder a Putuhepa?

– Ela não é a rainha, mas deve ser considerada a primeira-dama do império hitita desde a morte da esposa de Muwattali.

– O seu marido Hattusil será o futuro imperador?

– A preferência de Muwattali vai para o filho, Uri-Techup, partidário encarniçado da guerra contra o Egito.

– Então esta missiva não faz sentido.

– Revela a existência de uma outra tendência, encorajada pela casta dos sacerdotes e dos mercadores, cujo poder financeiro não pode ser negligenciado, segundo Acha. Eles receiam um conflito, que reduziria, e muito, o seu volume de negócios.

– A sua influência é suficiente para evitar o confronto?

– Com certeza não.

– Se Putuhepa é sincera, por que não hei de ajudá-la? Existe ainda uma vaga esperança de evitar milhares de mortes.

NERVOSO, O MERCADOR SÍRIO Raia tateou a barbicha.

– Verificamos o seu álibi – declarou Ameni.

– Melhor assim!

– Melhor para você, realmente; os seus empregados confirmaram o que havia dito.

– Disse a verdade e não tenho nada a esconder.

Ameni não parava de brincar com um pincel.

– Devo confessar... que talvez nos tenhamos enganado a seu respeito.

– Finalmente, a voz da razão!

– Você há de concordar que as circunstâncias apontavam para a sua direção. No entanto, apresento-lhe as minhas desculpas.

– A justiça egípcia não é uma palavra inútil.
– Todos nos congratulamos com isso.
– Sou livre para ir aonde quiser?
– Pode retomar o seu trabalho em plena liberdade.
– Estou livre de qualquer acusação?
– Está, Raia.
– Aprecio a sua honestidade e espero que encontre o mais rápido possível o assassino dessa pobre moça.

DISTRAÍDO, RAIA FINGIU ocupar-se das notas de entrega e andou de um lado para outro do cais, entre o armazém e o barco.

A comédia desempenhada por Ameni não o iludira nem por um momento. O secretário particular de Ramsés era por demais persistente para largar uma presa tão depressa, fazendo fé apenas no testemunho de dois sírios. Recusando-se a usar de violência, o escriba preparava-lhe uma armadilha: esperava que Raia, julgando-se ilibado, retomasse as suas atividades ocultas e conduzisse Serramanna até os membros da sua rede.

Pensando bem, a situação era muito mais grave do que havia imaginado. Por mais que disfarçasse, a sua rede parecia condenada. Ameni concluiria rapidamente que quase todos os seus empregados trabalhavam para o Hatti, formando, assim, um verdadeiro exército das sombras, de uma eficácia terrível. Uma onda de prisões acabaria por destruí-la.

Enganar os egípcios e continuar tratando dos seus negócios como era de hábito... Esta solução, provisória, não o levaria longe.

Precisava avisar Chenar o mais rápido possível, sem atrair a menor suspeita.

Raia entregou vasos preciosos a diversos notáveis de Pi-Ramsés. Chenar, comprador regular, figurava na lista. O sírio dirigiu-se, portanto, à *villa* do irmão mais velho do rei e encontrou o seu intendente.

– O senhor Chenar não está.

– Ah... Voltará logo?

– Não sei.

– Infelizmente não estou com tempo para esperar por ele, porque tenho que partir para Mênfis. Alguns incidentes, nos últimos dias, atrasaram-me muito. Quer ter a bondade de entregar este objeto ao senhor Chenar?

– Claro que sim.

– Cumprimente-o por mim, suplico-lhe. Ah, quase me esqueci. O preço desta pequena obra-prima é bastante alto, mas a qualidade o justifica. Resolveremos esse probleminha quando eu voltar.

Raia foi visitar três outros clientes regulares antes de retornar ao seu barco e rumar para Mênfis.

A decisão estava tomada: considerando a urgência, precisava comunicar-se com seu chefe e pedir-lhe conselho, depois de ter despistado os homens de Serramanna que o andavam vigiando.

O escriba do Ministério das Relações Exteriores encarregado da redação das comunicações, esquecendo a peruca e a dignidade do seu ofício, correu até o gabinete de Chenar sob o olhar de censura de seus colegas. Não era o autocontrole a principal qualidade de um letrado?

Chenar não estava.

Terrível dilema... Esperar o regresso do ministro ou saltar o degrau hierárquico e levar a missiva ao rei? Apesar de uma provável reprimenda, o alto funcionário optou pela segunda solução.

Boquiabertos, os colegas viram-no deixar o ministério durante as horas de serviço, ainda sem peruca, e saltar para o seu carro oficial, que o faria chegar ao palácio em poucos minutos.

Ameni recebeu o funcionário e compreendeu a sua perturbação.

A carta, transmitida pelos serviços diplomáticos do sul da Síria, trazia os selos de Muwattali, o imperador dos hititas.

– Como o meu ministro não estava, julguei por bem...

– Fez bem. Não receie pela sua carreira: o rei apreciará seu espírito de iniciativa.

Ameni sopesou a missiva, uma tabuazinha de madeira envolvida num tecido marcado com vários selos de lama seca, cobertos de caracteres hititas.

O escriba fechou os olhos, esperando tratar-se de um pesadelo. Quando os reabriu, a mensagem não havia desaparecido e continuava a queimar-lhe os dedos.

Com a garganta seca, percorreu em passo muito lento a distância que o separava do gabinete de Ramsés. Depois de passar o dia na companhia do ministro da Agricultura e dos responsáveis pela irrigação, o rei estava só e preparava um decreto visando melhorar a manutenção dos diques.

– Parece perturbado, Ameni.

As mãos estendidas do escriba apresentaram a missiva oficial do imperador do Hatti endereçada ao faraó.

– A declaração de guerra – murmurou Ramsés.

34

Sem pressa, Ramsés quebrou os selos, rasgou o tecido protetor e percorreu a mensagem com os olhos.

De novo Ameni fechou os olhos, saboreando os últimos segundos de paz antes do inferno, antes de o faraó lhe ditar a resposta que marcaria a entrada do Egito na guerra contra os hititas.

– Continua sóbrio como sempre, Ameni?

A pergunta surpreendeu o escriba.

– Eu, sóbrio? Sim, com certeza.

– É pena, pois teríamos bebido juntos um vinho excepcional. Leia.

Ameni decifrou a tabuazinha.

Do imperador do Hatti, Muwattali, ao seu irmão Ramsés, o Filho da Luz, o faraó do Egito.

Como tem passado? Espero que a sua mãe Touya, a sua esposa Nefertari e os seus filhos estejam bem. A sua fama e a da grande esposa real não cessam de aumentar, e a sua valentia é conhecida por todos os habitantes do Hatti.

Como vão os seus cavalos? Aqui, temos muito cuidado com os nossos. São animais esplêndidos, os mais belos da criação.

Que os deuses protejam o Hatti e o Egito.

Um amplo sorriso iluminou o rosto de Ameni.

– É... é maravilhoso.

– Não me convenceu.

– São as fórmulas diplomáticas habituais, e estamos bem longe de uma declaração de guerra!

– Só Acha poderá nos dizer.

– Não tem confiança nenhuma em Muwattali...

– Ele baseou o seu poder na aliança da violência com a astúcia; a seus olhos, a diplomacia é uma arma suplementar e não um caminho para a paz.

– E se estivesse cansado da guerra? A reconquista de Canaã e Amurru por você demonstrou-lhe que precisava levar o exército egípcio a sério!

– Muwattali não despreza as nossas forças; é por isso que se prepara para o conflito e tenta acalmar os nossos receios com algumas demonstrações de amizade. Homero, cujo olhar chega longe, não acredita numa paz duradoura.

– E se ele se enganasse, se Muwattali tivesse mudado, se o clã dos mercadores dominasse o dos guerreiros? A carta de Putuhepa orienta-se nesse sentido.

– A economia do império hitita é toda feita com base na guerra, e a alma do seu povo ama a violência. Os mercadores apoiarão os militares e, no caso de um grande conflito, aproveitarão a ocasião para obter novos lucros.

– O confronto parece-lhe então inevitável?

– Espero estar enganado. Se Acha não descobrir grandes manobras, nem rearmamento, nem mobilização geral, voltarei a ter esperança.

Ameni sentiu-se perturbado; uma idéia louca atravessou-lhe a mente.

– A missão oficial de Acha consiste em reorganizar o sistema de defesa dos nossos protetorados; para obter as informações que deseja não terá que... penetrar em território hitita?

– Exato – reconheceu Ramsés.

– É uma loucura! Se ele for apanhado...

– Acha estava livre para aceitar ou recusar.

– Ele é nosso amigo, Ramsés, nosso amigo de infância, e é tão fiel a você quanto eu próprio, ele...

– Eu sei, Ameni, e aprecio devidamente a sua coragem.

– Não tem chance de regressar vivo! Mesmo que consiga transmitir algumas mensagens, acabará sendo capturado.

Pela primeira vez, o escriba experimentou ressentimento em relação a Ramsés. Privilegiando o superior interesse do Egito, o faraó não cometia qualquer erro, mas sacrificava um amigo, uma pessoa de elite, um homem que mereceria viver 110 anos, como os sábios.

– Tenho que ditar uma resposta, Ameni. Sosseguemos o nosso irmão, o imperador do Hatti, sobre o estado de saúde dos meus familiares e dos meus cavalos.

SABOREANDO UMA MAÇÃ, Chenar olhava o vaso que o intendente colocara à sua frente.

– Foi mesmo o próprio mercador Raia quem lhe entregou?

– Sim, senhor.

– Repita-me o que ele disse.

– Fez referência ao preço alto dessa obra-prima, mas afirmou que resolverá esse probleminha quando voltar à capital.

– Dê-me outra maçã, e que ninguém me incomode mais.

– O senhor deveria receber uma jovem...

– Mande-a embora.

Chenar continuava com os olhos fixos no vaso.

Uma cópia.

Uma cópia malfeita e feia que não valia sequer um par de medíocres sandálias. Até uma simples burguesa de província teria hesitado em expô-la na sua sala de recepções.

A mensagem de Raia era clara. O espião fora desmascarado e não voltaria a entrar em contato com Chenar. Caía por terra uma boa parte da estratégia do irmão mais velho de Ramsés. Como continuaria suas manobras, privado de contato com os hititas?

Dois elementos, porém, deram-lhe confiança.

Em primeiro lugar, os hititas não desistiriam, num período tão crucial, de manter uma rede de espionagem em solo egípcio; é evidente que substituiriam Raia, e seu sucessor entraria em contato com Chenar.

Depois, havia a posição privilegiada de Acha. Desorganizando o sistema de defesa dos protetorados, não deixaria de estabelecer laços com os hititas e de avisar Chenar sobre esse fato.

Restava, agora, o mago Ofir, cujas técnicas de feitiçaria talvez se revelassem eficazes.

Analisando bem a situação, a desgraça de Raia não o derrubaria. O espião sírio haveria de se desvencilhar daquele mau passo.

UMA LUZ OCRE E QUENTE banhava os templos de Pi-Ramsés. Depois de celebrar os rituais do poente, Ramsés e Nefertari reuniram-se diante do templo de Amon, cuja construção continuava em andamento. Todos os dias a capital embelezava-se mais, parecendo dedicada à paz e à felicidade.

O casal real passeou no jardim plantado em frente ao santuário; entre os maciços de loendros cresciam perséias, sicômoros e jujubeiras. Os jardineiros regavam as árvores jovens, às quais dirigiam palavras ternas; todos sabiam que as plantas apreciavam essas mensagens, assim como a água que as alimentava.

– O que pensa das cartas que acabamos de receber?

– Não me dão confiança – respondeu Nefertari. – Os hititas procuram deslumbrar-nos com a miragem de uma trégua.

– Esperava uma opinião mais reconfortante.

– Enganá-lo seria trair o nosso amor. Devo dar-lhe a minha visão, mesmo que tenha as cores inquietantes de um céu tempestuoso.

– Como imaginar uma guerra onde tantos jovens perderão a vida, quando saboreamos a beleza deste jardim?

– Não temos o direito de nos refugiar neste paraíso e esquecer a tempestade que ameaça aniquilá-lo.

– Será o meu exército capaz de resistir aos ataques dos hititas? O que temos são veteranos que só pensam na reforma, soldados muito jovens e inexperientes, e uns tantos mercenários unicamente preocupados com o seu soldo... Como vê, o inimigo conhece as nossas fraquezas.

– E nós não sabemos as dele?

– Os nossos serviços de informação estão mal organizados; serão necessários anos de esforços para torná-los eficazes. Acreditamos que Muwattali respeitaria a fronteira imposta por meu pai assim que chegassem às portas de Kadesh; mas, tal como os seus predecessores, esse imperador sonha com expansão, e não existe presa mais bela do que o Egito.

– Acha enviou-lhe algum relatório?

– Até o momento estou sem notícias.

– Receia pela vida dele, não?

– Confiei-lhe uma missão perigosa que o obrigará a penetrar no território inimigo para recolher o máximo de informações. Ameni não me perdoa.

– Quem teve essa idéia?

– Nunca lhe mentiria, Nefertari; fui eu, e não Acha.

– Ele poderia ter recusado.

– Recusa-se uma proposta do faraó?

– Acha tem personalidade forte, capaz de escolher o seu destino.

– Se falhar, serei responsável pos sua captura e morte.

– Acha vive para o Egito tal qual você. Ao partir para o Hatti, levou a esperança de salvar o nosso país da catástrofe.

– Falamos desse ideal uma noite inteira; se ele me enviar informações importantes sobre as forças hititas e a sua estratégia, talvez consigamos repelir os invasores.

– E se você atacasse primeiro?

– Tenho pensado nisso... Mas primeiro devo deixar Acha fazer o seu trabalho.

– As cartas que recebemos provam que os hititas procuram ganhar tempo, sem dúvida por causa de divergências internas. Não devemos deixar passar o momento certo.

Com a sua voz musical e doce, Nefertari exprimia o rigor e a vontade inflexível de uma rainha do Egito. Tal como Touya fizera ao lado de Sethi, ela moldava a alma real e alimentava-lhe a força.

– Tenho pensado muito em Moisés. Como reagiria ele hoje, quando a própria existência das Duas Terras está ameaçada? Apesar das estranhas idéias que o dominavam, estou convencido de que lutaria ao nosso lado para salvar o país dos faraós.

O sol pusera-se; Nefertari teve um arrepio.

– Sinto falta do meu velho xale, que me aquecia tão bem!

35

A terra de Madiã, situada ao leste do golfo de Aqaba e ao sul do golfo de Edom, contentava-se com uma existência serena e recatada, acolhendo por vezes nômades que percorriam a península do Sinai. O povo de Madiã, confinado à condição de pastor, mantinha-se à parte dos combates que as tribos árabes da terra de Moab tentavam lhe impor.

Um velho sacerdote, pai de sete filhas, reinava sobre a pequena comunidade dos madianitas, que nunca se queixavam de sua pobreza nem dos rigores do clima.

O velho tratava da pata de uma ovelha, quando um ruído insólito aguçou-lhe os ouvidos.

Cavalos!

Cavalos e carros em grande velocidade.

Uma patrulha do exército egípcio... Entretanto, nunca vinham a Madiã, cujos habitantes não possuíam qualquer arma nem sabiam combater. Devido à sua pobreza, não pagavam impostos, e a guarda do deserto sabia que eles não poderiam arriscar a pele abrigando ladrões beduínos, sob pena de verem o seu oásis destruído e de serem condenados à deportação.

Quando os carros egípcios entraram no acampamento, homens, mulheres e crianças refugiaram-se nas suas tendas de tecido grosseiro. O velho sacerdote ergueu-se e enfrentou os que chegavam.

O chefe da patrulha era um oficial jovem e arrogante.

– Quem é você?

– O sacerdote de Madiã.

– É o chefe deste montão de piolhentos?

– Com muita honra.

– Do que vivem vocês aqui?

– Da criação de carneiros, do consumo de tâmaras e da água do nosso poço. As nossas hortas fornecem-nos alguns legumes.

– Possuem armas?

– Não é nosso costume.

 – Recebi ordem de revistar as suas tendas.

– Estão abertas, nada temos a esconder.

– Dizem que dão asilo a criminosos beduínos.

– Seríamos assim tão loucos a ponto de desencadear o ódio do faraó? Mesmo sendo este lugar pobre e esquecido, é o nosso pedaço de terra, e estamos ligados a ele. Violar a lei seria a nossa ruína.

– Você é sábio, velho, mas mesmo assim procederei à revista.

– Repito que as nossas tendas estão abertas. Antes, aceita participar de uma modesta festa? Uma das minhas filhas acaba de dar à luz um menino. Comeremos cordeiro e beberemos vinho de palma.

O oficial egípcio ficou pouco à vontade.

– Não é muito regulamentar...

– Enquanto os soldados cumprem o seu dever, venha sentar-se perto do fogo.

Assustados, os madianitas reuniram-se em redor do velho sacerdote, que os acalmou e lhes pediu para facilitar a tarefa dos soldados.

O chefe da patrulha aceitou sentar-se e partilhar da refeição festiva. A mãe ainda estava de cama, mas o pai, um barbudo com o rosto queimado de sol, dobrado sobre si mesmo, segurava a criança nos braços e a embalava.

– Um pastor que receava não poder ser pai – explicou o velho sacerdote. – Esta criança será a luz da sua velhice.

Os soldados não descobriram armas nem beduínos.

– Continue impondo o respeito à lei – recomendou o oficial ao sacerdote de Madiã – e o seu povo não terá aborrecimentos.

Carros e cavalos foram distanciando-se no deserto.

Quando a nuvem de pó se dissipou, o pai do recém-nascido ergueu-se. O oficial teria se surpreendido ao ver um pastor tranqüilo transformar-se num colosso de ombros largos.

– Estamos salvos, Moisés – disse o velho sacerdote ao genro. – Não voltarão.

NA MARGEM OCIDENTAL de Tebas, arquitetos, talhadores de pedra e escultores não poupavam esforços para construir o Ramesseum, o templo de milhões de anos do Filho da Luz. Em aplicação da Regra, a construção começara pelo *naos*, onde residia o deus oculto cuja forma os humanos jamais conheceriam. Uma enorme quantidade de grandes blocos de argila, granito cinzento e basalto estava armazenada no canteiro de obras, gerido por uma organização rigorosa. Já se erguiam as paredes das salas de colunas, já se erigia o futuro palácio real. Tal como Ramsés exigira, o seu templo seria um fabuloso monumento que atravessaria os séculos. Ali seria honrada a memória do seu pai, seriam celebradas sua mãe e sua esposa, e, por fim, seria transmitida a energia invisível, sem a qual era impossível o exercício de um poder justo.

Nebu, o grande sacerdote de Karnak, era todo sorrisos. O velho, fatigado e sofrendo de reumatismo, recebera o encargo de administrar o mais vasto e mais rico dos santuários egípcios, mas todos haviam considerado a escolha de Ramsés cínica e estratégica; quase senil, Nebu não passaria de um fantoche, rapidamente substituído por outro homem do monarca, igualmente idoso e servil.

Ninguém previra que Nebu envelhecesse como o granito. Calvo, deslocando-se com lentidão, seco em palavras, governava sem partilhas. Fiel ao seu rei, não pensava, como alguns dos seus predecessores, em fazer uma política partidária. Servir a Ramsés era a sua fonte de juventude.

Mas hoje Nebu esquecia o imenso templo, o seu numeroso pessoal, a sua hierarquia, terras e aldeias para se curvar sobre uma pequena árvore, a acácia que Ramsés plantara no local do templo de milhões de anos, no segundo ano de seu reinado. O grande sacerdote de Karnak prometera ao monarca velar pelo crescimento daquela árvore, cujo vigor era impressionante. Beneficiando-se da magia do lugar, elevava-se na direção do céu muito mais depressa do que suas similares.

– Está satisfeito com a minha acácia, Nebu?

O grande sacerdote voltou-se lentamente.

– Majestade... Não me avisaram da sua vinda!

– Não repreenda ninguém, porque a minha viagem não foi anunciada pelo palácio. Esta árvore está magnífica.

– Creio nunca ter visto coisa mais surpreendente; não teria Vossa Majestade lhe transmitido o seu vigor? Tive o privilégio de protegê-la na infância; Vossa Majestade a contemplará adulta.

– Desejava rever Tebas, o meu templo de milhões de anos, o meu túmulo e esta acácia, antes de penetrar na tempestade.

– A guerra é inevitável, Majestade?

– Os hititas tentam convencer-nos do contrário, mas quem pode acreditar nas suas declarações pacíficas?

– Aqui está tudo em ordem. As riquezas de Karnak são suas, e fiz prosperar os domínios que me confiou.

– Como vai a sua saúde?

– Enquanto os canais do coração não ficarem entupidos, a minha função será desempenhada. No entanto, se Vossa Majestade veio com a intenção de me substituir, não ficarei aborrecido. Habitar perto do lago sagrado e meditar sobre o vôo das andorinhas são as minhas maiores ambições.

– Arriscando-me a entristecê-lo, não vejo por que modificar a atual hierarquia.

– As minhas pernas recusam-se, os ouvidos estão tapados, os ossos doem-me...

– Mas o seu pensamento continua vivo como o vôo do falcão e preciso como o do íbis. Continue a trabalhar assim, Nebu, e a velar por esta acácia. Se eu não voltar, será você o seu tutor.

– Voltará. Vossa Majestade haverá de voltar.

Ramsés visitou o canteiro de obras, recordando-se da sua estada entre os talhadores de pedra e os carreiros. O faraó construía o Egito dia após dia, eles construíam os templos e as moradas da eternidade, sem os quais as Duas Terras teriam mergulhado na anarquia e na baixeza inerentes à espécie humana. Venerar o poder da luz e respeitar a Regra de Maât era ensinar ao homem a retidão, tentar desviá-lo do seu egoísmo e da sua vaidade.

O sonho do monarca tornava-se realidade. O templo de milhões de anos ganhava corpo, aquele formidável produtor de energia mágica começava a funcionar por si próprio, pela simples presença dos hieróglifos e das cenas gravadas nas paredes do santuário. Percorrendo as salas cujo traçado estava delimitado, recolhendo-se nas futuras capelas, Ramsés bebeu a força do *ka*, nascida do casamento entre o céu e a terra. Assimilou-a, não para ele próprio, mas para ser capaz de enfrentar as trevas com que os hititas queriam recobrir o solo amado dos deuses.

Ramsés sentiu-se portador de todas as dinastias, de toda a linhagem de faraós que modelara o Egito à imagem do cosmos.

Por um instante, o jovem soberano de 27 anos vacilou; o passado, contudo, tornou-se uma força, não um fardo. No seu templo de milhões de anos, seus predecessores traçaram-lhe o caminho.

RAIA ENTREGOU VASOS aos notáveis de Mênfis. Se os seus perseguidores interrogassem seus empregados, estes ficariam sabendo que o mercador sírio tinha intenção de continuar satisfazendo a sua clientela, permanecendo o fornecedor exclusivo das famílias nobres. Continuou, portanto, com o seu processo habitual de vendas, feito de contatos diretos, regateios e lisonjas.

Depois, partiu para o grande harém de Mer-Ur, aonde não ia há mais de 2 anos, certo de que essa visita deixaria perplexos os guardas de Ameni e de Serramanna. Julgariam que o espião tinha cúmplices nessa nobre e antiga instituição, e perderiam tempo e energia explorando essa falsa pista.

Raia ofereceu-lhes ainda outra, dormindo numa pequena aldeia, próxima do harém, onde conversou com camponeses que não conhecia. Outros cúmplices, com toda certeza, do ponto de vista dos investigadores egípcios.

Abandonando seus perseguidores à perplexidade, o mercador regressou a Mênfis para vigiar as condições de transporte de vários carregamentos de conservas de luxo, alguns destinados a Pi-Ramsés, outros a Tebas.

SERRAMANNA ESBRAVEJAVA.

– Esse espião está caçoando de nós! Sabe que o estamos seguindo e diverte-se conosco.

– Acalme-se – recomendou Ameni. – Ele há de cometer um erro, não tenha dúvida.

– Que tipo de erro?

– As mensagens que recebe do Hatti são disfarçadas nas conservas ou nos vasos preciosos. Aposto mais nos últimos, visto que vêm, em grande parte, do sul da Síria e da Ásia.

– Pois bem, vamos examiná-los!

– Seria uma perda de tempo. O importante é que sabemos como ele envia as mensagens e que rede utiliza. Considerando a situação atual, será obrigado a avisar os hititas de que não pode continuar a sua atividade. Esperemos o momento em que fizer um envio de quaisquer objetos destinados à Síria.

– Tenho outra idéia – confessou Serramanna.

– Dentro da lei, espero.

– Se eu não fizer espalhafato e proporcionar-lhe a oportunidade de prender Raia com toda a legalidade, permite-me agir?

Ameni triturou o seu pincel de escriba.

– De quanto tempo precisa?

– Amanhã já terei terminado.

36

Celebrava-se em Bubastis a festa da embriaguez. Durante uma semana, moças e rapazes saboreariam as primeiras delícias do amor sob o olhar benevolente da deusa-gata Bastet, encarnação da doçura de viver. Torneios de luta no campo permitiam aos rapazes mostrar a sua força e seduzir as belas espectadoras por meio do seu entusiasmo na luta.

Os empregados de Raia tinham direito a dois dias de folga. O chefe dos armazéns, um sírio magro e curvado, aferrolhara a porta do armazém, que guardava cerca de dez vasos de valor médio. Não lhe desagradava misturar-se com a multidão e tentar a sua sorte junto a alguma mulherzinha amável, mesmo que já estivesse com uma certa idade. Raia era um patrão severo e havia de aproveitar qualquer ocasião para se distrair.

Com água na boca, imaginando o prazer que sentiria, o encarregado do armazém, cantarolando, meteu-se pela ruela que conduzia a uma pequena praça onde se reuniam os candidatos à diversão.

De repente, um punho enorme agarrou-o pelos cabelos e o puxou para trás; a mão que lhe caiu sobre os lábios abafou o seu grito de dor.

– Fique quieto – ordenou Serramanna – ou o estrangulo.

Aterrorizado, o sírio deixou-se conduzir para um alpendre onde estavam amontoados artigos de vime.

– Há quanto tempo trabalha para Raia? – perguntou o sardo.

– Quatro anos.

– Paga-lhe um bom salário?

– É um tanto unha-de-fome.

– Tem medo dele?

– Mais ou menos...

– Raia vai ser preso – afirmou Serramanna – e será condenado à morte por fazer espionagem para os hititas. Os seus cúmplices sofrerão o mesmo castigo.

– Sou apenas um empregado!

– Mentir é falta grave.

– Estou empregado como gerente de armazém, não como espião.

– Fez mal em mentir afirmando que ele estava aqui, em Bubastis, quando na verdade ele cometia um assassinato em Pi-Ramsés.

– Um assassinato?... Não, não é possível... Eu não sabia!

– Pois agora já sabe. Mantém ainda a sua afirmação?

– Não... Sim, senão ele se vingará!

– Você não me deixa opção, amigo: se continuar mentindo, esmago-lhe a cabeça de encontro à parede.

– Não se atreverá!

– Já matei dezenas de covardes iguais a você.

– Raia... Vai vingar-se...

– Nunca mais voltará a vê-lo.

– Com certeza?

– Absoluta.

– Então, está bem... Pagou-me para dizer que estava aqui.

– Sabe escrever?

– Não muito bem.

– Então vamos juntos ao gabinete do escriba público, que registrará a sua declaração. Depois, poderá ir atrás das moças.

COM OLHOS DE UM VERDE MUITO VIVO, os lábios perfeitamente pintados, graciosa, viva e alegre, Iset a Bela, a mãe do pequeno Kha, nada perdera da juventude. Naquela fresca manhã de inverno, a jovem cobrira os ombros com um xale de lã.

Nos arredores de Tebas o vento soprava fortemente. No entanto, Iset a Bela dirigia-se a um encontro marcado pelo conteúdo de uma estranha carta: "Uma cabana de juncos. Procure uma como a de Mênfis, na margem oeste do rio, em frente ao templo de Luxor, na orla de um campo de trigo."

A letra dele... Não podia enganar-se. Mas por que o curioso convite e a recordação de um passado tão íntimo?

Iset a Bela seguiu ao longo de um canal de irrigação, chegou ao campo de trigo que o pôr-do-sol dourava e viu a cabana. Ao aproximar-se, um sopro de vento ergueu a bainha de sua saia, prendendo-a num arbusto.

Ao baixar-se para não rasgar o tecido, uma mão libertou-a e a ergueu.

– Ramsés...

– Continua tão encantadora como sempre, Iset. Agradeço você ter vindo.

– A sua mensagem perturbou-me.

– Desejava vê-la longe do palácio.

O rei a fascinava.

O seu corpo de atleta, a nobreza de suas atitudes, a força de seu olhar despertavam nela o mesmo desejo de antes. Nunca deixara de amá-lo, embora se considerasse incapaz de rivalizar Nefertari. A grande esposa real preenchera o coração de Ramsés, reinando sem partilha. Iset a Bela não era ciumenta nem invejosa; aceitava o destino e sentia-se orgulhosa por ter dado ao rei um filho cujas qualidades excepcionais há muito se evidenciavam.

Sim, odiara Ramsés quando este casara com Nefertari, mas esse sentimento violento não passava de uma forma dolorosa de amor. Iset rebelara-se contra a conspiração que havia ameaçado o rei e à qual pretenderam associá-la. Ela nunca trairia o homem que lhe dera tanta felicidade, que iluminara seu coração e seu corpo.

– Por que esta discrição... por que recordar nossos primeiros encontros numa cabana como esta?

– É Nefertari que assim o deseja.

– Nefertari... Não compreendo.

– Ela exige que tenhamos um segundo filho para garantir a continuação do reino, caso aconteça alguma coisa a Kha.

Iset a Bela, vencida, caiu nos braços de Ramsés.

– É um sonho – murmurou – um sonho maravilhoso. Você não é o rei, eu não sou Iset, não estamos em Tebas e não vamos fazer amor para dar um irmão a Kha. Tudo não passa de um sonho, mas quero vivê-lo no mais profundo do meu ser e preservá-lo para sempre.

Ramsés tirou a túnica e a depositou no chão. Febril, Iset deixou que ele a despisse.

A felicidade louca de um instante, quando seu corpo geraria uma criança com Ramsés; era a fulguração de uma alegria que já não esperava.

NO BARCO QUE O CONDUZIA a Pi-Ramsés, o rei, enclausurado em sua solidão, contemplava o Nilo. O rosto de Nefertari não lhe saía do pensamento. Sim, o amor de Iset era sincero, e o seu encanto permanecia intacto, mas não nutria por ela aquele sentimento imperioso como o sol e vasto como o deserto, que invadira o seu ser desde o primeiro encontro com Nefertari; aquele amor cuja intensidade continuava a crescer com o correr dos dias. Assim como o Ramesseum e a capital cresciam graças à ação incessante dos construtores, também a paixão que Ramsés sentia pela esposa não parava de aumentar e de fortalecer-se.

O rei esquecera-se de confiar a Iset as verdadeiras exigências de Nefertari: a rainha queria que Iset desempenhasse realmente as funções de segunda esposa e desse ao monarca vários filhos, cujo poder e a esmagadora personalidade podiam desencorajar diversos sucessores em potencial. O Egito havia conhecido um grave precedente: Pépi, o Segundo, que morrera com mais de cem anos, sobrevivera aos filhos e, por ocasião da sua morte, deixou o país mergulhado num vazio que se transformou numa aguda crise. Caso Ramsés chegasse à velhice, o que aconteceria ao reino se Kha ou Meritamon, por qualquer razão, fossem incapazes de lhe suceder?

Era impossível para um faraó levar a vida de um homem comum. Até mesmo os seus amores e família deviam servir para a perenidade da instituição que encarnava.

Mas havia Nefertari, a maior entre as mulheres, e o amor sublime que ela lhe oferecia. Ramsés não queria trair a sua função nem dividir o seu desejo com outra mulher, mesmo que fosse Iset a Bela.

E foi o Nilo que lhe ofereceu a resposta, o Nilo cuja energia fecundava as duas margens na altura da cheia, com uma generosidade inesgotável.

A CORTE ESTAVA REUNIDA na sala de audiências de Pi-Ramsés, e os boatos corriam rapidamente. Ao contrário do pai, Sethi, Ramsés apreciava pouco aquele tipo de cerimônia; preferia o trabalho frente a frente com os seus ministros a discussões estéreis com uma assembléia cujos membros limitavam-se apenas em se enaltecer.

Quando o faraó surgiu, segurando na mão direita um bastão ao qual estava enrolada uma corda, muitos contiveram por instantes a respiração. Aquele símbolo indicava que Ramsés iria lançar um decreto que adquiriria imediatamente força de lei. O bastão simbolizava o Verbo, e a corda a ligação com a realidade que o rei estabeleceria ao anunciar os termos de uma decisão refletida de forma madura.

A emoção e a angústia apoderaram-se da corte. Ninguém tinha dúvidas: Ramsés decretaria o estado de guerra com os hititas. Seria enviado ao Hatti um embaixador para entregar ao imperador a mensagem do faraó, definindo a data do início do conflito.

– As palavras que eu pronuncio formam um decreto real – declarou Ramsés. – Será gravado nas estelas, os arautos anunciarão nas cidades e aldeias, todos os habitantes das Duas Terras serão informados. A partir deste dia e até o meu último suspiro, elevarei à dignidade de "filho real" e "filha real" as crianças que forem educadas na escola do palácio, as quais receberão o mesmo ensino que o meu filho Kha e a minha filha Meritamon. O seu número será ilimitado, e entre eles escolherei o meu sucessor, sem que este seja informado antes do momento oportuno.

A corte ficou estupefata e encantada. Todos os pais e todas as mães sentiram a secreta esperança de que seu filho fosse criado com semelhante dignidade; sonhavam já em elogiar as qualidades dos rebentos para influenciar a escolha de Ramsés e Nefertari.

RAMSÉS ENVOLVEU NUM GRANDE xale os ombros de Nefertari, que estava se recuperando de um resfriado.

– Veio do melhor ateliê de Saïs; a superiora do templo teceu-o com as próprias mãos.

O sorriso da rainha iluminou o céu encoberto do Delta.

– Gostaria muito de partir para o sul, mas sei que é impossível.

– Lamento, Nefertari, mas tenho que vigiar o treinamento das minhas tropas.

– Iset lhe dará mais um filho, não é verdade?

– Os deuses decidirão.

– Assim será. Quando tornará a vê-la?

– Não sei.

– Mas... Tinha-me prometido...

– Acabo de lançar um decreto.

– Que relação tem a ver com Iset?

– A sua vontade foi satisfeita: teremos mais de uma centena de filhos e filhas, e a minha sucessão estará assegurada.

37

– Tenho a prova da mentira de Raia – afirmou Serramanna, entusiasmado.

Ameni permaneceu impassível.

– Ouviu-me bem?

– Sim, sim – respondeu o secretário particular do rei.

O sardo compreendeu a razão da passividade de Ameni; outra vez o escriba só havia dormido duas ou três horas e por isso demorava a acordar.

– Tenho aqui a declaração do encarregado do armazém de Raia, assinada e autenticada por testemunhas. O homem afirma claramente que o seu patrão, que não estava em Bubastis no dia do assassinato de Nenofar, pagou-lhe para prestar falso testemunho.

– Minhas felicitações, Serramanna; foi um ótimo trabalho. O encarregado do armazém está... intacto?

– Quando saiu do seu gabinete, manifestava o ardente desejo de participar da grande festa da cidade e de encontrar algumas mulheres pouco recatadas.

– Um belo trabalho, realmente...

– Não está vendo? O álibi de Raia está destruído e podemos prendê-lo para o interrogatório!

– É impossível.

– Impossível? Quem se oporia...

– Raia escapou dos que o estavam seguindo e desapareceu numa ruela de Mênfis.

APÓS AVISAR CHENAR e deixá-lo fora de perigo, Raia precisava sumir dali. Convencido de que Ameni examinaria tudo que enviasse com destino ao sul da Síria, mesmo que se tratasse de um pote de conservas, não estava mais em condições de informar os hititas. Confiar uma mensagem a um dos membros da sua rede parecia-lhe bastante arriscado; sabia o quanto era fácil trair um homem em fuga, ainda mais sendo procurado pela guarda do faraó! A única solução viável, desde o momento em que haviam suspeitado dele, seria entrar em contato com o chefe da rede, apesar da formal proibição de fazê-lo.

Despistar os guardas que o seguiam constantemente não fora nada fácil; graças ao deus da tempestade, que fizera cair sobre Mênfis um forte temporal no final do dia, conseguira livrar-se dos impertinentes, metendo-se por uma oficina onde havia duas saídas.

Passando pelos telhados, introduzira-se na moradia do chefe da rede no auge da tempestade, no momento em que raios riscavam o céu e fortes ventanias erguiam nuvens de pó nas ruas desertas.

A casa estava mergulhada nas trevas e parecia abandonada. Raia habituou-se à falta de claridade e se aventurou com passos cautelosos na sala de visitas, sem fazer o mínimo ruído. Ouviu então um gemido.

Inquieto, o mercador avançou.

Um outro gemido, exprimindo dor intensa, mas contida. Mais à frente, um risco de luz por baixo de uma porta.

Teria sido o chefe da rede detido ou torturado? Não, isso era impossível, pois só Raia o conhecia!...

A porta abriu-se, e a chama de uma tocha ofuscou o sírio, que recuou, protegendo os olhos com as mãos cruzadas.

– Raia... O que faz aqui?

– Perdoe-me, mas não tive outra opção.

Raia havia encontrado o chefe da rede apenas uma vez, na corte de Muwattali, mas não o esquecera: alto, magro, maçãs do rosto salientes, olhos verde-escuros e cara de ave de rapina.

De repente, Raia receou que Ofir o eliminasse naquele momento, mas o líbio permaneceu com uma calma inquietante.

No laboratório, a loura Lita continuava a gemer.

– Estava preparando-a para uma experiência – afirmou Ofir, fechando a porta.

A penumbra assustou Raia, mas não era ela o reino do mago negro?

– Aqui estaremos em paz para falar. Você infringiu as ordens que lhe foram dadas.

– Eu sei, mas ia ser preso pelos homens de Serramanna.

– Suponho que ainda estejam na cidade.

– Sim, mas os despistei.

– Se o seguiram, não tardarão a entrar por aquela porta. Nesse caso, serei obrigado a matá-lo e afirmar que fui agredido por um ladrão.

Dolente, que dormia no mesmo andar sob o efeito de um sonífero, confirmaria a versão de Ofir.

– Conheço a minha área; não fui seguido.

– Esperemos que não, Raia. O que aconteceu?

– Uma sucessão de desgraças.

– Não terão sido antes uma série de falhas?

O sírio explicou tudo, sem omitir o menor detalhe. Perante Ofir, era preferível não disfarçar, pois sabia que o mago tinha o poder de ler seus pensamentos.

Um longo silêncio seguiu-se às declarações de Raia. Ofir refletia antes de pronunciar o seu veredicto.

– É verdade que não teve sorte, mas temos que admitir: a sua rede está destruída.

– Os meus armazéns, os meus vasos, a fortuna que juntei...

– Vai recuperá-la quando o Hatti tiver conquistado o Egito.

– Que os demônios da guerra o ouçam!

– Duvida da nossa vitória final?

– Nem por um instante! O exército egípcio não está preparado. Segundo minhas últimas informações, o programa de armamento está atrasado, e os oficiais superiores receiam um confronto direto com as forças hititas. Soldados medrosos já estão vencidos!

– Excesso de confiança pode conduzir à derrota – objetou Ofir. – Não devemos negligenciar nada que ajude a arrastar Ramsés para o abismo.

– Continuará manipulando Chenar?

– O faraó suspeita dele?

– Desconfia do irmão, mas não pode imaginar Chenar se tornando nosso aliado. Como é possível acreditar que um egípcio, membro da família real e ministro das Relações Exteriores, traia o seu país? Na minha opinião, Chenar continua a ser, para nós, um peão essencial. Quem me substituirá?

– Não tem que saber de nada.

– Você será obrigado a fazer um relatório a meu respeito, Ofir...

– Será elogioso. Serviu fielmente ao Hatti; o imperador levará isso em conta e saberá recompensá-lo.

– Qual será a minha nova missão?

– Enviarei um projeto a Muwattali, e ele decidirá.

– Esse partido atoniano... É uma coisa séria?

– Estou pouco me importando com os partidários de Aton, bem como com os outros seguidores, pois são carneiros fáceis de conduzir para o matadouro. Como me vêm comer à mão, por que haveria de privar-me de sua credulidade?

– Essa mulher que está com você...

– É uma iluminada e uma ignorante, mas uma excelente médium. Permite-me obter informações preciosas que, sem a sua ajuda, estariam fora do meu alcance. Com ela, tenho esperança de enfraquecer as defesas de Ramsés.

Ofir pensou em Moisés, um potencial aliado cuja fuga e desaparecimento lamentava. Ao interrogar Lita durante um transe, tivera a certeza de que o hebreu continuava vivo.

– Posso ficar aqui alguns dias? – perguntou o sírio. – Os meus nervos foram submetidos a dura prova.

– É muito arriscado. Vá imediatamente para o porto, para o extremo sul, e embarque na lancha que vai partir para Pi-Ramsés.

Ofir deu ao sírio as senhas e os contatos necessários para sair do Egito, atravessar Canaã e o sul da Síria, e atingir a zona de influência hitita.

Logo depois da partida de Raia, ao verificar que Lita estava profundamente adormecida, o mago saiu da *villa*.

O persistente mau tempo convinha-lhe; passaria despercebido e atingiria rapidamente o seu refúgio, depois de ordenar ao substituto de Raia para entrar em cena.

CHENAR ESTAVA VORAZ. Embora racionalmente estivesse descansado, precisava acalmar a sua angústia, comendo. Engolia uma codorna assada, quando o seu intendente lhe anunciou a visita de Meba, o ex-ministro das Relações Exteriores de quem ocupara o lugar, levando-o a crer que Ramsés era o único responsável pela sua demissão.

Meba era um desses altos funcionários dignos e calmos, escribas de pai para filho, habituados a mover-se nos meandros da administração, a evitar as preocupações cotidianas e a não se preocupar senão com as promoções. Ao tornar-se ministro, Meba atingira uma posição elevada, onde esperava ficar até a aposentadoria. Todavia, a intervenção imprevista de Chenar, da qual ele nada saberia, privara-o do seu posto. Reduzido à inatividade, o diplomata retirara-se para a sua vasta propriedade em Mênfis, contentando-se em aparecer, vez ou outra, na corte de Pi-Ramsés.

Chenar lavou as mãos e a boca, perfumou-se e verificou o penteado. Conhecia o requinte do seu visitante e não queria mostrar-se inferior.

– Meu querido Meba! Que prazer revê-lo na capital... Vai honrar-me com a sua presença na recepção que darei amanhã à noite?

– Com prazer.

– Sei que o momento não é para alegria, mas não podemos deixar-nos cair na melancolia. O próprio rei não deseja modificar em nada nos hábitos do palácio.

De rosto largo e tranqüilizador, Meba continuava a ser um sedutor de gestos elegantes e voz insinuante.

– Está satisfeito com a sua função, Chenar?

– Não é fácil, mas executo-a o melhor que posso, para a grandeza do país.

– Conhece Raia, o mercador sírio?

Chenar ficou tenso.

– Vende-me vasos preciosos, de notável qualidade, e por um preço bastante alto.

– Nunca abordou outros assuntos durante as suas conversas?

– Aonde está querendo chegar, Meba?

– Nada tem a recear de mim, Chenar, pelo contrário.

– Recear você... o que quer dizer?

– Esperava o sucessor de Raia, não é verdade? Eis-me aqui.

– Você, Meba...

– Não consigo suportar a inatividade. Quando a rede hitita me contactou, aproveitei a ocasião para me vingar de Ramsés. Não me choca que o inimigo tenha escolhido você para sucedê-lo, desde que me dê de volta o Ministério das Relações Exteriores quando tomar o poder.

O irmão mais velho do rei parecia perturbado.

– Dê-me a sua palavra, Chenar.

– Tem a minha palavra, Meba, eu lhe prometo...

– Vou transmitir-lhe agora as diretivas de nossos amigos. Quando tiver alguma mensagem para eles, fale comigo. Visto que fui colocado desde hoje como adjunto, no lugar de Acha, teremos ocasião de nos ver muitas vezes. Ninguém desconfiará de mim.

38

Uma chuva gelada caía sobre Hattusa, a capital do império hitita. A temperatura tornava-se negativa, as pessoas queimavam turfa e madeira para se aquecer. Era a época em que morriam muitas crianças; os meninos sobreviventes seriam excelentes soldados. Quanto às meninas, que não tinham direito a herança, não havia para elas outra esperança senão a de um bom casamento.

Apesar da dureza do clima, Uri-Techup, filho do imperador e novo general chefe, havia intensificado o treinamento. Descontente com o desempenho físico dos soldados de infantaria, obrigou-os a andar pela estrada durante muitas horas, carregados de armas e suprimentos, como se partissem para uma longa campanha. Esgotados, vários homens haviam sucumbido. Uri-Techup abandonara-os na beira do caminho, considerando que os incapazes não mereciam sepultura. Os abutres se encarregariam de seus cadáveres.

O filho do imperador não poupava mais as equipes dos carros, instigando-as a levar seus cavalos e veículos ao limite extremo de sua resistência. Numerosos acidentes fatais haviam-no convencido de que alguns condutores não controlavam o material recente e tinham-se deixado amolecer no decurso de um período de paz demasiado longo.

Nenhum protesto se ouvia nas fileiras dos militares. Todos pressentiam que Uri-Techup preparava as tropas para a guerra e que a vitória dependeria do seu rigor. Satisfeito com a sua recente popularidade, o general não esquecia que o chefe supremo do exército continuava a ser Muwattali. Estar assim afastado da corte, dirigindo as manobras nos cantos perdidos da Anatólia, apresentava um perigo; por isso, Uri-Techup pagara a cortesãos encarregados de lhe fornecer o máximo de informações sobre a atuação do pai e do tio, Hattusil.

Ao saber que este partira para inspecionar os países vizinhos, submetidos à influência hitita, Uri-Techup sentiu-se simultaneamente espantado e tranqüilo. Espantado porque o irmão do imperador raramente saía da capital; tranqüilo porque a sua ausência o impedia de destilar os seus pérfidos conselhos em benefício da casta dos mercadores.

Uri-Techup detestava os comerciantes. Depois da sua vitória sobre Ramsés, expulsaria Muwattali, subiria ao trono do Hatti, mandaria Hattusil definhar nas minas de sal e jogaria sua esposa Putuhepa, arrogante e conspiradora, num bordel de província. Quanto aos mercadores, seriam alistados no exército pela força.

O futuro do Hatti estava traçado: tornar-se uma ditadura militar da qual ele, Uri-Techup, seria o senhor absoluto.

Atacar o imperador, cujo prestígio permanecia intacto depois de vários anos de um reinado hábil e cruel, teria sido prematuro; apesar do seu caráter impulsivo, Uri-Techup saberia mostrar-se paciente, à espera do primeiro erro do pai. Ou Muwattali aceitava abdicar, ou o filho o eliminaria.

EMBRULHADO NUM ESPESSO manto de lã, o imperador permanecia perto de uma lareira cujo calor pouco o aquecia. Com a idade, suportava com crescente dificuldade os rigores do inverno, mas nunca desistira de contemplar o espetáculo grandioso que lhe proporcionavam as montanhas cobertas de neve. Às vezes sentia-se tentado a renunciar à política de conquistas para se dedicar à exploração das riquezas naturais do seu país; a ilusão, porém, dissipava-se rapidamente porque a expansão era indispensável à sobrevivência do seu povo. Conquistar o Egito significava possuir uma fonte de riquezas que ele confiaria, nos primeiros meses, à gestão do irmão mais velho de Ramsés, o ambicioso Chenar, para acalmar a população. Depois, ele se livraria do traidor egípcio e imporia às Duas Terras uma administração hitita, que rapidamente sufocaria qualquer tentativa de revolta.

Para ele, o principal perigo era o próprio filho Uri-Techup. O imperador precisava dele para devolver às tropas o vigor e a combatividade, mas tinha de impedi-lo de explorar em proveito próprio os resultados de um triunfo. Guerreiro intrépido, Uri-Techup não tinha sentimento de Estado e seria um deplorável administrador.

Já Hattusil era diferente. Embora franzino e de saúde frágil, o irmão do imperador possuía qualidades de governante e sabia permanecer à sombra, fazendo esquecer a sua real influência. O que desejaria verdadeiramente? Muwattali era incapaz de responder a essa pergunta, o que fazia redobrar a sua desconfiança.

Hattusil apresentou-se diante do imperador.

– Fez uma viagem feliz, meu irmão?

– Os resultados estão à altura das nossas esperanças.

Hattusil espirrou diversas vezes.

– Está resfriado?

– Os postos de mudança são mal aquecidos; a minha esposa preparou-me vinho quente, e alguns escalda-pés ferventes acabarão com este maldito resfriado.

– Os nossos aliados reservaram-lhe um bom acolhimento?

– A minha visita surpreendeu-os; receavam um aumento de impostos suplementar.

– É conveniente manter um clima de receio entre os nossos vassalos.

– Foi por isso que evoquei os erros passados de um ou outro príncipe e a benevolência do imperador, antes de entrar fundo no assunto.

– A chantagem continua sendo a arma privilegiada da diplomacia, Hattusil; parece-me que a utiliza com bastante habilidade.

– Uma arte difícil, cujo controle nunca se adquire completamente, mas com efeitos positivos. Todos os nossos vassalos, sem exceção, corresponderam ao nosso... convite.

– Fico muito satisfeito com isso, meu querido irmão. Quando estarão terminados os seus preparativos?

– Dentro de três ou quatro meses.

– Será indispensável a redação de documentos oficiais?

– É preferível evitar isso – considerou Hattusil. – Infiltramos espiões no território inimigo, e os egípcios talvez tenham feito o mesmo no nosso.

– É pouco provável, mas é necessário ser prudente.

– Para os nossos aliados, a derrocada do Egito é uma prioridade. Ao darem sua palavra ao representante oficial do Hatti, deram-na ao imperador. Guardarão silêncio até o desencadear da ação.

Com olhar febril, Hattusil saboreava o calor do compartimento cujas janelas haviam sido fechadas com painéis de madeira recobertos de tecidos.

– Como vai a preparação do nosso exército?

– Uri-Techup cumpre perfeitamente a sua tarefa – respondeu Muwattali. – A eficácia das nossas tropas em breve atingirá o apogeu.

– Considera que a sua carta e a da minha esposa possam ter adormecido a desconfiança do casal real?

– Ramsés e Nefertari responderam de forma muito amável, e demos continuidade a essa correspondência. Pelo menos irá confundi-los. O que se passa com a nossa rede de espionagem?

– A do mercador sírio Raia foi desmantelada, e os seus membros dispersaram-se. Mas o nosso principal agente, o líbio Ofir, continuará a transmitir-nos preciosas informações.

– O que faremos desse Raia?

– Uma eliminação brutal seria uma boa solução, mas Ofir teve uma idéia melhor.

– Ótimo. Agora vá gozar de um bom e merecido descanso junto à sua deliciosa esposa.

O VINHO QUENTE com especiarias acalmou a febre e desentupiu o nariz de Hattusil, enquanto o escalda-pés fervente proporcionou-lhe uma sensação de bem-estar que compensava as numerosas horas de viagem pelas estradas da Ásia. Uma serva massageou-lhe os ombros e o pescoço, e um barbeiro fez-lhe a barba, sob a vigilância de Putuhepa.

– Cumpriu a sua missão? – perguntou, quando ficaram a sós.

– Acho que sim, minha querida.

– Da minha parte, cumpri a minha.

– A sua missão... De que está falando?

– Permanecer parada não faz parte do meu temperamento.

– Explique-se, por favor!

– Você, que tem o espírito tão perspicaz, ainda não compreendeu?

– Não me diga...

– Claro que sim, meu querido diplomata! Enquanto executava as ordens do imperador, eu me ocupava do seu rival, do seu único rival.

– Uri-Techup?

– Quem mais barra a sua ascensão e tenta contrariar a sua influência? A nomeação o está deixando de cabeça virada. Já se vê como imperador!

– É Muwattali quem o manipula, não o contrário!

– Vocês dois subestimam o perigo.

– Engana-se, Putuhepa; o imperador é lúcido. Se confiou esse posto ao filho, foi para dinamizar o exército e assegurar a sua plena eficácia no dia do combate. Mas Muwattali não vê Uri-Techup como sendo capaz de governar o Hatti.

– Ele confessou-lhe isso?

– É o que sinto.

– Não é o bastante! Uri-Techup é violento e perigoso, odeia você e a mim, e sonha afastar-nos do poder. Como é o irmão do imperador, ele não se atreve a atacar você de frente, mas tentará feri-lo pelas costas.

– Seja paciente. Uri-Techup condenar-se-á a si próprio.

– Tarde demais.

– Tarde demais, como?

 – Agi como era preciso agir.

Hattusil temia compreender.

– Um representante do clã dos mercadores está a caminho do quartel-general de Uri-Techup – revelou Putuhepa. – Pedirá para lhe falar e, para ter sua confiança, dirá que vários ricos mercadores veriam com bons olhos o fim de Muwattali e a subida do filho ao trono. O nosso homem apunhalará Uri-Techup, e ficaremos finalmente livres desse monstro.

– O Hatti precisa dele... É cedo demais, muito cedo! É indispensável que Uri-Techup prepare as nossas tropas para o combate.

– Vai tentar salvá-lo? – perguntou Putuhepa, irônica.

Dolorido, febril, e com os joelhos rígidos, Hattusil ergueu-se.

– Partirei imediatamente.

39

Era impossível reconhecer o elegante e requintado Acha vestido num grosseiro e surrado casacão de mensageiro, percorrendo as estradas do norte da Síria. Montado num robusto burro seguido por dois outros, cada um carregado com cerca de 60 quilos dos mais variados documentos, Acha acabava de penetrar a zona de influência hitita.

Passara diversas semanas em Canaã e em Amurru para examinar de perto os sistemas defensivos dos dois protetorados, discutira com os oficiais egípcios encarregados de organizar a resistência contra um possível ataque hitita e, por fim, aumentara sua lista de amantes com uma boa dezena de jovens criativas.

Benteshina, o príncipe de Amurru, apreciara muito o comportamento de Acha. Hóspede delicado, apreciador da boa comida, o jovem diplomata não formulara qualquer exigência, contentando-se em pedir ao príncipe que avisasse Ramsés logo que suspeitasse de alguma manobra agressiva por parte dos hititas.

Depois, Acha retomara o caminho do Egito; pelo menos, assim fizera crer. Obedecendo-lhe as ordens, a sua escolta meteu-se pela estrada costeira em direção ao sul, enquanto o diplomata destruía os seus trajes egípcios; a seguir, munido de uma credencial hitita perfeitamente falsificada, enfiou-se na indumentária de um mensageiro e partiu para o norte.

Com relatórios contraditórios sobre relações imprecisas, como seria possível formar um julgamento realista sobre as verdadeiras intenções do Hatti, a não ser explorando o país? Como o desejo de Ramsés correspondia ao seu, Acha aceitara a missão sem pestanejar; detentor de uma informação em primeira mão, conduziria o jogo a seu bel-prazer.

Não consistia a grande força hitita em fazer crer que eram invulneráveis e estavam prontos para conquistar o mundo? Eis a questão crucial à qual era necessário responder, a partir de elementos concretos.

O posto fronteiriço hitita era guardado por cerca de trinta soldados armados e de rostos carrancudos. Durante longos minutos, quatro homens andaram em redor de Acha e dos seus três burros. O falso mensageiro permaneceu imóvel, como que aturdido.

O ferro de uma lança tocou a face esquerda de Acha.

– A sua credencial?

Acha retirou do casacão uma tabuazinha redigida em caracteres hititas.

 O soldado leu-a e passou-a a um colega, que também a leu.

– Aonde vai?

– Devo levar cartas e faturas aos mercadores de Hattusa.

– Mostre-as.

– É confidencial.

– Não há nada de confidencial para o exército.

– Não gostaria de ter aborrecimentos com os destinatários.

– Se não obedecer, terá muito mais aborrecimentos.

Com os dedos entorpecidos pelo frio, Acha desatou os fios dos sacos com as tabuazinhas.

– Meras anotações comerciais – constatou o soldado. – Vamos revistá-lo.

O mensageiro não trazia armas. Despeitados, os hititas nada tinham a censurar.

– Antes de entrar numa aldeia, apresente-se ao posto de controle.

– Isso é novidade.

– Não tem nada que fazer comentários. Se não se apresentar em todos os postos de controle, será considerado inimigo e abatido.

– Não há inimigos no território hitita!

– Obedeça e pronto!

– Está bem, está ...

– Desapareça, já estamos fartos de olhar para você!

Acha afastou-se, sem pressa, como um homem sereno que não tivesse feito nada de ilegal. Caminhando ao lado do burro da frente, acertou seu passo com o do tranqüilo animal e enveredou pela estrada que conduzia a Hattusa, no coração da Anatólia.

Diversas vezes procurou o Nilo com o olhar. Não era fácil habituar-se a uma paisagem acidentada, desprovida da simplicidade do vale irrigado pelo rio divino. Acha sentia falta da separação nítida entre as plantações e o deserto, o verde dos campos e o ouro da areia, assim como do pôr-do-sol de mil cores. Mas devia esquecê-los e só se preocupar com o Hatti, a terra fria e hostil cujos segredos descobriria.

O céu estava carregado, e caíam violentas pancadas de chuva. Os burros evitavam as poças d'água e se detinham, quando lhes apetecia, para pastar a erva molhada.

Aquela paisagem não era propícia à paz. Circulava em suas entranhas uma ferocidade, que levava os habitantes a conceber a existência como uma guerra e o futuro como o aniquilamento das outras pessoas. Quantas gerações seriam necessárias para tornar férteis aqueles vales desolados, dominados por rígidas montanhas, e transformar os soldados em camponeses? Porque, ali, as pessoas nasciam para lutar e lutariam sempre.

A colocação de postos de controle à entrada das aldeias intrigou Acha. Receariam os hititas a presença de espiões no seu território, apesar de ser percorrido por forças de segurança? Aquela medida fora do comum tinha um valor significativo. Não estaria o exército fazendo manobras de grande envergadura, tendo por isso, se fechado ao olhar de qualquer curioso?

Por duas vezes patrulhas ambulantes verificaram os documentos de Acha, interrogando-o sobre seu destino. Após as respostas satisfatórias, foi autorizado a prosseguir seu caminho. No posto de controle da primeira aldeia, Acha sofreu uma nova e minuciosa revista. Os soldados estavam nervosos e irritáveis, e ele não esboçou qualquer protesto.

Depois de uma noite de sono num estábulo, alimentou-se de pão e queijo e continuou a viagem, satisfeito por constatar que seu personagem era perfeito. No meio da tarde, entrou por um atalho, chegando a um trecho de vegetação rasteira no meio da mata; ali livrou-se de algumas tabuazinhas destinadas a mercadores inexistentes. À medida que avançava para a capital, pouco a pouco aliviava-se de seu fardo.

A vegetação escondia uma ravina com enormes blocos de pedra que tinham despencado de uma elevação atacada pelas chuvas e pela neve. Raízes retorcidas de carvalhos fincavam-se na encosta inclinada.

Ao abrir um dos sacos transportados pelo burro da frente, Acha teve a sensação de estar sendo vigiado. Os animais agitaram-se. Perturbados, os pintarroxos levantaram vôo.

O egípcio agarrou uma pedra e um punhado de madeira seca, armas irrisórias diante de um eventual agressor. Quando ouviu nitidamente o ruído de uma cavalgada, atirou-se de barriga no chão por trás de uma pequena elevação.

Quatro homens a cavalo saíram do mato e rodearam os burros. Não eram soldados, mas salteadores munidos com arcos e punhais. Até no Hatti existiam homens que se dedicavam a pilhar caravanas; quando capturados, eram imediatamente executados.

Acha comprimiu-se mais ainda ao chão. Se os quatro ladrões o vissem, cortariam seu pescoço.

O chefe, um barbudo de rosto marcado pela varíola, farejou o ar como um cão de caça.

– Olhe – disse um dos seus companheiros – é presa fraca. Só tabuazinhas... Sabe ler?

– Não tive tempo de aprender.

– Isso vale alguma coisa?

– Para nós, não.

Irritado, o ladrão partiu as minúsculas tábuas e atirou os pedaços na ravina.

– O proprietário dos burros não deve estar longe, e tenho certeza de que carrega dinheiro consigo.

– Vamos nos espalhar e procurá-lo – ordenou o chefe.

Lívido de medo e de frio, Acha não perdeu a lucidez. Um dos bandidos vinha em sua direção. O egípcio rastejou e se agarrou a uma raiz. O chefe dos salteadores contornou-o sem vê-lo.

Acha fraturou-lhe a nuca com uma pedra de bom tamanho. O homem caiu com a cara na lama.

– Ali! – gritou um dos cúmplices, que vira a cena.

Apoderando-se do punhal da sua vítima, Acha atirou-o com força e precisão. A arma foi cravar-se no peito do ladrão.

Os dois restantes retesaram os arcos.

Não restava a Acha outra solução senão a fuga. Uma flecha assobiou em seus ouvidos quando ele começou a escorregar pelo declive, em direção ao fundo da ravina. Correndo até quase ficar sem fôlego, precisava atingir um maciço vegetal, com muitos arbustos e plantas espinhosas, onde estaria a salvo.

Outra flecha raspou-lhe a perna direita, mas ele conseguiu atirar-se ao seu abrigo provisório. Arranhado, com as mãos sangrando, avançou por um denso silvado, caiu, levantou-se, e recomeçou a correr.

Já sem poder respirar, escorregou. Se os seus perseguidores o apanhassem, já não teria forças para lutar. O silêncio então envolveu a ravina, perturbado apenas pelo crocitar de um bando de corvos esvoaçando sob as nuvens negras.

Desconfiado, Acha permaneceu imóvel até escurecer. Depois, subiu o declive, e seguindo ao longo da ravina, regressou para o lugar onde havia abandonado os burros.

Os animais haviam desaparecido. Restavam apenas os cadáveres dos dois ladrões.

O egípcio tinha ferimentos superficiais, mas dolorosos.

 Lavou-se na água de uma fonte, esfregou os machucados

com três ervas colhidas ao acaso, subiu para o topo de um carvalho e dormiu estendido entre dois grossos galhos quase paralelos.

Acha sonhou com uma cama confortável numa das luxuosas *villas* que Chenar lhe oferecera em troca da sua colaboração, com um lago rodeado por palmeiras, uma taça de vinho especial e uma linda tocadora de alaúde que lhe encantaria os ouvidos antes de oferecer-lhe o corpo.

Uma chuva gelada despertou-o pouco antes da madrugada, fazendo-o retomar o caminho na direção do norte.

A perda dos burros e das tabuazinhas obrigou-o a mudar de personagem. Um mensageiro sem material e sem animais de transporte seria considerado suspeito e detido. Era-lhe, portanto, impossível apresentar-se no próximo posto de controle e entrar na aldeia.

Passando pelas florestas, evitaria as patrulhas, mas conseguiria escapar dos ursos, linces e dos salteadores que ali se refugiavam? A água era abundante, mas a alimentação seria difícil de arranjar. Com um pouco de sorte, armaria uma emboscada para um mercador e tomaria o seu lugar.

A sua situação não era nada fácil, mas isso não o impediria de chegar a Hattusa e descobrir o verdadeiro poder de força do exército hitita.

40

Depois de passar um dia cavalgando durante as manobras de cavalaria, Uri-Techup lavava-se com água fria. Cada vez mais intensivo, o treinamento estava dando bons resultados, mas ainda não satisfazia o filho do imperador. O exército hitita não devia dar nenhuma chance às tropas egípcias, nem manifestar a mínima hesitação nas diversas etapas do combate.

Enquanto secava ao vento, o seu ajudante de campo avisou-o de que um mercador, vindo de Hattusa, desejava falar com o general chefe.

– Que espere – disse Uri-Techup. – Falarei com ele amanhã na alvorada; os mercadores nasceram para obedecer. Que aspecto tem ele?

– Pela sua apresentação, é um homem importante.

– Mesmo assim esperará. Faça-o dormir na tenda menos confortável.

– E se ele se queixar?

– Deixe-o gemer.

HATTUSIL E A SUA ESCOLTA haviam galopado em marcha acelerada. O irmão do imperador não se preocupava nem com a gripe nem com a febre, dominado apenas por uma obsessão: chegar ao quartel-general de Uri-Techup antes que o irreparável acontecesse.

Quando o acampamento militar ficou à vista, no meio da noite, parecia calmo. Hattusil apresentou-se aos guardas, que lhe abriram a porta de madeira. Precedido pelo oficial encarregado de garantir a sua segurança, o irmão do imperador foi recebido na tenda de Uri-Techup.

Este último mostrou-se de mau humor. Ver Hattusil não lhe dava qualquer prazer.

– Qual a razão dessa inesperada visita?

– A sua vida.

– O que significa isso?

– Foi tramada uma conspiração contra você. Querem matá-lo.

 – Fala sério?

– Acabo de chegar de uma viagem exaustiva, tenho febre e só tenho vontade de repousar... Você acha que eu teria galopado tão rapidamente se não fosse sério?

– Quem quer me matar?

– Conhece as minhas ligações com o clã dos mercadores... Durante a minha ausência, um dos seus representantes confessou à minha esposa que um louco havia decidido eliminá-lo para evitar a guerra contra o Egito e preservar os seus lucros.

– Qual é o seu nome?

– Não sei, mas fiz questão de vir lhe avisar sem demora.

– Você também gostaria de evitar esta guerra...

– Engana-se, Uri-Techup; considero-a necessária. Graças à sua vitória, continuará a expansão do nosso império. Se o imperador o nomeou para chefiar o exército, foi por causa da sua capacidade e habilidade como guerreiro, e das suas qualidades como chefe.

O discurso de Hattusil espantou Uri-Techup, mas não dissipou a sua desconfiança. O irmão do imperador manejava a lisonja com uma arte incomparável.

No entanto, não fora um mercador que lhe solicitara uma entrevista? Se Uri-Techup tivesse recebido imediatamente esse tal mercador, quem sabe já não estaria morto? Havia, porém, um meio simples de conhecer a verdade e verificar a sinceridade de Hattusil.

O mercador passara a noite em claro, repetindo constante e mentalmente o gesto que ia realizar. Cravaria o punhal na garganta de Uri-Techup para impedi-lo de gritar, sairia da tenda do general com ar calmo, como um homem de bem, e depois montaria no cavalo e sairia do campo no trote. Após forçar bastante o cavalo, saltaria para o dorso de outro, escondido em um pequeno bosque.

O risco era grande, mas o mercador odiava Uri-Techup. Um ano antes, esse fanático da guerra provocara a morte dos seus dois filhos numa manobra insensata, em que vinte jovens haviam morrido por esgotamento. Quando Putuhepa o inspirara neste plano, mostrara-se entusiasmado. Pouco lhe interessava a fortuna que a esposa de Hattusil lhe prometera. Mesmo que fosse preso e executado, teria vingado os filhos e matado um monstro.

Na alvorada, o ajudante de campo de Uri-Techup veio buscar o mercador, conduzindo-o à tenda do general chefe. O executor tinha que controlar a emoção e começar a falar, com entusiasmo, dos amigos que desejavam destituir o imperador e ajudar o filho a tomar o poder.

O ajudante de campo revistou-o e não encontrou nenhuma arma. O punhal curto, de lâmina dupla, estava escondido no inofensivo gorro de lã que os mercadores costumavam usar durante a estação fria.

– Entre, o general o espera.

Com as costas voltadas para o visitante, Uri-Techup estava inclinado sobre um mapa.

– Obrigado por me receber, general.

– Seja breve.

– O clã dos mercadores está dividido. Uns agarram-se à paz, outros não. Eu faço parte daqueles que desejam a conquista do Egito.

– Continue.

A ocasião era excelente: Uri-Techup não se virara, ocupado em traçar pequenos círculos num mapa.

O mercador tirou o gorro, agarrou no cabo do pequeno punhal e se aproximou do militar, sempre falando.

– Eu e os meus amigos estamos convencidos de que o imperador não é capaz de nos conduzir ao triunfo que esperamos. Vós, pelo contrário, vós, o brilhante guerreiro, vós... Morra, morra por ter tirado a vida dos meus filhos!

O general voltou-se no momento em que o mercador desferia o golpe. Na mão esquerda segurava também o cabo de um punhal. A lâmina do mercador enterrou-se no pescoço da vítima, e a do general no coração do agressor. Mortos, ambos caíram um por cima do outro e ficaram estendidos no chão, com braços e pernas entrelaçados.

O verdadeiro Uri-Techup ergueu um pano da tenda.

Para saber a verdade, tivera que sacrificar a vida de um simples soldado com o mesmo corpo que ele. O imbecil reagira mal, matando o mercador que o general teria gostado de interrogar, mas ouvira o suficiente para saber que Hattusil não mentira.

O irmão do imperador, realista e prudente, alinhava-se sob a sua bandeira, com a esperança de que Uri-Techup, general vitorioso e futuro senhor do Hatti, não fosse ingrato.

Hattusil estava totalmente enganado.

ACHA NÃO ASSALTOU NENHUM mercador nem viajante porque descobriu um comparsa melhor: uma jovem com cerca de 20 anos, viúva e sem dinheiro. O marido, soldado de infantaria em Kadesh, morrera acidentalmente quando atravessava o Oronte durante a cheia. Sozinha e sem filhos, cultivava com grande dificuldade uma terra pobre e infértil.

Desfalecendo de cansaço bem próximo de sua casa, Acha explicara-lhe que fora roubado por salteadores e que conseguira fugir arranhando-se nas silvas e nos espinheiros. Reduzido a nada, suplicara-lhe refúgio ao menos por uma noite.

Depois que ele se lavou com a água morna de uma bacia de barro colocada na lareira, os sentimentos da camponesa modificaram-se bruscamente. Sua timidez transformara-se num desejo imperioso de acariciar aquele corpo de homem distinto. Privada de amor há muitos meses, despiu-se com pressa. Quando a camponesa de formas generosas passou os braços em torno do pescoço de Acha e apoiou os seios em suas costas, o egípcio não se conteve.

Durante dois dias os amantes não saíram de casa. A camponesa não era experiente, mas revelava-se ardente e sequiosa; seria uma das raras amantes de quem Acha guardaria uma recordação bem definida.

Chovia lá fora.

Acha e a camponesa estavam nus, perto da lareira. A mão do diplomata percorria todo o corpo da jovem, que gemia de prazer.

– Quem é você, na realidade?

– Já lhe disse: um mercador roubado e arruinado.

– Não acredito.

– Por quê?

– Porque você é muito requintado, demasiado elegante. Os seus gestos e a sua linguagem não são de um mercador.

Acha captou-lhe as palavras. Os anos passados na universidade de Mênfis e nos gabinetes do Ministério das Relações Exteriores pareciam ter deixado vestígios indeléveis.

– Não é um hitita, não possui a sua brutalidade. Quando faz amor, pensa em mim; meu marido só se preocupava com seu próprio prazer. Quem é você?

– Promete guardar segredo?

– Juro pelo deus da tempestade!

O olhar da camponesa brilhava de excitação.

– É difícil...

– Confie em mim! Já não lhe dei provas do meu amor?

Acha beijou-lhe os bicos dos seios.

– Sou filho de um nobre sírio – explicou o diplomata.

 – Quero alistar-me no exército hitita. Meu pai proibiu-me

de fazê-lo por causa da dureza do treinamento. Fugi de casa e quis descobrir o Hatti sozinho, sem escolta, para provar a minha coragem e ser recrutado.

– Isso é uma loucura! Os militares são uns brutos sanguinários.

– Desejo lutar contra os egípcios. Se não agir, irão apoderar-se das minhas terras e despojar-me de todos os meus bens.

Ela pousou-lhe a cabeça no peito.

– Detesto a guerra.

– Mas não é inevitável?

– Todos estão convencidos de que se realizará.

– Sabe onde os soldados estão sendo treinados?

– É segredo.

– Notou algum movimento de tropas para estes lados?

– Não, é um canto perdido.

– Quer acompanhar-me a Hattusa?

– Eu, acompanhá-lo à capital... Nunca fui lá!

– É uma boa ocasião. Lá encontrarei oficiais e poderei alistar-me.

– Desista, suplico-lhe! A morte é assim tão tentadora?

– Se eu não agir, a minha província será destruída. É preciso combater o mal, e o mal é o Egito.

– A capital fica longe...

– Há na oficina uma grande quantidade de potes de barro. Foi o seu marido que fez?

– Ele era oleiro, antes de o obrigarem a alistar-se.

– Nós os venderemos e viveremos em Hattusa. Parece que é uma cidade inesquecível.

– As minhas terras...

– Estamos no inverno, e a terra tem que repousar. Partiremos amanhã.

A jovem deitou-se perto da lareira e estendeu os braços para o amante.

41

A Casa da Vida de Heliópolis, a mais antiga do país, trabalhava em seu ritmo habitual. Os ritualistas verificavam os textos a serem utilizados durante a celebração dos mistérios de Osíris, os magos do Estado esforçavam-se para anular a má sorte e as forças perigosas, os astrólogos aperfeiçoavam as suas previsões para os próximos meses, e os curandeiros preparavam poções. Pormenor insólito, a biblioteca, contendo milhares de papiros – entre os quais a primeira versão dos *Textos das pirâmides* e o *Ritual de regeneração do faraó* –, estava inacessível até o dia seguinte.

Em seu interior encontrava-se, porém, um leitor: Ramsés, em pessoa.

Tendo chegado durante a noite, o monarca fechara-se na grande biblioteca de paredes de pedra, cujos armários continham o essencial da ciência egípcia, relativa tanto ao visível quanto ao invisível. Ramsés sentira necessidade de consultar os arquivos por causa do estado de saúde de Nefertari.

A grande esposa real definhava. Nem o médico da corte nem Setaou haviam descoberto a causa do mal. A rainha-mãe fizera um diagnóstico inquietante: agressão das forças das trevas, contra as quais os remédios tradicionais da medicina seriam insuficientes. Era por isso que o rei explorava os arquivos que tantos outros monarcas tinham consultado antes dele.

Ao fim de dez horas de pesquisa, entreviu uma solução e partiu imediatamente para Pi-Ramsés.

NEFERTARI PRESIDIRA A REUNIÃO dos tecelões vindos de todos os templos do Egito e dera as instruções necessárias para a fabricação das indumentárias ritualísticas até a próxima cheia. A rainha ofereceu aos deuses tiras de tecido vermelho, branco, verde e azul, e em seguida saiu do templo apoiada em duas sacerdotisas. Conseguiu subir na liteira, que a levou de volta ao palácio.

O doutor Pariamakhu precipitou-se até a cabeceira da grande esposa real e a obrigou a beber uma poção estimulante, sem grande esperança de conseguir diminuir o intenso cansaço que a cada dia dominava-a mais intensamente. Logo que Ramsés entrou no quarto da esposa, o médico retirou-se.

O rei beijou a testa e as mãos de Nefertari.

– Estou esgotada.

– Tem que apressar o seu programa oficial.

– Não se trata de uma fraqueza passageira... Sinto a vida sair de mim e escoar-se como um fiozinho de água, cada vez mais fraco.

– Touya acha que não se trata de uma doença normal.

– Ela tem razão.

– Alguém nos ataca nas sombras.

– O meu xale... o meu xale preferido! Um mago o está utilizando contra mim.

– Também cheguei a essa conclusão e pedi a Serramanna que tentasse de tudo para identificar o culpado.

– Ele que se apresse, Ramsés, que se apresse...

– Temos outros meios para lutar, Nefertari, mas precisamos deixar Pi-Ramsés amanhã.

– Para onde vai me levar?

– Para um lugar onde estará ao abrigo do nosso inimigo invisível.

Ramsés passou longas horas com Ameni. O porta-sandálias e secretário particular do faraó não lhe assinalou qualquer incidente importante relativo aos assuntos de

Estado. Sempre angustiado com a idéia de uma ausência prolongada do monarca, o escriba comprometeu-se a não negligenciar nada, para evitar qualquer impasse que pudesse comprometer o bem-estar do país. Ramsés constatou que Ameni seguia cada dossiê com exemplar atenção e reunia as informações essenciais com agudo sentido de classificação.

O rei tomou uma série de decisões e encarregou Ameni de mandar seus ministros aplicá-las. Quanto a Serramanna, recebeu a confirmação das suas diversas missões, das quais a menor não era certamente a de velar pelo treinamento das tropas de elite aquarteladas em Pi-Ramsés.

Na companhia de Touya, o monarca passeou pelo jardim onde a mãe gostava de meditar. Com os ombros cobertos por uma capa plissada, a rainha-mãe trazia brincos em forma de lótus e um colar de ametistas que lhe amenizava o rosto severo.

– Parto para o sul com Nefertari, minha mãe. Aqui ela corre um perigo muito grande.

– Tem razão. Enquanto não pudermos combater a ação do demônio que se oculta nas sombras, é preferível afastar a rainha.

– Vele pelo reino; em caso de urgência, Ameni executará as suas ordens.

– E quanto à ameaça de guerra?

– Está tudo calmo, muito calmo... Os hititas não reagem. Muwattali contenta-se em escrever cartas insossas e protocolares.

– Não traduzirão as divergências internas? Muwattali eliminou muitos adversários antes de tomar o poder, e nem todos os rancores estão extintos.

– Isso não é nada tranqüilizador – considerou Ramsés.
– O que pode haver de mais eficaz senão uma guerra para apagar as discórdias e reestruturar a unidade?

– Nesse caso, os hititas preparam uma ofensiva de grande envergadura.

– Quem me dera estar enganado... Talvez Muwattali esteja cansado de combates e de sangue derramado.

– Não reflita à maneira egípcia, meu filho; a felicidade, a serenidade e a paz não são valores hititas. Se o imperador não exaltar a conquista e a expansão, perderá o seu trono.

– Se o ataque for desencadeado na minha ausência, não espere pelo meu regresso para dar ao exército a ordem de partida para a campanha.

O pequeno queixo quadrado de Touya endureceu.

– Nenhum hitita ultrapassará a fronteira do Delta.

O TEMPLO DA DEUSA MUT, "a Mãe", abrigava 365 estátuas de Sekhmet, a deusa leoa, para celebrar todos os dias os rituais de apaziguamento da manhã, e 365 outras para os rituais da tarde. Era ali que os grandes médicos do reino vinham procurar os segredos da doença e da cura.

Nefertari salmodiou o ritual que transformava a fúria assassina da leoa em poder criador; da sua violência controlada nascia sua capacidade de controlar os elementos constitutivos da vida. O colégio das sete sacerdotisas de Sekhmet comungou com o espírito da rainha que, tornando-se oferenda, fazia brotar a luz nas trevas da capela onde imperava a temível deusa.

A grande sacerdotisa derramou água sobre a cabeça da leoa, esculpida em diorito, pedra de grande dureza e brilho. O líquido escorreu pelo corpo da deusa, e uma assistente o recolheu numa taça.

Nefertari bebeu a água curativa e absorveu a magia de Sekhmet, cuja formidável energia a ajudaria na luta contra a fraqueza que se insinuara em suas veias. Depois, a grande esposa real ficou a sós com a leoa de corpo de mulher durante um dia e uma noite, mergulhada no silêncio e nas trevas.

Quando atravessou o Nilo, ternamente apoiada no ombro de Ramsés, Nefertari sentiu-se menos oprimida do que durante as últimas semanas. Do amor do rei nascia uma outra magia, tão eficaz como a da deusa. Um carro levou-os ao "Sublime dos sublimes", o templo de terraços apoiado numa falésia, obra da grande esposa real do faraó Hatchepsut. Era precedido por um jardim que reunia os mais belos exemplares de árvores de incenso, importadas da região de Punt. Ali reinava a deusa Hathor, soberana das estrelas, da beleza e do amor. Não seria a transmutação de Sekhmet?

Um dos blocos do templo era um centro de convalescença onde os doentes tomavam vários banhos por dia e, por vezes, faziam uma cura de sono. Nas bases das tinas de água morna, textos hieroglíficos afastavam as doenças.

– É indispensável um período de repouso, Nefertari.

– Os meus deveres de rainha...

– O seu primeiro dever é sobreviver para que o casal real permaneça a pedra angular do Egito. Aqueles que querem nos abater tentam separar-nos para enfraquecer o país.

O jardim do templo de Deir el-Bahari parecia pertencer a um outro mundo: a folhagem das árvores de incenso brilhava sob o suave sol de inverno. Uma rede de canalizações enterradas a pouca profundidade garantia uma irrigação constante, regulada em função do calor.

Nefertari teve a sensação de que seu amor por Ramsés aumentava ainda mais, que se expandia como um céu sem limites; o olhar do rei provou-lhe então que ele partilhava desse deslumbramento. Mas a felicidade era frágil, tão frágil...

– Não sacrifique o Egito por mim, Ramsés. Se eu morrer, tome Iset a Bela como grande esposa real.

 – Você está viva, Nefertari, e é você que eu amo.

– Jure-me, Ramsés! Jure-me que apenas o Egito ditará a sua conduta. Foi a ele que dedicou a sua existência, não a um ser humano, seja ele quem for. Do seu empenho depende a vida de um povo e, mais ainda, da civilização fundada por nossos antepassados. Sem ela, o que se tornaria o mundo? Ficaria entregue às hordas bárbaras, ao reino do lucro e da injustiça. Amo você com todas as minhas forças, e o meu último pensamento será este amor, mas não tenho o direito de prendê-lo porque você é o faraó.

Sentaram-se num banco de pedra, e Ramsés apertou-a de encontro ao peito.

– Você é aquela que vê Horus e Seth em um mesmo ser – lembrou-lhe ele, utilizando a fórmula ritual que se aplicava à rainha desde a primeira dinastia. – É pelo seu olhar que o faraó existe, que ele é o receptáculo da luz, e que a espalha sobre as Duas Terras unificadas. Todos os reinados dos meus predecessores se alimentaram da Regra de Maât, mas nenhum foi semelhante ao outro, porque os homens inventam constantemente novos caprichos. O seu olhar é único, Nefertari; o Egito e o faraó têm necessidade dele.

Em plena provação, Nefertari descobria um novo amor.

– Consultando os arquivos da Casa da Vida de Heliópolis, descobri formas de combater e manobrar o agressor invisível. Pela dupla ação de Sekhmet e de Hathor, e graças ao repouso que terá neste templo, a sua energia não diminuirá mais. Mas não é o suficiente.

– Vai regressar a Pi-Ramsés?

– Não, Nefertari; existe um remédio talvez decisivo para curar você.

– E qual é?

– Segundo os arquivos, é uma pedra da Núbia colocada sob a proteção da deusa Hathor, num local perdido, esquecido há séculos.

– Sabe onde fica?

– Hei de encontrá-lo.

– A sua viagem pode ser longa...

– Graças à força da corrente, o regresso será rápido. Se tiver a sorte de encontrar logo o local, a minha ausência será breve.

– Os hititas...

– A minha mãe governará. Em caso de ataque, ela a prevenirá imediatamente e vocês duas agirão em conjunto.

Abraçaram-se longamente, sob a folhagem das árvores de incenso. A sua vontade era de retê-lo, passar o resto dos dias junto com ele, na serenidade do templo.

Mas ela era a grande esposa real e ele, o faraó do Egito.

42

Lita dirigiu um olhar suplicante ao mago Ofir.

– É preciso, minha filha.

– Não, pois me causa muitas dores...

– É a prova de que o feitiço é eficaz. Devemos continuar.

– A minha pele...

– A irmã do rei vai tratá-la, e não ficará qualquer marca de queimadura.

A descendente de Akhenaton deu as costas para o mago.

– Não, não quero mais, não suporto mais este sofrimento!

Ofir puxou-a pelos cabelos.

– Basta, pequena caprichosa! Obedeça-me ou fecho-a na *cave*.

– Isso não, suplico-lhe, isso não!

Claustrofóbica, a médium loura receava esse castigo mais do que qualquer outra coisa.

– Venha para o meu laboratório, desnude o peito e deite-se de costas.

Dolente, a irmã de Ramsés, lamentava a rispidez do mago, mas dava-lhe razão. As últimas notícias da corte eram excelentes: Nefertari, sofrendo de uma doença misteriosa e incurável, partira para Tebas, onde sucumbiria ao domínio de Hathor, em Deir el-Bahari. Sua lenta agonia aniquilaria o coração de Ramsés, que por sua vez sucumbiria ao desgosto.

Para Chenar, estaria livre o caminho para o poder.

Depois da partida de Ramsés, Serramanna fora às quatro casernas de Pi-Ramsés e exigira dos oficiais superiores a intensificação dos treinamentos. Os mercenários haviam reivindicado imediatamente um aumento, provocando idêntico pedido por parte dos soldados egípcios.

Em confronto com um problema acima de sua autoridade, o sardo recorrera a Ameni, que apelara para a rainha-mãe, cuja resposta fora imediata: ou os soldados e os mercenários obedeciam, ou seriam substituídos por jovens recrutas. Se Serramanna considerasse satisfatórios os progressos verificados durante as manobras, talvez Touya considerasse a possibilidade de um bônus especial.

Os militares cederam, e o sardo passou à sua outra missão: tentar descobrir o mago para quem o intendente Romeu roubara o xale de Nefertari. Ramsés não lhe ocultara nada das suas suspeitas, confirmadas pela estranha morte de Romeu e pela não menos estranha doença da rainha.

Se o maldito intendente tivesse sobrevivido, o ex-pirata não teria encontrado qualquer dificuldade em fazê-lo falar. É verdade que a tortura era proibida no Egito, mas um atentado oculto contra o casal real não era um caso para fugir à lei comum?

Romeu estava morto, levando o seu segredo para um além povoado de demônios, e a pista que levava ao seu comandante parecia cortada. E se isso fosse apenas aparência? Romeu era expansivo e falador, e talvez tivesse utilizado os serviços de um cúmplice... ou de uma cúmplice.

Interrogar os mais próximos assim como os criados poderia dar resultado, desde que as perguntas fossem feitas com uma certa força de convicção... Serramanna precipitou-se para o gabinete de Ameni. Convenceria o escriba a concordar com a sua estratégia.

TODA A CRIADAGEM do palácio foi convocada para a caserna do norte. Roupeiras, camareiras, maquiadoras, cabeleireiras, cozinheiros, varredores e outros serviçais foram reunidos numa sala de armas guardada por arqueiros de Serramanna.

Quando o sardo apareceu, com capacete e couraça, os corações apertaram-se.

– Acabam de ser cometidos novos roubos no palácio – revelou. – Sabemos que o autor é cúmplice do intendente Romeu, o ser vil e desprezível que o céu castigou. Irei interrogá-los um a um; se não conseguir apurar a verdade, serão todos deportados para o oásis de Khargeh, e lá o culpado falará.

Serramanna tinha gasto muita energia para convencer Ameni a deixá-lo dizer uma mentira e fazer algumas ameaças sem fundamento legal. Qualquer um dos criados podia contestar a posição do sardo e se dirigir a um tribunal, o qual prontamente condenaria Serramanna.

O aspecto assustador do chefe da guarda pessoal do rei, o seu tom imperioso, e o caráter angustiante do local dissuadiram-nos de qualquer protesto.

Serramanna teve sorte: a terceira mulher que entrou no compartimento onde se realizava o interrogatório mostrou-se loquaz.

– O meu trabalho consiste em substituir as flores murchas por ramos recém-cortados – explicou ela. – Detestava aquele Romeu.

– Por quê?

– Colocou-me na cama dele. Se não tivesse aceitado, ele me teria expulso do lugar.

– Se tivesse apresentado queixa, ele teria sido despedido.

– Falar agora é fácil... Além disso, Romeu me prometera uma pequena fortuna se eu me casasse com ele.

– Como iria ele enriquecer?

– Não queria falar muito disso, mas na cama consegui fazê-lo contar alguma coisa.

– O que ele confessou?

– Que iria vender a preço de ouro um objeto raro.

– Onde tencionava arranjá-lo?

– Iria consegui-lo graças a uma empregada, uma roupeira substituta.

– E que objeto era esse?

– Não sei. Mas sei que o gordo Romeu nunca me ofereceu nada, nem sequer um amuleto! E então? Receberei uma recompensa por lhe ter contado tudo isso?

"UMA ROUPEIRA SUBSTITUTA"... Serramanna correu para falar com Ameni, que mandou buscar o quadro de serviço correspondente à semana na qual o xale da rainha havia sido roubado.

Com efeito, uma tal Nani havia realizado uma substituição como roupeira, sob a responsabilidade de uma das criadas da rainha. Esta a descreveu e confirmou que poderia ter tido acesso aos aposentos particulares de Sua Majestade, participando, assim, do roubo do xale.

A criada indicou o endereço que Nani lhe dera quando fora contratada.

– Interrogue-a – disse Ameni a Serramanna –, mas sem brutalidade e respeitando a lei.

– É essa a minha intenção – afirmou o sardo, muito sério.

UMA VELHA COCHILAVA no limiar de sua porta, no bairro leste da capital. Serramanna tocou-lhe docemente o ombro.

– Acorde, avozinha.

Ela abriu um olho e, com a mão calejada, enxotou uma mosca.

– Quem é você?

– Serramanna, o chefe da guarda pessoal de Ramsés.

– Já ouvi falar em seu nome... Você não era um antigo pirata?

– Ninguém muda totalmente, avozinha. Continuo tão cruel como antes, sobretudo quando me mentem.

– E por que haveria de lhe mentir?

– Porque vou lhe fazer perguntas.

– Dar com a língua nos dentes é pecado.

– Depende das circunstâncias. Hoje, falar é uma obrigação.

– Siga o seu caminho, pirata; na minha idade já não se têm obrigações.

– É a avó de Nani?

– Por que haveria de ser?

– Porque ela vive aqui.

– Ela foi embora.

– Quando se tem a sorte de ser contratada como roupeira no palácio, por que fugir?

– Eu não disse que ela fugiu, e sim que foi embora.

 – Para onde ela foi?

– Não sei.

– Lembro-a que detesto mentiras.

– Seria capaz de bater numa velha, pirata?

– Para salvar Ramsés, sim.

A mulher ergueu os olhos inquietos para Serramanna.

– Não compreendo... O faraó está em perigo?

– A sua neta é uma ladra, talvez uma criminosa. Se não falar, será sua cúmplice.

– Como poderia Nani estar metida numa conspiração contra o faraó?

– Mas está, e tenho a prova.

A mosca voltou a importunar a velha; Serramanna esmagou o inseto.

– A morte é alegre, pirata, quando nos vem libertar de um sofrimento excessivo. Eu tinha um bom marido e um bom filho, mas meu filho teve a infelicidade de casar com uma mulher horrível que lhe deu uma filha horrível. O meu marido morreu, o meu filho separou-se, e fui eu quem criei o maldito rebento... Horas passadas educando-a, alimentando-a, ensinando-lhe os princípios morais, e você vem me falar de uma ladra e criminosa?

A velha recobrou o fôlego. Serramanna calou-se, esperando que ela fosse até o fim com suas confidências. Caso se calasse, o sardo iria embora.

– Nani partiu para Mênfis. Disse-me, com orgulho e desdém, que iria viver numa bela *villa*, situada atrás da escola de medicina, enquanto eu morreria nesta pequena casa!

SERRAMANNA TRANSMITIU a Ameni o resultado de suas investigações.

– Se por acaso molestou a mulher idosa, ela apresentará queixa contra você.

– Os meus homens são testemunhas de que nem toquei nela.

– O que sugere então?

– Deu-me uma descrição exata de Nani, que corresponde à da criada da rainha. Assim que puser os olhos nela, eu a reconhecerei.

– Como vai encontrá-la?

– Revistando cada uma das *villas* do bairro de Mênfis onde ela reside.

– E se a velha mentiu para proteger Nani?

– É um risco que tenho de correr.

– Mênfis não fica longe, mas a sua presença em Pi-Ramsés é indispensável.

– Você próprio reconhece, Ameni: Mênfis não fica longe. Suponha que eu coloque as mãos nessa Nani e que ela me conduza ao mago; não acha que Ramsés ficaria satisfeito?

– "Satisfeito" seria um eufemismo.

– Então autorize-me a agir.

43

Acha e a amante, estupefatos, descobriram Hattusa. Hattusa, a capital do império hitita, dedicada ao culto da guerra e da força. Como o acesso às três portas da cidade alta – a do Rei, a das Esfinges e a dos Leões – era proibido aos mercadores, o casal entrou na cidade por uma das portas da cidade baixa, vigiada por soldados armados com lanças.

Acha mostrou os seus potes de barro e chegou a convidar um dos guardas a comprar um por preço bem barato.

O soldado afastou-o com uma cotovelada, ordenando-lhe que desaparecesse. Sem muita pressa, o casal tomou a direção do bairro dos artesãos e pequenos comerciantes.

Os picos rochosos, os terraços de pedras sobrepostas, os enormes blocos utilizados para o templo do deus da tempestade... A camponesa estava tão impressionada quanto o seu companheiro. Mas Acha lamentava a falta de graça e de elegância naquela arquitetura rugosa, dominada por uma rede de fortificações que tornavam inatacável a capital encaixada na rude montanha da Anatólia. A paz e a doçura de viver não podiam expandir-se naquele lugar onde a violência emanava de cada pedra.

O egípcio procurou em vão jardins, árvores, lagos, e teve um arrepio, mordido por um vento frio e seco. Avaliou até que ponto o seu país era um paraíso.

Diversas vezes, ele e a sua companheira tiveram que se encostar rapidamente aos muros de tijolos para deixar passar uma patrulha. Quem não se afastasse a tempo, mulher, velho ou criança, era empurrado, às vezes até mesmo derrubado, pelas companhias de soldados de infantaria que se deslocavam em passo acelerado.

O exército era onipresente. Em cada canto de rua havia soldados de sentinela.

Acha apresentou um pote a um atacadista de utensílios domésticos. Como era costume em terra hitita, a mulher permaneceu atrás dele e se manteve em silêncio.

– Um bom trabalho – considerou o atacadista. – Quantos faz por semana?

– Tenho um pequeno fornecimento que fabriquei no campo. Gostaria de instalar-me aqui.

– Tem alojamento?

– Ainda não.

– Alugo casas na cidade baixa; troco o seu fornecimento por um mês de aluguel. Terá tempo para organizar a sua oficina.

– Combinado, se você juntar três pedaços de estanho.

– É duro negociar com você!

– Tenho de comprar alimentos.

– Contrato fechado.

Acha e a amante alojaram-se numa pequena casa úmida e mal arejada, com chão de terra batida.

– Preferia a minha casa – confessou a camponesa. – Pelo menos tínhamos com que nos aquecer.

– Não ficaremos aqui por muito tempo. Pegue um bocado de estanho e vá comprar cobertores e algo para comer.

– E você, aonde vai?

– Não se preocupe, voltarei à noite.

Graças ao seu conhecimento perfeito do idioma hitita, Acha pôde dialogar com os mercadores, que lhe indicaram uma taberna de boa reputação, junto de uma torre de vigia. Cheio de fuligem dos lampiões a óleo, o estabelecimento acolhia mercadores e artesãos.

Acha entabulou uma conversa com dois homens barbudos e tagarelas que vendiam acessórios para os carros de batalha. Eram marceneiros, mas tinham abandonado a fabricação de cadeiras para se dedicar àquela atividade, muito mais lucrativa.

– Que cidade estupenda! – elogiou Acha. – Não a imaginava tão grandiosa.

– É a sua primeira visita, amigo?

– Sim, mas tenciono abrir uma oficina.

– Então trabalhe para o exército! Caso contrário, comerá mal e só beberá água.

– Alguns colegas me disseram que a guerra se aproxima...

Os marceneiros desataram a rir.

– Então é o último a ser informado! Em Hattusa, isso não é segredo para ninguém. Desde que Uri-Techup, o filho do imperador, foi nomeado general chefe, as manobras não param. E dizem que as nossas tropas de assalto não pouparão o inimigo... Desta vez o Egito está perdido.

– Melhor assim!

– Isso é discutível, pelo menos por parte dos mercadores. Hattusil, o irmão do imperador, nunca quis um conflito, mas acabou deixando-se convencer e deu o seu apoio a Uri-Techup. Para nós, é só lucro, e já começamos a fazer fortuna! Ao ritmo da produção atual, o Hatti vai triplicar o número dos seus carros de batalha. Em breve haverá mais carros do que homens para os conduzirem!

Acha esvaziou o seu copo cheio de um vinho espesso e fingiu-se embriagado.

– Viva a guerra! O Hatti engolirá o Egito com uma só dentada... E nós haveremos de festejar!

– Ainda vai ter que esperar um pouco, amigo, porque o imperador não parece ter pressa em desencadear a ofensiva.

– Ah... O que ele está esperando?

– Não temos os segredos do palácio! Pergunte ao capitão Kenzor.

Os dois marceneiros riram com a sua própria piada.

– Quem é Kenzor?

– O oficial de ligação entre o general chefe e o imperador... E, sobretudo, um mulherengo, pode crer! Quando está em Hattusa, as moças bonitas andam todas aéreas. É o oficial mais popular do país.

– Viva a guerra e viva as mulheres!

A conversa declinou para os encantos femininos e os bordéis da cidade. Os marceneiros consideraram Acha simpático e pagaram-lhe a despesa.

ACHA MUDAVA DE TABERNA todas as tardes. Estabeleceu inúmeros contatos, abordando temas frívolos, e lançou por vezes na conversa o nome do capitão Kenzor.

Finalmente, conseguiu uma informação preciosa: o oficial de ligação acabava de chegar a Hattusa.

Interrogar esse oficial superior o faria ganhar muito tempo. Precisava localizá-lo, descobrir um meio de abordá-lo e fazer-lhe uma proposta que não pudesse recusar... Tinha que formular um plano.

Acha voltou para casa com um vestido, um manto e sandálias. A camponesa ficou maravilhada.

– São para mim?

– Há outra mulher na minha vida?

– Deve ter sido caro!

– Negociei.

Quis tocar nos trajes.

– Não, ainda não!

– Mas então... quando?

– Uma noite dessas, que será especial e durante a qual poderei admirá-la à vontade. Dê-me tempo para prepará-la.

– Como quiser.

A jovem saltou-lhe ao pescoço e o beijou apaixonadamente.

– Sabe que nua você também é muito bonita?...

À MEDIDA QUE O BARCO REAL avançava para o sul, Setaou parecia rejuvenescer. Puxando Lótus de encontro a si, redescobria, maravilhado, as paisagens da Núbia banhadas por uma luz tão pura que fazia o Nilo parecer um rio celeste, em seu azul brilhante.

Setaou talhara com sua machadinha um pedaço de pau com ponta bifurcada para capturar algumas cobras cujo veneno guardaria num frasquinho de cobre. Com os seios nus, vestida apenas com um curto saiote esvoaçante ao vento, a bela Lótus deliciava-se com o ar perfumado de sua terra natal.

Era o próprio Ramsés que conduzia o barco. A tripulação, experiente, manobrava com rapidez e precisão.

À hora das refeições, o capitão substituía o rei. Na cabine central, Ramsés, Setaou e Lótus almoçaram carne de vaca, salada bem temperada e raízes açucaradas de papiros misturadas com cebolas doces.

– É um verdadeiro amigo, Majestade – reconheceu Setaou. – Trazer-nos com você é um presente maravilhoso.

– Tinha necessidade dos seus talentos e dos de Lótus.

– Embora vivamos isolados no laboratório do palácio, chegam aos nossos ouvidos rumores desagradáveis. A guerra aproxima-se realmente?

– Receio que sim.

– Não é perigoso deixar Pi-Ramsés nestes tempos conturbados?

– A minha prioridade é salvar Nefertari.

– Não fui melhor do que o doutor Pariamakhu – lamentou Setaou.

– A Núbia detém um remédio miraculoso, não é verdade? – perguntou Lótus.

– Segundo os arquivos da Casa da Vida, sim; uma pedra criada pela deusa Hathor num lugar perdido.

– Tem mais alguma informação, Majestade?

– Uma vaga indicação: "No coração da Núbia, numa enseada com areias de ouro, onde a montanha se separa e se une."

– Uma enseada... portanto, perto do Nilo!

– Temos que agir depressa – disse Ramsés. – Graças à força de Sekhmet e aos cuidados das especialistas do templo de Deir el-Bahari, a energia não desaparecerá completamente do corpo de Nefertari, mas a ação das forças das trevas não foi anulada. A nossa esperança está nessa pedra.

Lótus ficou com o olhar perdido na distância.

– Este país ama Vossa Majestade como também Vossa Majestade o ama. Fale com ele, e ele lhe falará, Majestade.

Um pelicano sobrevoou o barco real. Não era o magnífico pássaro de asas grandes uma das encarnações de Osíris, o vencedor da morte?

44

O capitão Kenzor bebera demais.

Três dias de licença na capital eram o ideal para esquecer os rigores da vida militar e se embriagar de vinho e mulheres. Alto, de bigode e voz rouca, desprezava as mulheres e as considerava boas apenas para o prazer.

Quando o vinho lhe enevoava o cérebro, Kenzor sentia um desejo irresistível de fazer amor. E nessa noite, por causa de um vinho encorpado, precisava de sensações fortes e imediatas. Cambaleou ao sair da taberna e tomou a direção do bordel.

O capitão sequer sentiu o aguilhão do frio. Esperava encontrar uma virgem disponível que lhe oferecesse bastante resistência. Assim, deflorá-la seria muito mais divertido.

Um homem abordou-o com respeito.

– Posso falar-lhe, capitão?

– O que quer?

– Propor-lhe uma maravilha – respondeu Acha.

Kenzor sorriu.

– O que está vendendo?

– Uma jovem virgem.

O olhar do capitão iluminou-se.

– Quanto?

– Dez pedaços de estanho de primeira qualidade.

– Está muito caro!

– A mercadoria é de primeira qualidade.

– Quero-a imediatamente.

– Está disponível.

– Só tenho cinco pedaços de estanho comigo.

– Você me paga o resto amanhã de manhã.

– Confia em mim?

– Depois desta, terei outras virgens para negociar.

– Você é um homem precioso, hem... Vamos lá, tenho pressa.

Kenzor estava tão excitado que ambos seguiram em passo apressado.

As ruelas adormecidas da cidade baixa estavam desertas.

Acha empurrou a porta da modesta habitação.

Bem penteada, a camponesa vestira os trajes novos que Acha lhe comprara. Excitado, o capitão Kenzor observou-a bem.

– Olhe bem, mercador... Ela não é velha demais para ser virgem?

Com uma violenta pancada, Acha empurrou Kenzor de encontro à parede; semidesmaiado, o oficial quase perdera a consciência. O egípcio aproveitou para lhe tirar a espada curta, cuja ponta encostou-lhe na nuca.

– Quem... quem é você? – balbuciou o hitita.

– Você é o oficial de ligação entre o exército e o palácio. Ou responde às minhas perguntas, ou eu o mato.

Kenzor tentou libertar-se, mas a ponta da espada penetrou-lhe a carne, fazendo brotar sangue. O excesso de vinho privava o capitão da força que possuía; estava à mercê do agressor.

Assustada, a camponesa refugiou-se em um canto do compartimento.

– Quando se efetuará o ataque contra o Egito – interrogou Acha – e por que razão os hititas fabricam tantos carros?

Kenzor fez uma careta. Seu agressor já dispunha de informações importantes.

– O ataque... É segredo militar.

– Se você se calar, levará esse segredo para a tumba.

– Não será capaz...

– Engana-se, Kenzor. Não hesitarei em eliminá-lo e matarei tantos oficiais quantos forem necessários para conseguir saber a verdade.

A ponta da espada penetrou mais, arrancando um grito de dor do oficial. A camponesa desviou o olhar.

– Só o imperador sabe a data do ataque... Eu não estou informado.

– Mas sabe por que o exército hitita necessitou de tão grande número de carros.

Com a nuca doendo, confuso por causa da bebedeira, o capitão Kenzor murmurou algumas palavras, como se falasse sozinho.

Acha tinha o ouvido suficientemente aguçado e não precisou fazê-lo repetir a assombrosa declaração.

– Enlouqueceu? – perguntou, furioso, a Kenzor.

– Não, é a verdade...

– Impossível!

– É a verdade.

Acha estava estupefato. Acabava de obter uma informação de importância capital, uma informação que podia mudar a sorte do mundo.

Com um gesto preciso e violento, o egípcio enterrou a ponta da espada na nuca do capitão Kenzor, que morreu na hora.

– Volte-se – ordenou Acha à camponesa.

– Não, deixe-me, vá embora!

Com a espada estendida, aproximou-se da amante.

– Lamento, minha linda, mas é impossível deixá-la viver.

– Não vi nada, não ouvi nada!

– Tem certeza?

– Ele só resmungou, não ouvi nada, juro!

Ajoelhou-se.

– Não me mate, suplico-lhe! Serei útil a você para sair da cidade!

Acha hesitou. A camponesa não deixava de ter razão. Como as portas da capital ficavam fechadas durante a noite, precisava esperar pela madrugada para atravessá-las, acompanhado pela suposta esposa. Ela o ajudaria a passar despercebido e, depois, num desvio de um caminho estreito, a eliminaria.

Acha sentou-se ao lado do cadáver de Kenzor. Incapaz de dormir, só pensava em poder seguir o mais depressa possível para o Egito e tirar o máximo partido da sua descoberta.

O INVERNO NÚBIO, passada a frescura da madrugada, era delicioso. Ramsés vira na margem um leão com as suas fêmeas. Os macacos, empoleirados no alto das palmeiras mediterrânicas, saudaram, com os seus gritos estridentes, a passagem do barco real.

Durante uma escala, os aldeões haviam oferecido ao monarca e ao seu séquito bananas e leite; durante a improvisada festa, Ramsés conversara com o chefe da tribo, um velho feiticeiro de cabeleira embranquecida por 90 anos de uma existência calma, ocupada em cuidar da família.

Quando o velho quis se ajoelhar, Ramsés impediu-o de fazê-lo, segurando-lhe pelo braço.

– A minha velhice foi iluminada... Os deuses permitiram-me ver o faraó! Não será o meu dever inclinar-me diante dele e prestar-lhe homenagem?

– Eu é que devo venerar a sua sabedoria.

– Não passo de um feiticeiro de aldeia!

– Seja quem for que tenha respeitado a Regra de Maât ao longo da vida é mais digno de respeito do que um falso sábio, mentiroso e injusto.

– Não é o senhor das Duas Terras e da Núbia? Eu só reino sobre algumas famílias.

– E, no entanto, preciso da sua memória.

O faraó e o feiticeiro sentaram-se embaixo da palmeira que servia de abrigo ao velho, quando o sol se tornava muito forte.

– A minha memória... Ela está repleta de céus azuis, brincadeiras de crianças, sorrisos de mulheres, saltos de gazelas e cheias benfazejas. E Vossa Majestade é o responsável por tudo isso, faraó! Sem Vossa Majestade, as minhas recordações não existiriam, e as gerações futuras apenas produziriam seres sem coração.

– Lembra-se de um lugar sagrado onde a deusa do amor criou uma pedra miraculosa, num lugar perdido no coração da Núbia?

Com a sua bengala, o feiticeiro desenhou uma espécie de mapa na areia.

– O pai do meu pai havia trazido uma pedra como essa para a minha aldeia. Quando a tocavam, as mulheres recuperavam a saúde. Infelizmente, os nômades a levaram.

– De que local é proveniente?

 A bengala designou um ponto exato, no curso do Nilo.

– Aqui, deste lugar misterioso, no início da província de Kush.

– O que deseja para a sua aldeia?

– Nada mais do que aquilo que já temos. Mas não se trata de uma grande exigência? Proteja-nos, faraó, e mantenha a Núbia intacta.

– A Núbia falou pela sua voz, e eu a ouvi.

O BARCO REAL SAIU da província de Uauat e penetrou na de Kush, onde, graças às intervenções de Sethi e de Ramsés, reinava a paz entre as tribos, sempre prontas a confrontar-se, mas receando a reação dos soldados do faraó.

Começava aqui uma região selvagem e grandiosa cuja sobrevivência era garantida pelo Nilo. De um lado e do outro do rio, a faixa de terra cultivada parecia estreita, mas palmeiras mediterrânicas faziam sombra aos lavradores que lutavam contra o deserto.

De repente, surgiram as falésias.

Ramsés teve a sensação de que o Nilo repelia qualquer presença humana e a natureza se fechava em si mesma, num espaço grandioso.

Um embriagador aroma de mimosas atenuou aquela impressão de fim de mundo.

Duas saliências rochosas, de contornos quase paralelos, avançavam para o rio, separadas por um vale cheio de areia. Junto das proeminências de arenito, acácias em flor. "Uma enseada com areias de ouro, onde a montanha se separa e se une..."

Como se emergisse de um longo sonho, como se fosse arrancado de um feitiço que durante um longo tempo enevoara o seu olhar, Ramsés reconheceu finalmente o lugar. Por que não pensara nele antes?

– Acostemos – ordenou. – É aqui, só pode ser aqui...

Nua, Lótus mergulhou no rio e nadou até a margem. Com o corpo cintilante de gotículas prateadas de água, correu com a elegância de uma gazela até um núbio adormecido à sombra das árvores. Acordou-o, interrogou-o, correu de novo em direção à montanha, apanhou um pedaço de rocha e regressou ao barco.

Ramsés tinha os olhos fixos na falésia.

Abu-Simbel... Era exatamente Abu-Simbel, a união da força e da magia, o local onde decidira construir templos, o domínio de Hathor que havia negligenciado e esquecido.

Setaou ajudou Lótus a subir a bordo. Segurava um pedaço de arenito na mão direita.

– É a pedra mágica da deusa, mas hoje ninguém sabe mais utilizar o seu poder curativo.

45

Um fino raio de luz penetrou pela estreita janela da casa úmida e fria. O som dos passos de uma patrulha despertou a camponesa; sobressaltou-se ao ver o cadáver do capitão.

– Está ali... Continua ali!

– Saia do seu pesadelo – recomendou Acha. – Este oficial não testemunhará contra nós.

– Eu não fiz nada!

– É a minha mulher. Se eu for apanhado, você também será executada.

A camponesa atirou-se contra Acha e martelou-lhe o peito com os punhos cerrados.

– Esta noite estive refletindo – disse ele.

Ela parou, assustada. No olhar gelado do amante viu a própria morte.

– Não, não tem o direito...

– Estive refletindo – repetiu ele. – Ou eu a mato já, ou você me ajuda.

– Ajudá-lo... mas como?

– Eu sou egípcio.

A hitita olhou para Acha como se ele fosse um ser do outro mundo.

– Sou egípcio e tenho que regressar ao meu país o mais depressa possível. Se for impedido de fazê-lo, quero que passe a fronteira e avise o meu senhor.

– Por que haveria de correr semelhante risco?

– Em troca do seu bem-estar. Graças à tabuazinha que entregarei a você, terá uma casa na cidade, uma criada e uma renda para toda a vida. O meu senhor será generoso.

Nem mesmo nos seus mais loucos sonhos a camponesa ousara imaginar semelhante vida.

– Combinado.

– Vamos sair cada um por uma porta da cidade – exigiu Acha.

– E se chegar antes de mim ao Egito? – inquietou-se ela.

– Cumpra a sua missão e não se preocupe com mais nada.

Acha redigiu um curto texto em hierático, forma abreviada da escrita hieroglífica, e entregou a fina tabuazinha de madeira à amante.

Quando a beijou, ela não teve coragem de o repelir.

– Voltaremos a nos ver em Pi-Ramsés – prometeu ele.

QUANDO ACHA CHEGOU às proximidades da cidade baixa, viu-se diante de uma fila de mercadores que, como ele, tentavam sair da capital.

Por todo lado havia soldados nervosos.

Era impossível dar meia-volta por causa de uma patrulha de arqueiros que separavam os civis em vários grupos e os obrigavam a submeter-se a uma revista.

Reclamavam, queixavam-se, empurravam-se, burros e mulas zurravam, mas mesmo aquela agitação não atenuava a brutalidade das sentinelas que guardavam a enorme porta.

– O que está acontecendo? – perguntou Acha a um mercador.

– É proibido entrar na cidade e difícil sair... Procuram um oficial que desapareceu.

– E desconfiam de que somos nós os responsáveis por isso?

– Um oficial hitita não desaparece assim, sem deixar vestígios. Alguém deve tê-lo agredido, talvez matado... Com certeza uma rixa de palácio. Estão procurando o culpado.

– Há suspeitas?

– Um outro militar, é claro... Talvez conseqüência da velha rixa entre o filho e o irmão do imperador. Um vai acabar eliminando o outro.

– As sentinelas revistam todas as pessoas...

– Querem ter certeza de que o assassino, um soldado armado, não tentará sair da cidade disfarçado de mercador.

Acha descontraiu-se.

A revista era lenta e minuciosa. Um homem de cerca de 30 anos foi atirado ao chão; os amigos protestaram, afirmando que ele vendia tecidos e nunca pertencera ao exército. O negociante foi liberado.

Chegou a vez de Acha.

Um militar de rosto anguloso pôs-lhe a mão no ombro.

– Quem é você?

– Um oleiro.

– Por que está saindo da cidade?

– Vou buscar um novo fornecimento para a minha casa.

O soldado verificou se o artesão não portava alguma arma.

– Posso partir?

O militar fez um gesto desdenhoso.

A alguns metros de Acha, a porta principal da capital hitita, a liberdade, o caminho para o Egito...

– Um momento – alguém falou.

Ao olhar para a sua esquerda, Acha viu um homem de estatura mediana, olhos penetrantes, com o rosto magro adornado por uma pequena barba pontuda. Estava vestido com uma túnica de lã vermelha com listras pretas.

– Detenham esse homem – ordenou aos sentinelas.

Um oficial olhou-o, desdenhoso.

– Quem dá as ordens aqui sou eu.

– O meu nome é Raia – disse o homem de barbicha. – Pertenço à guarda do palácio.

– Que delito cometeu este mercador?

– Nem é hitita nem oleiro. É egípcio, chama-se Acha e ocupa uma elevada posição na corte de Ramsés.

GRAÇAS À FORÇA DA CORRENTE e ao feitio do seu barco, Ramsés percorreu em dois dias os 300 quilômetros que separavam Abu-Simbel de Elefantina, a cabeça do Egito e a cidade mais meridional do país. Foram necessários mais dois dias para chegar a Tebas. Os marinheiros haviam demonstrado uma habilidade extraordinária, pois cada um deles estava consciente da gravidade da situação.

Durante a viagem, Setaou e Lótus não pararam um momento sequer de trabalhar em amostras da pedra da deusa, um arenito de rara qualidade. Ao se aproximarem do desembarcadouro de Karnak, não esconderam a sua decepção.

– Não compreendo as reações desta pedra – confessou Setaou. – Suas propriedades são anormais, ela resiste aos ácidos, adquire colorações extraordinárias e parece animada com uma energia que não consigo medir. Como poderemos tratar a rainha, se não conhecemos a fórmula de que esse remédio será composto nem sabemos a dosagem exata para administrá-lo?

A chegada do monarca surpreendeu o pessoal do templo e perturbou o protocolo. Apressado, Ramsés dirigiu-se ao laboratório principal de Karnak acompanhado por Setaou e Lótus, que transmitiram aos químicos e aos farmacêuticos os resultados das suas próprias experiências.

O trabalho de investigação iniciou-se sob a supervisão do rei. Graças à biblioteca científica relativa aos produtos da Núbia, os peritos apresentaram uma lista de substâncias que deveriam ser postas em contato com a pedra da deusa de Abu-Simbel para expulsar os demônios que debilitam o sangue de uma pessoa, levando-a à morte por esgotamento.

Faltava escolher os ingredientes certos e estabelecer a dosagem dos constituintes: seriam necessários vários meses para conseguir isso. Perturbado, o chefe do laboratório não dissimulou a sua perplexidade.

– Coloquem as substâncias sobre uma mesa de pedra e deixem-me só – exigiu Ramsés.

O rei concentrou-se e agarrou as hastes da varinha de acácia com a qual ele e o próprio pai haviam descoberto água no deserto.

Ramsés passou a varinha sobre cada uma das substâncias e, quando ela se manifestou com um sobressalto, isolou o produto. Após completar a escolha com uma nova passagem da varinha, o monarca efetuou as dosagens pelo mesmo método.

Goma de acácia, anis, extratos dos frutos retirados do sicômoro, colocíntida, cobre e pedacinhos da pedra da deusa foram os componentes da fórmula.

MAQUIADA COM ARTE, NEFERTARI estava sorridente e alegre. Quando Ramsés se aproximou dela, a rainha lia o célebre romance de Sinuhe, numa versão escrita por um escriba de mão particularmente hábil. Enrolou o papiro, ergueu-se e se aninhou nos braços do rei. O seu abraço foi longo e apaixonado, embalado pelo canto dos canários e dos rouxinóis, perfumado pelo aroma das árvores de incenso.

– Encontrei a pedra da deusa – disse Ramsés – e o laboratório de Karnak preparou um remédio.

– Será eficaz?

– Utilizei a varinha de radioestesia do meu pai para reconstituir a fórmula esquecida.

– Descreva-me o local da deusa núbia.

– Uma enseada com areia dourada, duas falésias que se unem... Abu-Simbel, que eu havia esquecido. Abu-Simbel, onde decidi celebrar para sempre o nosso amor.

O calor do poderoso corpo de Ramsés transmitia-lhe a vida que pouco a pouco ia se exaurindo.

– Um mestre-de-obras e uma equipe de talhadores de pedra partirão ainda hoje para Abu-Simbel – continuou o rei. – Transformarei aquelas falésias em dois templos, eternamente indissociáveis, como você e eu.

– Ainda verei essa maravilha?

– Sim, você a verá!

– Que a vontade do faraó seja cumprida.

– Se fosse de outra forma, seria eu ainda digno de reinar?

Ramsés e Nefertari atravessaram o Nilo em direção a Karnak. Celebraram juntos os rituais no santuário do deus Amon, e depois a rainha recolheu-se na capela da deusa Sekhmet, cujo sorriso de pedra lhe pareceu sereno.

Foi o próprio faraó que entregou à grande esposa real a taça contendo o único remédio que poderia vencer a enfermidade mágica que a atingira.

A poção era morna e doce.

Dominada por uma vertigem, Nefertari deitou-se e fechou os olhos. Ramsés não abandonaria a sua cabeceira, lutando com ela durante a interminável noite em que a pedra da deusa tentaria expulsar o demônio que sorvia o sangue da rainha.

46

Despenteado, muito pálido, com a língua enrolada, Ameni atrapalhou-se nas explicações.

– Acalme-se – recomendou a rainha-mãe Touya.

– A guerra, Majestade, é a guerra!

– Não recebemos qualquer documento oficial.

– Os generais preocupam-se, as casernas estão em ebulição, surgem ordens contraditórias em todos os sentidos.

– Mas qual é a causa dessa desordem?

– Ignoro, Majestade, mas sou incapaz de controlar a situação... Os militares não me dão ouvidos!

Touya convocou o ritualista chefe e duas cabeleireiras do palácio. Para sublinhar o caráter sagrado de sua função, ornaram-lhe a cabeça com uma peruca semelhante ao corpo de um abutre, cujas asas desciam obliquamente do meio da testa até os ombros. Como o abutre fêmea era o símbolo da mãe cuidadosa por excelência, Touya surgia assim como a protetora das Duas Terras.

Nos pulsos e nos tornozelos, várias pulseiras de ouro; no pescoço, um colar de pedras semipreciosas com sete voltas. Com o seu longo vestido de linho plissado, preso na cintura por um cinto de largas pontas, encarnava a suprema autoridade.

– Acompanhe-me à caserna do norte – pediu a Ameni.

– Não deve ir lá, Majestade! Espere acalmar essa agitação.

– O mal e o caos nunca se destroem por si próprios. Apressemo-nos.

Pi-Ramsés estava mergulhada em barulho e discussões. Alguns afirmavam que os hititas se aproximavam do Delta, outros já descreviam os combates, e muitos preparavam a fuga para o sul.

A porta da caserna do norte já não estava devidamente guardada. O carro que transportava Ameni e a rainha-mãe adentrou pelo grande pátio de onde desaparecera toda a disciplina.

Os cavalos pararam no centro do amplo espaço.

Um oficial de cavalaria viu a rainha-mãe e preveniu seus companheiros, que alertaram os outros soldados. Em menos de dois minutos, centenas de homens estavam diante de Touya para ouvir suas palavras.

Touya, pequena e frágil, no meio de soldados armados, capazes de eliminá-la em poucos segundos... Ameni tremia, considerando suicida a intervenção da rainha-mãe. Deviam ter permanecido no palácio, sob a proteção da guarda de elite. Talvez suas palavras tranqüilizadoras acalmassem um pouco a tensão, desde que se mostrasse diplomática.

Fez-se silêncio.

A rainha-mãe olhou com desdém para todos.

– Só vejo covardes e incapazes – declarou com voz seca, que ressoou nos ouvidos de Ameni como um trovão. – Covardes e imbecis, incapazes de defender o seu país, pois acreditam no primeiro boato que surge.

Ameni fechou os olhos. Nem ele nem Touya escapariam à fúria dos soldados.

– Por que está nos insultando, Majestade? – interrogou um tenente de cavalaria.

– Descrever a realidade é insultar? O seu comportamento é ridículo e digno de desprezo, e os oficiais são mais dignos de censura do que os soldados. Quem decidirá a nossa participação na guerra contra os hititas senão o faraó e, na sua ausência, eu própria?

O silêncio tornou-se pesado. Aquilo que a rainha-mãe ia dizer não seria um boato e sim o destino de toda a nação.

– Não recebi nenhuma declaração de guerra do imperador do Hatti – afirmou ela.

Vários urras saudaram suas palavras; Touya nunca mentira. Os soldados congratularam-se.

Como a rainha-mãe permaneceu imóvel em seu carro, o público compreendeu que o seu discurso ainda não terminara. Fez-se novamente silêncio.

– É-me impossível afirmar que a paz será duradoura, e estou mesmo convencida de que os hititas têm como única finalidade um conflito implacável. O resultado dependerá dos esforços de todos. Quando Ramsés estiver de novo na capital, e seu regresso está próximo, quero que se sinta orgulhoso do seu exército e confiante nas suas possibilidades de vencer o inimigo.

A rainha-mãe foi aclamada.

Ameni reabriu os olhos, também subjugado pela força de persuasão que se desprendia da viúva de Sethi.

O carro pôs-se em movimento, e os soldados afastaram-se, gritando o nome de Touya.

– Regressamos ao palácio, Majestade?

– Não, Ameni. Suponho que os operários da fundição tenham interrompido o trabalho, não é verdade?

O secretário particular do rei baixou os olhos.

Sob o impulso de Touya, a fábrica de armas de Pi-Ramsés recomeçou a trabalhar e logo funcionava intensamente na produção de lanças, arcos, pontas de flechas, espadas, couraças, arreios e peças para carros. Já ninguém duvidava da iminência do conflito, mas surgira uma nova exigência: dispor de equipamento superior ao dos hititas.

A rainha-mãe visitou as casernas e falou a todos, desde os oficiais até o mais simples soldado; não deixou também de ir à oficina onde eram montados os carros que saíam da fábrica e felicitou os artesãos.

A capital esquecera o medo e descobrira o gosto pelo combate.

COMO ERA DOCE aquela mão elegante de longos dedos finos, quase irreais, que Ramsés beijou um a um, antes de apertá-los na sua própria mão para nunca perdê-los. Não havia uma parte do corpo de Nefertari que não inspirasse amor; os deuses, que haviam depositado sobre os ombros de Ramsés a mais pesada das missões, haviam-lhe oferecido também a mais sublime das mulheres.

– Como se sente esta manhã?

– Melhor, muito melhor... O sangue circula de novo em minhas veias.

– Gostaria de dar um passeio no campo?

– Estava sonhando com isso.

Ramsés escolheu dois cavalos velhos e tranqüilos, que ele próprio atrelou a seu carro. Avançaram trotando pelos caminhos da margem ocidental, ao longo dos canais de irrigação.

Nefertari encheu os olhos com a força das palmeiras e da vegetação que renascia nos campos. Comungando com as forças da terra, acabou, por sua própria vontade, de expulsar o mal que a enfraquecera. Quando desceu do carro e caminhou ao longo do Nilo, com os cabelos ao vento, Ramsés teve certeza de que a pedra da deusa havia salvo a grande esposa real e ela haveria de ver os dois templos de Abu-Simbel construídos para celebrar o seu amor eterno.

A LOURA LITA OFERECEU um pobre sorriso a Dolente, a irmã de Ramsés, que lhe retirava uma compressa embebida em mel, resina de acácia seca e colocíntida esmagada. Quase não se viam as marcas das queimaduras.

– Sinto dores – queixou-se a descendente de Akhenaton.

– As suas feridas estão cicatrizando.

– Não minta, Dolente... Elas nunca desaparecerão.

– Engana-se, o nosso tratamento é eficaz.

– Peça a Ofir que pare com essa experiência... Não agüento mais!

– Graças ao seu sacrifício, venceremos Nefertari e Ramsés; mais um pouco de coragem, e a sua provação terminará.

Lita desistiu de convencer a irmã de Ramsés, tão fanática quanto o mago líbio. Apesar da sua aparente gentileza, Dolente só vivia para a sua vingança. Nela, o ódio sobrepusera-se a quaisquer outros sentimentos.

– Irei até o fim – prometeu a jovem médium.

– Eu tinha certeza! Descanse até que Ofir a leve para o laboratório. Nani vai trazer-lhe algo para comer.

Nani, a única criada autorizada a entrar no quarto de Lita, era a sua última chance. Quando a criada trouxe uma tigela de madeira com purê de figos e pedaços de carne de vaca assados, a médium agarrou-lhe o cinto do vestido.

– Ajude-me, Nani!

– O que quer?

– Sair daqui! Fugir!

A criada mostrou-se pouco entusiasmada.

– É perigoso.

– Abra a porta que dá para a rua.

– Estou arriscando o meu lugar.

– Ajude-me, suplico-lhe!

– Quanto me pagará?

Lita mentiu.

– Os meus partidários possuem ouro... Serei generosa.

– Ofir é rancoroso.

– Os adeptos de Aton nos protegerão, a você e a mim.

– Quero uma *villa* e um rebanho de vacas leiteiras.

– Você os terá.

Ambiciosa, Nani já extorquira uma bela recompensa quando entregara ao mago o xale de Nefertari, mas o que Lita lhe prometia ultrapassava os limites.

– Quando quer partir?

– Ao cair da noite.

– Vou tentar.

– Tem que conseguir! A sua fortuna depende disso, Nani.

– É realmente muito perigoso... Também quero vinte peças de tecido de primeira qualidade.

– Tem a minha palavra.

Desde o início da manhã Lita estava obcecada por uma visão: uma mulher de sublime beleza, sorridente, radiosa, andando ao longo do Nilo e estendendo a mão para um homem alto e atlético. A médium sabia que o feitiço de Ofir falhara e que o mago líbio a estava torturando em vão.

SERRAMANNA E SEUS HOMENS revistavam o bairro situado atrás da escola de medicina e interrogavam todos os moradores. O sardo mostrava-lhes um desenho do rosto de Nani e os ameaçava com terríveis punições se mentissem. Precaução desnecessária, porque a simples visão do gigante provocava todo tipo de confissões, infelizmente todas inúteis.

Mas o ex-pirata era obstinado e, graças ao seu faro, sentia que a presa não estava longe. Quando lhe trouxeram um vendedor ambulante de mãozinhas gorduchas, Serramanna sentiu uma contração na boca do estômago, prenúncio de um momento decisivo.

O sardo brandiu o desenho.

– Conhece esta mulher?

– Vi-a aqui no bairro... É uma criada. Já não está aqui há muito tempo.

– Em que *villa* trabalha?

– Numa das maiores, perto do poço velho.

Cem guardas cercaram imediatamente as casas suspeitas; ninguém podia escapar da armadilha.

O mago culpado da tentativa de assassinato da rainha do Egito não escaparia de Serramanna.

47

O sol se punha no horizonte.

Lita já não tinha muito tempo para fugir antes de o mago Ofir fechá-la em seu laboratório. Por que Nani estava demorando tanto?

O rosto de uma bela mulher, feliz e radioso, continuava a assediar a médium. O rosto da rainha do Egito. Lita sentia ter uma dívida com ela, uma dívida que deveria pagar antes de recuperar a liberdade.

A jovem loura deslocava-se sem fazer ruído pela casa silenciosa. Ofir, como de hábito, consultava os seus escritos. Cansada, Dolente dormia.

Lita ergueu a tampa de um cofre de madeira onde se encontrava o último pedaço do xale de Nefertari. Mais uma ou duas sessões e estaria completamente calcinado. Lita tentou rasgá-lo, mas as fibras eram muito resistentes, e ela estava sem forças.

Na cozinha, um ruído.

Lita escondeu o pedaço de tecido numa manga do vestido, que imediatamente lhe queimou a pele.

– É você, Nani?

– Está pronta?

– Estou... Só um instante.

– Seja rápida.

Lita colocou o restante do xale sobre a chama de uma lâmpada de óleo.

Um crepitar, seguido de uma última voluta de fumaça negra, completou a anulação do feitiço destinado a destruir as defesas mágicas do casal real.

– Como é belo, como é belo!

Lita ergueu os braços para o céu, invocando Aton, que lhe daria uma vida nova.

– Vamos partir logo – exigiu Nani, que roubara todas as placas de cobre que conseguira encontrar na casa. As duas mulheres correram para a porta dos fundos, que dava para uma ruela.

Foi quando Nani esbarrou em Ofir, imóvel, de braços cruzados.

– Aonde vai?

Nani recuou. Atrás dela estava Lita, apavorada.

– Lita... O que faz ela aqui com você?

– Ela... ela está doente – respondeu Nani.

– Estavam tentando fugir?

– Foi ela, foi Lita quem me obrigou...

– O que ela lhe revelou, Nani?

– Nada, absolutamente nada!

– Está mentindo, menina.

Os dedos de Ofir enlaçaram o pescoço da criada. Apertaram com tanta força que os seus protestos permaneceram no fundo da garganta, e o ar lhe faltou. Nani tentou libertar-se em vão, pois não conseguia afrouxar as mãos fortes que a prendiam. Com os olhos congestionados, morreu sufocada e caiu sobre a bainha do manto do mago, que afastou o cadáver com a ponta do pé.

– Lita... O que se passa com você, minha filha?

Próximo a um lampião de óleo, Ofir descobriu os restos de um pedaço de tecido carbonizado.

– Lita! Que loucura fez?

O mago agarrou o cabo de uma faca de cortar carne.

– Ousou destruir o xale de Nefertari, ousou arruinar o nosso trabalho!

A jovem tentou fugir, mas esbarrou em outro lampião a óleo e perdeu o equilíbrio; rápido como um raio, o mago caiu sobre ela e agarrou-lhe os cabelos.

– Traiu-me, Lita; não posso mais ter confiança em você. Amanhã voltaria a trair-me.

– Você é um monstro!

– É pena... Você era uma excelente médium.

Ajoelhada, Lita suplicou:

– Aton cria a vida e repele a morte, ele...

– Eu quero lá saber de Aton, minha pequena imbecil!

 Por sua causa, o meu plano falhou.

Com mão firme, Ofir cortou-lhe a garganta.

Com a cabeleira em desordem e o rosto crispado, Dolente irrompeu no compartimento.

– Há guardas na rua... Oh, Lita! Lita...

– Enlouqueceu e agrediu-me com uma faca – explicou Ofir. – Fui obrigado a defender-me e matei-a sem querer. Guardas, você disse?

– Ouvi-os pela janela do meu quarto.

– Abandonemos esta casa.

Ofir arrastou Dolente para um alçapão disfarçado sob um tapete que dava acesso a um corredor, que, por sua vez, desembocava num armazém. Nem Lita nem Nani falariam.

– SÓ FALTA UMA *VILLA* – disse um guarda a Serramanna. – Batemos, mas ninguém responde.

– Arrombemos a porta!

– É ilegal!

– Motivo de força maior.

– Seria preciso avisar o proprietário e pedir a sua autorização.

– A autorização sou eu!

– Preciso de um mandado. Não quero aborrecimentos.

Serramanna perdeu uma hora para regularizar a situação, de acordo com as exigências da guarda de Mênfis. Por fim, quatro homens fortes rebentaram os ferrolhos e entraram na *villa*.

O sardo foi o primeiro a descobrir o cadáver de uma mulher loura e depois o da criada Nani.

– Um verdadeiro massacre – murmurou um guarda, perturbado.

– Dois crimes executados a sangue-frio – observou o sardo. – Revistem tudo.

O exame de laboratório provou que se tratava realmente do esconderijo do mago. Embora tivesse chegado tarde demais, Serramanna tranqüilizou-se com uma pequena descoberta: restos de tecido carbonizados, sem dúvida os do xale da rainha.

Ramsés e Nefertari fizeram a sua entrada numa capital sobregarregada, menos sorridente do que o habitual. A atmosfera estava impregnada de disciplina militar, e a produção de armas e de carros de guerra era o objetivo principal da maior parte da população. Antes dedicada ao prazer de viver, a cidade agora transformara-se numa trepidante e ansiosa máquina de guerra.

O casal real dirigiu-se imediatamente ao encontro de Touya, que consultava um relatório da fundição.

– Os hititas anunciaram oficialmente sua hostilidade?

– Não, meu filho, mas tenho certeza de que este silêncio não oculta nada de bom. Nefertari... Está curada?

– A enfermidade agora não passa de uma má recordação.

– Este interregno esgotou-me... Já não tenho forças para governar este imenso país. Fale à corte e ao exército, eles precisam do seu entusiasmo.

Ramsés conversou longamente com Ameni e depois recebeu Serramanna, que havia regressado de Mênfis. O que ele lhe contou parecia afastar de forma definitiva a ameaça da magia que pusera em perigo o casal real; no entanto, o monarca pediu ao sardo que continuasse o seu inquérito e identificasse o verdadeiro proprietário da sinistra *villa*. E quem era a jovem loura, cuja garganta fora cortada violentamente?

O faraó tinha outras preocupações. Acumulavam-se no seu gabinete relatórios alarmantes provenientes de Canaã e Amurru; os comandantes das fortalezas egípcias não relatavam qualquer incidente sério, mas faziam referência a insistentes boatos relativos a grandes manobras do exército hitita.

Infelizmente, Acha ainda não mandara qualquer relatório, por menor que fosse, o que teria auxiliado Ramsés a enxergar tudo mais claramente. Do local onde se daria o confronto com os hititas dependeria o desfecho do conflito. Sem informações precisas, o rei hesitava entre o reforço das linhas de defesa e o lançamento de uma ofensiva que o levaria a travar a batalha mais ao norte. Neste último caso, competia-lhe tomar a iniciativa; mas deveria obedecer ao instinto e correr semelhante risco?

A presença do casal real dava confiança e energia às forças armadas, do general ao simples soldado. Tendo vencido um inimigo invisível, não conseguiria Ramsés triunfar sobre os bárbaros hititas? Vendo acumularem-se armas novas, os militares tomavam consciência do seu potencial e receavam menos agora um choque frontal com o adversário. Na presença da elite da cavalaria, o próprio Ramsés experimentara vários carros de guerra, leves, fáceis de manejar e bastante velozes. Graças ao talento dos carpinteiros, pequenos detalhes técnicos haviam sido melhorados. As armas defensivas – escudos e couraças – eram igualmente alvo da atenção do soberano, pois salvariam muitas vidas.

Retomando as suas múltiplas atividades, a rainha tranqüilizara a corte. Aqueles que já tinham enterrado Nefertari não deixavam de felicitá-la por sua coragem e de assegurar-lhe que resistir a tão dura prova era uma garantia de longevidade.

A grande esposa real permanecia indiferente a todas as bisbilhotices. Preocupava-se, sim, com a produção intensiva do vestuário para os soldados e resolvia os mil e um detalhes relativos ao bem-estar econômico do país, baseando-se nos relatórios minuciosos de Ameni.

CHENAR SAUDOU O IRMÃO.

– Engordou – observou Ramsés.

– Não é por falta de atividade – protestou o ministro das Relações Exteriores. – Não me dou bem com a angústia. Esses rumores de guerra, essa soldadesca onipresente... É esse o Egito?

– Os hititas não tardarão a atacar-nos, Chenar.

– Sem dúvida, deve ter razão, mas o meu ministério não dispõe de nenhum fato preciso para fundamentar esse receio. Não continua a receber cartas amáveis de Muwattali?

– Apenas logros.

– Se preservarmos a paz, milhares de vidas serão poupadas.

– Acha que não é esse o meu desejo mais profundo?

– A moderação e a prudência não são as melhores conselheiras?

– Estará querendo defender a passividade, Chenar?

– Certamente que não, mas receio uma iniciativa perigosa por parte de algum general ávido de glória.

– Descanse, meu irmão, pois tenho o exército sob controle; não se verificará qualquer incidente desse gênero.

– Sinto-me feliz por ouvi-lo dizer isso.

– Está satisfeito com os serviços de Meba, seu novo auxiliar?

– Está tão contente por ter reencontrado um trabalho no ministério que se comporta como um principiante dócil e zeloso. Não lamento tê-lo arrancado à sua ociosidade; às vezes é preciso dar oportunidade a um bom profissional.

 Não é a generosidade a mais bela das virtudes?

48

Chenar fechou-se no seu gabinete com Meba. O seu distinto adjunto tivera o cuidado de trazer papiros para fingir que se tratava de uma habitual sessão de trabalho.

– Estive com o rei – informou Chenar. – Ainda está hesitante sobre qual atitude tomar, por causa da falta de informações fidedignas.

– Excelente! – exclamou Meba.

Chenar não podia confessar ao seu cúmplice que o silêncio de Acha o surpreendia; por que razão o jovem diplomata não lhe prestava contas de sua ação, o que seria essencial para precipitar a derrota de Ramsés? Com certeza havia-lhe acontecido alguma desgraça. Em virtude dessa inquietante timidez, o próprio Chenar sentia falta de pontos de referência.

– Como é que estamos, Meba?

– A nossa rede de espionagem recebeu ordem para não tomar mais nenhuma iniciativa, apenas aguardar. Em outras palavras, aproxima-se a hora. Seja o que for que o faraó decida, não tem qualquer chance de vencer.

– De onde vem essa certeza?

– Tenho certeza de que a força hitita dará o seu máximo. Cada hora que passa o coloca mais próximo do poder supremo. Não seria conveniente aproveitar este período para desenvolver a sua rede de amizades nas diversas administrações?

– O maldito Ameni tem olhos por todo lado... É preciso prudência.

– Encara uma solução... radical?

– É cedo demais, Meba. O ódio do meu irmão seria terrível.

– Não esqueça o meu conselho: as semanas vão correr depressa, e você precisa estar pronto para reinar, com a concordância dos nossos amigos hititas.

– Há muito tempo que espero por esse momento... Fique descansado, estarei preparado.

DESORIENTADA, DOLENTE acompanhara o mago Ofir. A morte horrível da loura Lita, a guarda do faraó, aquela fuga precipitada... Perdera a capacidade de raciocinar, não sabia para onde ir. Quando Ofir lhe pedira para se apresentar como sua esposa e continuar a luta para restaurar a religião de Aton, o deus único, Dolente aceitara com entusiasmo.

Os dois evitaram o porto de Mênfis, patrulhado pela guarda, e compraram um burro. Vestidos como camponeses, Ofir, que cortara a barba, e a irmã de Ramsés, sem qualquer maquiagem, haviam tomado a direção sul. O mago sabia que seriam procurados no norte de Mênfis e para os lados da fronteira, e que tinham poucas chances de escapar das barreiras montadas nas estradas ou da guarda fluvial, a menos que se comportassem de forma imprevisível.

Não seria conveniente pedir asilo aos fervorosos partidários de Akhenaton (o rei herético), a maior parte dos quais tinha se reagrupado no Médio Egito, perto da sua capital, a cidade do sol,* deixada ao abandono? Ofir não lamentava ter representado uma comédia que, nesse momento, se revelava muito útil. Fazendo Dolente acreditar que a sua razão de viver era o amor ao deus único, Ofir mantinha uma aliada incondicional e se beneficiaria de um abrigo seguro no meio de um círculo de iluminados, até que os hititas invadissem o Egito.

---

*Akhet-Aton, "o país luminoso do disco solar".

Por sorte, antes de escaparem às pressas, Ofir recebera uma mensagem fundamental, cujo conteúdo transmitira a Meba: o plano concebido por Muwattali estava em vias de execução. Bastava apenas aguardar o confronto final.

Logo que fosse anunciada a morte de Ramsés, Chenar afastaria Nefertari e Touya, e depois subiria ao trono para receber condignamente os hititas. O que Chenar não sabia era que Muwattali não tinha o hábito de dividir o poder. O irmão mais velho de Ramsés não teria mais do que um reinado passageiro, e as Duas Terras se transformariam no celeiro de trigo dos hititas.

Descontraído, Ofir saboreou a beleza tranqüila do campo egípcio.

LEVANDO EM CONSIDERAÇÃO a sua posição e suas qualidades, Acha não fora encarcerado numa das masmorras escuras e úmidas da cidade baixa, onde a duração média de vida não ultrapassava um ano, mas sim num calabouço de pedra talhada da cidade alta, reservado aos prisioneiros de elite. A comida era péssima e o leito medíocre, mas o jovem diplomata suportava-os e mantinha sua boa condição física por meio de algumas séries de exercícios cotidianos.

Não fora submetido a nenhum interrogatório desde que fora preso, mas sua detenção poderia terminar com uma execução sumária.

Finalmente a porta da cela abriu-se.

– Como está passando? – perguntou Raia.

– Bem.

– Os deuses lhe foram desfavoráveis, Acha; sem mim, teria escapado.

– Não estava fugindo.

– É difícil negar os fatos!

– A aparência é por vezes enganadora.

– Você é Acha, o amigo de infância de Ramsés! Eu o vi em Mênfis e em Pi-Ramsés e cheguei mesmo a vender alguns vasos raros à sua família. O rei lhe confiou uma missão de espionagem particularmente audaciosa, e não lhe faltou coragem nem habilidade.

– Engana-se num ponto essencial. Ramsés confiou-me efetivamente essa missão, mas sirvo a outro senhor. Seria a ele e não a Ramsés que eu transmitiria os verdadeiros resultados das minhas investigações.

– A quem está querendo se referir?

– Ao irmão mais velho de Ramsés, Chenar, o futuro faraó do Egito.

Raia coçou a barbicha, pondo em desalinho a perfeita ordem dos pêlos que o barbeiro cortara com arte. Então Acha seria aliado dos hititas... Não, um detalhe decisivo desmentia as suas afirmações.

– Nesse caso, por que estava usando roupas de oleiro?

O jovem diplomata sorriu.

– Como se você não soubesse!

– Explique-se.

– É verdade que é Muwattali quem reina, mas em que facção se apóia e qual é o tamanho real de seu poder? O filho e o irmão brigam entre si, ou a guerra de sucessão já está decidida?

– Cale-se!

– Eis as perguntas essenciais às quais eu devia responder... Compreende agora a razão do meu anonimato? A propósito... Não poderia você fornecer-me as respostas?

Perturbado, Raia saiu, batendo a porta da cela.

Talvez Acha tivesse feito mal em provocar o sírio, mas, ao revelar o seu segredo, esperava estar salvo.

EM TRAJE DE GALA, o imperador Muwattali saiu do seu palácio sob a proteção de uma escolta que o ocultava da vista dos que passavam e o punha ao abrigo de algum arqueiro emboscado no telhado de um edifício. Graças aos pregões dos arautos, todos sabiam que o senhor do Hatti devia deslocar-se ao grande templo da cidade baixa para implorar os favores do deus da tempestade.

Não havia forma mais solene de colocar o Hatti em estado de guerra e mobilizar as suas energias para um triunfo final.

Da sua cela, Acha ouviu os clamores que saudavam a passagem do imperador. Também compreendeu que tinha sido tomada uma decisão capital.

O conjunto das divindades hititas estava sob a autoridade do deus da tempestade. Os sacerdotes lavaram as estátuas, de forma a evitar a fúria do céu. Nenhum hitita deveria mais formular qualquer dúvida ou crítica; chegara o momento da ação.

A sacerdotisa Putuhepa pronunciou as palavras que transformavam as deusas da fecundidade em temíveis guerreiras. A seguir, espetou num porco sete pregos de ferro, sete de bronze e sete de cobre, a fim de que o futuro realizasse os votos do imperador.

Durante a recitação das litanias, o olhar de Muwattali deteve-se no filho, Uri-Techup, com capacete e couraça, louco de alegria com a idéia de guerrear e massacrar o adversário. Hattusil permanecia calmo e enigmático.

Os dois tinham pouco a pouco eliminado os seus concorrentes, e formavam, com Putuhepa, o pequeno círculo próximo do imperador. Mas Uri-Techup detestava Hattusil e Putuhepa, que lhe pagavam na mesma moeda.

A guerra contra o Egito permitiria a Muwattali resolver os conflitos internos, expandir o seu território e afirmar sua soberania sobre o Oriente e a Ásia, antes de pensar em outras regiões – não era ele que gozava dos favores celestes?

Terminada a cerimônia, o imperador convidou generais e oficiais superiores para um banquete, que começou com a oferenda de quatro porções de alimento; o copeiro do palácio depositou a primeira no trono real, a segunda perto da lareira, a terceira sobre a mesa de honra e a quarta na soleira da sala de refeições. Depois, os convivas empanturraram-se e embebedaram-se como se aquela fosse a sua última refeição.

Quando Muwattali se levantou, cessaram os risos e as conversas. Até os mais exaltados compuseram um ar de dignidade.

Apenas um acontecimento, um só, podia ainda atrasar o conflito.

O imperador e seu séquito saíram da capital por uma das portas da cidade alta – a das Esfinges –, dirigindo-se para uma colina rochosa; Muwattali, Uri-Techup e Putuhepa subiram até o seu topo.

Permaneceram imóveis, com os olhos fixos nas nuvens.

– Ei-los! – exclamou Uri-Techup.

O filho do imperador retesou o seu arco e apontou para um dos abutres que sobrevoavam a capital. A flecha trespassou em cheio o pescoço da ave.

Um oficial trouxe a ave ao general chefe, que lhe abriu o peito com uma faca e, com as duas mãos, retirou as entranhas fumegantes.

– Decifre-as – pediu Muwattali a Putuhepa – e diga-nos se o destino nos é favorável.

Apesar de incomodada pelo cheiro, a sacerdotisa cumpriu o seu ofício ao examinar a disposição das entranhas do abutre.

– Favorável.

O grito de guerra de Uri-Techup fez tremer todas as montanhas da Anatólia.

49

O grande conselho do faraó, ao qual tinham sido associadas numerosas personalidades da corte, anunciava-se agitado. Os ministros estavam mal-humorados, os altos funcionários lamentavam a ausência de diretivas claras, os áugures previam um desastre militar. A barreira formada por Ameni e seus serviços já não bastava para proteger Ramsés, de quem todos esperavam explicações.

Quando o faraó se sentou no trono, a sala de audiências estava repleta. Competia ao decano dos dignitários levantar as questões que tinha coligido, a fim de que não se desencadeasse nenhum burburinho e que a dignidade milenar da instituição faraônica fosse preservada. Os bárbaros discutiam, gritavam e cortavam-se mutuamente a conversa; ao contrário, na corte do Egito, cada um tomava a palavra na sua vez, ouvindo-se uns aos outros.

– Majestade – declarou o decano –, o país está inquieto e quer saber se a guerra com os hititas é iminente.

– É – respondeu Ramsés.

Um longo silêncio sucedeu-se à breve e aterradora revelação.

– É inevitável?

– Inevitável.

– O nosso exército está preparado para combater?

– Os artesãos têm trabalhado com entusiasmo e continuam os seus esforços; alguns meses suplementares teriam sido convenientes, mas não dispomos deles.

– Por que, Majestade?

– Porque o nosso exército tem de partir para o norte o mais rápido possível. O confronto acontecerá longe do Egito; como os nossos protetorados de Canaã e Amurru foram pacificados, vamos atravessá-los sem perigo.

– A quem nomeará general chefe?

– Eu mesmo assumirei o comando. Durante a minha ausência, a grande esposa real Nefertari governará as Duas Terras, assistida pela minha mãe, a rainha Touya.

O decano não continuou com outras perguntas; não havia mais qualquer interesse nelas.

HOMERO FUMAVA FOLHAS de sálvia comprimidas na grande concha de caracol que lhe servia de fornilho do cachimbo. Sentado embaixo de um limoeiro, saboreava o sol primaveril, cujo calor aliviava o seu reumatismo. A longa barba branca, perfumada pelo barbeiro, enobrecia-lhe o rosto burilado e cheio de rugas. Sobre os joelhos do poeta, Heitor, o gato preto rajado de branco, ronronava.

– Esperava vê-lo antes da sua partida, Majestade; é a grande guerra, não é verdade?

– Está em jogo a sobrevivência do Egito, Homero.

– "Graças aos cuidados dos homens – escrevi – pode-se ver crescer, mesmo num local solitário, uma magnífica oliveira cheia de seiva, regada por água em abundância e que os ventos fazem curvar, uma árvore que se cobre de flores brancas. Mas, de repente, sopra um tornado que a desenraíza e a deixa caída no solo."

 – E se a árvore conseguisse resistir à tempestade?

Homero ofereceu ao rei uma taça de vinho tinto com anis e coentro, e ele próprio bebeu um longo gole.

– Escreverei a sua epopéia, Ramsés.

– A sua obra vai lhe deixar algum tempo para isso?

– Dedico-me a cantar a guerra e as viagens, e gosto dos heróis. Vencedor, irei torná-lo imortal.

– E se eu for vencido?

– Imagine os hititas invadindo o meu jardim, cortando o meu limoeiro, quebrando a minha escrivaninha, assustando Heitor? Os deuses não poderiam tolerar tal desastre. Onde travará a batalha decisiva?

– É segredo militar, mas a você posso confiá-lo: será em Kadesh.

– A batalha de Kadesh... É um bom título. Muitas outras obras desaparecerão, pode crer, mas esta sobreviverá na memória da humanidade. Nela colocarei toda a minha arte. Um detalhe apenas, Majestade: gostaria de ver um final feliz.

– Tentarei não desiludi-lo.

AMENI SENTIA-SE DESAMPARADO. Tinha mil perguntas a fazer a Ramsés, cem dossiês para lhe mostrar, dez casos de consciência a submeter à sua apreciação... E só o faraó podia decidir. Pálido, com respiração acelerada e as mãos trêmulas, o secretário particular parecia no limite de suas forças.

– Devia descansar – aconselhou o rei.

– Mas... você vai partir! E durante quanto tempo? Estou me arriscando a cometer erros e a enfraquecer o reino.

– Tenho inteira confiança em você, Ameni, e a rainha o ajudará a tomar as decisões corretas.

– Diga-me a verdade, Majestade: tem alguma chance, só uma, de vencer os hititas?

– Conduziria os meus homens para o combate se já estivesse derrotado antes da luta?

– Consta que esses bárbaros são invencíveis.

– Quando o inimigo é identificado, torna-se possível vencê-lo. Cuide bem do nosso país, Ameni.

CHENAR SABOREAVA COSTELETAS de cabrito grelhadas, temperadas com salsa e aipo; considerando o sabor pouco estimulante, espalhou especiarias sobre a carne. O vinho tinto, de boa qualidade, pareceu-lhe medíocre. Chenar chamou o mordomo, mas foi um hóspede inesperado que entrou na sala de refeições.

– Ramsés! Quer partilhar a minha refeição?

– Sinceramente, não.

A secura do tom de voz cortou o apetite de Chenar, que achou preferível sair da mesa.

– Vamos para o abrigo da parreira?

– Como quiser.

Sentindo uma ligeira indigestão, Chenar sentou-se numa poltrona do jardim. Ramsés, em pé, contemplava o Nilo.

– Parece irritado, Majestade... É a iminência do conflito?

– Tenho outros motivos para estar descontente.

– E eles me dizem respeito?

– Sim, Chenar.

– Tem algum motivo de queixa sobre o meu trabalho no ministério?

– Sempre me detestou, não é verdade?

– Ramsés! Existiram motivos de discórdia entre nós, mas esse período já passou.

– Acha mesmo?

– Pode ter certeza!

– O seu único objetivo, Chenar, é tomar o poder, mesmo à custa da mais vil das traições.

Chenar sentiu-se como se tivesse recebido um soco no estômago.

– Quem me caluniou?

– Não dou ouvidos a mexericos. A minha opinião baseia-se em fatos.

– É impossível!

– Numa moradia de Mênfis, Serramanna descobriu dois cadáveres de mulher e o laboratório do mago que tentou enfeitiçar a rainha.

– E por que haveria de ser eu o implicado nesses abomináveis dramas?

– Porque essa moradia lhe pertence, embora tenha tomado a precaução de colocá-la em nome da nossa irmã. Os serviços de cadastro o confirmam.

– Tenho tantas casas, sobretudo em Mênfis, que nem sei o seu número exato! Como posso saber o que se passa em cada uma delas?

– Um de seus amigos não era um mercador sírio chamado Raia?

– Não se tratava de um amigo, mas de um fornecedor de vasos exóticos.

– Na realidade, um espião a serviço dos hititas.

– É... é terrível! Mas como eu podia saber? Ele convivia com centenas de personalidades!

– O seu sistema de defesa é hábil, mas sei que a sua desmedida ambição o levou a trair o seu país e a colaborar com os nossos inimigos. Os hititas precisavam de cúmplices dentro do nosso território, e o principal aliado deles foi você, o meu próprio irmão.

– Mas que loucura lhe atravessa a mente, Ramsés? Só um ser abjeto poderia comportar-se dessa forma!

– Você é esse ser abjeto, Chenar.

– Sente prazer em injuriar-me sem razão.

– Cometeu um erro fatal, Chenar, ao pensar que todos são corruptíveis. Não hesitou em abordar os que me rodeiam e os meus amigos de infância, mas ignorava que uma amizade pode ser tão sólida como o granito. Foi por isso que caiu na armadilha que eu lhe preparei.

O olhar de Chenar vacilou.

– Acha não me traiu, Chenar, e nunca trabalhou para você.

O irmão mais velho do rei agarrou-se aos braços da poltrona.

– O meu amigo Acha manteve-me a par dos seus projetos e do seu comportamento – continuou Ramsés. – Você é uma pessoa inteiramente má, Chenar, e não mudará.

– Eu... Eu tenho direito a um julgamento!

– É claro; você será julgado e condenado à morte por alta traição. Como estamos em tempo de guerra, ficará na prisão de Mênfis e depois no degredo de Khargeh, aguardando o processo. De acordo com a lei, o faraó deve julgar os inimigos internos antes de partir para a frente de batalha.

Uma contração deformou a boca de Chenar.

– Não se atreverá a matar-me porque sou seu irmão... Os hititas o vencerão. Quando estiver morto, será a mim que entregarão o poder!

– É salutar para um rei ter-se defrontado com o mal e conhecer o seu rosto. Graças a você, Chenar, serei o melhor guerreiro.

50

A camponesa hitita contara a Ramsés as peripécias vividas em companhia de Acha e a sua viagem para o Egito, onde, graças à mensagem do diplomata, havia sido bem acolhida e rapidamente conduzida à presença do faraó.

De acordo com as promessas de Acha, Ramsés deu à hitita um alojamento em Pi-Ramsés e uma renda vitalícia que lhe permitiria alimentar-se, vestir-se e pagar os serviços de uma criada. Cheia de reconhecimento, a camponesa teria gostado de poder informar ao monarca sobre o destino de Acha, mas não sabia o que lhe acontecera.

Ramsés rendeu-se à evidência: o seu amigo fora preso e, com certeza, executado. É certo que Acha poderia utilizar a sua última cartada: fazer crer que trabalhava para Chenar e, portanto, para os hititas. Mas ter-lhe-iam dado oportunidade de se exprimir e de convencê-los?

Qualquer que fosse a sua sorte, Acha cumprira da melhor forma a sua missão. A sua breve mensagem continha apenas três palavras, mas que levaram Ramsés a decidir entrar em guerra:

Kadesh. Depressa. Perigo.

Acha não escrevera mais nada, com medo de que a mensagem fosse interceptada; também não se abrira com a camponesa, com medo de ser traído. Mas as três palavras diziam o suficiente.

Quando Meba foi convocado pelo grande conselho, precipitou-se para sua casa de banho e vomitou. Teve que recorrer aos perfumes mais intensos, à base de rosas da Ásia, para disfarçar o mau hálito. Desde a prisão de Chenar, que deixara a corte em estado de choque, o adjunto do ex-ministro das Relações Exteriores esperava ser jogado na prisão. Fugir teria sido a prova de sua cumplicidade com Chenar, e Meba nem sequer podia avisar Ofir, que andava foragido.

A caminho do palácio, Meba tentou refletir. E se Ramsés não suspeitasse dele? Sabia-se que não era considerado amigo de Chenar, pois este lhe roubara o lugar de ministro, mantivera-o durante muito tempo afastado e o chamara para seu lado com a única e evidente intenção de humilhá-lo. Essa era a opinião da corte e talvez fosse também a do rei. Meba não surgia como uma vítima, à qual o destino fazia justiça castigando o seu perseguidor, Chenar?

Meba devia adotar um comportamento discreto e não reclamar o posto que ficara vago. A atitude correta consistia em manter a sua dignidade de alto funcionário, fazer com que o esquecessem e esperar o momento em que o destino se pronunciasse em favor de Ramsés... ou dos hititas. Neste último caso, saberia tirar proveito da situação.

A TOTALIDADE DOS GENERAIS e dos oficiais superiores estava presente no grande conselho. O faraó e a grande esposa real tomaram seus lugares no trono, lado a lado.

– Devido às informações que nos chegaram – afirmou Ramsés –, o Egito está declarando guerra ao Hatti. Sob o meu comando, nossas tropas tomarão o caminho do norte amanhã de manhã. Acabamos de enviar ao imperador Muwattali uma comunicação para lhe anunciar a abertura oficial da hostilidade. Que consigamos vencer as trevas e manter a presença da Regra de Maât na nossa terra.

O grande conselho, o mais breve desde o início do reinado de Ramsés, não deu seqüência a qualquer debate. Cortesãos e militares dispersaram-se em silêncio.

Serramanna passou por Meba sem vê-lo.

De regresso ao seu gabinete, o diplomata bebeu um jarro cheio de vinho branco dos oásis.

RAMSÉS BEIJOU OS FILHOS, Kha e Meritamon, que se lançaram numa louca correria acompanhados pelo cão do monarca, Vigilante. Sob a orientação de Nedjem, o jardineiro transformado em ministro da Agricultura, ambos aperfeiçoavam-se na prática dos hieróglifos e instruíam-se no jogo da serpente, onde era preciso evitar as casas das trevas para conseguir atingir o país da luz. Para o menino e para a menina, aquele dia seria semelhante aos outros; alegres, seguiram o meigo Nedjem, que se veria obrigado a ler-lhes uma história.

Sentados sobre a relva, Ramsés e Nefertari saborearam um momento de intimidade, contemplando as acácias, as romãzeiras, as tamargueiras, os salgueiros e as jujubeiras que dominavam os canteiros de lírios e esporas-bravas. O sol da primavera ressuscitava as energias ocultas da terra. O rei envergava apenas um saiote, e a rainha, um vestido curto de alças, deixando os seios à mostra.

– Como está suportando a traição do seu irmão?

– A sua lealdade é que me teria espantado. Espero ter cortado a cabeça do monstro, graças à coragem e perícia de Acha, mas ainda há zonas de sombras. Não encontramos o mago, e é provável que Chenar tenha outros aliados, egípcios ou estrangeiros. Seja muito prudente, Nefertari.

– Pensarei no reino e não em mim mesma, enquanto você porá em perigo a sua própria existência para defendê-lo.

– Ordenei a Serramanna que permaneça em Pi-Ramsés e garanta a sua proteção. Ele, que tanto desejava massacrar hititas, está furioso.

Nefertari pousou a cabeça no ombro de Ramsés, e seus cabelos soltos acariciaram os braços do rei.

– Mal saio do abismo, e é a sua vez de se expor ao perigo... Algum dia viveremos anos de paz e de felicidade, como o seu pai e a sua mãe?

– Talvez, desde que eu vença os hititas; não travar este combate conduziria o Egito ao desaparecimento. Se eu não regressar, Nefertari, torne-se rainha do Egito, governe e resista à adversidade. Muwattali transformou em escravos os povos que venceu. Que os habitantes das Duas Terras nunca sejam reduzidos a semelhante condição.

– Seja qual for o nosso destino, conhecemos a felicidade, essa felicidade que é criada a cada instante, volátil como o perfume ou o murmúrio do vento nas folhas de uma árvore. Sou sua, Ramsés, como uma onda no mar, como uma flor desabrochada num campo banhado de sol.

A alça esquerda do vestido de Nefertari escorregou-lhe do ombro. Os lábios do rei beijaram a pele quente e perfumada, enquanto ia acabando de desnudar lentamente o corpo lânguido da rainha.

Um bando de patos selvagens sobrevoou o jardim do palácio de Pi-Ramsés, enquanto Ramsés e Nefertari uniam-se no fogo do desejo.

POUCO ANTES DA MADRUGADA, Ramsés vestiu-se no "lugar puro" do templo de Amon e sacralizou os alimentos líquidos e sólidos que seriam utilizados durante a celebração dos rituais. Depois, o faraó saiu do lugar puro e contemplou o nascimento do sol, seu protetor, que a deusa do céu havia engolido no poente para fazê-lo renascer no levante, depois de um duro combate contra as forças das trevas. Não era o mesmo tipo de combate que o filho de Sethi se preparava para travar contra as hordas hititas? O astro ressuscitado surgiu entre as duas colinas do horizonte, sobre as quais, segundo as antigas lendas, cresciam duas imensas árvores de turquesa, que a seguir afastavam-se para deixar passar a luz.

Ramsés fez a oração que cada um dos seus predecessores havia pronunciado:

– Eu a saúdo, luz que nasce das águas primordiais, que aparece no dorso da terra, que ilumina as Duas Terras com a sua beleza; é a alma viva que chega à existência por si própria, sem que ninguém conheça a sua origem. Atravessa o céu sob a forma de um falcão de plumagem matizada e afasta o mal. A barca da noite está à sua direita, a barca do dia à sua esquerda, a tripulação da barca de luz está exultante.

Talvez Ramsés nunca mais transmitisse semelhante mensagem, se a morte o esperasse em Kadesh; mas outra voz lhe sucederia, e as palavras de luz não se perderiam.

Nas quatro casernas da capital procediam-se às últimas verificações antes da partida. Graças à presença permanente do monarca durante as semanas precedentes, o moral estava elevado, apesar da previsível violência do confronto. A qualidade e a quantidade do armamento também davam confiança aos mais inquietos.

Enquanto as tropas saíam das casernas em direção à porta principal da capital, Ramsés conduziu seu carro do templo de Amon ao de Seth, construído na parte mais antiga da cidade onde haviam se instalado, muitos séculos antes, os invasores hicsos. Para exorcizar a desgraça, os faraós mantiveram ali um santuário dedicado à força mais poderosa do universo. Sethi, o homem do deus Seth, conseguira dominá-la e transmitira o segredo ao filho.

Nesse dia Ramsés não vinha enfrentar o deus Seth, mas sim cumprir um ato de magia que consistia em identificá-lo com o deus da tempestade sírio e hitita, a fim de se apoderar da energia do raio e com ela ferir os seus inimigos.

O confronto foi rápido e intenso.

O olhar de Ramsés fixou-se nos olhos vermelhos da estátua configurando um homem de pé, cuja cabeça era representada por uma espécie de canídeo de focinho comprido e grandes orelhas.

A base tremeu, e as pernas do deus pareceram avançar.

– Seth, tu que és a potência, associa-me ao teu *ka*, e dá-me a tua força.

A luz que iluminava os olhos vermelhos serenou. Seth aceitara o pedido do faraó.

O sacerdote de Madiã e a filha estavam inquietos. Moisés, que levara o principal rebanho de carneiros da tribo para pastar, devia estar de regresso há dois dias. Solitário e orgulhoso, o genro do ancião meditava na montanha, evocava por vezes estranhas visões, mas recusava-se a responder às perguntas que a esposa lhe fazia e nem se lembrava de brincar com o filho, a quem dera o nome de "Exilado".

O sacerdote sabia que Moisés pensava constantemente no Egito, o prodigioso país onde nascera e onde desempenhara importantes funções.

– Voltará para lá? – perguntou-lhe a filha, preocupada.

– Não creio.

– Por que se refugiou em Madiã?

– Não sei e nem quero saber. Moisés é um homem honesto e trabalhador; o que mais posso exigir?

– O meu marido parece-me tão distante, tão secreto...

– Aceite-o assim, minha filha, e será feliz.

– Se ele voltar, meu pai.

– Confie e ocupe-se da criança.

Moisés regressou, mas seu rosto mudara. Estava sulcado de rugas, e os cabelos haviam embranquecido.

A mulher saltou-lhe ao pescoço.

– O que aconteceu, Moisés?

– Vi uma chama brotar de uma moita. Estava em brasas, mas não se consumia. Deus chamou-me do interior da moita. Revelou-me o Seu nome e me confiou uma missão. Deus é Aquele que é e devo obedecer-Lhe.

– Obedecer-lhe... Isso significa que vai nos deixar, a mim e ao seu filho?

– Cumprirei a minha missão, pois ninguém deve desobedecer a Deus. Os Seus mandamentos ultrapassam-nos, a você e a mim; quem somos nós, senão instrumentos a serviço da Sua vontade?

– Que missão é essa, Moisés?

– Saberá quando chegar o momento.

O hebreu isolou-se na sua tenda, rememorou o encontro com o anjo de Jeová, Deus de Abraão, de Isaac e de Jacó.

Gritos perturbaram a sua meditação. Um homem a cavalo acabava de irromper no acampamento e contava precipitadamente que um imenso exército, comandado pelo faraó em pessoa, partia para o norte a fim de enfrentar os hititas.

Moisés pensou em Ramsés, o seu amigo de infância, e na formidável energia que o animava. Naquele momento, desejou a sua vitória.

51

O exército hitita entrou em formação em frente às muralhas da capital. Do alto de uma das torres de vigia, a sacerdotisa Putuhepa viu alinharem-se os carros, depois os arqueiros e os soldados de infantaria. Com perfeita disciplina, encarnavam a invencível força do império, graças à qual o Egito de Ramsés seria em breve uma província dominada.

Como era de se esperar, Muwattali respondera à declaração de guerra de Ramsés com uma carta semelhante, redigida em termos protocolares.

Putuhepa teria preferido manter o marido a seu lado, mas o imperador exigira que Hattusil, o seu principal conselheiro, estivesse presente no campo de batalha.

O general chefe Uri-Techup avançou até os seus soldados com uma tocha na mão. Acendeu uma grande fogueira e aproximou do fogo um carro que nunca fora usado. Com uma maça, desmontou-o e queimou-lhe os pedaços.

– Assim será destruído qualquer soldado que recuar perante o inimigo; assim o deus da tempestade o aniquilará pelo fogo!

Com essa cerimônia mágica, Uri-Techup dava às suas tropas uma coesão que nenhum confronto, por mais violento que fosse, conseguiria enfraquecer.

O filho do imperador estendeu a sua espada para Muwattali, em sinal de submissão.

O carro imperial tomou a direção de Kadesh, que seria o cemitério do exército egípcio.

"VITÓRIA EM TEBAS" e "A deusa Mut está satisfeita", os dois soberbos cavalos de Ramsés, puxavam o carro real, à frente de um exército que englobava quatro divisões, cada uma com cinco mil homens colocados sob a proteção dos deuses Amon, Ra, Ptah e Seth. Os generais dessas divisões tinham sob as suas ordens chefes de grupo, tenentes e porta-estandartes. Quanto aos quinhentos carros, estavam divididos em cinco regimentos. As fardas dos soldados eram constituídas por túnicas, camisas, couraças, grevas de couro trabalhado, capacetes e pequenos machados de fio duplo, sem contar as numerosas armas, cuja distribuição, no momento certo, seria garantida pelos escribas da administração.

O escudeiro de Ramsés, Menna, era um soldado experiente que conhecia bem a Síria; não lhe agradava nada a presença de Matador, o enorme leão da Núbia, que avançava ao lado do carro do monarca com a juba ao sabor do vento.

Apesar dos avisos de Ramsés, Setaou e Lótus haviam insistido em dirigir a unidade médica, mesmo no auge da batalha. Como não conheciam a região de Kadesh, esperavam descobrir lá algumas serpentes insólitas.

O exército deixara a capital no fim do mês de abril do quinto ano do reinado de Ramsés. O tempo mostrara-se clemente, e nenhum incidente atrasara seu avanço. Depois de ter passado a fronteira em Silé, Ramsés seguira o caminho da costa, balizado com pontos de água protegidos por fortins, e atravessara depois Canaã e Amurru.

No lugar denominado "a morada do vale dos cedros", perto de Biblos, o rei ordenara a três mil homens, ali estacionados para fechar o acesso aos protetorados, que continuassem para o norte, até a zona de Kadesh, e chegassem ao local do combate pelo nordeste. Os generais haviam-se oposto a essa estratégia, argumentando que o exército auxiliar depararia com uma forte resistência e ficaria bloqueado na costa, mas Ramsés não lhes dera ouvidos.

O itinerário que o rei escolhera para atingir Kadesh atravessava a planície de Bekaa, depressão entre as cordilheiras do Líbano e do Anti-Líbano, cuja paisagem inquietante e rude impressionou os soldados egípcios. Alguns sabiam que os cursos d'água lodosos pululavam de crocodilos e que as montanhas cobertas de densas florestas eram o covil de ursos, hienas, gatos selvagens e lobos.

A folhagem dos ciprestes, pinheiros e cedros era tão densa que, durante a travessia de uma zona arborizada, os soldados deixaram de ver o sol e se assustaram. Interveio um general para deter o pânico nascente e convencer os soldados de que não iriam morrer sufocados.

A divisão de Amon seguia na frente, vindo logo atrás as de Ra e de Ptah; a divisão de Seth fechava a marcha. Um mês depois da partida, as tropas egípcias aproximaram-se da colossal fortaleza de Kadesh, construída na margem esquerda do Oronte, onde ia desembocar a planície de Bekaa. A praça forte marcava a fronteira do império hitita e servia de base aos comandos encarregados de desestabilizar as províncias de Amurru e Canaã.

O fim do mês de maio tornou-se chuvoso, e os soldados queixaram-se da umidade. Como a alimentação era abundante e de boa qualidade, os estômagos cheios fizeram-nos esquecer esse percalço.

A alguns quilômetros de Kadesh, logo antes da espessa e sombria floresta de Labwi, Ramsés mandou parar o seu exército. O lugar revelava-se propício a uma emboscada, os carros ficariam imóveis e a infantaria não poderia movimentar-se. Com a mensagem de Acha constantemente no espírito – "Kadesh. Depressa. Perigo." –, o rei evitou ceder à precipitação.

Autorizando apenas um acampamento provisório, sob a proteção de uma primeira linha de carros e de arqueiros, reuniu o seu conselho de guerra, ao qual assistiu Setaou, muito querido entre os soldados que ele curava das suas mil e uma pequenas enfermidades, com a ajuda de Lótus.

Ramsés chamou o escudeiro Menna.

– Abra o grande mapa.

– Estamos aqui – explicou Ramsés – na orla da floresta de Labwi, na margem leste do Oronte. À saída do bosque, existe um primeiro vau que nos permitirá atravessar o rio, fora do alcance dos arqueiros hititas posicionados nas torres da fortaleza. O segundo vau, mais ao norte, fica demasiado
 próximo. Passaremos a boa distância da praça forte e mon-

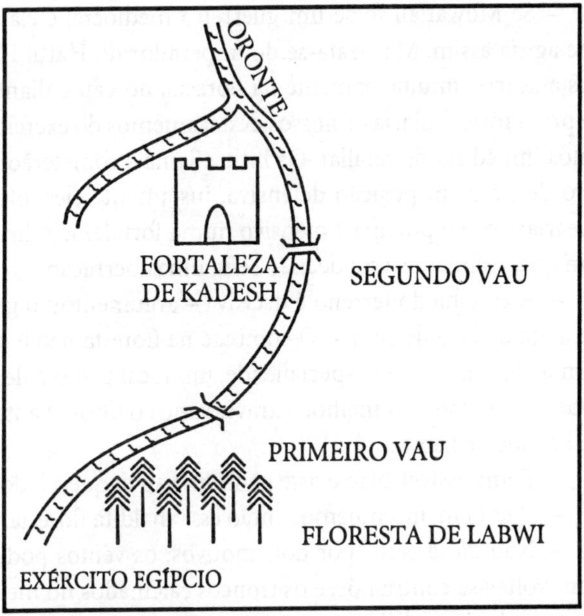

taremos nosso acampamento a nordeste para atacá-los pela retaguarda. Este plano lhes agrada?

Os generais não emitiram qualquer opinião.

Os olhos do rei faiscaram.

– Ficaram mudos?

– Aquela floresta é um tanto perturbadora – adiantou o general da divisão de Amon.

– Que bela perspicácia! Então vocês acham que os hititas nos deixarão passar o vau tranqüilamente, parar em frente da fortaleza e montar o nosso acampamento? Este é o plano que vocês, generais, querem me entregar, apenas esquecendo um detalhe: a presença do exército hitita!

– Os hititas ficariam presos na fortaleza, ao abrigo das suas muralhas – objetou o general da divisão de Ptah.

– Se Muwattali fosse um guerreiro medíocre, é claro que agiria assim. Mas trata-se do imperador do Hatti! Ele nos atacaria simultaneamente na floresta, no vau e diante da praça forte, isolaria os nossos destacamentos do exército e nos impediria de retaliar. Os hititas jamais cometerão o erro de ficar em posição defensiva; justamente eles, bloqueariam o seu potencial ofensivo numa fortaleza? Admitam que, realmente, essa decisão seria uma aberração!

– A escolha do terreno é decisiva – argumentou o general da divisão de Seth. – O combate na floresta não é de forma alguma a nossa especialidade; um local plano e descoberto nos conviria melhor. Atravessemos o Oronte antes do bosque de Labwi.

– É impossível. Não existe nenhum vau daquele lado.

– Pois bem, incendiemos então essa maldita floresta!

– Não daria certo por dois motivos: os ventos poderiam voltar-se contra nós, e os troncos calcinados no meio do caminho impediriam o nosso avanço.

– Teria sido preferível seguirmos pela costa – considerou o general da divisão de Ra, não hesitando em se contradizer – e atacarmos Kadesh pelo norte.

– Que estupidez! – exclamou o colega da divisão de Ptah. – Com o devido respeito a Vossa Majestade, o exército auxiliar não tem qualquer chance de realizar a sua junção conosco. Os hititas são desconfiados e devem ter colocado muitos soldados no desembocar do caminho da costa para repelir um eventual ataque. A melhor estratégia é, na realidade, aquela que adotamos.

– Com certeza! – ironizou o general da divisão de Seth. – Mas não temos possibilidade de avançar! Proponho que enviemos mil soldados pela floresta de Labwi e observemos a reação dos hititas.

– O que nos ensinarão mil soldados mortos? – perguntou Ramsés.

O general da divisão de Ra estava abatido.

– Então teremos de recuar antes de combater? Os hititas rirão de nós, e o prestígio de Vossa Majestade será gravemente atingido.

– E o que acontecerá ao meu bom nome se conduzir o meu exército para a destruição? É o Egito que precisamos salvar, não a minha própria glória.

– O que decide, então, Majestade?

Setaou, que ainda não falara, pediu a palavra.

– Como encantador de serpentes, gosto de atuar sozinho ou com a minha companheira. Se eu começasse a passear na companhia de um monte de soldados, não veria uma única cobra.

– Vá aos fatos – exigiu o general da divisão de Seth.

– Enviemos um pequeno grupo a essa floresta – propôs Setaou. – Se conseguirmos atravessá-la, determinaremos a posição das forças inimigas. Saberemos então como atacá-las.

O PRÓPRIO SETAOU encabeçou um comando formado por uma dezena de soldados jovens e bem treinados, armados com fisgas, arcos e punhais. Todos sabiam locomover-se sem fazer ruído.

Logo que penetraram a floresta de Labwi, onde reinava a sombra em pleno dia, dispersaram-se, levantando várias vezes os olhos para o topo das árvores a fim de detectar eventuais arqueiros posicionados nos ramos mais altos.

Com os sentidos em alerta, Setaou não captou qualquer presença hostil. Foi o primeiro a sair da floresta e a acocorar-se na densa vegetação, vindo os companheiros juntar-se a ele em seguida, surpreendidos por terem feito um passeio calmo.

O primeiro vau estava à vista.

Nenhum soldado hitita nas imediações.

Ao longe, a fortaleza de Kadesh, construída sobre uma elevação. Em frente da praça forte, uma planície deserta. Os egípcios entreolharam-se, estupefatos.

Incrédulos, permaneceram imóveis por mais de uma hora, sendo obrigados a render-se à evidência: o exército hitita não se encontrava em Kadesh.

– Ali! – exclamou Setaou, apontando para três castanheiros próximos do vau. – Alguém se mexeu!

Os membros do comando realizaram um rápido cerco. Um deles ficou de vigia; se os seus companheiros caíssem numa armadilha, bateria em retirada para prevenir Ramsés. Mas a operação decorreu sem problemas, e os egípcios capturaram dois homens que, a julgar por seu aspecto, eram chefes de clãs beduínos.

52

Os dois prisioneiros estavam aterrorizados.

Um era alto e magro; o outro, de estatura média, calvo e barbudo. Nem um nem o outro ousava erguer os olhos para o faraó do Egito.

– Seus nomes?

– Eu sou Amos – respondeu o calvo. – O meu amigo chama-se Baduch.

– Quem são vocês?

– Chefes de tribos beduínas.

– Como explica a sua presença nesta zona?

– Devíamos encontrar-nos com um dignitário hitita em Kadesh.

– Por que razão?

Amos mordeu os lábios, e Baduch baixou ainda mais a cabeça.

– Responda! – exigiu Ramsés.

– Os hititas nos propuseram uma aliança contra o Egito, no Sinai, para atacar as caravanas.

– E aceitaram?

– Não, queríamos discutir o assunto!

– Qual foi o resultado das negociações?

– Não houve negociações, Majestade, porque não há nenhum dignitário hitita em Kadesh. Na fortaleza só há sírios.

– Onde está o exército hitita?

– Abandonou Kadesh há mais de 15 dias. Segundo o comandante da praça forte, eles estacionaram em frente da cidade de Alep, a mais de 150 quilômetros daqui, para poderem manobrar as suas centenas de carros novos. O meu companheiro e eu hesitamos em iniciar essa viagem.

– Os hititas não nos esperavam aqui em Kadesh?

– Esperavam, sim, Majestade... Mas outros nômades informaram-lhes sobre a extensão das tropas egípcias. Não tinham previsto que Vossa Majestade dispusesse de uma força tão imponente e preferiram enfrentá-lo num terreno mais propício.

– Você e outros beduínos anunciaram então a nossa chegada!

– Imploramos o seu perdão, Majestade! Como tantos outros, eu acreditava na superioridade hitita... E bem sabe que esses bárbaros não nos deixam escolha: ou lhes obedecemos ou nos massacram.

– Quantos homens há na fortaleza?

– Pelo menos mil sírios, convencidos de que Kadesh é inconquistável.

FOI REUNIDO O CONSELHO de guerra. Aos olhos dos generais, Setaou tornara-se um personagem respeitável, digno de uma condecoração.

– O exército dos hititas recuou – declarou orgulhosamente o general da divisão de Ra. – Não é uma vitória, Majestade?

– Uma vantagem muito pequena. Levanta-se, porém, uma questão: devemos cercar Kadesh?

As opiniões dividiram-se, mas a maioria defendeu um avanço rápido na direção de Alep.

– Se os hititas desistiram de nos enfrentar aqui – considerou Setaou – foi para nos atrair para o seu terreno. Não seria mais prudente nos apoderarmos desta praça forte e fazer dela a nossa base recuada, em vez de lançarmos todas as nossas divisões na batalha e entrarmos assim no jogo do adversário?

– Arriscamo-nos a perder um tempo precioso – objetou o general da divisão de Amon.

– Não é essa a minha opinião; sabemos que o exército hitita não defende Kadesh, então vamos apoderar-nos dela rapidamente. Talvez consigamos convencer os sírios a render-se, e em troca lhes pouparemos a vida.

– Está decidido: cercaremos e tomaremos Kadesh. A partir de agora, esta região ficará sob a autoridade do faraó.

CONDUZIDA PELO REI, a divisão de Amon atravessou a floresta de Labwi, passou o primeiro vau e avançou pela planície, detendo-se a noroeste da imponente fortaleza de muralhas ameadas, com cinco torres ocupadas por sírios, que viram a divisão de Ra instalar-se em frente da praça forte. A divisão de Ptah acampou perto do vau, e a de Seth ficou na orla do bosque. No dia seguinte, depois de uma noite de repouso, as tropas egípcias se juntariam antes de cercar Kadesh e executar o seu primeiro assalto.

Homens engenhosos montaram com rapidez o acampamento do faraó. Depois de formarem um retângulo com escudos altos, montaram a ampla tenda do soberano, que dispunha de um quarto, um gabinete e uma sala de audiências. Um grande número de outras tendas, mais modestas, era destinado aos oficiais; os homens da tropa dormiriam ao ar livre ou, em caso de chuva, sob abrigos de pano. À entrada do acampamento, encontrava-se uma porta de madeira, com um leão de cada lado, que dava acesso a uma aléia central, onde havia uma capela, na qual o rei prestaria culto ao deus Amon.

Logo que um dos generais deu autorização para descansarem as armas, os soldados dedicaram-se às diversas ocupações previstas, de acordo com as seções a que pertenciam: trataram dos cavalos, dos burros e dos bois, lavaram os trajes, consertaram as rodas estragadas pelo solo irregular, afiaram os punhais e as lanças, distribuíram as rações e prepararam a refeição. O aroma da comida levou-os a esquecer Kadesh, os hititas e a guerra; a seguir, divertiram-se, contando histórias e apostando o soldo. Os mais eufóricos organizaram um concurso de luta livre.

O próprio Ramsés alimentou seus cavalos e Matador, seu fiel leão, cujo apetite continuava o mesmo. O acampamento adormeceu, as estrelas brilharam no céu, e o rei manteve os olhos fixos na enorme praça forte que o pai considerara conveniente não anexar. Apoderar-se dela desferiria um severo golpe no império hitita; instalando ali uma guarnição de elite, Ramsés protegeria o seu país de uma possível invasão.

O rei estendeu-se em seu leito, cujos pés eram em forma de patas de leão, e pousou a cabeça numa almofada de tecido decorada com papiros e lótus. A delicadeza da ornamentação o fez sorrir; como estava longe a doçura das Duas Terras!

Quando o rei fechou os olhos, surgiu o sublime rosto de Nefertari.

– DE PÉ, CHENAR.

– Sabe com quem está falando, carcereiro?

– Com um traidor que merece a morte.

– Sou o irmão mais velho do rei!

– Já não é nada, e o seu nome desaparecerá para sempre. Levante-se ou sentirá a queimadura do meu bastão.

– Não tem o direito de maltratar um prisioneiro.

– Um prisioneiro, não... Mas você sim!

Levando a ameaça a sério, Chenar levantou-se.

Na grande prisão de Mênfis não sofrera quaisquer sevícias. Ao contrário dos outros condenados, que executavam trabalhos nos campos ou reparavam os diques, o irmão mais velho do rei fora encerrado numa cela e alimentado duas vezes por dia.

O carcereiro empurrou-o para um corredor. Chenar julgou que seria levado num carro para os oásis, mas os corpulentos guardas o obrigaram a entrar num gabinete onde se encontrava o homem que ele mais odiava depois de Ramsés e Acha: Ameni, o escriba fiel, o incorruptível por excelência!

– Escolheu o caminho errado, Ameni, o dos vencidos; o seu triunfo será apenas momentâneo.

– Algum dia o ódio abandonará seu coração?

– Não antes de ter cravado um punhal no seu! Os hititas aniquilarão Ramsés e me libertarão.

– Estar preso o fez perder a razão, mas não a memória.

 Chenar contraiu-se.

– O que quer de mim, Ameni?

– Com certeza você tinha cúmplices.

– Cúmplices... Sim, tenho, e muitos! Toda a corte é cúmplice, o país inteiro é cúmplice! Quando eu subir ao trono, todos se prostrarão a meus pés e castigarei os meus inimigos.

– Diga-me o nome dos seus cúmplices, Chenar.

– Você é curioso, escribazinho, muito curioso... Não acredita que eu fosse suficientemente forte para agir sozinho?

– Você foi manipulado, Chenar, e os seus amigos o abandonaram.

– Engana-se, Ameni; Ramsés vive os seus últimos dias.

– Se falar, Chenar, as condições de sua prisão serão menos severas.

– Não ficarei prisioneiro durante muito tempo. Em seu lugar, escribazinho, eu fugiria! A minha vingança não poupará ninguém, principalmente você!

– Pela última vez, Chenar, concorda em revelar o nome dos seus cúmplices?

– Que os demônios do inferno dilacerem o seu rosto e rasguem a sua barriga!

– Os trabalhos forçados soltarão a sua língua.

– Rastejará a meus pés, Ameni.

– Levem-no.

Os guardas empurraram Chenar para uma carroça puxada por dois bois; um outro guarda segurava as rédeas. Quatro guardas a cavalo o acompanhariam até o degredo.

Chenar ia sentado em uma tábua e sentia cada solavanco do caminho. Mas a dor e o desconforto eram-lhe indiferentes; ter estado tão perto do poder supremo e cair tão baixo estimulavam o seu íntimo a um insaciável desejo de vingança.

Na metade do trajeto, Chenar adormeceu, sonhando com amanhãs triunfantes.

Grãos de areia açoitaram-lhe o rosto. Espantado, ajoelhou-se e olhou para fora.

Uma imensa e espessa nuvem ocre de poeira ocultava o céu e encobria o deserto. A tempestade desencadeava-se com uma incrível rapidez.

Assustados, dois dos cavalos fizeram cair os seus cavaleiros; enquanto os dois outros guardas tentavam socorrer os colegas, Chenar agrediu o condutor do carro, atirou-o para o chão, tomou o seu lugar e avançou direto para o turbilhão de areia.

53

A manhã estava enevoada, e a fortaleza de Kadesh ainda não saíra da neblina. A sua estrutura imponente continuava desafiando o exército egípcio; simultaneamente protegida pelo Oronte e pelas colinas arborizadas, a estrutura parecia inexpugnável. Do ponto em que o rei e a divisão de Amon haviam tomado posição, Ramsés via a divisão de Ra na planície que se estendia diante da praça forte, e a de Ptah entre a floresta de Labwi e o primeiro vau. Em breve ela o ultrapassaria, seguida pela divisão de Seth, e só então os quatro corpos do exército lançariam um assalto vitorioso contra a fortaleza.

Os soldados verificaram as armas – adagas, lanças, espadas, sabres curvos, maças, machados e arcos queimavam-lhes os dedos. Os cavalos estavam nervosos com a aproximação do combate. Por ordem do escriba da administração, fez-se a limpeza do acampamento, e os utensílios de cozinha foram lavados com água corrente. Os oficiais passaram as tropas em revista e mandaram ao barbeiro os que estavam mal barbeados. Também não toleraram aparências menos cuidadas e castigaram com vários dias de trabalhos suplementares os infratores.

Pouco antes do meio-dia, sob um sol finalmente quente e brilhante, Ramsés ordenou, por sinal visual, que se pusesse em movimento a divisão de Ptah, que rapidamente arrancou e começou a atravessar o vau. Prevenida por um mensageiro, a de Seth logo avançaria pela floresta de Labwi.

De repente, a trovoada.

Ramsés ergueu os olhos para o céu, mas não viu nenhuma nuvem.

Terríveis bramidos subiram da planície. Incrédulo, o faraó descobriu a verdadeira causa do ruído aterrador que enchia a zona de Kadesh.

Uma leva incrível de carros hititas acabava de atravessar o segundo vau próximo da fortaleza e se lançava sobre o flanco da divisão de Ra; outra leva, rápida e gigantesca, atacava a divisão de Ptah. Atrás dos carros corriam milhares de soldados de infantaria, cobrindo os montes e o vale como uma nuvem de gafanhotos.

Esse imenso exército escondera-se na floresta, a leste e a oeste da praça forte, e agora lançava-se sobre as tropas egípcias no momento em que elas estavam mais vulneráveis.

O número de inimigos espantou Ramsés. Quando surgiu Muwattali, o faraó compreendeu.

Ao redor do imperador do Hatti, que estava de pé em seu carro, encontravam-se os príncipes da Síria, de Mitanni, de Alep, de Ugarit, de Karkemish, de Arzawa e ainda os chefes de vários pequenos principados, que Hattusil, por ordem do imperador, convencera a juntar-se aos hititas para esmagar o exército egípcio.

Uma coligação... Muwattali reunira, na mais vasta aliança já realizada, todos os países bárbaros até a beira do mar, oferecendo-lhes enormes quantidades de ouro e prata.

Quarenta mil homens e 3.500 carros caíram sobre as forças egípcias, mal posicionadas e dominadas pelo espanto.

Centenas de soldados de infantaria da divisão de Ptah tombaram sob as flechas do exército inimigo, cujos carros voltaram e obstruíram o vau. Os sobreviventes correram para a floresta de Labwi para ali se refugiar, impedindo assim qualquer intervenção da divisão de Seth. Esta fração do exército egípcio não poderia participar do combate, sob pena de se tornar uma presa fácil para os arqueiros da coligação.

A quase totalidade dos carros da divisão de Ptah estava destruída, enquanto os da divisão de Seth permaneciam como que pregados ao chão. Na planície, a situação tornava-se catastrófica. Cortada ao meio, a divisão de Ra fora reduzida à impotência, e os seus homens debandavam. Os coligados massacravam os egípcios, o ferro de suas armas quebrava-lhes os ossos e trespassava-lhes as carnes, as lanças mergulhando-lhes nos flancos, os punhais perfurando-lhes os ventres.

OS PRÍNCIPES COLIGADOS aclamaram Muwattali.

A estratégia do imperador revelava-se de uma eficácia perfeita. Quem poderia supor que o arrogante exército de Ramsés fosse assim exterminado sem sequer ter combatido? Os sobreviventes fugiam como lebres assustadas e só estavam vivos devido à rapidez da sua corrida.

 Só faltava desferir o golpe final.

A divisão de Amon e o acampamento do faraó, ainda intactos, não resistiriam muito tempo às hordas ululantes que se precipitavam até eles. A vitória de Muwattali seria então total; com a morte de Ramsés, o Egito dos faraós curvaria finalmente a cabeça e se tornaria escravo do Hatti.

Ao contrário do pai, Ramsés caíra na armadilha de Kadesh e pagaria com a vida esse erro.

Um guerreiro desgrenhado empurrou dois príncipes e enfrentou o imperador.

– O que se passa, meu pai? – perguntou Uri-Techup. – Por que não fui avisado da hora da ofensiva, eu, o general chefe do nosso exército?

– Confiei-lhe um papel preciso: a defesa de Kadesh com os nossos batalhões de reserva.

– Mas a fortaleza não está em perigo!

– São as minhas ordens, Uri-Techup, e você está esquecendo um fator essencial: não lhe confiei o comando do exército coligado.

– Mas então quem...

– Quem, senão o meu irmão Hattusil, poderia desempenhar essa difícil função? Foi ele quem travou longas e pacientes negociações para convencer os nossos coligados a aceitarem um esforço de guerra excepcional e, portanto, era a ele que pertencia a honra de comandar a coligação.

Uri-Techup lançou um olhar cheio de ódio a Hattusil e levou a mão ao cabo da espada.

– Regresse ao seu posto, Uri-Techup – ordenou secamente Muwattali.

OS CAVALEIROS HITITAS derrubaram a muralha de escudos que protegia o acampamento do faraó. Os poucos soldados egípcios que tentaram resistir tombaram com o corpo trespassado por lanças. Um tenente de cavalaria berrou, incentivando os fugitivos a resistir; a flecha de um arqueiro hitita entrou-lhe pela boca, e o oficial morreu enquanto mordia inutilmente a haste que lhe tirava a vida.

Mais de dois mil carros preparavam-se para destruir a tenda real.

– Meu senhor – exclamou o escudeiro Menna –, vós que protegeis o Egito no dia do combate, vós que sois o senhor da valentia, olhai! Em breve estaremos sós no meio de milhares de inimigos! Não permaneçamos aqui... Fujamos!

Ramsés olhou com desprezo para o escudeiro.

– Estou vendo que a covardia se apoderou do seu coração, por isso desapareça da minha frente!

– Majestade, suplico-vos! Isso não é coragem, mas loucura. Salvai a vossa vida, o país tem necessidade de vós.

– O Egito não tem necessidade de um derrotado. Eu combaterei, Menna.

Ramsés colocou a coroa azul e envergou uma couraça curta, combinando com um saiote e um colete recoberto de pequenas placas de metal. Nos pulsos, pulseiras de ouro cujos fechos representavam patos em lápis-lazúli com caudas de ouro.

Tranqüilo, como se o dia se anunciasse sereno, o monarca couraçou os seus dois cavalos com coberturas de algodão em vermelho, azul e verde. A cabeça de "Vitória em Tebas", o macho, e a de "A deusa Mut está satisfeita", a fêmea, estavam adornadas com um magnífico penacho de plumas vermelhas com ponta azul.

Ramsés subiu em seu carro de madeira revestida de ouro, de 2 metros de comprimento, cuja caixa apoiava-se num eixo e num leme. As peças haviam sido dobradas ao fogo, cobertas com folhas de ouro e presas com cavilhas. As partes expostas à fricção estavam protegidas por couro.

A armação da caixa, aberta atrás, era feita de tábuas revestidas de ouro, e o fundo de tiras entrelaçadas.

Nas laterais do carro, figuras de asiáticos e núbios ajoelhados e submissos. Era o sonho de um reinado prestes a fracassar, a última afirmação simbólica do poderio do Egito, do seu domínio sobre o norte e o sul.

O carro estava equipado com duas aljavas – uma para as flechas e a outra para os arcos e as espadas. Com essas armas irrisórias, o faraó preparava-se para combater um exército inteiro.

Ramsés atou as rédeas ao redor da cintura para ter as mãos livres; os dois cavalos eram inteligentes e corajosos, e avançariam direto sobre a horda inimiga. Um rugido grave reconfortou o rei: Matador, o seu leão, permanecia-lhe fiel e lutaria com ele até a morte.

Um leão e uma parelha de cavalos: eis os três últimos aliados do rei do Egito. Os carros e os soldados da divisão de Amon dispersavam-se perante o inimigo.

"Se cometer um erro", dissera-lhe Sethi, "não acuse outro senão você mesmo e retifique o seu erro. Lute como um touro, um leão e um falcão, seja fulgurante como o raio. Caso contrário, será derrotado."

Com um ruído ensurdecedor, levantando uma nuvem de poeira, os carros dos coligados subiram para o assalto da colina sobre a qual imperava o faraó do Egito, de pé em seu carro.

Um profundo sentimento de injustiça invadira Ramsés. Por que o destino lhe era tão desfavorável? Por que devia o Egito perecer sob os golpes dos bárbaros?

Na planície, nada restava da divisão de Ra, cujos sobreviventes haviam fugido para o sul. As forças sobreviventes das divisões de Ptah e de Seth estavam bloqueadas na margem leste do Oronte. Quanto à divisão de Amon, que englobava, nas suas fileiras, a elite da cavalaria, comportara-se com uma covardia repugnante. Desmembrara-se durante o primeiro ataque dos coligados. Não havia mais nenhum oficial superior, nenhum portador de escudo, nenhum arqueiro pronto para combater. Qualquer que fosse o posto, os soldados tinham pensado apenas em salvar a vida, esquecendo o Egito. Menna, escudeiro do rei, estava de joelhos, com a cabeça entre as mãos, para não ver o inimigo cair sobre ele.

Cinco anos de reinado, cinco anos durante os quais Ramsés tentara ser fiel ao espírito de Sethi e assim continuar a edificação de um país rico e feliz; cinco anos que terminariam num desastre, prelúdio da invasão das Duas Terras e da escravização do povo egípcio. Nefertari e Touya ofereceriam apenas uma breve resistência à nuvem de predadores que cairiam sobre o Delta e depois devastariam o Vale do Nilo.

Como se entendessem os pensamentos do seu dono, os cavalos lacrimejaram.

Então Ramsés revoltou-se.

Erguendo os olhos para o sol, dirigiu-se a Amon, o deus oculto na luz, cuja verdadeira forma nenhum ser jamais conheceria.

– A ti apelo, meu pai Amon! Pode um pai esquecer o seu filho sozinho, no meio de uma multidão de adversários? O que está acontecendo para que te comportes assim? Desobedeci-te uma só vez? Todos os países estrangeiros se aliaram contra mim; os meus soldados, que eram numerosos, fugiram, e eis-me só, sem auxílio. Mas quem são esses bárbaros senão seres cruéis que não praticam a Regra de Maât? Para ti, meu pai, construí templos, para ti fiz erguer oferendas todos os dias. Saboreastes as essências das flores mais delicadas, erigi para ti grandes colunas, ergui mastros com auriflamas para anunciar a tua presença nos santuários, mandei extrair das pedreiras de Elefantina obeliscos que foram erguidos para a tua glória. A ti apelo, meu pai Amon, porque estou só, absolutamente só. Agi por ti com um coração apaixonado; neste momento de desgraça, age por aquele que te foi fiel. Amon valerá mais para mim do que milhões de soldados e centenas de milhares de carros. A coragem de uma multidão é irrisória para ti, Amon, porque és mais eficaz do que um exército.

A paliçada que protegia o acesso ao centro do acampamento cedeu, deixando o caminho livre para o ataque dos carros. Em menos de um minuto, Ramsés deixaria de existir.

– Meu pai – clamou o faraó –, por que me abandonaste?

54

Muwattali, Hattusil e os príncipes coligados admiraram a atitude do faraó.

– Morrerá como um guerreiro – disse o imperador. – Um soberano desta têmpera deveria ter nascido hitita. A nossa vitória é, antes de tudo, a sua, Hattusil.

– Os dois beduínos representaram o seu papel com perfeição. Foram as suas mentiras que convenceram Ramsés de que as nossas tropas estavam longe de Kadesh.

– Uri-Techup fez mal em opor-se ao seu plano e preconizar uma batalha em frente à praça forte. Levarei em consideração o seu erro.

– O essencial não é ver triunfar a aliança? A conquista do Egito nos proporcionará prosperidade durante vários séculos.

– Assistamos ao fim de Ramsés, traído pelas suas próprias tropas.

Subitamente o sol redobrou de intensidade, ofuscando os hititas e seus coligados. No céu azul, os trovões ribombavam.

Todos se julgaram vítimas de uma alucinação... Não brotava do azul uma voz profunda como o cosmos? Uma voz de quem apenas Ramsés compreendeu a mensagem: "Sou o teu pai Amon, a minha mão está na tua; sou o teu pai, eu, o senhor da vitória."

Um raio de luz envolveu o faraó, tornando o seu corpo refulgente como ouro iluminado pelo sol. Ramsés, filho de Ra, adquiriu a força do astro do dia e lançou-se sobre a massa inimiga, estupefata.

Não era um chefe vencido e solitário que travava o seu último combate, mas um rei de força sem igual e braço incansável, uma chama devastadora, uma estrela cintilante, um vento violento, um touro selvagem de chifres afiados, um falcão que dilacerava com as suas garras quem opusesse. Ramsés lançava flecha sobre flecha, matando os condutores dos carros hititas. Sem ter quem os controlasse, os cavalos empinavam e caíam uns sobre os outros; os carros voltaram-se, formando um amontoado confuso.

Matador, o leão núbio, fez um massacre. Lançando os seus 300 quilos na batalha, destroçou todos os adversários com as unhas e cravou nos pescoços e cabeças os longos caninos de 10 centímetros. A sua soberba juba flamejava, e as patas feriam com violenta precisão.

Ramsés e Matador quebraram o impulso adversário e furaram as linhas inimigas. O chefe dos soldados hititas brandiu a sua lança, mas não teve tempo de usá-la: a flecha do faraó penetrou-lhe o olho esquerdo. Ao mesmo tempo, as mandíbulas do leão fecharam-se sobre o rosto aterrorizado do chefe da cavalaria inimiga.

Apesar de estarem em maior número, os coligados bateram em retirada, descendo pela colina em direção à planície.

Muwattali empalideceu.

– Não é um homem – exclamou –, mas o deus Seth em pessoa, um ser único que possui o poder de vencer milhares de guerreiros! Vejam que, quando pretendemos atacá-lo, a mão torna-se fraca, o corpo paralisa e não sabemos mais manejar a lança e o arco.

O próprio Hattusil, de imperturbável sangue-frio, estava impressionado. Quase poderia jurar que brotava de Ramsés um fogo que queimava quem tentasse atingi-lo.

Um colosso hitita conseguiu agarrar-lhe a borda da caixa do carro e brandir uma adaga, mas a sua cota de malha pareceu ficar em brasas, e ele morreu aos gritos, com o corpo em chamas. Nem Ramsés nem o leão abrandavam a velocidade com que avançavam; o faraó sentia que a mão de Amon guiava a sua, que o deus das vitórias se mantinha exatamente atrás dele e lhe dava mais força do que a um exército inteiro. Semelhante a uma tempestade, o rei do Egito derrubava os seus adversários como se fossem bonecos de palha.

– É preciso impedi-lo de continuar! – berrou Hattusil.

– O pânico dominou os nossos homens – respondeu o príncipe de Alep.

– Controle-os! – ordenou Muwattali.

– Ramsés é um deus...

– Não passa de um homem, mesmo que a sua coragem pareça sobre-humana. Aja, príncipe, restitua a confiança dos nossos soldados, e esta batalha estará terminada.

Hesitante, o príncipe de Alep esporeou o cavalo e desceu do promontório sobre o qual se encontrava o estado-maior coligado. Estava decidido a pôr fim à louca corrida de Ramsés e do seu leão.

Hattusil olhou as colinas a oeste. Aquilo que julgou ver petrificou-o.

– Majestade, lá, eu diria que... Carros egípcios a toda velocidade!

– De onde vêm?

– Devem ter seguido o caminho da costa.

– Mas como forçaram a passagem?

– Uri-Techup recusou-se a bloquear aquele acesso, sob o pretexto de que nenhum egípcio se arriscaria a vir por ali.

O exército de socorro devorou o espaço livre e, sem encontrar qualquer oposição, espalhou-se por toda a extensão da planície, penetrando pela brecha aberta por Ramsés.

– Não fujam! – berrou o príncipe de Alep. – Matem Ramsés!

Alguns soldados obedeceram; mas não tinham nem dado meia-volta, quando as garras do leão rasgaram-lhes o rosto e o peito.

Quando o príncipe de Alep viu o carro de ouro de Ramsés avançar em sua direção, esbugalhou os grandes olhos assustados e fugiu, por sua vez, ao combate. O seu cavalo pisoteou os seus aliados hititas para tentar escapar do rei egípcio. Em pânico, o príncipe largou as rédeas, o animal tomou o freio nos dentes e lançou-se no Oronte, onde inúmeros carros já haviam afundado, empilhando-se uns sobre os outros antes de desaparecerem embaixo d'água ou serem arrastados pela correnteza. Havia soldados sufocando na lama, uns afogando-se, outros tentando nadar; todos prefeririam mergulhar no rio a ter de enfrentar a terrível divindade semelhante ao fogo celeste.

O exército de socorro completou a obra de Ramsés, exterminando grande número de inimigos e obrigando os fugitivos a se lançarem no Oronte. Um tenente de cavalaria ergueu pelos pés o príncipe de Alep, que cuspiu a água que acabava de engolir.

O carro de Ramsés aproximou-se da elevação ocupada pelo estado-maior inimigo.

– Recuemos – aconselhou Hattusil ao imperador.

– Restam-nos as forças da margem oeste.

– Serão insuficientes... Ramsés é capaz de desobstruir o vau e libertar as divisões de Ptah e de Seth.

Com o dorso da mão, o imperador limpou a testa.

– O que se passa, Hattusil?... Um único homem é capaz de aniquilar um exército inteiro?

– Se esse homem é o faraó, se é Ramsés...

– A unidade que domina a multiplicidade... Isso não passa de um mito, e nós estamos num campo de batalha!

– Estamos vencidos, Majestade, temos que recuar.

– Um hitita não recua.

– Pensemos em preservar a sua existência e continuar o combate de outra forma.

– O que propõe?

– Que nos refugiemos no interior da fortaleza.

– Ali ficaremos presos numa ratoeira!

– Não temos opção – considerou Hattusil. – Se fugirmos para o norte, Ramsés e as suas tropas nos perseguirão.

– Façamos votos que Kadesh seja realmente inconquistável.

– Não é uma fortaleza como as outras, Majestade; o próprio Sethi desistiu de apoderar-se dela.

– Mas com o filho é diferente!

– Apressemo-nos, Majestade!

De má vontade, Muwattali ergueu a mão direita e manteve essa postura durante intermináveis segundos, ordenando, assim, a retirada.

Mordendo os lábios até sangrarem, Uri-Techup assistiu, impotente, à derrocada do seu exército. O batalhão que bloqueava o acesso ao primeiro vau, na margem leste do Oronte, recuou até o segundo. Os sobreviventes da divisão de Ptah não se atreveram a persegui-lo, temendo cair em nova cilada; o general preferiu garantir a sua retaguarda enviando um mensageiro à divisão de Seth, para informá-la de que o caminho estava livre e que podia atravessar a floresta de Labwi.

O príncipe de Alep, voltando a si, livrou-se do soldado que o salvara, atravessou o rio a nado e juntou-se aos seus coligados em marcha para Kadesh. Os arqueiros do exército de socorro egípcio abateram centenas de fugitivos.

Os egípcios avançavam sobre os cadáveres e cortavam a mão de cada um para proceder a uma estatística macabra cujo resultado figuraria nos arquivos oficiais.

Ninguém se atrevia a aproximar-se do faraó; Matador deitara-se em posição de esfinge na frente dos cavalos. Sujo de sangue, Ramsés desceu do carro dourado, acariciou demoradamente o leão e os cavalos, e não dirigiu um único olhar aos soldados, que pararam, aguardando a reação do monarca.

Menna foi o primeiro a aproximar-se do rei. O escudeiro tremia e não conseguia colocar um pé à frente do outro.

Para além do segundo vau, o exército hitita e os coligados sobreviventes dirigiam-se apressadamente para a grande porta da fortaleza de Kadesh; os egípcios já não dispunham de tempo para impedir Muwattali e seus soldados restantes de ficarem a salvo.

– Majestade – disse Menna com voz tímida. – Majestade... Somos os vencedores.

Com o olhar fixo na fortaleza de Kadesh, Ramsés parecia uma estátua de granito.

– O grande chefe hitita cedeu perante Vossa Majestade – continuou Menna – e fugiu; Vossa Majestade, sozinho, destes cabo de milhares de soldados inimigos! Quem poderá cantar a vossa glória?

Ramsés voltou-se para o escudeiro.

Assustado, Menna prostrou-se, receando ser fulminado pela força que emanava do soberano.

– É você, Menna?

– Sim, Majestade, sou eu, o seu escudeiro, o seu fiel servidor! Perdoai-me, perdoai o vosso exército; a vitória não fará esquecer os nossos erros?

– Um faraó não perdoa, meu fiel servidor; ele governa e age.

55

As divisões de Amon e de Ra haviam sido dizimadas, a de Ptah estava enfraquecida, e a de Seth, intacta. Milhares de egípcios estavam mortos, porém um número bem maior de hititas e coligados havia perdido a vida; agora, uma única realidade se impunha: Ramsés ganhara a batalha de Kadesh.

É verdade que Muwattali, Hattusil, Uri-Techup e alguns dos seus coligados, como o príncipe de Alep, estavam vivos e reclusos na fortaleza; mas o mito da invencibilidade hitita fora derrubado. Muitos príncipes, alistados ao lado do imperador do Hatti, haviam morrido afogados ou trespassados por flechas. Agora os principados, grandes ou pequenos, saberiam que o escudo de Muwattali não bastava para protegê-los do ódio de Ramsés.

O faraó convocara para a sua tenda a totalidade dos oficiais sobreviventes, entre os quais os generais das divisões de Ptah e de Seth.

Apesar da alegria da vitória, ninguém sorria. No seu trono de madeira dourada, o rosto de Ramsés parecia com o de um falcão enraivecido. Sentiam-no pronto para saltar sobre suas presas.

– Todos aqui – declarou ele – tinham a responsabilidade de um comando. Todos se aproveitaram do seu posto. Todos se comportaram como covardes! Bem alimentados, bem alojados, isentos de impostos, respeitados e invejados, vocês, os chefes do meu exército, esquivaram-se no momento do combate, unidos por uma covardia semelhante.

O general da divisão de Seth deu um passo à frente.

– Majestade...

– Quer contradizer-me?

O general voltou para o seu lugar.

– Não posso mais confiar em vocês. Amanhã, fugirão de novo e se espantarão à primeira aproximação do perigo. Por isso os demito de suas funções. Considerem-se felizes por continuarem no exército como soldados, por poderem servir ao seu país, por receberem um soldo e se beneficiarem da reforma.

Ninguém protestou. A maior parte receava um castigo mais severo.

No mesmo dia, o rei nomeou novos oficiais, escolhidos entre os homens do exército de socorro.

NO DIA SEGUINTE à vitória, Ramsés lançou o primeiro assalto contra a fortaleza de Kadesh. No alto das torres flutuavam os estandartes hititas.

O disparo dos arqueiros egípcios foi ineficaz; as flechas quebravam-se de encontro às ameias atrás das quais se abrigavam os sitiados. Ao contrário das outras fortalezas sírias, o topo das torres de Kadesh estava fora de alcance.

Desejosos de provar a sua coragem, uma tropa de soldados escalou o promontório rochoso sobre o qual estava construída a praça forte, colocando escadas de madeira junto aos muros; os arqueiros hititas dizimaram grande parte deles, e os sobreviventes foram obrigados a desistir. Mais três tentativas e mais três fracassos.

Nos dois dias seguintes, alguns, mais audaciosos, conseguiram escalar até a metade do muro, mas uma chuva de pedras causou-lhes a morte.

Kadesh parecia inexpugnável.

CARRANCUDO, RAMSÉS reunira o seu novo conselho de guerra, cujos membros rivalizavam no entusiasmo para brilhar aos olhos do rei. Farto de suas conversas, mandara-os embora, conservando consigo apenas Setaou.

– Lótus e eu salvaremos dezenas de vidas – afirmou o encantador de serpentes – desde que nós mesmos não morramos de exaustão. No ritmo em que trabalhamos, em breve nos faltarão remédios.

– Não se esconda atrás das palavras.

– Regressemos ao Egito, Ramsés.

– Esquecendo a fortaleza de Kadesh?

– A vitória está assegurada.

– Enquanto Kadesh não for egípcia, a ameaça hitita continuará.

– Esta conquista exigiria mais esforços e mais mortes; regressemos ao Egito para tratar dos feridos e reconstituir as nossas forças.

– Esta fortaleza deve cair como as outras.

– E se estivesse teimando erradamente?

– A natureza que nos rodeia é de grande riqueza; Lótus e você encontrarão aqui as substâncias necessárias para preparar seus remédios.

– E se Acha estivesse preso nesta praça forte?

– Mais uma razão para me apoderar dela e libertá-lo.

O escudeiro Menna chegou correndo e prostrou-se.

– Majestade! Majestade! Foi atirada uma lança do alto das ameias... Há uma mensagem atada à sua ponta metálica!

– Quero vê-la!

Ramsés decifrou o texto.

> A Ramsés, o faraó do Egito, da parte do seu irmão Muwattali, imperador do Hatti.
>
> Antes de continuarmos a enfrentar-nos, não seria conveniente encontrarmo-nos e entrarmos em negociações? Que seja erguida uma tenda na planície, a meia distância entre seu exército e a fortaleza.
>
> Irei para lá só, e o meu irmão irá só, amanhã, quando o sol estiver no seu apogeu.

NA TENDA HAVIA DOIS TRONOS, um de frente para o outro. Entre as cadeiras, uma mesa baixa sobre a qual tinham sido colocadas duas taças e um pequeno jarro com água fresca.

Os dois soberanos sentaram-se simultaneamente, sem se desviarem os olhares. Apesar do calor, Muwattali estava vestido com um longo manto de lã vermelha e preta.

– Sinto-me feliz por reencontrar o meu irmão, o faraó do Egito, cuja glória aumenta constantemente.

– A reputação do imperador do Hatti espalha o assombro em numerosos países.

– Nesse campo, o meu irmão Ramsés nada tem a invejar-me. Formei uma aliança invencível, e você a derrotou. De que proteção divina se beneficiou?

– Da proteção do meu pai Amon, cujo braço substituiu o meu.

– Nunca pude acreditar que semelhante força habitasse um homem, mesmo sendo ele um faraó.

– Mas não hesitou em usar a mentira e a astúcia.

– São armas de guerra como quaisquer outras! E o teriam vencido se não estivesse animado por uma força sobrenatural. Foi a alma do seu pai Sethi que alimentou a sua coragem insensata, foi ela que o fez esquecer o medo e a derrota.

– Está pronto para render-se, meu irmão Muwattali?

– Será hábito do meu irmão Ramsés mostrar-se assim tão brutal?

– Milhares de homens morreram por causa da política expansionista do Hatti; portanto, não é hora para conversas fúteis. Repito: está pronto para render-se?

– Sabe o meu irmão quem eu sou?

– O imperador do Hatti, preso numa ratoeira chamada Kadesh.

– A meu lado estão o meu irmão Hattusil, o meu filho Uri-Techup, os meus vassalos e aliados. Render-nos seria decapitar o império.

– Um vencido deve sofrer as conseqüências da sua derrota.

– Venceu a batalha de Kadesh, é verdade, mas a fortaleza permanece intacta.

– Mais cedo ou mais tarde, ela cairá.

– Os seus primeiros assaltos foram ineficazes; se continuar assim, perderá muitos homens sem sequer arranhar os muros de Kadesh.

– Foi por isso que decidi adotar outra estratégia.

– Já que estamos entre irmãos, poderia revelá-la?

– Ainda não adivinhou? Será com base na paciência. Vocês são numerosos no interior da praça forte; esperaremos que acabem os suprimentos. Uma rendição imediata não seria preferível a longos períodos de sofrimento?

– O meu irmão Ramsés conhece mal esta fortaleza. Os seus imensos armazéns contêm grande quantidade de alimentos, o que nos permitirá suportar o cerco durante vários meses. Seremos beneficiados por condições até mais favoráveis do que as do próprio exército egípcio.

– Está blefando!

– Não, meu irmão, não estou não! Vocês, egípcios, estão a grande distância de suas bases e terão dias cada vez mais difíceis. Sabemos que detesta permanecer longe do seu país e que o Egito não gosta nada de estar muito tempo privado do seu faraó. Virá o outono, depois o inverno, com o frio e as doenças. Surgirão também o desencanto e o cansaço. Pode ter certeza, meu irmão Ramsés: nós seremos privilegiados em relação a vocês. E não conte com a falta de água: as cisternas de Kadesh estão bem cheias, e temos um poço cavado no centro da praça forte.

Ramsés bebeu um gole de água, não porque sentisse sede, mas para interromper a conversa e refletir. Os argumentos de Muwattali não deixavam de fazer sentido.

– O meu irmão deseja matar a sede?

– Não, suporto bem o calor – respondeu o soberano hitita.

– Receia o veneno, tantas vezes utilizado na corte do Hatti?

– Esse hábito não mais existe, ainda assim prefiro que o meu copeiro prove as minhas refeições. O meu irmão

Ramsés deve saber que um dos seus amigos de infância, o jovem e brilhante diplomata Acha, foi detido quando desempenhava uma missão de espionagem disfarçado de mercador. Se eu tivesse aplicado as nossas leis, estaria morto; mas logo imaginei que você ficaria satisfeito por salvar um amigo querido.

– Engana-se, Muwattali; em mim, o rei devorou o homem.

– Acha não apenas é seu amigo, mas também o verdadeiro chefe da diplomacia egípcia e quem melhor conhece a Ásia. Se o homem Ramsés permanece insensível, o monarca não sacrificará uma das peças fundamentais do seu jogo.

– O que propõe?

– A paz, mesmo que temporária, não será melhor do que um combate desastroso?

– A paz... Impossível!

– Reflita, meu irmão Ramsés: não utilizei a totalidade do exército hitita nesta batalha. Não tardarão a vir em meu socorro forças de reserva, o que o obrigará a travar outros combates, ao mesmo tempo que mantém o cerco. Semelhantes esforços ultrapassam as suas possibilidades em homens e armamento, e a sua vitória lamentavelmente se transformará em desastre.

– Perdeu a batalha de Kadesh, Muwattali, e atreve-se a pedir a paz?

– Estou pronto para reconhecer a minha derrota redigindo um documento oficial. Quando este estiver em suas mãos, você levantará o cerco, e a fronteira do meu império ficará definitivamente fixada em Kadesh. O meu exército nunca mais tentará se apoderar do Egito.

56

A porta da cela de Acha abriu-se.

Apesar do sangue-frio, o jovem diplomata sobressaltou-se; o rosto carrancudo dos dois guardas não pressagiava nada de bom. Desde que fora encarcerado, Acha esperava todos os dias que o executassem. Os hititas não manifestavam qualquer indulgência para com os espiões.

Usariam o machado, o punhal ou o forçariam a saltar do alto de uma falésia? O egípcio preferia que sua morte fosse brutal e rápida, sem ser motivo para uma cruel encenação.

Acha foi levado a uma sala fria e austera, decorada com escudos e lanças. Como sempre, no Hatti, a guerra impunha a sua presença.

– Como tem passado? – perguntou a sacerdotisa Putuhepa.

– Sinto falta de exercício e não gosto da sua comida, mas ainda estou vivo. Não é um milagre?

– De certa forma, sim.

– Tenho a sensação de que a minha reserva de sorte está se esgotando. No entanto, a sua presença me tranqüiliza: seria uma mulher assim tão implacável?

– Não conte com a fraqueza de uma hitita.

– O meu encanto será ineficaz?

A raiva inflamou o rosto da sacerdotisa.

– Está bem consciente da sua situação?

– Um diplomata egípcio sabe morrer com um sorriso, mesmo que todos os seus membros tremam.

Acha pensou no ódio de Ramsés, que lhe censuraria, mesmo no outro mundo, por não ter conseguido sair do

Hatti para lhe descrever a enorme coligação feita pelo imperador hitita. Teria a camponesa transmitido a sua breve mensagem de três palavras? Já não acreditava nisso, mas, se isso tivesse acontecido, o faraó seria suficientemente intuitivo para compreender o seu significado.

Sem informações, imaginava o exército egípcio sendo destruído em Kadesh e Chenar subindo ao trono do Egito. Só de pensar, mais valia morrer do que sofrer a tirania de semelhante déspota.

– Não traiu Ramsés – disse Putuhepa – e nunca esteve do lado de Chenar.

– A você compete julgar.

– A batalha de Kadesh realizou-se – revelou a sacerdotisa. – Ramsés venceu as tropas coligadas.

Acha sentiu-se como se estivesse embriagado.

– Está caçoando de mim...

– Não estou com disposição para brincadeiras.

– Venceu as tropas coligadas... – repetiu Acha, estupefato.

– O nosso imperador está vivo e livre – acrescentou Putuhepa – e a fortaleza de Kadesh permanece intacta.

A alegria do diplomata tornou-se sombria.

– O que vai fazer comigo?

– De boa vontade eu o teria mandado queimar como espião, mas você se transformou num dos trunfos das negociações.

O EXÉRCITO EGÍPCIO estava acampado em frente à fortaleza, cujos muros permaneciam cinzentos, apesar do implacável sol do começo de junho. Após o encontro de Ramsés com Muwattali, os soldados do faraó não haviam tentado mais nenhuma investida contra Kadesh. Do alto das ameias, Uri-Techup e os arqueiros hititas observavam os seus adversários, entregues a pacíficas ocupações: cuidavam dos cavalos, burros e bois, exercitavam-se em jogos coletivos, organizavam campeonatos de luta livre e comiam grande variedade de pratos que os cozinheiros dos regimentos preparavam, falando todos ao mesmo tempo.

Ramsés dera apenas uma ordem aos oficiais superiores: impor o respeito à disciplina. Nenhum deles conseguira a mínima confidência sobre o pacto estabelecido com Muwattali.

O novo general da divisão de Seth arriscou-se a confidenciar ao monarca:

– Majestade, estamos desconcertados.

– Termos conseguido uma grande vitória não o enche de satisfação?

– Estamos conscientes de que é o único vencedor de Kadesh, Majestade, então por que não atacarmos essa fortaleza?

– Porque não temos qualquer chance de tomá-la. Teríamos que sacrificar pelo menos metade das nossas tropas sem a certeza do êxito.

– Durante quanto tempo teremos que permanecer parados, olhando para esta maldita fortaleza?

– Estabeleci um acordo com Muwattali.

– Quer dizer... a paz?

– Foram impostas condições; se não forem cumpridas, retomaremos os combates.

– Qual o prazo que lhe concedeu, Majestade?

– Expira no fim desta semana; saberei então se a palavra do imperador tem algum valor.

AO LONGE, NA ESTRADA que vinha do norte, surgiu uma nuvem de poeira. Aproximavam-se de Kadesh vários carros hititas, carros que talvez formassem a vanguarda de um exército de socorro, vindo para libertar Muwattali e os seus homens.

Ramsés acalmou a inquietação que se apoderava dos soldados em seu acampamento. Subindo em seu carro, atrelado a "Vitória em Tebas" e "A deusa Mut está satisfeita", o rei, acompanhado pelo seu leão, foi ao encontro do batalhão hitita.

Os arqueiros hititas permaneceram segurando as rédeas. A reputação de Ramsés e de Matador já se espalhara por todo o Hatti.

Um homem desceu de um dos carros e avançou na direção do faraó.

Elegante, de andar leve, rosto esguio, um bigode fino e bem cuidado, Acha esqueceu o protocolo e correu para Ramsés.

O rei e o amigo abraçaram-se, emocionados.

– A minha mensagem foi útil, Majestade?

– Sim e não. Não consegui atinar no devido tempo a sua advertência, mas a magia do destino funcionou a favor do Egito. E, graças a você, atinei rapidamente. Foi Amon que obteve a vitória.

– Julguei nunca mais ver o Egito; as prisões hititas são sinistras. Tentei convencer o adversário de que era cúmplice de Chenar, o que deve ter salvo a minha vida. Depois, os acontecimentos se precipitaram. Ter morrido lá teria sido uma indesculpável falta de gosto.

– Devemos decidir pela trégua ou pela continuação da hostilidade; a sua opinião me será muito útil.

Na tenda, Ramsés mostrou a Acha o documento que o imperador hitita lhe enviara.

> Eu, Muwattali, sou o seu servidor, Ramsés, e o reconheço como o Filho da Luz, saído dela, realmente saído dela. O meu país é seu servidor e está a seus pés. Mas não abuse do seu poder!

A sua autoridade é implacável, e você a provou conseguindo uma grande vitória. Mas por que há de continuar exterminando o povo do seu servidor, por que o ódio o anima?

Visto que é vitorioso, admita que a paz é melhor do que a guerra e dê aos hititas o sopro da vida.

– Um belo estilo diplomático – apreciou Acha.

– A mensagem parece suficientemente explícita para o conjunto dos países da região?

– Uma verdadeira obra-prima! Que um soberano hitita seja vencido em combate é inacreditável, mas que reconheça a sua derrota é um milagre novo a averbar em sua honra.

– Não consegui apoderar-me de Kadesh.

– O que interessa esta praça forte? Venceu uma batalha decisiva. Muwattali, o invencível, considera-se atualmente seu vassalo, pelo menos em palavras... Este ataque de humildade forçada servirá ao seu prestígio com extraordinária eficácia.

Muwattali mantivera a sua palavra, redigindo um texto aceitável e libertando Acha. Ramsés deu ordem, então, ao seu exército para levantar acampamento e tomar o caminho de volta para o Egito.

Antes de deixar o local onde tantos dos seus compatriotas haviam perdido a vida, Ramsés voltou-se para a fortaleza de onde sairiam, livres e incólumes, Muwattali, o irmão e o filho. O faraó não conseguira destruir este símbolo do poder hitita, mas o que restaria deste poder depois da clara derrota dos inimigos? Muwattali, declarando-se servidor de Ramsés... Quem teria ousado imaginar semelhante vitória? O rei nunca esqueceria que só o auxílio do pai celeste, a quem clamara em seu socorro, lhe permitira transformar uma derrota em triunfo.

– NÃO RESTA UM ÚNICO EGÍPCIO na planície de Kadesh – disse o chefe dos vigias.

– Mande batedores para o sul, leste e oeste – ordenou Muwattali a seu filho, Uri-Techup. – Talvez Ramsés tenha decorado a lição e camuflado as suas tropas no bosque para nos atacar logo que saiamos da fortaleza.

– Durante quanto tempo continuaremos a fugir?

– Devemos regressar a Hattusa – respondeu Hattusil. – Lá reconstituiremos as nossas tropas e reconsideraremos a nossa estratégia.

– Não é a um general derrotado que me dirijo – inflamou-se Uri-Techup – e sim ao imperador dos hititas.

– Acalme-se, meu filho – interveio Muwattali. – Acho que o general chefe do exército coligado não esteve à altura. Todos nós subestimamos o poder pessoal de Ramsés.

– Se tivesse me deixado agir, teríamos vencido!

– Engana-se. O armamento egípcio é de excelente qualidade, e os carros do faraó são tão bons quanto os nossos. O choque frontal na planície, que você preconizou, ter-se-ia voltado contra nós, e as nossas tropas teriam sofrido muito mais baixas.

– E você se contentou com essa humilhante derrota...

– Conservaremos esta fortaleza, o Hatti não será invadido, e a guerra contra o Egito continuará.

– Como poderá continuar, depois do documento infamante que assinou?

– Não é um tratado de paz – precisou Hattusil – mas uma simples carta de um monarca para outro. O fato de Ramsés se satisfazer com ela demonstra a sua inexperiência.

– Muwattali declara abertamente que se considera vassalo do faraó.

Hattusil sorriu.

– Quando um vassalo dispõe das tropas necessárias, nada o impede de se revoltar.

Uri-Techup enfrentou Muwattali com o olhar fixo no dele.

– Não dê mais ouvidos a esse incapaz, meu pai, e dê-me plenos poderes militares! As manobras diplomáticas e a astúcia não conduzirão a nada. Eu, e só eu, sou capaz de esmagar Ramsés.

– Regressemos a Hattusa – cortou o imperador. – O ar das nossas montanhas será propício às nossas reflexões.

57

Com um potente salto, Ramsés mergulhou no lago onde Nefertari se banhava. O rei nadou por baixo d'água e agarrou a esposa pela cintura. Fingindo surpresa, ela se deixou puxar para o fundo, e eles lentamente voltaram à superfície, abraçados. Vigilante, o cão amarelo-dourado, começou a latir em torno do lago; Matador dormia à sombra de um sicômoro, com o pescoço adornado por uma fina corrente de ouro que recebera em recompensa pela sua coragem.

Ramsés não podia contemplar Nefertari sem se sentir enfeitiçado pela sua beleza. Muito além da atração dos sentidos e da comunhão dos corpos, um laço misterioso os unia, mais forte do que o tempo e a morte. O suave sol de outono banhava-lhes os rostos com sua luz generosa, enquanto deslizavam na água verde-azulada do lago. Quando saíram, Vigilante parou de latir e lambeu-lhes as pernas. O cão do monarca detestava água e não compreendia a razão de o seu senhor ter prazer em molhar-se daquela maneira.

Depois de ser acariciado pelo casal real, Vigilante aninhou-se entre as patas do enorme leão e saboreou um bem merecido repouso.

Nefertari estava tão desejável que as mãos de Ramsés tornaram-se ardentes, percorrendo o corpo perfeito da jovem rainha com o entusiasmo de um explorador penetrando uma terra desconhecida. A princípio, passiva, feliz por ser conquistada, em instantes a rainha correspondeu às provocações do esposo amante.

EM TODO O PAÍS, Ramsés tornara-se Ramsés, o Grande. Quando regressou a Pi-Ramsés, uma enorme multidão aclamou o vencedor da batalha de Kadesh, o faraó que conseguira derrotar os hititas, repelindo-os para o seu território. Várias semanas de festejos, tanto nas aldeias quanto nas cidades, haviam permitido celebrar condignamente essa formidável vitória; dissipado o espectro de uma invasão, o Egito entregava-se à sua instintiva alegria de viver, coroada por uma cheia excelente, promessa futura de abundantes colheitas.

O quinto ano do reinado do filho de Sethi terminara com um triunfo. A nova hierarquia militar era-lhe totalmente devotada, e a corte, subjugada, inclinava-se perante o monarca. A juventude de Ramsés terminara; o homem de 28 anos que governava as Duas Terras possuía a envergadura dos maiores soberanos e marcava já a sua época com um carimbo indelével.

Apoiando-se em uma bengala, Homero foi ao encontro de Ramsés.

– Terminei, Majestade.

– Deseja apoiar-se no meu braço e caminhar um pouco, ou prefere sentar-se sob o seu limoeiro?

– Andemos um pouco. A minha cabeça e a minha mão trabalharam muito nestes últimos tempos; agora é a vez das minhas pernas.

– Esse novo trabalho o obrigou a interromper a redação da *Ilíada*.

– É verdade, mas me proporcionou um magnífico tema!

– Como o abordou?

– Respeitando a verdade, Majestade, pois não ocultei nem a covardia do seu exército, nem o seu combate solitário e desesperado, nem o apelo ao seu divino pai. As circunstâncias desta extraordinária vitória inflamaram-me como se eu fosse um jovem poeta escrevendo a minha primeira obra! Os versos cantavam nos meus lábios, e as cenas ordenavam-se por si próprias. Seu amigo Ameni auxiliou-me muito, corrigindo alguns erros de gramática; a língua egípcia não é fácil, mas a sua graciosidade e precisão são uma felicidade para um poeta.

– A narrativa da batalha de Kadesh será gravada na parede externa sul da grande sala de colunas do templo de Karnak, nas paredes externas do pátio do templo de Luxor e na fachada da sua coluna principal, bem como nos muros externos do templo de Abidos e no futuro pátio de entrada do meu templo de milhões de anos – revelou Ramsés.

– Então, a pedra da eternidade guardará para sempre a recordação da batalha de Kadesh.

– É ao deus oculto que assim pretendo honrar, Homero, e à vitória da ordem sobre a desordem, à capacidade de a Regra dominar o caos.

– Espanta-me, Majestade, e o seu país também me espanta todos os dias um pouco mais; não acreditava que a sua famosa Regra o ajudasse a vencer um inimigo decidido a destruí-lo.

– Se o amor de Maât deixasse de animar o meu pensamento e a minha vontade, o meu reinado não tardaria a terminar, e o Egito encontraria um novo rei.

APESAR DA GRANDE QUANTIDADE de alimentos que ingeria, Ameni não engordava. Sempre magro, pálido e com ar doentio, o secretário particular do rei já não saía do seu gabinete e, com uma equipe restrita, ocupava-se de um impressionante volume de dossiês. Dialogando de forma muito direta com o vizir e os ministros, Ameni estava ciente de tudo o que se passava no país e por isso velava para que cada um dos altos funcionários desempenhasse de forma impecável a tarefa que lhe fora confiada. Para o amigo de infância de Ramsés, uma perfeita administração resumia-se num preceito simples: quanto mais elevado era o posto, maiores eram suas responsabilidades e mais severo o castigo em caso de erro ou negligência. Do ministro ao chefe de serviços, todos assumiam os erros dos seus subordinados e pagavam por eles. Os ministros demitidos e os funcionários rebaixados haviam comprovado, eles mesmos, o rigor de Ameni.

Quando estava em Pi-Ramsés, o soberano encontrava-se com ele todos os dias. Quando o monarca partia para Tebas ou Mênfis, Ameni preparava relatórios pormenorizados que o rei lia com grande atenção. Era ele quem resolvia e tomava todas as decisões.

O escriba acabava de expor ao rei o seu plano de reforço dos diques para o ano seguinte, quando Serramanna foi autorizado a entrar no gabinete de prateleiras carregadas com papiros catalogados com extremo cuidado. O gigante sardo inclinou-se diante do soberano.

– Ainda está zangado comigo? – perguntou Ramsés.

– Eu não teria abandonado Vossa Majestade no meio da confusão.

– Velar pela minha esposa e pela minha mãe era uma missão da maior importância.

– Não discordo, mas teria gostado de estar ao seu lado e massacrar os hititas. A arrogância desses indivíduos exaspera-me; quando alguém pretende representar a elite dos guerreiros, não se refugia numa fortaleza!

– O nosso tempo é precioso – interrompeu Ameni. – Quais são os resultados das suas investigações?

– Nenhum – respondeu Serramanna.

– Nenhum sinal?

– Descobri a carroça e os cadáveres dos guardas egípcios, mas não o de Chenar. De acordo com o testemunho de mercadores que se refugiaram numa cabana de pedra, a tempestade de areia foi muito violenta e de longa duração. Fui até o oásis de Khargeh e posso lhe garantir que eu e os meus homens vasculhamos cada palmo do deserto.

– Avançando às cegas – considerou Ameni – Chenar pode ter caído no leito de um oásis seco, e o seu corpo pode ter se enterrado sob uma tonelada de areia.

– É a opinião geral – concordou Serramanna.

– Mas não a minha – declarou Ramsés.

– Não havia qualquer possibilidade de sair daquele inferno, Majestade; abandonando a rota principal, ele se perdeu e não pode ter lutado durante muito tempo contra a tempestade, a areia e a sede.

– O seu ódio é tão forte que lhe terá servido de bebida e de alimento. Chenar não está morto.

O REI RECOLHEU-SE PERANTE a estátua de Thot, à entrada do Ministério das Relações Exteriores, depois de ter colocado um ramo de lírios e de papiros no altar das oferendas.

Encarnado na estátua de um babuíno sentado com a lua crescente sobre a cabeça, o deus do conhecimento mantinha o olhar erguido ao céu, para além das contingências humanas.

À passagem de Ramsés, os funcionários do ministério ergueram-se e se inclinaram. Acha, o novo ministro, veio abrir ele próprio a porta do seu gabinete; o rei e o amigo, transformados em heróis aos olhos da corte, abraçaram-se. A vinda do soberano era a evidente demonstração de estima que confortava Acha no seu papel de chefe da diplomacia egípcia.

O seu gabinete era muito diferente do de Ameni. Ramos de rosas importadas da Síria, composições florais associando narcisos e maravilhas, vasos de alabastro de formatos elegantes colocados sobre mesinhas, lâmpadas de pé alto, arcas de madeira de acácia e tapeçarias coloridas formavam uma decoração requintada e cheia de cor, mais adequada a apartamentos privados de uma suntuosa *villa* do que a um local de trabalho.

Com os olhos brilhantes de inteligência, elegante, com uma peruca leve e perfumada, Acha parecia o convidado de um banquete, frívolo, mundano e um tanto desdenhoso Quem poderia supor que esse personagem da melhor sociedade fosse capaz de se transformar num espião, disfarçado sob roupas de mercador, e percorrer os caminhos hostis do território hitita? Nenhum acúmulo de dossiês perturbava a atmosfera luxuosa do novo ministro, que preferia conservar as informações essenciais na sua prodigiosa memória.

– Creio que vou ser obrigado a demitir-me, Majestade.

– Que falta grave cometeu?

– Ineficácia. Os meus serviços não pouparam esforços, mas Moisés continua impossível de encontrar. É curioso... Geralmente as línguas se soltam. Em minha opinião, só há uma explicação: ele se refugiou num local perdido e não saiu de lá. Se mudou de nome e integrou-se numa família de beduínos, será muito difícil identificá-lo, acho mesmo que impossível.

– Continue com as investigações. E a rede de espionagem hitita instalada no nosso território?

– O corpo da jovem loura foi enterrado sem ter sido identificado; quanto ao mago, desapareceu. Com certeza conseguiu sair do Egito. Também nesse caso não se ouve uma palavra; é como se os membros da rede tivessem evaporado como por encanto. Escapamos de um terrível perigo, Ramsés.

– Terão evaporado mesmo?

– Afirmá-lo seria presunção – reconheceu Acha.

– Não abrande a sua vigilância.

– Interrogo-me sobre a capacidade de reação dos hititas – confessou Acha. – A derrota humilhou-os, e as suas divergências internas são profundas. Não se acomodarão na paz, mas precisarão de vários meses, talvez até anos, para retomar o fôlego.

– Como tem se portado Meba?

– O meu augusto predecessor é um assistente zeloso, que sabe manter-se em seu lugar.

– Desconfie dele; como antigo ministro, não pode deixar de ter ciúmes. Que observações estão fazendo os nossos chefes de guarnições do sul da Síria?

– Está tudo calmo, mas tenho uma confiança limitada na lucidez deles. É por isso que parto amanhã para a província de Amurru. É lá que devemos organizar uma força de intervenção imediata, destinada a impedir qualquer invasão.

58

Para acalmar a sua fúria, a sacerdotisa Putuhepa fechou-se no local mais sagrado da capital hitita, a câmara subterrânea da cidade alta, escavada na rocha, perto da acrópole sobre a qual se erguia a residência do imperador. Muwattali, depois da derrota de Kadesh, decidira manter à mesma distância o irmão e o filho, e reforçava o seu poder pessoal, afirmando-se como o único capaz de manter o equilíbrio entre as facções rivais.

O teto da câmara subterrânea era abobadado, e as paredes, ornadas de relevos, representando o imperador como guerreiro e como sacerdote, tendo por cima um sol alado. Putuhepa dirigiu-se para o altar dos Infernos, onde estava pousada uma espada manchada de sangue.

Era ali que vinha procurar a inspiração necessária para salvaguardar o marido da fúria de Muwattali e permitir-lhe reconquistar as suas boas graças. Por sua vez, Uri-Techup, que se mantinha ligado à casta militar mais belicosa, não permaneceria inativo e tentaria eliminar Hattusil ou até mesmo o pai, Muwattali.

Putuhepa meditou até a meia-noite, pensando apenas no marido.

O deus dos Infernos deu-lhe, então, a resposta.

REUNINDO O IMPERADOR Muwattali, seu filho Uri-Techup e o irmão Hattusil, o conselho secreto foi palco de uma violenta discussão.

– Hattusil é o único responsável pela nossa derrota – afirmou Uri-Techup. – Se eu tivesse comandado as tropas de coligação, teríamos esmagado o exército egípcio.

– Nós os esmagamos – lembrou Hattusil – mas quem poderia prever a intervenção de Ramsés?

– Eu o venceria!

– Não se gabe – interveio o imperador. – Ninguém poderia ter controlado a força que o animava no dia da batalha. Quando os deuses falam, é necessário saber ouvir a sua voz.

A declaração de Muwattali impedia Uri-Techup de continuar sua argumentação; por isso o filho lançou uma ofensiva em outro terreno.

– Qual a sua previsão para o futuro, meu pai?

– Estou refletindo sobre isso.

– Esse não é o momento para reflexão! Fomos ridicularizados em Kadesh, e é necessário reagir o mais rápido possível. Confie-me o comando do que resta das tropas coligadas e invadirei o Egito.

– Absurdo! – considerou Hattusil. – A nossa primeira preocupação é conservar as nossas alianças. Os nossos coligados perderam muitos homens, e o trono de diversos príncipes pode vacilar se não os apoiarmos financeiramente.

– Conversa de velho! – retorquiu Uri-Techup. – Hattusil procura ganhar tempo para disfarçar a sua covardia e mediocridade.

– Modere a sua linguagem – exigiu Muwattali. – Seus insultos são inúteis.

– Basta de hesitações, meu pai: exijo plenos poderes.

– Sou eu o imperador, Uri-Techup, e você não tem autoridade para me ditar qual conduta seguir.

– Fique com o seu mau conselheiro, se assim o desejar; quanto a mim, retiro-me para os meus aposentos até que me dê ordem para conduzir nossas tropas à vitória.

Com passos nervosos, Uri-Techup saiu da sala de audiências.

– Ele não está completamente errado – reconheceu Hattusil.

– O que quer dizer?

– Putuhepa consultou as divindades dos Infernos.

– Qual foi a resposta delas?

– Devemos apagar o fracasso de Kadesh.

– Tem algum plano?

– Apresenta riscos que eu próprio assumirei.

– Você é meu irmão, Hattusil, e a sua vida é preciosa para mim.

– Não creio ter cometido qualquer erro em Kadesh, e a grandeza do império é a minha mais ardente aspiração. Cumprirei aquilo que os deuses dos Infernos exigem.

NEDJEM, O JARDINEIRO transformado em ministro da Agricultura de Ramsés, o Grande, era também o preceptor de seu filho Kha; fascinado com os dons da criança para a escrita e leitura, permitira-lhe satisfazer o seu gosto pelo estudo e pela pesquisa.

O ministro e o filho do rei entendiam-se perfeitamente, e Ramsés felicitava-se por esse método de educação. Mas, pela primeira vez, o calmo Nedjem sentia-se obrigado a contrariar uma ordem de Ramsés, sabendo que essa falta de respeito provocaria a sua demissão.

– Majestade...

– Estou ouvindo-o, meu bom Nedjem.

– Trata-se do filho de Vossa Majestade.

– Está pronto?

– Sim, mas...

– Estará doente?

– Não, Majestade, mas...

– Então, que venha imediatamente.

– Com o devido respeito, Majestade, não estou convencido de que uma criança tão pequena seja capaz de enfrentar o perigo ao qual deseja expô-lo.

– Deixe que eu decida, Nedjem.

– O perigo... O perigo é considerável.

– Kha deve ir ao encontro do seu destino, seja ele qual for. Não é uma criança como as outras.

O ministro compreendeu que era inútil insistir.

– Às vezes lamento isso, Majestade.

O VENTO DO NORTE soprava sobre o Delta, mas não conseguia expulsar as pesadas nuvens negras carregadas de chuva. Sentado atrás do pai, que montava um soberbo cavalo cinzento, o pequeno Kha tiritava.

– Estou com frio, pai; não podemos ir mais devagar?

– Estamos com pressa.

– Aonde está me levando?

– Para ver a morte.

– A bela deusa do Ocidente, de sorriso tão doce?

– Não, essa é a morte dos justos, e você ainda não é um deles.

– Mas quero tornar-me um!

– Pois bem, ultrapasse a primeira etapa.

Kha cerrou os dentes. Nunca decepcionaria o pai.

Ramsés deteve-se perto de um canal cuja ligação com um braço do Nilo era assinalada por um pequeno santuário de granito. O local parecia tranqüilo.

– A morte está aqui?

– Está no interior deste monumento; se tem medo, não vá lá.

Kha saltou do cavalo e rememorou as fórmulas mágicas aprendidas nos contos, destinadas a conjurar os perigos. Voltou-se para o pai, mas Ramsés permaneceu imóvel.

Kha compreendeu que não teria qualquer auxílio da parte do faraó; ir ao santuário era a sua única alternativa.

Uma nuvem ocultou o sol, e o céu escureceu. A criança avançou, hesitante, e estacou na metade do seu objetivo. Na entrada, uma cobra negra, com a cabeça larga e mais de 1 metro de comprimento, parecia decidida a atacá-lo.

Petrificada, a criança não se atreveu a fugir.

A cobra avançou até ela.

Em breve o réptil a atacaria. Murmurando as velhas fórmulas, tropeçando nas palavras, o menino fechou os olhos no momento em que o réptil preparava o bote.

Uma vara bifurcada prendeu-a no chão.

– Esta morte não era para você – declarou Setaou. – Vá ao encontro de seu pai, pequeno.

Kha fitou Ramsés direto nos olhos.

– Foi por ter recitado as fórmulas certas que a cobra não me mordeu... Hei de tornar-me um justo, não é verdade?

INSTALADA NUMA CONFORTÁVEL poltrona e saboreando o doce calor do sol de inverno que nimbava de ouro as árvores do seu jardim particular, Touya conversava com uma volumosa mulher morena quando Ramsés veio visitar a mãe.

– Dolente! – exclamou o rei, reconhecendo a irmã.

– Não seja severo – recomendou Touya. – Ela tem muito a lhe dizer.

De rosto variado, desfalecida, pálida, Dolente atirou-se aos pés de Ramsés.

– Perdoe-me, suplico-lhe!

– Sente-se culpada, Dolente?

– Aquele maldito mago enfeitiçou-me... Tinha acreditado que fosse um homem de bem.

– E quem é?

– Um líbio, perito em feitiçaria. Seqüestrou-me numa casa de Mênfis e forçou-me a segui-lo quando fugiu. Se não obedecesse, cortava-me o pescoço.

– Por que tanta brutalidade?

– Porquê... porquê...

Dolente rebentou em soluços; Ramsés ergueu-a e a ajudou a sentar-se.

– Explique-se.

– O mago... O mago matou uma criada e uma jovem loura que lhe servia de médium. Eliminou-as porque se recusavam a obedecer-lhe e a ajudá-lo.

– Assistiu ao crime?

– Não, estava trancada... Mas vi os cadáveres quando saímos da casa.

– Por que esse mago a mantinha prisioneira?

– Acreditava nas minhas qualidades de médium e tencionava servir-se de mim contra você, meu irmão! Drogava-me e fazia-me perguntas sobre os seus hábitos... Mas fui incapaz de responder. Quando se dirigiu para a Líbia, libertou-me. Vivi momentos terríveis, Ramsés; estava convencida de que ele não me pouparia!

– Concorda que foi imprudente?

– Lamento, meu irmão, se soubesse como lamento!

– Não abandone a corte de Pi-Ramsés.

59

Acha conhecia bem Benteshina, o príncipe da província de Amurru. Pouco sensível à palavra dos deuses, preferia o ouro, as mulheres e o vinho. Não passava de um homem corrupto e venal, apenas preocupado com o seu bem-estar e os prazeres.

Como Amurru fora escolhida para desempenhar um papel estratégico em primeiro plano, o chefe da diplomacia egípcia não poupara recursos para garantir a ativa colaboração de Benteshina. Em primeiro lugar, o próprio Acha se deslocava, em nome do faraó, para assim testemunhar a estima que o rei dedicava ao príncipe; depois, trazia-lhe uma apreciável quantidade de mercadorias valiosas, especialmente tecidos de luxo, jarros com vinhos de qualidade, louça de alabastro, armas de grande aparato e móveis dignos da corte imperial.

A maioria dos soldados egípcios isolados em Amurru tinha sido recrutada do exército de socorro, cuja intervenção revelara-se decisiva em Kadesh; de regresso ao Egito, gozavam de longas férias antes de retornarem ao serviço. Acha comandava, por esse motivo, um destacamento de cinqüenta oficiais instrutores encarregados de treinar as tropas locais antes da chegada de um efetivo de mil soldados de infantaria e de arqueiros de Pi-Ramsés, que fariam de Amurru uma sólida base militar.

Acha embarcara em Peluse e tomara o rumo norte; ventos favoráveis e um mar calmo haviam tornado a viagem agradável. A presença a bordo de uma jovem síria aumentara o encanto da viagem.

Quando o barco egípcio entrou no porto de Beirute, o príncipe Benteshina, rodeado por seus cortesãos, esperava-o no cais. Qüinquagenário jovial e volumoso, exibindo um bigode negro e luzidio, beijou Acha no rosto e multiplicou-se em louvores sobre a prodigiosa vitória de Ramsés, o Grande sobre Kadesh, modificando de forma radical o equilíbrio do mundo.

– Que carreira soberba, meu caro Acha! Tão jovem e já ministro das Relações Exteriores do poderoso Egito... Curvo-me perante você.

– Não é necessário; vim como amigo.

– Ficará no meu palácio, e todos os seus desejos serão realizados.

O olhar de Benteshina iluminou-se.

– Deseja... uma jovem virgem?

– Quem seria suficientemente louco para desdenhar das maravilhas da natureza? Veja estes modestos presentes, Benteshina, e diga-me se lhe agradam.

Os marinheiros descarregaram os objetos que traziam. Benteshina, volúvel, não ocultou a sua satisfação; a visão de um leito de notável delicadeza arrancou-lhe uma exclamação próxima da beatitude.

– Vocês, egípcios, conhecem bem a arte de viver! Estou ávido para experimentar esta maravilha... E não será sozinho!

Como o príncipe estava com excelente disposição, Acha aproveitou o momento para lhe apresentar os oficiais instrutores.

– Como fiel aliado do Egito, deverá ajudar-nos a construir uma frente defensiva que protegerá Amurru e dissuadirá os hititas de atacá-la.

– É só o que eu quero – afirmou Benteshina. – Estou cansado de conflitos, pois prejudicam muito o comércio. O meu povo quer ser protegido.

– Dentro de algumas semanas, Ramsés lhe enviará um exército; daqui até lá estes instrutores formarão os seus próprios soldados.

– Excelente, excelente... O Hatti sofreu uma pesada derrota, e Muwattali está enfrentando uma luta interna com o filho, Uri-Techup, e o irmão, Hattusil.

– Para quem pendem as preferências da casta dos guerreiros?

– Ela também parece dividida; tanto um quanto o outro têm os seus partidários. Por ora, o imperador mantém uma aparente coesão, mas não se pode excluir a possibilidade de um golpe de Estado. E, depois, alguns membros da coligação de Kadesh lamentam terem sido arrastados para uma aventura desastrosa, cara em homens e em material... Alguns procuram um novo senhor, que bem poderia ser o faraó.

– Soberbas perspectivas.

– E, para você, prometo-lhe uma noite inesquecível!

A JOVEM LIBANESA, de seios fartos e quadris largos, deitou-se sobre Acha e massageou-o suavemente, com movimentos do corpo para frente e para trás. Todos os pontos de sua pele eram perfumados, e a floresta do seu sexo louro exibia uma paisagem encantadora.

Embora já tivesse travado vários combates vitoriosos, Acha não ficou passivo. Logo que a massagem da jovem libanesa produziu o efeito desejado, ele a fez rolar de lado. Encontrando de imediato o delicioso caminho da sua intimidade, dividiu com ela um novo momento de intenso prazer. Há muito que a jovem não era virgem, mas a ciência de suas carícias supria com vantagem esse irremediável detalhe. Nem ele nem ela haviam pronunciado uma só palavra.

– Deixe-me – disse ele. – Tenho sono.

A jovem ergueu-se e saiu do amplo quarto que dava para um jardim. Acha já a esquecera, pensando nas revelações de Benteshina a respeito da coligação formada por Muwattali, e que parecia prestes a desfazer-se. Manipular bem seria difícil, mas excitante.

Para que outra grande potência se voltariam os dissidentes, se perdessem a confiança no imperador do Hatti?

Para o Egito tinha certeza que não. O país dos faraós ficava demasiado longe, e a sua mentalidade era muito diferente da dos pequenos principados da Ásia, belicosos e instáveis. Uma idéia surgiu na mente do diplomata, uma idéia tão inquietante que lhe deu vontade de consultar imediatamente um mapa da região.

A porta do quarto abriu-se.

Entrou um homem baixinho, franzino, com os cabelos presos por uma fita, um discreto colar de prata no pescoço e uma pulseira no cotovelo esquerdo; estava vestido num traje de tecido multicor que lhe deixava os ombros nus.

– O meu nome é Hattusil e sou o irmão de Muwattali, o imperador do Hatti.

Acha ficou desconcertado por alguns momentos. O cansaço da viagem e de suas conquistas amorosas estaria lhe provocando uma alucinação?

– Não está sonhando, Acha; sinto-me feliz por conhecer o chefe da diplomacia egípcia e um amigo muito próximo de Ramsés, o Grande.

– Você, em Amurru...

– Você é meu prisioneiro, Acha. Qualquer tentativa de fuga é impossível. Os meus homens capturaram seus oficiais, sua tripulação e seu barco. O Hatti é de novo o senhor da província de Amurru. Ramsés fez mal em subestimar a nossa capacidade de reação; como chefe da coligação derrotada em Kadesh, sofri uma humilhação insuportável. Sem a espantosa fúria de Ramsés e a sua coragem insensata, eu teria exterminado o exército egípcio. É por isso que tenho de provar o mais rápido possível o meu verdadeiro valor, e intervir com eficácia enquanto vocês repousam sobre os louros da vitória.

 – O príncipe de Amurru traiu-nos mais uma vez.

– Benteshina vende-se a quem mais lhe oferece; está no seu sangue. Esta província nunca mais ficará sob o domínio do Egito.

- Está esquecendo a fúria de Ramsés!

– Pelo contrário, temo-a; é por isso que evitarei provocá-la.

– Logo que ele souber que as forças hititas ocupam Amurru, intervirá. E estou convencido de que ainda não tiveram tempo de recompor um exército capaz de lhe resistir.

Hattusil sorriu.

– A sua perspicácia é terrível, mas será inútil, porque quando Ramsés vier a saber a verdade, será tarde demais.

– O meu silêncio será eloqüente.

– Engano seu, Acha, pois escreverá a Ramsés uma carta tranqüilizadora, explicando-lhe que sua missão diplomática se efetua como previsto e que os seus instrutores estão realizando um bom trabalho.

– Em outras palavras, o nosso exército avançará confiante para Amurru e cairá numa emboscada.

– Esta é uma parte do meu plano.

Acha tentou ler o pensamento de Hattusil. Ele sabia de todas as qualidades e defeitos dos povos da região, das suas aspirações e ódios. O egípcio vislumbrou, então, a verdade.

– Mais uma sórdida aliança com os beduínos!

– Não há melhor solução – aprovou Hattusil.

– Mas são ladrões e assassinos...

– Eu sei; mas me serão úteis para espalhar a confusão entre os aliados do Egito.

– Não acha imprudente confiar-me semelhantes segredos?

– Em breve deixarão de ser segredos para passarem a ser realidade. Vista-se, Acha, e siga-me; tenho uma carta a lhe ditar.

– E se eu recusar escrevê-la?

– Morrerá.

– Estou preparado.

– Não, não está. Um homem que ama as mulheres como você não está preparado para renunciar aos prazeres da vida por uma causa já perdida. Escreverá essa carta, Acha, porque deseja viver.

O egípcio hesitou.

– E se eu obedecer?

– Ficará numa prisão que, espero, seja confortável, e sobreviverá.

– Por que não me mata logo?

– No âmbito de uma negociação pontual, o chefe da diplomacia egípcia será uma boa moeda de troca. O mesmo que aconteceu em Kadesh, não é verdade?

– Está me pedindo para trair Ramsés.

– Está sendo coagido... não considero isso verdadeiramente uma traição.

– A vida salva... Não é uma promessa demasiado generosa?

– Tem a minha palavra, perante os deuses do Hatti, em nome do imperador.

– Escreverei a carta, Hattusil.

60

As sete filhas do sacerdote de Madiã, inclusive a esposa de Moisés, tiravam água do poço e enchiam os bebedouros para saciarem a sede do rebanho do pai, quando uma dezena de beduínos a cavalo irrompeu no oásis. Barbudos, armados com arcos e punhais, pareciam ter as piores intenções.

O rebanho dispersou-se, e as sete moças correram para o abrigo de suas tendas; o velho apoiou-se à sua bengala e enfrentou os recém-chegados.

– É o chefe desta comunidade?

– Sou.

– Quantos homens saudáveis há aqui?

– Eu e um pastor de carneiros.

– Canaã vai revoltar-se contra o faraó, com o apoio dos hititas; graças a eles, disporemos de uma terra. Todas as tribos devem ajudar-nos a combater os egípcios.

– Não somos uma tribo, mas uma família que reside aqui, em paz, há várias gerações.

– Chame o seu pastor.

– Está na montanha.

Os beduínos falaram entre si.

– Voltaremos – declarou o chefe do grupo. – Nesse dia vamos levá-lo conosco, e ele combaterá. Caso contrário, soterraremos o seu poço e queimaremos suas tendas.

MOISÉS ENTROU em sua tenda ao cair da noite. A esposa e o sogro levantaram-se.

– Onde estava? – perguntou ela.

– Na montanha santa, onde o Deus dos nossos pais revela a Sua presença. Falou-me da miséria dos hebreus no Egito, do meu povo subjugado à autoridade do faraó, dos meus irmãos que se lamentam e desejam libertar-se da opressão.

– Há coisas mais graves – revelou o sacerdote de Madiã. – Chegaram aqui beduínos e querem alistá-lo para que participe da revolta de Canaã contra o faraó, assim como todos os homens saudáveis da região.

– Isso é loucura. Ramsés esmagará essa revolta.

– Mesmo estando os hititas ao lado dos revoltosos?

– Não foram derrotados em Kadesh?

– Foi o que contou o pessoal das caravanas – reconheceu o sacerdote – mas... poderemos confiar neles? Tem de esconder-se, Moisés.

– Os beduínos o ameaçaram?

– Se não combater com eles, vão nos matar.

Zípora, a esposa de Moisés, agarrou-se ao marido.

– Vai partir, não é verdade?

– Deus ordenou-me que regressasse ao Egito.

– Lá, será julgado e condenado! – lembrou-lhe o velho sacerdote.

– Irei com você – decidiu Zípora – e levaremos o nosso filho.

– A viagem pode ser perigosa.

– Não quero saber. Você é o meu marido, e eu sou a sua mulher.

O velho sacerdote tornou a sentar-se, acabrunhado.

– Descanse – disse Moisés. – Deus velará pelo seu oásis. Os beduínos não voltarão.

– Que me importam os beduínos, se nunca mais voltarei a ver você, a minha filha e o meu neto?

– Está dizendo a verdade. Dê-nos um beijo de despedida e confiemos nossas almas ao Senhor.

EM PI-RAMSÉS, os templos preparavam as festas do coração do inverno, durante as quais a energia secreta do universo regeneraria as estátuas e os objetos utilizados durante os rituais. Estando esgotada a força que os animava, o casal real devia se comunicar com a luz e em seguida fazer as oferendas para Maât, a coerência do Universo.

A vitória de Kadesh tranqüilizara os egípcios. Ninguém mais consideraria o exército hitita invencível, e todos sabiam que Ramsés era capaz de repelir o inimigo e preservar a felicidade cotidiana.

A capital embelezava-se. Os principais templos – de Amon, Ptah, Ra e Seth – cresciam ao ritmo dos malhos e dos cinzéis dos talhadores de pedra, as *villas* dos nobres e dos altos funcionários rivalizavam em beleza com as de Tebas e de Mênfis, a atividade do porto era incessante, os armazéns regurgitavam de riquezas, e a oficina especializada produzia mosaicos azuis envernizados para o adorno das fachadas das casas de Pi-Ramsés, justificando assim a sua reputação de "cidade da turquesa".

Uma das diversões favoritas dos habitantes da capital consistia em percorrer de barco os canais ricos em peixe e pescar com linha; trincando suculentas maçãs provenientes de um dos pomares dos luxuriantes arredores, os pescadores deixavam-se ir ao sabor da corrente, admirando os jardins floridos na orla do canal, os vôos dos íbis, dos flamingos rosados e dos pelicanos, muitas vezes esquecendo-se do peixe que mordia o anzol.

Manejando ele próprio os remos, Ramsés levara a filha Meritamon para passear junto ao filho Kha, que não deixara de contar à irmã o seu encontro com a cobra. O jovem exprimira-se em termos comedidos, sem exageros. Depois daquelas horas de descontração, Ramsés tencionava reencontrar-se com Nefertari e Iset a Bela, que a grande esposa real convidara para jantar.

Ameni aguardava-o no desembarcadouro.

Para que o escriba se afastasse do seu gabinete, o motivo teria que ser muito grave.

– Uma carta de Acha.

– Inquietante?

– Leia você mesmo.

Ramsés confiou os filhos a Nedjem, sempre receoso dos incidentes durante as viagens de barco e os passeios fora dos jardins do palácio; o ministro da Agricultura segurou as crianças pela mão, enquanto Ramsés desenrolava o papiro que Ameni lhe estendia.

> Ao faraó do Egito, da parte de Acha, ministro das Relações Exteriores.
>
> De acordo com as ordens de Sua Majestade, encontrei-me com o príncipe de Amurru, Benteshina, que me reservou o melhor acolhimento. Os nossos oficiais instrutores, tendo à frente um escriba real educado, como você e eu, na universidade de Tebas, começaram a formar o exército libanês. Tal como supúnhamos, os hititas retiraram-se mais para o norte depois da sua derrota em Kadesh. No entanto, não devemos abrandar a vigilância. As forças locais não serão suficientes se, no futuro, houver uma tentativa de invasão. Torna-se, portanto, indispensável enviar, sem demora, um regimento bem armado a fim de implantar uma base defensiva que garanta uma paz duradoura e a segurança do nosso país.
>
> Possa a saúde do faraó permanecer excelente.

O rei enrolou o documento.

– É a letra de Acha.

– Concordo, mas...

– Foi Acha quem escreveu este texto, mas forçado.

– Também é a minha opinião – confirmou Ameni. – Ele nunca teria escrito que vocês dois fizeram os estudos na universidade de Tebas!

– Concordo, visto que foram em Mênfis. E Acha tem uma excelente memória.

– O que significa este erro?

– Que é prisioneiro em Amurru.

– O príncipe Benteshina terá enlouquecido?

– Não, ele também age obrigado, certamente depois de ter negociado o seu apoio.

– Devemos entender...

– O contra-ataque dos hititas foi fulgurante – considerou Ramsés. – Apoderaram-se de Amurru e estendem-nos uma nova armadilha. Sem a inteligência de Acha, Muwattali teria conseguido vingar-se.

– Imagina que Acha ainda esteja vivo?

– Não sei, Ameni. Com o auxílio de Serramanna, prepararei imediatamente o envio de um comando de elite. Se o nosso amigo estiver preso, nós o libertaremos.

QUANDO O FARAÓ deu ordem ao contramestre principal da fundição para retomar a produção intensiva de armas de ataque e defesa, a informação espalhou-se, em algumas horas, pela capital e, em poucos dias, por todo o Egito.

Para que velar a face? A vitória de Kadesh não bastara para quebrar o ímpeto de conquista dos hititas. As quatro casernas de Pi-Ramsés foram colocadas em estado de alerta, e os soldados compreenderam que não tardariam a partir rumo ao norte para novos combates.

Durante um dia e uma noite Ramsés permaneceu só, fechado em seu gabinete. De madrugada, subiu ao terraço do palácio para contemplar o seu astro protetor, que renascia depois dos encarniçados combates contra o dragão das trevas.

No ângulo oriental do terraço, sentada no parapeito, estava Nefertari, pura e bela na claridade rosada do amanhecer.

Ramsés apertou-a contra si.

– Julgava que a vitória de Kadesh havia dado início a uma era de paz, mas foi exagero da minha parte. Há sombras girando ao nosso redor: Muwattali, Chenar, que talvez esteja vivo, o mago líbio que fugiu, Moisés, cujo paradeiro não consigo descobrir, e Acha, prisioneiro ou morto em Amurru... Seremos suficientemente fortes para resistir à tempestade?

– O seu papel consiste em segurar o leme do barco, seja qual for a força do vento. Não tem tempo nem direito de duvidar. Se a corrente for contrária, você a enfrentará, nós a enfrentaremos.

Erguendo-se no horizonte, o sol iluminou, com os seus primeiros raios, as figuras da grande esposa real e de Ramsés, o Filho da Luz.

fim do volume 3

ATENDIMENTO AO LEITOR E VENDAS DIRETAS

Você pode adquirir os títulos da BestBolso através do Marketing Direto do Grupo Editorial Record.

- Telefone: (21) 2585-2002
  (de segunda a sexta-feira, das 8h30 às 18h)
- E-mail: mdireto@record.com.br
- Fax: (21) 2585-2010

Entre em contato conosco caso tenha alguma dúvida, precise de informações ou queira se cadastrar para receber nossos informativos de lançamentos e promoções

Nossos sites:
www.edicoesbestbolso.com.br
www.record.com.br

EDIÇÕES BESTBOLSO

Alguns títulos publicados

1. *O diário de Anne Frank*, Otto H. Frank e Mirjam Pressler
2. *O jogo das contas de vidro*, Hermann Hesse
3. *Baudolino*, Umberto Eco
4. *O poderoso chefão*, Mario Puzo
5. *Ramsés – O filho da luz*, Christian Jacq
6. *Ramsés – O templo de milhões de anos*, Christian Jacq
7. *Ramsés – A batalha de Kadesh*, Christian Jacq
8. *A pérola*, John Steinbeck
9. *A queda*, Albert Camus
10. *O Gattopardo*, Tomasi di Lampedusa
11. *O amante de Lady Chatterley*, D. H. Lawrence
12. *O evangelho segundo o Filho*, Norman Mailer
13. *O negociador*, Frederick Forsyth
14. *Paula*, Isabel Allende
15. *O grande Gatsby*, F. Scott Fitzgerald
16. *A lista de Schindler*, Thomas Keneally
17. *Ragtime*, E. L. Doctorow
18. *Prelúdio de sangue*, Jean Plaidy
19. *O crepúsculo da águia*, Jean Plaidy
20. *Um estranho no ninho*, Ken Kesey
21. *O império do Sol*, J. G. Ballard
22. *O buraco da agulha*, Ken Follett
23. *O pianista*, Wladyslaw Szpilman
24. *Doutor Jivago*, Boris Pasternak
25. *A casa das sete mulheres*, Leticia Wierzchowski
26. *Uma mente brilhante*, Sylvia Nasar
27. *Getúlio*, Juremir Machado da Silva
28. *Exodus*, Leon Uris
29. *Entre dois palácios*, Nagib Mahfuz
30. *Encrenca é o meu negócio*, Raymond Chandler

EDIÇÕES

BestBolso

Este livro foi composto na tipologia Minion, em corpo 10,5/13, e impresso em papel off-set 63 g/m² no Sistema Cameron da Divisão Gráfica da Distribuidora Record.